한 학기 한 권
세계문학 읽기

한 학기 한 권
세계문학 읽기

김지윤 지음

Humanist

고전(古典)에 고전하다 찾은 에움길

현장 교사들에게 당황스러웠던 교육과정 개정이 한두 번이 아니었지만, 최근 교육과정 개정 중에서 개인적으로 꽤 충격을 주었던 것은 '고전(古典)' 과목의 신설이 아닐까 한다. 물론 학생들에게 인류의 풍요로운 지적 자산을 읽혀보겠다는 그 취지는 언제나 좋은 것이지만, 취지와 현실의 괴리 또한 언제나 교사들의 발목을 잡는다. 아마도 입시가 만성질환처럼 현실을 짓누르고 있는 학교 현장에서 몇 년 이상 굴러본 교사라면 '고전' 과목을 둘러싸고 펼쳐질 상황에 부정적인 전망을 내놓기 마련일 것이다. "고전? 아마 명목상의 과목으로 전락하던가, 아니면 수능 비문학 독해 수업으로 변질되겠지." 따위의 비관적 전망 말이다. 이런 쓸쓸한 전망이 개연성 있게 받아들여진다는 사실이 바로 한국 교육의 비극이 아닐까 싶기도 하다.

비관에서 한 걸음 딛고 일어나 '일단 한번 제대로 다뤄보자.'라는 기특한 마음을 먹더라도, 막상 '고전'이라는 명칭은 교사들에게 엄청난 무게로 다가온다. '고전'이라는 개념은 역사적·사회적 합의를 통해 형성되는 유동적인 범주임이 분명한데, 그걸 확정적인 지식인 것처럼 접근하는 것은 곤란한 노릇이니 말이다. 흔히 '고전(古典)' 혹은 '클래식'이라는 이름으로 여러 출판사에서 출간된 책들이나 몇몇 대학에서 추천하는 동서고금의 명작들이 있기는 하지만 그것들을 수업 중에 가져오기는 힘들 것 같았다. 그렇게 거론되는 책들은 교사들도 거의 읽어본 적이 없을 정도로 접근성이 낮고, 오늘날의 문제와 동떨어진 주제를 다루고 있을 거라는 선입견이 앞섰다. 새롭게 수업을 기획하면서 함께 읽을 책을 선정할 때, 《사회계약론》이나 《논어》 같은 이른바 명저들을 염두에 두지 않은 것도 아니었다. 하지만 책장을 넘기며 읽다 보면 이런 책들은 가볍게 패스할 수밖에 없다. 한 학기가 아니라 1년, 아니 10년은 걸릴 것 같았기 때문이다. 그러다 보니 군이 이런 책들을 힘들게 찾아 읽고 골라내기보다는 우리 주변의 현실과 현재 우리의 삶을 잘 다루고 있는 작품들을 찾아 수업 시간을 채워가는 게 훨씬 더 안전하고 좋은 방법인 듯하다는 결론에 이르게 되었다.

이런 결론을 내렸음에도 불구하고 마음 한켠에서 약간의 도전의식이 슬금슬금 자리 잡기 시작했다. '아니, 그렇게 많은 사람이 좋다고 했으면 나름대로 이유가 있지 않을까?' 하는 생각 말이다. 그뿐만 아니라 100년 전, 200년 전 사람들 혹은 훨씬 그 이전 사람들의 이야기에서 오늘날을 살아가는 데 도움이 되는 단서를 찾을 수 있지 않을까 하는 막연한 기대감 또한 쉽게 저버리기 어려웠다. 국어 교사로서 생각해 보았을 때, 〈춘향전〉 같은 한국 고전문학을 가르치는 이유 또한 여기에 있으며, 학생들이 접하는 거리감의 측면에서 고전문학과 거의 비슷한 처지가 되어버린 일제강점기 문학작품들을 가르치는 이유 또한 여기에 있기 때문이다. 그리고 책을 읽는 것이 곧 타자와의 소통이라면, 오늘날의 독자와 많은 점에서 달랐던 작품 속 인물들과의 소통을 경험하는 것도 교육적으로 의미 있는 활동이라는 생각이 들었다. 그리고 그 인물들은 중요한 삶의 지혜를 전해줄 수 있는, 적어도 많은 사람에게 검증된 화자들이기 때문이다.

그래서 이런저런 복잡한 생각 끝에, 스스로 책을 찾아 읽어보고 의미 있는 책들을 선정하여 학생들과 여러 가지 방식을 통해 깊이 읽어가다 보면 그것 또한 좋은 '고전' 수업이 될 것이라 결론 내렸다. 현장에 계신 많은 교사들이 이런 방식을 채택하고 있고, 이를 통해 상당한 성과를 거두고 있기 때문이다. 그리고 평가에서 자유로웠던 방과후 수업이나 새롭게 교육과정으로 편성된 '한 학기 한 권 읽기' 수업은 꽤나 방대한 내용의 작품을 긴 호흡으로 읽어나갈 수 있는 기회를 마련해 주기도 했다.

그러나 아무리 막 들이댄다고 해도, 일단 어디부터 머리를 들이밀지 고민스러웠다. 동서고금을 막론한 엄청난 양의 작품 속에서 어떤 작품을 어떻게 골라야 할지 막막한 기분이었다. 그래서 몇 가지 기준을 세워보았다. 첫 번째로 접근성의 측면에서 보았을 때 과연 학생들이, 아니 적어도 교사 스스로 충분히 소화할 수 있는지를 따져보았다. 그리고 두 번째로는 내용적인 측면에서 보았을 때 오늘날의 삶과 밀접한 연관성이 있는 질문들을 던질 수 있는지를 고려한 작품들을 골라내기로 했다. 기준은 그렇게 세웠지만 읽어야 할 책이 너무 많았다.

그런데 인간이 살다 보면 언제나 주변 환경의 제약을 받기 마련이고, 그 환경적 요건이 새로운 창조의 시작이 되기도 한다. 근무하고 있는 학교가 외국어를 중점적으로 가르치는 학교이다 보니, 전공어 수업 시간에 영미권, 중국어권, 일본어권, 독일어권, 프랑스어권, 러시아어권 문학 작품, 특히 소설들을 읽어보는 경험을 부분적으로 하고 있었다. 이에 착안해서 매 학기 공부도 할 겸 언어권 하나를 골라서 괜찮은 소설 작품들을 고르고 심층적으로 읽어보는 수업을 기획해 보면 재미있을 것 같다는 생각이 들었다.

그런데 어떤 소설을 어떻게 고를지 고민이 되었다. 물론 각 언어권에서 딱 떠오르는 유명한 작품, 예를 들자면 프랑스 문학으로 치면《보바리 부인》같은 작품을 고르면 되는 거였지만, 그런 작품들은 왠지 재미가 없을 것 같았다. 학생들이 잘 읽을 수 있는 재미있는 작품들이 숨은 보물처럼 곳곳에 자리 잡고 있을 것 같았다.

그래서 언어권의 문학사들을 미리 통독하기로 했다. 우선 처음은 프랑스어권 소설을 하려고 마음 먹었기 때문에, 일단 프랑스 문학사를 살펴보았다. 살펴보니 알려진 작품만 해도 너무 많아서 고르기 어려웠으며, 그 작품들을 미리 다 읽어봐야 이야기를 할 수 있을 것 같다는 생각에 세상 막막한 기분이었다. 결국 범위를 좁혀보기로 했다. 19세기 소설로 한정해 본 것이다. 아무래도 그 시기가 근대로 접어드는 중요한 시기였으며, 소설이라는 장르가 자리를 잡은 최초의 시기라는 생각이 들었기 때문이다. 과학기술의 발전과 함께 자본주의라는 압도적인 제도가 그 이전의 생활양식을 허물어뜨렸으며, 급속도로 변모하는 시대의 수레바퀴 아래에서 많은 사람이 고통받았던 시기가 바로 이 시기였다. 그런 의미에서 19세기 초반에서 20세기 초반에 걸친 거의 100년간의 시기 동안 어떤 작품이 나왔으며, 그 중에서 학생들과 함께 읽어볼 만한 작품은 없을지 살펴보기로 했다. 물론 전공자가 아니기 때문에 아주 깊이 있게 읽어내지는 못하겠지만 말이다.

이렇게 수업의 구도가 어느 정도 정리가 되었다 싶었을 때, 방과후 수업을 개설해 보았다. 정규 수업에 바로 적용하기에는 조금은 두려웠기 때문이다. 그렇게 기획해 본 방과후 수업 이름이 '세계문학 특수과제 연구'였다. '세계문학 특수과제 연구'라는 거창한 제목은 대학원 다닐 때 들었던 수업에서 따온 것이다. 그때 수업 제목은 '고전문학 특수과제 연구'였는데, 정작 수업에 들어가 보니 고전문학은 나오지도 않았고 당황스럽게도 고전미술사를 다루는 수업이었다. 그 수업에는 박물관 학예사들과 고전문학 전공자들이 즐비해서, 현대소설을 전공하던 나로서는 버텨내기 힘들 것 같았다. 수업 시간을 바꾸기도 어렵고 해서 그냥 바닥을 친다는 기분으로 수업을 들었는데, 그것이 오히려 반전의 계기가 되었다. 수업은 이 분야에 전혀 문외한이던 나에게 신선한 자극이 되었기 때문이다. 고려 시대나 조선 시대의 회화들을 어떻게 이해해야 하는지 기본적인 내용들을 습득할 수 있었고, 이를 바탕으로 문화에 대한 생각도 넓힐 수 있었다. 학점도 그리 나쁘지 않았기에 꿩 먹고 알 먹었던 좋은 기억을 준 수업이었다.

방과후 수업을 개설할 때도 학생들에게 비슷한 느낌을 주고 싶었기에 이런 제목을 붙여보았다. '이거 뭐야?'라는 느낌으로 들어왔지만 수업이 끝났을 때 기분 좋은 느낌을 주는 그런 수업이 되기를 바라는 마음에서 말이다. 그렇게 맨땅에 헤딩 식의 방과후 수업을 2014년에 시작해서 이제 프랑스, 영국, 독일, 미국, 일본, 중국, 라틴아메리카, 아프리카 소설까지 진행해 보았다. 물론 중간중간 살짝 딴 길로 빠지기도 했다. 방학 기간에는 책을 읽을 시간이 부족하니까 단편소설을 해보기도 했고, SF소설이나 만화를 가져다 놓고 우리와 다른 사회의 모습을 이야기하기도 했다. 그렇게 다룬 작품들 중에는 이름값만 높을 뿐 교사도 학생도 모두 제대로 읽어내지 못했던 작품, 예를 들면 괴테의《빌헬름 마이스터의 수업 시대》같은 작품도 있었고, 들도 보도 못한 작가의 생뚱맞은 작품이었지만 생각보다 큰 울림을 준 작품, 예를 들어 하인리히 폰 클라이스트의《미하엘 콜하스》같은 작품도 있었다.

이렇게 진행했던 수업 중에서 앞서 말했던 것처럼 널리 알려져 있지는 않았지만 막상 읽어보니 교사와 학생 모두에게 좋은 느낌을 주었던 작품들, 즉 세계문학 속에 숨은 보물 같은 작품들을 읽었던 경험들을 한 편씩 소개해 나가는 것이 이 책의 주된 목표다. 뜻밖의 놀라운 체험들을 주었던 수업의 상황들을 소개하고, 그 작품들의 의미를 읽어낸 과정들을 차근차근 이야기하고 싶다는 말이다. 그리고 현재 교육과정의 측면을 고려해서 이야기하자면, 이 소설들은 대부분 장편소설이기 때문에 현장에 새롭게 적용되고 있는 '한 학기 한 권 읽기' 속에서 충분히 녹여낼 수 있는 작품이라고 볼 수 있다.

　물론 지금까지의 수업들이 전부 다 즐겁고 행복한 경험이었던 것은 아니었다. 하지만 까칠하고 부담스러울 것 같다는 선입견 때문에 접근조차 하지 않았던 작품들을 어려움 끝에 만났고, 그 만남을 통해 소중한 삶의 비밀을 깨닫게 된 놀라운 경험들을 조금이나마 나누고 싶었다. 또한 이 책을 읽고 더 많은 사람들이 보물 같은 작품들을 찾아내기를 바라는 열망도 가지고 있다. 그런 의미에서 세상 어려울 것 같은 다른 나라 작품들에 마음을 열고 새로운 세상으로 떠나는 여행에 동참해 보기를 조심스럽게 권해본다.

김지운

차례

01 거대한 욕망의 창조자, 백화점   14
– 에밀 졸라, 《여인들의 행복 백화점》

1. 에밀 졸라? 여인들의 행복 백화점?
2. 백화점 vs 소상인들
3. 백화점, 욕망으로 가득 찬 용광로
4. 사랑은 만병통치약인가?

[활동] 북스타그램

02 혼란스러운 세상, 무엇을 믿을 것인가?   35
– 헨리 제임스, 《나사의 회전》

1. 유령 이야기의 즐거움
2. 번역의 문제 – 나사의 회전? 묘미가 두 배?
3. 유령은 있다
4. 유령은 없다
5. 믿을 수 없는 화자, 그리고 스스로에 대한 믿음

[활동] 쟁점이 있는 독서 토론

03 소박한 정의, 거대한 투쟁   61
– 하인리히 폰 클라이스트, 《미하엘 콜하스》

1. 괴테와 카프카 사이, 그 막막한 공백
2. 19세기 독일 한복판에 등장한 장산곶매
3. 동화 속 왕자와 공주는 어디서 온 것일까?
4. 폭력을 동원한 저항은 옳지 않은가?
5. 정당한 절차 회복을 위한 힘겨운 투쟁
6. 19세기 독일에서 만난 또 한 명의 '변호인'

[활동] 책과 영화 비교하기

04 억압받는 사람들, 다층적인 목소리　　　85
- 리처드 라이트, 《미국의 아들》

1. 너무 센 거 아니오?
2. 첫 번째 살인, 비거는 왜?
3. 두 번째 살인, 비거는 왜?
4. 레드콤플렉스, 그 유구한 역사
5. 과유불급에 대해 말하기

[활동] 주제 탐구 보고서 쓰기

05 사악한 도시에서 살아남기　　　109
- 고트프리트 켈러, 《젤트빌라 사람들》

1. 스위스 소설이라고?
2. '젤트빌라'는 어떤 곳일까?
3. 돈이 복수를 만든다
4. 사악한 도시에서 웃음 짓기

[활동] 오디오파일 만들기

06 거리낌 없이 받아들이기　　　133
- 마누엘 푸익, 《거미 여인의 키스》

1. 동성애를 반대한다?
2. 소설? 희곡? 시나리오?
3. 몰리나와 발렌틴, 두 종류의 피해자들
4. 이탤릭체와 주석, 소설의 방해꾼들
5. 거미 여인의 키스를 받아들이기

[활동] 다양한 작품을 통해 화해의 의미 찾기

07 '백년의 고독'을 함께 듣다   157
- 가브리엘 가르시아 마르케스, 《백년의 고독》

1. 《백년의 고독》을 위한 변명
2. 불면증이 전염병이라고?
3. 비슷한 이름을 가진 사람들의 연대기
4. 아우렐리아노 부엔디아와 시몬 볼리바르
5. 고통스러웠지만 아름다운 순간들
6. 우리는 어쩌면 다 연결되어 있다

[활동] 소설 낭독하기

08 서로를 마주 보다   183
- 진 리스, 《광막한 사르가소 바다》

1. 악당들도 할 말이 있다
2. 제인 에어 vs 버사 메이슨
3. 앙투아네트 vs 티아
4. 앙투아네트 vs 로체스터
5. 누런 벽지의 방 안에서 - 앙투아네트 with 제인

[활동] 이야기를 재창작하기

09 피, 땀, 눈물의 연대기   209
- 고바야시 다키지, 《게 가공선》

1. 사진 한 장으로 바라본 세계
2. 극한 직업의 끝판왕
3. 경쟁과 이데올로기, 지옥으로 가는 길
4. 장례의 의미, 인간으로서의 저항
5. 황당해서 더 슬펐던 결말
6. 여전히 '게 가공선'에 타고 있다?

[활동] 카드뉴스 만들기

10 시련의 시대를 건너가기   235
– 아서 밀러, 《시련》

1. 영화로 먼저 만났던 《시련》
2. 세일럼, 역사의 오점으로 기억된 장소
3. 마녀재판의 실체, 뒤엉킨 실타래를 풀다
4. 또 다른 세일럼들
5. 시련의 시대를 건너가는 《시련》의 방식

[활동] 유튜브 콘텐츠 제작하기

11 달리기의 진정한 의미   265
– 음구기 와 티옹오, 《한 톨의 밀알》

1. 호텔 르완다 – 아프리카로 우리를 이끌게 된 이름
2. 키히카 – 저항과 죽음의 이름
3. 카란자, 기코뇨 – 갈등과 논란의 이름
4. 무고 – 배신과 고백의 이름
5. 뭄비 – 끈질긴 생명력과 희망의 이름

[활동] 인물 관계도 그리기

12 적대를 넘어 새로운 세상을 꿈꾸다   293
– 어슐러 K. 르 귄, 《빼앗긴 자들》

1. SF 소설?
2. 아나레스, 그 오래된 미래
3. 경계인이 만난 아나레스와 우라스
4. 새로운 만남과 질서에 적응하기

[활동] SF 영화 보기

부록 – 세계문학으로 수업하기

01

거대한 욕망의 창조자, 백화점

에밀 졸라, 《여인들의 행복 백화점》(1883)

1. 에밀 졸라? 여인들의 행복 백화점?

프랑스 작가 '에밀 졸라' 하면 보통 드레퓌스 사건을 떠올리는 경우가 많을 것 같다. 유태인이라는 이유로 국가반역죄를 뒤집어쓴 드레퓌스라는 인물을 두고 프랑스 지성계가 꿈틀거렸던 이 사건 속에서 에밀 졸라는 〈나는 고발한다〉라는 강렬한 기고문을 통해 프랑스 반유태주의의 민낯을 드러내 보인 바 있다. 하지만 프랑스 문학 혹은 소설에 관심이 있는 사람이라면 소설 《목로주점》과 '자연주의'라는 문예 사조에 초점을 맞춘다. 에밀 졸라는 자연주의 문학을 대표하는 작가로 널리 알려져 있으며, 그의 이런 특징이 《목로주점》이라는 소설에 잘 나타나 있다. '길목에 위치하고 있는 술집'이라는 의미의 《목로주점》은 목가적으로 느껴질 수도 있는 제목과는 달리, 파리 밑바닥 인생들의 비극적인 몰락 과정을 집요하게 그려내고 있다. 그의 소설 속에 등장하는 인물들은 파리라는 거대한 용광로에 떠밀려 들어가 사회의 온갖 추악하고 더러운 질서에 차츰차츰 물들어 가며, 결국에는 그로 인해 파멸하는 모습을 공통적

17

으로 보여주고 있다. 타락한 사회에 던져져 철저하게 몰락해 가는 불행한 인물들은 19세기 파리라는 거대한 용액의 산도를 측정하기 위해 집어넣은 일종의 리트머스 시험지라고 말해도 무방할 듯하다. 김동인의 단편 〈감자〉에서 '복녀'가 그러했듯이 말이다.

그런데 에밀 졸라는 이처럼 다양한 인물 군상을 통해 당시 프랑스 사회를 심층적으로 묘사하기 위한 방법으로 독특한 기획을 구상했다. 그것은 '루공-마카르 총서'라는 이름으로 잘 알려져 있는데, '루공 가(家)'와 '마카르 가(家)'의 후손들을 주인공으로 하는 여러 편의 작품을 창작하는 방식이었다. 아델라이드 푸크라는 한 여성이 정원사 루공과 결혼하여 피에르 루공을 낳았고, 남편과 사별 후 밀렵꾼 마카르와 동거하면서 위르쉴 마카르와 앙투안 마카르를 낳았다. 에밀 졸라는 '피에르 루공'의 후손들과 '위르쉴 마카르', '앙투안 마카르'의 후손들이 주인공이 되는 여러 소설을 20여 년에 걸쳐 지속적으로 창작한 것이다.[1] 그러다보니 한 작품에서 등장한 인물이 다른 작품 속에서 자연스럽게 등장하는 경우가 많다. 예를 들어 보면, 앞서 이야기한 에밀 졸라의 작품《목로주점》의 주인공 제르베즈 마카르는 앙투안 마카르의 딸이며, 이 제르베즈의 딸인 안나는 다른 소설《나나》의 주인공이 되고, 또한 제르베즈의 아들인 에티엔은 또 다른 소설《제르미날》의 주인공이 되는 식이다.

물론 한 작품에서 등장한 인물이 다른 작품 속에서 또 등장하는 이른바 '인물의 재등장' 기법은 발자크라는 작가가 '인간 희극'이라는 거대한 창작물에서 시도한 방법이기는 하다. 그렇지만 에밀 졸라는《목로주점》을 포함한 20여 편의 이 다양한 소설들을 '루공-마카르 총서'라는 커

---

[1] 박찬욱 감독의 영화 〈박쥐〉의 원작인 에밀 졸라의 소설《테레즈 라캥》은 이 총서에 포함되어 있지 않다고 한다.

다란 계통수(系統樹)[2]의 크고 작은 줄기들로 만들어놓으면서, 가문의 후손들에게 주어진 유전적 요인(알코올 중독, 정신 병력 등)과 그들을 둘러싼 환경적 요인(가난, 폭력 등)이 작용하는 양상을 집요하게 탐구했고, 이를 통해 19세기 프랑스의 사회상을 날카로운 시선으로 적나라하게 포착해 내고 있다는 점에서 의미 있는 작가라고 평가할 수 있다.

에밀 졸라를 소개하다 보니 이야기가 좀 길어졌는데, 어쨌거나 이 방대한 작품 속에서 수업 시간에 다루기 위해 골라낸 작품은 《여인들의 행복 백화점(Au Bonheur des Dames)》이다. 이 작품은 '루공-마카르 총서' 중 열한 번째 작품이며, 남자 주인공 '옥타브 무레' 또한 루공-마카르 가(家)의 피를 물려받은 인물이다. 그런데 에밀 졸라의 수많은 작품 가운데 그리 잘 알려지지 않은 이 작품을 수업에 가져온 이유는 무엇이었을까? 기준은 생각보다 간단했지만, 은근히 까다로웠다. 첫째, 작품이 다루고 있는 사건이나 상황들이 오늘날의 문제의식과 밀접한 연관성을 가지고 있을 것. 둘째, 이를 통해 함께 이야기할 내용이 있을 것. 셋째, 학생들이 웬만하면 재미있게 읽을 수 있을 것. 《여인들의 행복 백화점》은 이 세 가지 기준을 충족하는 작품이다.

일단 이 작품에는 프랑스 파리의 한 백화점이 형성되는 과정에서 점점 몰락해 가는 소상인들의 모습과 그 안에서 일하고 있는 점원들의 치열한 경쟁이 세밀하게 그려져 있다. 그렇기에 오늘날 우리 주변에서 흔히 볼 수 있는 대형마트와 소상인들의 갈등 양상, 경쟁 구조가 낳은 노동환경 문제 등에 대해 자연스럽게 이야기를 꺼낼 수 있는 기회를 제공해 주었다. 그뿐만 아니라 이 작품에는 이런 사회적 배경을 바탕으

---

2 에밀 졸라의 소설들을 찾아보면 이 계통수를 그려놓은 참고 자료가 있는 경우가 있다. 그런 경우에는 편집자나 번역자가 꽤 공을 들인 거라고 보면 될 것 같다.

로 남녀의 사랑 이야기가 절묘하게 어우러져 있기에 학생들이 비교적 수월하게 읽어나갈 수 있다. 또한 에밀 졸라의 수많은 작품 가운데 드물게 해피엔딩으로 끝나는 작품이라 학생들의 거부감이 비교적 적기도 했다. 이런 점을 두루두루 고려하다 보니 《여인들의 행복 백화점》이 우리의 교실에 초청되어 오게 된 것이다.

2. 백화점 vs 소상인들

그렇다면 이 소설을 읽고 수업은 어떻게 진행했을까? 일단 학생들에게 시간을 주고 작품을 읽게 했다. 그리고 작품을 맡아 발표할 학생을 정하는데, 이 학생은 소설을 이해하기 위한 질문 다섯 개를 만들어 온다. 질문을 만든 학생이 사회자가 되어 수업을 진행하고, 나머지 학생들은 질문지를 놓고 조별 토의를 시작한다. 이렇게 말하면 쉽게 수업을 할 수 있을 것 같은데, 현실은 녹록치 않다. 학생들이 어떻게 질문을 만들어 올 것인지 알 수 없기 때문이다.

따라서 수업을 진행하기 전에 먼저 짧은 작품들을 골라 읽고 시범적으로 제시한 질문들로 토론 수업을 진행한 후에 본격적으로 작품 읽기로 들어갈 필요가 있다. 질문은 이러이러한 식으로 만들면 된다는 가이드라인을 미리 제시하는 것인데, 첫해에 이 수업을 할 때는 마침 수업에 참여했던 학생들이 2년 동안 국어 및 문학 수업을 함께했던 학생들이어서 다행히도 이런 과정을 거칠 필요가 없었다. 정규 수업 시간에 비슷한 방식으로 토론 수업을 했던 경험이 자연스럽게 이어졌기 때문이다. 물론 그 이후에 다른 학생들과 수업을 진행할 때는 미리 단편소설을 읽고 토론하는 연습 과정을 꼭 거치도록 했다.[3] 어쨌거나 이렇게 나온 질문을 받아 수업을 진행했는데, 이 과정에서 필자를 놀라게 할 만한 날카로운 질문들이 많이 나와서 즐겁게 수업을 할 수 있었다. 하지만 질문의 수준이 떨어질 수도 있기 때문에 교사가 질문을 먼저 만들어놓는 것이 비상사태를 대비하는 방법인 듯싶다.

《여인들의 행복 백화점》은 실제 프랑스에 지금도 운영되고 있는 '봉 마르셰(Bon Marché)'라는 유명한 백화점의 이야기를 소설로 옮겨놓은 것이다. 주인공 옥타브 무레가 경영하고 있는 이 '여인들의 행복 백화점'이 바로 '봉 마르셰 백화점'을 모델로 한 것이다. 남주인공 무레가 백화점 사장인 반면에, 여주인공 드니즈는 지방에서 막 올라와 부모도 없이 두 남동생을 키워야 하는 어려운 처지에 놓여 있었다. 드니즈는 일자리를 구하지 못해 전전하다가 이 백화점에 겨우 자리를 얻어 여성 기성복 매장에서 힘겹게 직장 생활을 시작하게 된다. 이 작품은 경제적 상황이 완전히 다른 두 사람 사이의 사랑 이야기가 중요한 줄기를 이루고 있는데, 특히 드니즈의 의도하지 않은 듯한 밀당 솜씨는 학생들의 감탄을 자아낼 정도로 흥미롭다. 결국 우여곡절 끝에 드니즈와 무레가 결혼에 골인하게 된다는 점에서 이 작품은 일종의 신데렐라 구조를 따르고 있는데, 익숙한 서사 구조 때문인지 학생들은 두 권이나 되는 긴 소설을 비교적 수월하게 읽어나갔다. 물론 독서 능력에 따라 분량을 부담스러워하거나 내용을 이해하기 힘들어하는 학생들이 있었다. 그래서 독서할 수 있는 시간을 거의 한 학기에 걸치도록 충분하게 주기도 했다.

앞서 이야기한 내용만 보면 이 소설은 온갖 혼사 장애를 극복하고 둘만의 행복을 찾아가는 흥미진진한 로맨틱 코미디처럼 보일 수도 있다.

3　여기에 대해서는 부록인 '세계문학으로 수업하기'에 구체적인 내용이 담겨 있으니 참고하면 좋을 것 같다.

하지만 드니즈의 혈육인 큰아버지 보뒤 씨의 처지 때문에 이들의 사랑은 개인적인 차원이 아닌 더 복잡한 차원의 문제에 부딪히게 된다. 무레의 백화점이 〈센과 치히로의 행방불명〉에 나오는 '가오나시'처럼 주변 상점들을 집어삼키고 있을 때, 드니즈의 큰아버지 보뒤 씨는 백화점 근처에서 '전통 엘뵈프'라는 작은 포목점을 경영하고 있었기 때문이다. 이 점이 바로 이 작품을 한낱 사장과 종업원의 사랑 이야기로 치부해 버릴 수 없게 만드는 지점이다.

이러한 사회적 차원의 문제를 짚어보기 위해 학생들은 '백화점의 공세 속에서 소상점은 어떤 처지에 놓이게 되었는가?'라는 질문을 던졌다. 이 둘의 차이가 작품 속에 명확하게 드러나 있었기 때문이다. 백화점(百貨店)이라는 이름에 걸맞게 수많은 종류의 물건들을 구비해 두고 막강한 자금력을 등에 업은 채 헐값으로 물건을 쏟아내는 무레의 백화점에 맞서기에 '전통 엘뵈프'의 힘은 너무나 약했다. 소상점들은 '선주문 후제작'의 전통적인 방식을 여전히 고집하고 있었으며, 포목이면 포목, 우산이면 우산과 같이 단 하나의 품목만을 취급하고 있었다. 그러니 레디-메이드(ready-made)로 생산된 다품종의 저가 상품을 견뎌내기 힘들 수밖에 없었다.

화려한 조명으로 반짝반짝 빛나는 백화점과 어두침침한 거리의 한구석에서 오래된 먼지에 파묻혀 있는 '전통 엘뵈프' 같은 작은 상점들은 그 외관만으로도 극명한 대비를 보여준다. 특히 백화점에서 나와 그들과 제대로 맞서 싸우기 위해 아내의 유산까지 모두 걸고 덤벼들었던 로비노의 몰락은 소상인들의 절망적인 현실을 그대로 보여준다.

"부디 날 용서해 주오. 내가 잠깐 제정신이 아니었던 것 같소. 소송 대리인이 고장 앞에서 내일 파산 공고를 할 거라고 하는 말을 듣자, 마치

사방이 불타오르는 것처럼 눈앞에서 불꽃이 춤을 추었소. 그런 다음에
는 아무것도 기억나지 않아. 미쇼디에르 가를 따라 내려오는 동안, 저
망할 백화점이 날 비웃는 소리가 들리는 것 같았다는 것 외에는…….
그랬소. 저 빌어먹을 거대한 백화점이 날 짓누르는 것 같았고, 그래서
승합마차가 모퉁이를 돌 때, 롬므의 잘린 팔이 떠오르면서 나도 모르게
그만 마차를 향해 몸을 던지고 만 거요."

(에밀 졸라, 박명숙 옮김,《여인들의 행복 백화점 2》, 시공사, 249쪽)

'여인들의 행복 백화점' 때문에 몰락하여 자본금마저 탕진하고 파산
선고가 내려지기 직전 극단적인 선택을 했던 로비노의 모습에서 거대
자본의 어두운 그림자를 느낄 수 있었다. 그뿐만 아니라 보뒤의 딸 주느
비에브 또한 전통 엘뵈프에서 평생을 함께할 거라고 믿었던 남자 친구
콜롱방이 물려받을 가게와 자신을 버리고 백화점 여직원에게로 떠나가
자 시름시름 앓다가 결국 죽음을 맞게 된다. 그리고 주느비에브의 장례
식에 찾아온 사람들 또한 백화점의 등장으로 인해 시대의 뒤안길로 사
라져간 소상인들이었다.

동네의 소상인들은 보뒤 가족에게 진심 어린 조의를 표하고자 했다. 주
느비에브를 서서히 죽게 만든 원흉이라고 믿는 '여인들의 행복 백화점'
에 그 책임을 묻는 일종의 시위를 하고 있는 셈이었다. 백화점이라는
괴물에 희생된 모든 이들이 그곳에 한데 모여 있었다. (앞의 책, 227쪽)

이 행렬에 끼어 같이 걷고 있던 드니즈는 백화점의 화려함 뒤에 숨겨
진 소상인들의 고통을 절실하게 이해할 수밖에 없었다. 특히 백화점에
서 말도 안 되는 이유로 쫓겨났을 때, 오갈 데 없는 자신을 거두어준 부

라 영감의 상점이 처참하게 무너질 때 그녀는 큰 충격을 받는다. 상당한 금액을 제시하면서 철거에 협조하라는 백화점 측의 입장에 부라 영감은 당당하게 맞섰지만, 결국 그의 상점은 엄청난 굉음과 함께 철거되고 만다. 철거되는 건물을 바라보며 드니즈는 충격에 사로잡혀, 필요한 것은 뭐든지 해드릴 테니 옥타브 무레에게 요구해 보자고 말한다. 이때 부라 영감이 몸을 꼿꼿이 세우면서 내뱉은 말은 학생들과 함께 두고두고 곱씹어 볼 만한 것이었다.

> "난 필요한 게 없소. 그들이 자네를 보낸 거지, 그렇지? 그렇다면 가서 이렇게 전하게. 이 부라는 아직 얼마든지 일할 수 있다고. 그리고 그곳이 어디든 내가 원하는 곳에서 일할 거라고……. 정말 기가 막히는군! 사람을 죽여놓고 자선을 베푸는 꼴이라니, 참으로 편리하지 않은가 말이야!" (앞의 책, 257쪽)

이 부분에서 대한민국의 현실이 오버랩되는 것은 자연스러운 일이었다. 용산, 밀양, 쌍용 등 곳곳에서 인간의 존엄성 전체를 걸고 싸우던 사람들에게 돌아오는 것은 언제나 "돈이 얼마나 필요하냐?", "돈독이 올랐냐?" 등의 저속한 말들이었기 때문이다. 자신이 만들어낸 우산 손잡이 하나하나에 정성을 쏟고, 상인이라기보다는 예술가에 가까운 자긍심을 가졌던 부라 영감이 대량 생산된 백화점 저가 물품들의 공세에 무너져 내렸을 때, 그는 더 이상 삶의 의미를 찾을 수 없었을 것이다. 그런데 드니즈는 이 모든 몰락을 가까이에서 지켜봤음에도 불구하고 자신의 생계를 위해 다시 백화점 안으로 들어갈 수밖에 없었다. 여기에서 드니즈의 모순적인 처지가 극명하게 드러난다.

3. 백화점, 욕망으로 가득 찬 용광로

드니즈가 생계를 위해 어쩔 수 없이 들어가야 했던 백화점 안은 어떤 모습이었을까? 그곳은 여성들의 욕망을 제대로 자극할 줄 아는 옥타브 무레가 지배하는 공간이었다. 무레는 여성들이 원하는 것을 적재적소에 공급하고 진열하며 팔아낼 수 있는 천부적인 능력을 가진 인물이었다. 그래서 학생들의 두 번째 질문은 '옥타브 무레는 도대체 어떻게 여성들의 마음을 사로잡았나?'였다. 다른 말로 하면, 무레의 마케팅 기법이 어떠했나 하는 것인데, 다음과 같은 부분을 보면 무레의 탁월한 수완을 알수 있다.

> 자본금을 끊임없이 재투자하고, 물건들을 한군데로 집중시켜 쌓아두는 전략을 구사하며, 싼 가격으로 고객들을 유혹하고, 상표에 정가를 표시함으로써 그들에게 믿음을 주는 것. 이 모든 것들의 출발점에는 여성이 있었던 것이다. (중략) 화려한 쇼윈도로 여성을 현혹시킨 다음, 사시사철 이어지는 바겐세일의 덫으로 그녀를 유혹했다. 그러면서 여성의 육체 속에 새로운 욕망을 주입시켰다. 《여인들의 행복 백화점 1》, 133쪽)

쇼핑의 유혹에 흔들리는 것은 비단 여성만의 문제는 아니겠지만, 옥타브 무레는 여성들의 심리에 정통하다는 자신감으로 가득 차 있었기에 여성을 위한 백화점인 '여인들의 행복 백화점'을 탄생시킬 수 있었다. 백화점 내의 공간을 재배치하고, 상품을 섬세하게 선택·진열했으며, 대대적인 광고를 쉴 새 없이 쏟아내었던 정력적인 활동 모두가 파리 여성들의 욕망을 극도로 자극하기 위한 무레의 의도적인 기획에서 나온 것이었다. 그렇기에 무레의 백화점 속에서 여성들은 주체성을 잃을 정도로 강렬한 자극을 느끼게 되었으며, 미칠 듯한 소비 욕망에 사로잡히게 되었다.

> 마침내 문이 다시 열리자 군중이 몰려들기 시작했다. 그러자 이른 시각부터 백화점이 가득 차기도 전에 입구에 사람들이 한꺼번에 몰려 난장판이 되는 바람에, 보도의 통행을 정리하기 위해 경관까지 등장하는 사태가 발생했다. 무레의 예상이 정확하게 맞아떨어졌던 것이다. 수많은 주부들과 빽빽하게 들어찬 프티부르주아 계층의 여성들, 그리고 보닛을 쓴 여인네들이 길가에까지 수북이 쌓여 있는 특선 상품과 세일 상품, 자투리 천들을 차지하려고 서로 몸싸움을 벌였다.
>
> 《여인들의 행복 백화점 2》, 18쪽)

욕망에 사로잡힌 여인들은 자신의 경제적 상황도 고려하지 않은 채 쇼핑 중독에 빠져들거나, 심지어 귀족이라는 신분도 망각한 채 백화점의 물건을 상습적으로 훔치는 행동도 마다하지 않았다. 홈쇼핑 중독에 빠져든 사람을 심심찮게 볼 수 있는 요즘 세상에서야 이런 일이 별 대수롭지 않은 일이겠지만, 본격적으로 대규모 백화점이 처음 들어섰던 당시 파리라면 이런 광경이 그리 익숙하지 않았을 것이다. 그럼에도 불구하고 옥타브 무레는 이 정도의 성공에 만족하지 않았으며, 백화점을 더 키우기 위해 고심하고 있었다. 이는 자본이 자기 스스로를 끊임없이 증식시키는 현상과도 일치하는 듯하다.

백화점 안의 욕망은 단지 소비자들에게만 해당되는 것은 아니었다. 옥타브 무레는 백화점의 판매 효율을 극대화하기 위해서 점원들의 실적에 따라 수당을 지급하는 방식을 채택하고 있었기 때문에 점원들은 자신의 수당을 확보하기 위한 욕망에 사로잡혀 있었다. 그래서 그들에게 백화점 안은 전쟁터와 다를 바 없었다. 서로를 헐뜯고 괴롭히기 일쑤였으며, 동료애라고는 찾아보기 힘든 상황이었다.

> 시간이 지나면서 백화점의 속성을 파악하기 시작한 그녀가 유능한 판매원으로 인정받게 되자 그들은 경악과 분노를 금치 못했다. 그리하여 서로 작당해서 그녀가 중요한 고객을 응대하지 못하도록 조직적으로 방해했다. 마르그리트와 클라라는 본능적인 증오심을 드러내며 사사건건 그녀를 괴롭혔다. (《여인들의 행복 백화점 1》, 209쪽)

시골에서 막 올라온 드니즈는 이들 사이에서 괴롭힘을 당하다가 모함으로 인해 백화점에서 쫓겨나기까지 한다. 물론 무레의 특별한 감정 때문에 드니즈는 다시 백화점으로 돌아오게 되었지만, 그 과정에서 나타나는 판매원들의 시기와 질투는 상상을 초월하는 것이었다. 그런데 이들의 추악한 행태를 유발한 것은 그들의 본성이 아니었으며, 무레가 만들어놓은 무한경쟁의 시스템 때문이었다.

> 그들 사이에는 눈에 보이지 않는 알력이 항상 존재했다. 지금까지 파비에는 비록 뒤에서는 위탱을 험담할지라도 표면적으로는 그의 우위를 인정하는 척하며 죽은 듯이 지내왔다. 따라서 위탱은 자신보다 아래에 있다고 생각하는 판매원이 힘 하나 안 들이고 3프랑을 낚아채 갔다는 사실에 분해서 어쩔 줄 몰라 했다. (앞의 책, 169쪽)

매상이 늘어나면 모든 판매원의 수입이 올라가는 것은 사실이지만, 그 틈바구니에서도 서로의 이익을 극대화하기 위해 벌어지는 음모와 술책은 여전했다. 남들보다 더 높은 자리로 오르기 위한 점원들의 욕망이 작품 속에 노골적으로 드러난다. 백화점 밖에서는 백화점과 소상점 사이의 불공정한 경쟁이 백화점의 압도적 승리로 막을 내려가고 있었지만, 백화점 안에서는 점원들 사이의 탐욕스러운 경쟁이 점점 더 활활 타오르고 있었다. 이들은 욕망으로 충혈된 눈을 부릅뜨고 한 푼이라도 더 벌겠다는 집념으로 똘똘 뭉쳐 있었다. 점원들은 욕망과 경쟁에 사로잡혀 백화점의 열악한 노동환경쯤은 당연한 것으로 여기며 살아가고 있었다. 하지만 그들의 노동환경은 그냥 당연한 것으로 여기고 견디기에는 정말 비인간적인 것이었다.

> 그녀들 대부분은 경쟁에서 밀려나 마흔 살도 되기 전에 도태되어 잊히거나, 과도한 업무와 나쁜 공기로 인해 폐병이나 빈혈 등으로 고통받다 죽거나 거리에서 생을 마감했다. 그녀들 중 가장 운이 좋은 편에 속하는 이들은 결혼을 해서 지방의 조그만 상점 구석에 파묻혀 지내는 경우였다. 백화점들이 매년 되풀이하는 이런 끔찍한 육체의 소비가 과연 인간적으로 정당한 행위인 것일까? 《여인들의 행복 백화점 2》, 207쪽)

드니즈는 이런 상황을 극복하려고 했다. 차츰 시간이 지나면서 그녀는 스스로의 노력과 함께 무레의 신임과 사랑을 등에 업고 백화점에서 중요한 직책을 맡게 되었는데, 그때 그녀는 백화점 점원들의 노동환경을 개선해 달라는 요구를 끊임없이 제기했다. 앞만 보고 달려가는 경주마 같던 욕망으로 가득 찬 무레를 변화시킨 것은 드니즈의 젊은 목소리였다. 여기서 학생들은 '옥타브 무레는 드니즈로 인해 어떻게 변화되었나?'라는 세 번째 질문을 던졌다. 이 질문에 대답하는 과정에서 무레의 변화와 함께 백화점의 변화 양상을 이해할 수 있게 되었다. 그렇다면 무레는, 그리고 백화점은 과연 어떻게 변화했을까?

무레는 여전히 사랑의 열병에 시달리면서도, 백화점을 굳건히 하기 위한 개혁을 역설하는 확신에 찬 젊은 목소리에 마음이 동요되고 매료되었다. 농담을 하면서도 그녀의 이야기에 귀 기울였고, 점차 판매원들의 지위를 개선해 나갔다. 그리하여 대량 해고는 비수기에 휴가를 부여하는 시스템으로 대체되었고, 마침내는 강제된 실업 상태에서 최소한의 생계를 보장해 주거나 퇴직 시에는 연금을 지불하는 공제조합이 설립되기에 이르렀다. 이 모든 것은 20세기의 거대한 노동조합의 탄생을 예고하고 있었다. (앞의 책, 208쪽)

무레는 드니즈의 의견을 받아들여 백화점 직원들의 복리후생에 관심을 쏟기 시작했다. 여자들을 자신의 부를 충족하기 위한 도구로만 여겼던 무레가 드니즈를 일종의 동업자 혹은 동등한 존재로 여기기 시작했던 것이다. 무레는 여성에 대한 오만한 시선을 거두고 주변을 돌아볼 줄 아는 인물로 변모해 가기 시작했는데, 이러한 변화는 바로 드니즈에 대한 사랑에서 시작되었다. 그런데 또 한 가지 흥미로운 사실은 이 소설의 모델이 되었던 '봉 마르셰 백화점'의 실제 역사와 이 내용이 흡사하다는 점이다. 봉 마르셰 백화점의 설립자 마르그리트 부시코는 공동 설립자인 아내의 발의로 1876년 7월에 직원들을 위한 공제조합을 만들었으며, 직원용 도서관 설립, 외국어 강좌 개설 등의 복지 정책을 추진했다.

4. 사랑은 만병통치약인가?

신데렐라 이야기에서 신데렐라는 왕자에게 구원을 받는 존재로 그려진다. 그런데 요즘의 신데렐라 이야기는 그 구조가 약간 다른 것 같기도 하다. 요즘 왕자들은 보통 결핍을 가진 존재로 묘사되고 있기 때문이다. 〈시크릿 가든〉의 김주원, 〈상속자들〉의 김탄이나 최영도처럼 결핍을 가진 왕자들을 건강한 삶의 태도로 자극하고 고쳐나가는 여성 인물들이 요즘의 신데렐라들이다. 경제적·신분적 상승과 심리적 치유를 등가 교환하는 이와 같은 서사 구조는 여전히 많은 드라마 혹은 영화에서 반복·재생산되고 있다.

그러고 보면 〈춘향전〉의 이 도령도 부잣집 날탱구리 도련님에서 춘향과의 사랑을 성취하기 위해 노력하는 과정에서 사회의 모순에 눈을 뜬 의젓한 어사또가 되었으니, 이런 이야기들은 유구한 역사를 자랑하고 있는 듯도 하다.《여인들의 행복 백화점》도 같은 맥락에 놓여 있는데, 여성들에 대한 선입견과 경제적 성공으로 인한 자만심으로 뒤틀려 있는 옥타브 무레를 건강한 세계관의 소유자 드니즈가 치유해 가는 과정을 보여주고 있기 때문이다. 그리고 무레의 변화는 백화점의 변화를, 더 나아가 사회 전체의 변화를 이끌어내는 촉진제가 되고 있기에 공동체를 위해서도 긍정적이다.

그런데 왠지 이런 이야기를 들으면 씁쓸한 기분이 드는 것은 왜일까? 물론 사랑의 결과로 백화점이 긍정적인 방향으로 바뀌기 시작하니 무턱대고 비판만 하기는 어렵다. 하지만 한편으로 씁쓸한 기분을 지울 수가 없는 것은, 결국 드니즈에 대한 사랑으로 무레가 백화점의 변화를 결정한다는 식으로 이야기가 전개되기 때문이다. 남녀 간의 사랑이 무슨 만병통치약처럼 제시되고 있는 이 소설의 결말부는, 19세기 파리의 심장부를 치밀하게 묘사해 왔던 소설의 치열함을 무색하게 만들고 있다. 몇 번의 밀고 당김 끝에 결혼에 골인하는 두 남녀의 마지막 키스 장면을 므흣하게 바라보면서도 뭔가 찝찝함이 남는 기분이다. 그리고 밀당은 길고 결말은 너무 빨리 전개된다는 점에서 당황스럽기도 했다.

물론 이 소설이 실제 사례를 소재로 하고 있고 실제 인물들은 부부가 되어 행복하게 백화점을 운영했지만, 학생들과 '이와 같은 소설의 결말은 과연 현실적으로 가능할까?'라는 질문을 던져볼 수 있을 것 같다. 수업 상황 속에서는 시간이 부족해서 막상 본격적으로 다뤄보지는 못했지만, 동서고금의 잘 알려진 신데렐라 이야기를 놓고 그 이야기들의 현재적 의미를 따져보는 것은 꽤 재미있을 것 같다. 이른바 정치적으로 올바른 의도와는 달리 어쩌면 이 신데렐라 이야기가 뭐가 문제냐는 식의 반응이 나올 수도 있을 것 같으니 말이다. 엄청난 능력자로 등장하는 남성과 그 남성의 내면에 자리 잡고 있는 아픔을 치유할 수 있는 밝고 건강한 여성의 구도는 영화, 드라마, 웹툰 등에서 여전히 넘쳐나고 있다. 심지어 요즘은 남성의 능력도 점점 초현실적이 되어가고 있다. 건물주, 본부장, 재벌 아들 정도로는 대중의 취향을 만족시킬 수 없는 것인지, 도깨비, 외계인, 구미호, 저승사자 등으로 점점 진화하고 있다. 그래서 이 질문은 이 글을 읽는 분들에게 숙제처럼 남겨드리고 싶다. 이 소설의 결말은 자신에게 어떻게 받아들여지는가? 만약 이 소설을 충분히 읽었다면 스스로에게 이 질문을 한번 던져보시길 바란다. 과연 어떤 대답이 나올지 궁금하다.

이 소설은 프랑스에 실제 존재하는 백화점을 배경으로 하고 있고, 다양한 상품들이 등장하며, 원작 도서의 표지도 예쁩니다. 책을 읽고 나서 이 책과 관련된 다양한 내용을 검색해서 찾아보고 자신이 읽은 감상과 연관시켜 간단하게 인스타그램이나 페이스북 등에 올려보면 어떨까요? 이런 활동을 '북스타그램'이라고 합니다.

① 책을 고르게 된 이유 간단하게 쓰기
② 책 표지와 작가 사진 올리기
③ 책을 읽다가 인상적인 구절을 찍어서 올리고, 간단한 자신의 감상 쓰기
④ 관련된 자료들을 검색하여 새롭게 알게 된 사실들에 대한 사진 자료 올리기
⑤ 자신의 감정과 생각에 충실한 감상 쓰기
⑥ 해시태그로 연관 검색어 걸기

이와 같은 활동들을 해보면 《여인들의 행복 백화점》을 좀 더 깊게 들여다볼 수 있습니다. '봉 마르셰 백화점'이나 에밀 졸라, 그리

---

4   이 활동은 김연지(2019), 〈소셜미디어를 활용한 독서 경험의 확장 양상 분석 및 독서 교육 연계 방안 연구〉(이화여자대학교 석사학위 청구논문)라는 논문에서 아이디어를 얻었다.

고 주인공의 모델이 된 아리스티드와 마르그리트 등을 인터넷으로 찾아보는 것도 재밌는 경험이 될 것입니다. 이렇게 하면서 재미를 느끼면 다른 책을 읽고도 이런 방법을 독후 활동으로 적용해 볼 수 있습니다. 주의할 점은 내용을 너무 길게 올리지 않는 것입니다. 길게 쓰는 것은 SNS보다는 블로그 등을 활용하는 게 좋습니다.

02

혼란스러운 세상,
무엇을 믿을 것인가?

헨리 제임스, 《나사의 회전》(1898)

1. 유령 이야기의 즐거움

학창 시절을 한번 떠올려 보자. 기말고사가 막 끝나서 진도 나가기는 싫고, 하필이면 날씨도 꾸물꾸물하여 교실이 어두침침한 분위기일 때, 우리는 선생님에게 무슨 말을 했었는지. 아마 "선생님! 무서운 얘기 하나 해주세요."가 아니었을까? 그럴 때면 선생님들은 난감한 표정을 지으면서도 미리 준비나 했었다는 듯이 이야기보따리를 풀어놓곤 하셨다. 물론 그 이야기들 중에 지금까지 기억나는 것은 거의 없지만, 한 시간을 흥미진진하게 때울 수 있었던 추억만은 선명하다.

'첫사랑 이야기'와 쌍벽을 이루는 '무서운 이야기'는 시간과 공간을 초월하여 학생들이 항상 사랑해 마지않는 단골 레퍼토리인 듯싶다. 그러고 보면 사범대학에서 졸업 인증으로 텝스나 토플 같은 영어 인증을 취득하게 하는 것보다 이야기보따리를 풀어놓을 수 있는 '국가 공인 전기수(傳奇叟) 과정' 같은 것을 만들어 이수토록 하는 것이 예비 교사들에게 실질적인 도움이 되지 않을까.

어쨌거나 사람들은 참 무서운 이야기를 좋아하는 것 같다. 옛날 옛적 호랑이 담배 먹던 시절의 민담 말고 요즈음의 도시형 민담들을 생각해 보면 등골이 오싹한 무서운 이야기들이 넘쳐난다는 사실을 금방 알게 된다. '자유로 귀신', '빨간 마스크', '네비게이션 귀신'을 비롯하여, 좀 오래된 것으로는 '홍콩 할매 귀신' 등 다양한 괴담이 우리네 입과 입을 거쳐 널리널리 퍼져나갔다.

이린 괴담들의 중심에는 항상 '귀신' 혹은 '유령'이 자리 잡고 있었다. 이승에서 억울하게 죽었거나 한을 품고 죽은 이들이 저승으로 가지 못하고 이도 저도 아닌 상태로 남아 살아 있는 자들을 위협한다는 설정은 사람들에게 언제나 강력한 공포를 주었기 때문이다. 그러다 보니 사회적으로 억압된 자들의 원한이 집약되어 있는 '학교', '군대', '병원' 같은 공간을 배경으로 떠도는 유령들의 이야기는 수많은 괴담의 좋은 소재가 되어왔다.

물론 이 글은 괴담의 사회적 맥락이나 전파 양상을 짚어보려는 의도를 가지고 있지는 않다. 사실 이 글은 헨리 제임스의 《나사의 회전(The Turn of the Screw)》에 대한 짧은 감상문에 불과하다. 그런데 왜 하필 이야기의 시작을 귀신으로 시작한 걸까? 그것은 《나사의 회전》이 바로 문학사적으로 가장 유명한 '유령 이야기' 중 하나이기 때문이다. 유령의 존재를 놓고 등장인물들 사이에서 벌어지는 갈등이 소설의 주된 내용이다. 특히 다음과 같은 장면은 읽는 사람으로 하여금 등골을 서늘하게 만든다.

> 나는 그 방을 가로질러 가서 최대한 조용히 덧문의 빗장을 벗겼다. 그러고는 소리 없이 커튼을 열고 내 얼굴을 유리창에 대고는 밖을 바라보았다. 안의 어둠보다 밖의 어둠이 훨씬 옅었기 때문에 내가 방향을 제

대로 잡았다는 것을 한눈에 알 수 있었다. 그 후에 다른 것들도 더 눈에 들어왔다. 달빛이 어둠을 아주 멀리까지 꿰뚫고 들어가서 잔디밭에 서 있는 어떤 사람을 드러내 주었다. 그 사람은 멀리 떨어져 있어서 작게 보였지만 움직이지 않고 서서 매료된 듯이 내가 모습을 드러낸 곳을 올려다보고 있었다. 사실, 똑바로 나를 보았다기보다는 분명 나보다 위에 있는 무엇인가를 바라보고 있었다. 내 위에 다른 사람이 있었던 것이다. 탑 위에 누군가 있다는 것이 분명했다.

(헨리 제임스, 정상준 역, 《나사의 회전》, 시공사, 129쪽)

인용한 부분은 주인공인 가정교사가 밤에 갑자기 사라진 아이들을 찾아 헤매다가 창밖 잔디밭에 누군가 서 있는 것을 눈치채고 바라보는 장면이다. 그 사람(사라진 아이 중 하나인 마일스)이 자신을 쳐다보고 있다고 느꼈지만, 곧 그 시선의 방향이 자신이 아니라 자신의 위쪽에 있는 탑 위의 누군가로 향해 있다는 것을 알게 된다. 그런데 그 탑 위의 누군가는 바로 아이들을 홀리려는 악령임이 암시되어 있다. '헉' 하는 소리가 저절로 터져 나올 정도로 무서운 장면이다.

그런데 혹자는 유령 이야기같이 허황된 이야기를 수업 시간에 다루어도 될까 하는 거부감을 가질 수도 있다. 공자도 괴력난신(怪力亂神)을 말씀하지 않으셨다는 《논어》의 말을 인용하여, 어찌 감히 학생들과 함께 괴이한 이야기를 다룰 수 있느냐고 일갈할 수도 있다. 그러나 뭐 어때라. 공포를 유발하는 소설들이 하나의 장르를 이룰 정도로 성행하는 마당에 학생들도 이런 이야기를 즐기니, 아는 자는 좋아하는 자를 못 당하고 좋아하는 자는 즐기는 자를 못 당한다 하지 않던가. 그리고 이 혼돈스러운 유령 이야기 속에서 삶을 이해할 수 있는 중요한 지혜를 발견할 수도 있을 것 같았다. 그래서 헨리 제임스의 이 난해하고도 모호한 작품인 《나사의 회전》을 학생들과 함께 이야기해 보아도 괜찮겠다는 마음을 먹게 되었다.

2. 번역의 문제 – 나사의 회전? 묘미가 두 배?

외국소설은 번역을 누가 어떻게 하느냐에 따라 내용이나 느낌이 사뭇 달라지는 경우가 있다. 앞서 소개했던 《여인들의 행복 백화점》은 시중에 나온 번역서가 하나밖에 없어서 고민할 거리가 없지만, 《나사의 회전》은 번역본이 세 종류나 출판되어 있다. 그래서 책을 읽기도 전에 학생들에게서 나온 질문이 하나 있었다. 그것은 "어떤 책을 사야 하나요?" 였다.

다른 방법이 없었다. 무작정 시중에 나온 번역본 세 편을 비교해서 읽어보았다. 세 권을 나란히 놓고 읽어보니 어느 정도 차이점을 발견할 수 있었다. 특히 제목인 '나사의 회전'과 관련된 부분을 번역할 때 그 특징이 잘 드러났다.

"I quite agree—in regard to Griffin's ghost, or whatever it was—that its appearing first to the little boy, at so tender an age, adds a particular touch. But it's not the first occurrence of its charming kind that I know to have involved a child. If the child gives the effect another turn of the screw, what do you say to TWO children—?"

"We say, of course," somebody exclaimed, "that they give two turns! Also that we want to hear about them." (원문)

① 최경도 역,《나사의 회전》, 민음사, 8쪽

「…… 만일 어린아이 하나가 나사를 한 번 더 죄는 효과를 낸다면, 어린 아이가 둘일 경우 어떻게 되겠어요?」

「그야 물론,」 누군가 소리쳤다. 「두 번 죄는 거죠! 우린 그 이야기도 듣고 싶소이다.」

② 이승은 역,《나사의 회전》, 열린책들, 8쪽

"…… 아이가 이야기에 나사를 조여주는 효과를 준다고 한다면, 두 아이가 등장하면 어떻겠습니까?"

"그야 물론 두 아이들이 나사를 두 번 조여준다고 말할 수 있겠지요! 또 우리 모두 그 아이들에 대한 이야기를 듣고 싶어 한다고 말할 겁니다." 누군가 소리쳤다.

③ 정상준 역,《나사의 회전》, 시공사, 24쪽

"…… 만약 아이가 등장하기 때문에 그 이야기의 효과에 묘미가 더해졌다면, 아이가 두 명이라면 어떻겠습니까?"

"물론 묘미가 두 배가 된다고 말할 수 있겠지요! 그에 덧붙여서, 그 아이들에게 대한 이야기를 우리 모두 듣고 싶어 한다고 말할 겁니다." 누군가가 큰 소리로 말했다.

'나사의 회전'이라는 표현의 원문은 'the turn of the screw'이다. 나사를 한 번 회전시키면 점점 조여들기 마련이고, 그 조여드는 느낌이 바로 '나사의 회전'인 것이다. 쉽게 말해서, 나사를 조이면 조일수록 심장이 쫄깃거리는 긴장감이 더해진다는 표현으로 해석할 수 있을 것 같다. 그런데 이 '나사의 회전'이 등장하는 부분의 번역에서 세 권이 조금씩 차이를 보인다. 밑금 그은 부분을 주목해서 보면, ①은 원문을 거의 그대로 직역하는 것 같고, ②는 나사를 조이는 효과가 이야기에 나타나는 효과라는 점에서 '이야기에'라는 말을 의역해서 넣었다. ③은 아예 '나사의 조임'이라는 표현을 빼버리고, '이야기의 효과에 묘미가 더해졌다'고 표현하고 있다. 이렇게 보면 ①은 직역에 가깝고, ③은 의역을 많이 한 것으로 볼 수 있다.

물론 이 중에서 어느 것이 맞는지는 판단하기 어렵다. 하지만 어느 것이 가장 잘 읽히냐를 따져보면 의역을 많이 한 ③인 것 같기는 하다. 그래서 학생들에게 ③을 권해주었다. 학생들에게 책을 권할 때는 가독성 여부가 가장 중요하다고 생각하기 때문이다. 책의 표지도 셋 가운데 유령 이야기에 걸맞게 살벌하게 나온 것 같고 읽기도 쉬운 것 같아서 ③을 권하기는 했지만, 어떤 것이 더 옳은 번역인지 잘 모르겠다. 제목에 떡하니 제시되어 있는 '나사의 회전'이라는 표현을 아예 무시한 ③의 번역 또한 그리 적확한 번역이라고 보기 힘들 것 같기 때문이다. 그리고 이 부분 말고 다른 부분에서는 앞서 말한 특징이 또 다른 양상으로 나타난다면 판단은 더욱 어려워진다.

이런 상황을 겪다 보니 번역에 나타난 각각의 특징들과 오역 여부를 잘 판별해 줄 수 있는 번역 정보들이 적절하게 제공되면 좋겠다는 소박한 바람이 생겨나게 되었다. 고전을 번역한 다양한 책들에 대해 전문적인 연구자들이 연구 성과들을 충분하게 축적한다면 가능한 일일 수도 있을 것 같다. 하지만 그런 번역 정보 플랫폼을 구축하는 데는 시간도 많이 걸릴뿐더러 많은 사회적 난관이 가로막고 있을 것 같으니, 소박한 바람이 아닐 수도 있겠다.

번역 문제에 대한 이야기로 길을 잃었던 글의 방향을 다시 소설 쪽으로 돌려보자. 앞서 이야기했듯이 헨리 제임스의 《나사의 회전》은 유령의 등장이 소설의 중심을 차지하고 있는 작품이다. 블라이라는 커다란 저택을 배경으로(영국의 한 지방으로 보임) 악령들이 시시때때로 등장하는데, 악령들은 삼촌과 따로 떨어져 대저택에 살고 있는 어린 두 남매(마일스와 플로라)를 노리고 있다. 그 악령들의 존재를 눈치챈 사람이 바로 이 아이들의 가정교사인 화자다(화자의 이름은 소설 속에 안 나타남). 화자는 악령들이 아이들을 해치지 못하게 지키려고 온 힘을 다해 노력하는데, 시간이 지나면서 악령들의 정체 또한 차츰 밝혀지게 된다. 이 악령들은 화자가 저택에 오기 전에 일하던 남자 하인인 피터 퀸트와 전임 가정교사 제슬이었다. 이들은 아이들에게 끊임없이 나쁜 영향을 미치고 있었고, 아이들 또한 이들의 영향에 점점 지배당하고 있었다. 이 악령들의 지배에서 벗어나기 위해 사투를 벌이는 가정교사의 이야기가 소설의 핵심을 이루고 있다.

그런데 이렇게 이야기를 요약한다면 이 소설을 제대로 소개한 것이라고 볼 수 없다. 왜냐하면 이 소설은 상당히 독특한 서술 방식을 취하고 있을 뿐만 아니라, 이 서술 방식이 작품의 성격을 완전히 새로운 것으로 바꾸어놓고 있기 때문이다. 작가인 헨리 제임스는 논리적이고 사실적인 서술을 거부한 채 주인공인 가정교사의 심리 상태를 기반으로 한 모호하고 애매한 서술로 사건을 전개해 나가고 있다. 문학 시간에 한 번쯤 들어본 적이 있는 '의식의 흐름' 기법의 원형을 제시한 사람이 바로 헨리 제임스인데, 이 작품에 주인공인 화자의 의식의 흐름이 잘 드러나 있다.[1]

특히 주인공의 제한된 시점으로 작품이 서술되고 그의 심리적 상태를 중심으로 작품이 진행되다 보니, 읽다 보면 정보의 공백이 많아 독자들이 답답함을 느끼게 된다. 예를 들어, 악령들의 정체에 대해서 작가는 제대로 된 단서를 주지 않고 있다. 가정교사 제슬 양과 하인 피터 퀸트가 아이들과 함께 지낼 때 서로 어떤 관계에 있었는지, 혹은 아이들에게 어떤 영향을 미쳤는지 등과 같은 중요하고 궁금증을 불러일으킬 만한 사실들을 작가는 명쾌하게 서술하지 않는다. 그 외에도 아이들의 삼촌은 왜 주인공인 화자에게 연락을 절대 하지 말라고 한 것인지, 남자아이인 마일스가 왜 학교에서 쫓겨나게 되었는지 등 사건의 실마리가 될 법한 사건들에 대해서도 작가는 1인칭 시점 뒤에 숨어 극도로 제한된 정보만을 제공하고 있다.

그러다 보니 이 소설은 유령의 존재에 대해서도 뚜렷한 증거를 남겨두고 있지 않다. 유령이 실제로 나타난 것인지 아닌지조차도 모호하다. 특히 유령의 존재를 인식하고 있는 사람이 1인칭 주인공인 화자밖에 없다는 사실은 유령의 존재에 대해 결정적인 의심을 하게 만든다. 그 외의 인물들은 유령을 본 적도 없는 것이다. 그래서 이 소설은 자연스럽게 '실제로 유령이 있는 거냐, 없는 거냐?'라는 즉각적인 질문을 불러일으킨다. 교사의 입장에서 보면, 책장을 덮자마자 격렬하게 토론을 벌일 수 있는 질문이 생겨난다는 점에서 정말 교육적으로 고마운 소설이 아닐 수 없다.

일단 이 작품을 있는 그대로 읽어낸 학생들은 유령이 있다는 쪽에 무게를 실었다. 여기에는 몇 가지 명백한 증거가 있다. 첫 번째 증거는 이

---

1 헨리 제임스의 이런 기법을 '심리적 사실주의'라고 평가하기도 한다. (여홍상, 《근대영문학의 흐름》, 고려대출판부, 209쪽)

소설의 중심 화자인 가정교사가 나름 신뢰할 만한 인물이라는 언급이 나온다는 점이다. 이 소설은 더글러스라는 인물이 자기 누이의 가정교사였던 한 여성의 회고록을 읽어주는 형식으로 구성되어 있다. 즉 액자식 구성이라고 할 수 있는데, 액자 안 이야기가 바로 가정교사의 유령 회고담이다. 그런데 더글러스는 한때 가정교사였던 이 인물에 대해 긍정적인 평가를 내리고 있다.

> 그 직업을 가진 사람들 가운데 제가 아는 누구보다도 쾌활한 여성이었습니다. 어떤 직책이라도 맡을 만한 자격을 갖추고 있었지요. (중략) 그녀가 일하지 않는 시간이면 우리는 정원을 거닐며 이야기를 했습니다. 그렇게 이야기를 나누는 도중에 그녀가 놀라울 정도로 똑똑하고 좋은 사람이라는 것을 알게 되었습니다. (정상준 역,《나사의 회전》, 27쪽)

더글러스의 평가에 따르면, 회고록의 저자인 가정교사는 상당히 똑똑하고 좋은 인성을 가진 사람임을 알 수 있다. 이런 사람이 회고록에 거짓말을 써놓을 것이라고 믿기는 어렵다. 이런 점이 이 작품을 읽을 때 혼란을 주는 부분이기도 한데, 다음에 인용한 장면을 살펴보면 가정교사가 진술하는 유령의 존재를 믿을 수밖에 없는 두 번째 강력한 증거를 발견하게 된다.

> "당신에게 그 이야기를 하고 싶었어요. 그런데 그 사람은 어느 누구와도 비슷하지 않았어요."
> "어느 누구와도?" 부인은 내 말을 따라 했다.
> "그는 모자를 쓰지 않았어요." 이 말에 더욱 놀라는 부인의 얼굴을 보며, 나는 부인이 이미 어떤 그림의 일부를 떠올리고 있다는 것을 눈치

채고는 조금씩 재빨리 설명을 덧붙였다.

"머리칼은 붉은색이었어요. 짙은 붉은색에 짧은 곱슬머리였지요. 얼굴이 길고 창백했는데, 이목구비가 뚜렷하고 잘생긴 편이었어요. 머리칼처럼 붉은 턱수염은 짧고 다소 기묘하게 났고, 조금 더 짙은 색의 눈썹은 활 모양으로 굽었고 잘 움직일 것처럼 보였어요. 날카로운 눈은 끔찍이도 이상하게 보였는데, 지금 생각해 보니 분명 눈이 작았고 시선은 고정되어 있었지요. 입은 컸고 입술이 얇았고, 조금 자란 턱수염을 제외하면 꽤 말끔하게 면도를 한 상태였죠. 배우처럼 보이는 사람이었어요." (앞의 책, 78쪽)

이 부분은 화자가 하인들을 관리하는 집사 격인 그로스 부인에게 자기가 처음 본 유령의 모습을 이야기해 주는 장면이다. 그로스 부인은 이 묘사를 듣고, 화자가 보았다는 유령이 과거에 이 집에서 일했던 하인 피터 퀸트의 모습과 완전히 흡사하다는 사실을 알게 된다. 즉 유령의 존재를 제대로 보지 못했다면 이런 상세한 묘사는 나오기 어려울 것이다. 아마도 유령의 존재를 믿는 사람들에게 결정적인 증거로 제시될 만한 부분이다. 이것 말고도 증거로 제시될 만한 것들은 또 있다. 천사처럼 묘사되어 있는 아이들이 어떤 악한 기운에 의해 갑자기 변화하는 장면이라든지, 혹은 마일스가 학교에서 나쁜 짓에 연루되어 쫓겨나게 되었다는 사실은 악령의 영향력을 직간접적으로 보여주는 사례라고 말할 수 있다.

이렇게 보면 유령은 작품 속에서 등장하고 있으며, 유령과 맞서 싸우는 선한 화자의 노력은 헌신적이고 희생적인 것으로 볼 수 있게 된다. 하지만 이 소설의 매력은 이런 해석으로 작품 전체를 아우르기에는 빈틈이 많다는 점이다. 이 빈틈들은 유령의 존재와 화자의 신뢰성에 치명적인 타격을 입힌다. 그래서 이 부분에 주목하는 사람들은 작품 속에 등장하는 유령의 존재를 부정한다.

4. 유령은 없다

유령이 없다는 쪽의 주장은 유령은 단순히 화자의 환상이 불러일으킨 착각에 불과하다고 지적한다. 유령의 존재를 입증할 만한 결정적인 정보들이 적은 반면에, 화자의 행동은 시간이 지날수록 신뢰감을 떨어뜨리고 있기 때문이다. 그녀를 제외하면 유령을 목격했다는 사람은 시간이 가도 더 나오지 않고, 화자의 행동은 시간이 갈수록 더욱더 강박적으로 변해간다. 그러다 보니 오히려 주변 사람들은 유령보다 화자가 만들어내는 상황에 더 큰 공포를 느끼는 것 같다.

> 이미 말한 적이 있지만, 아이는 정말 무서울 정도로 매몰차게 굴었고 천박하며 거의 추악하게 변해버렸다. "선생님이 무슨 말을 하는지 모르겠어요. 한 번도 본 적이 없어요. 선생님은 잔인해요. 선생님이 싫어요!" 길거리의 천박하고 뻔뻔스러운 계집애처럼 이렇게 말한 다음 아이는 그로스 부인을 꼭 끌어안고 그 끔찍한 조그만 얼굴을 부인의 치맛자락에 파묻었다. 이런 자세로 그 애는 거의 울부짖다시피 분노의 소리를 질렀다.
> "나를 데리고 가요. 나를 데리고 가줘요. 저 여자에게서 멀리 데리고 가줘요!"
> "나에게서?"
> "선생님 말이에요. 바로 선생님이요!" 아이가 소리쳤다. (앞의 책, 195쪽)

주인공 화자는 그로스 부인과 플로라에게 건너편 강둑에 이미 죽은 사람인 전 가정교사 제슬 양의 유령이 보인다고 단호하게 이야기한다. 하지만 그로스 부인과 플로라는 그 유령의 존재를 발견하지 못한다. 화자의 눈에 명백하게 보이는 유령을 두 사람은 전혀 인식하지 못하는 것이다. 이 부분에서 독자들은 화자가 보고 있는 유령이 화자에게만 보이는 것이라는 사실을 인식하게 된다. 게다가 화자가 유령의 존재에 대해 끊임없이 이야기하는 것이 주변 사람들에게 놀라움을 넘어 공포를 유발하고 있다는 사실도 깨닫게 된다. 강박적인 유령 이야기를 견뎌내지 못하는 심약한 여자아이 플로라는 화자를 향해 분노 섞인 울부짖음을 토해내고 있기 때문이다.

물론 악령이 있다고 보는 입장에서는 이 장면을 다르게 해석할 수도 있다. 즉 플로라가 이미 악령에게 홀려 있는 상태이기 때문에 악령과 맞서 싸우는 화자에 대해 광기 어린 태도로 거부감을 표현하는 것이라고 볼 수도 있다. 오히려 아이의 광기 어린 변화가 악령의 존재에 대한 강한 증거가 되는 셈이다. 하지만 전반적인 맥락을 살펴보면 이것은 화자를 지나치게 믿는 순진한 해석이 아닐까 싶다. 만약 1인칭 화자의 심리적 상태가 불안정하며, 그런 불안정한 심리 상태가 유발한 강박증으로 인해 그녀 혼자만 유령을 보는 거라면 어떻게 되겠는가 말이다. 그러면 앞의 인용문은 완전히 다르게 해석될 수밖에 없다.

일단 플로라에 대한 묘사를 한번 살펴보자. 플로라에 대해 표현한 말들을 살펴보면 지나칠 정도로 극단적인 면이 있다. 그전까지는 세상에서 보기 힘든 천사와 같은 아이라고 표현하다가, 앞의 인용문을 보면 무슨 혐오스러운 악마를 보듯이 묘사하고 있다. 한 인물에 대한 평가가 이렇게 극과 극으로 변화하는 예를 보면 화자에 대한 신뢰감이 떨어질 수밖에 없다. 평소에는 말짱하다가 자신에게 조금이라도 나쁜 말을 듣게 되면 급작스럽게 신경질적인 반응을 보이는 이상심리 환자들의 전형을 보는 듯도 하다. 작가도 다음과 같이 화자가 정상이 아닐 수도 있다는 떡밥을 뿌려두면서 독자를 점점 더 혼란 속으로 몰고 간다.

> 그렇게도 생생하게 예증된 다른 세계의 인상에 내가 쉽게 빠지는 성향이 있다는 것과, 이제 내 동료(그로스 부인을 지칭함)가 그러한 나의 성향을 알고 있으며 절반은 경악하고 절반은 동정심을 느끼고 있다는 사실, 이제부터 우리가 될 수 있는 대로 언제나 염두에 두고 지내야 할 그러한 사실들을 앞에 두고 입장을 같이하려면 그 특정한 이야기 말고도 다른 것들이 물론 필요했다. (앞의 책, 81쪽)

과잉 해석이라는 염려가 없지는 않지만, 위 인용문을 보면 화자는 화자 스스로 '다른 세계의 인상에 쉽게 빠지는 경향'이 있다고 말하고 있으며(다른 번역본에는 '끔찍한 기질'이라고까지 표현되어 있음), 이에 대해 그로스 부인이 경악과 동정심을 느끼고 있다는 언급이 나온다. 이런 표현은 화자의 현재 상태가 정상적이지 않음을 암시하는 것처럼 보인다.

그런데 멀쩡한 사람을 무턱대고 미친 사람 취급하는 것은 맥락상 적절하지 않다. 화자가 왜 이런 불안정한 상황이 되었는지 그 이유를 먼저 밝혀야 할 것이다. 아무 이유도 없이 화자를 미친 사람으로 몰아간다면 작품의 개연성을 무시한 채 찰나적인 인상에 의존하고 있다는 의구심을 받을 수밖에 없기 때문이다. 화자의 심리적 상황을 합리적으로 의심하기 위해서는 일단 화자가 사회적으로 처한 상황부터 차근차근 살펴볼 필요가 있다.

그럼에도 불구하고 19세기의 마지막 몇십 년까지 점잖은 집안 출신이지만 생활 형편이 어려운 여자들에게 개방된 거의 유일한 직업은 (샬럿과 에밀리 브론테처럼) 학교 교사이거나 혹은, 그보다 더 가능성이 많은 것으로 (제인 에어처럼) 개인 가정의 가정교사가 되는 일이었다. 그 두 가지 중 어느 쪽이든 간에 일은 고되고 사회적 지위는 그녀가 받는 보수만큼이나 낮았다. 대부분의 가정에서 가정교사의 지위는 상급 하인들과 같은 수준이었다. 하지만 결혼에 대한 기대에 실망한 독신 여성들은 생계비를 벌어야 할 경우에 샬럿 브론테가 표현했듯이 "가정교사라는 노예"가 되어야 했다. 수많은 가정에서 영원한 식객으로 전락한 노처녀 고모들과 마찬가지로 그들은 낙오자로 간주되었고 스스로도 그렇게 생각했다.

(리처드 D. 앨틱, 이미애 역, 《빅토리아 시대의 사람들과 사상》, 아카넷, 102쪽)

화자 또한 빅토리아 시대의 가정교사들의 처지와 전형적으로 닮아 있다. 고된 노동을 힘겹게 견뎌나가고 있지만, '노예'와 같이 처참한 수준의 경제적·사회적 보답을 받게 되는 고달픈 삶 말이다. 그런데 현실은 이처럼 비참했지만 시대적 분위기는 조금 달랐다는 것이 문제였다. 빅토리아 시대는 과거에 비해 비교적 자유로운 연애가 가능한 시대였으며, 이를 부추기는 낭만적인 사랑 이야기들이 도처에 떠돌던 시대였다. 물론 이 시대 여성들은 가정 내에서 혹은 사회 속에서 여전히 성적으로 억압되어 있었지만, 시대적 분위기를 따라 행복한 사랑을 꿈꾸는 새로운 욕망이 점점 커져갈 수 있는 풍토가 조성되어 있었다. 그러나 가정과 사회 내에서의 여전한 억압과 비천한 경제적 현실 속에서 낭만적 사랑의 꿈만을 키워간다면 그 결과는 어떻게 될까? 화자와 같은 처지의 가정교사들이 이상과 현실의 괴리감 속에서 심한 내적 갈등을 겪게 될 것이다.

작품을 들여다보면 이런 정황이 좀 더 섬세하게 드러난다. 언뜻 보기에 말도 안 되는 고용 조건(절대 연락하지 말라)을 받아들인 화자의 심리 이면에 집주인 남자에 대한 낭만적 환상이 자리 잡고 있다고 추측해 볼 수 있다. 즉 마일스의 삼촌에 대해 품고 있는 욕망이 문제의 시작이며, 그 후에 일어나는 사건들에 대한 화자의 서술은 그녀의 억압된 욕망이 만들어내는 히스테리 신경증으로 설명할 수 있는 것이다.[2] 이 점은 더글러스의 이야기에서도 드러난다.

> "여기서 얻을 교훈이라면 물론 그 훌륭한 젊은이가 아주 멋지게 유혹했
> 다는 것이겠군요. 그녀는 그 유혹에 굴복했고요."
> 그는 일어서서 전날 밤에 그랬던 것처럼 난롯가로 가서 통나무를 한 번
> 발로 찼다. 그리고 우리에게 등을 돌린 채 잠시 서 있었다.
> "그녀는 그를 꼭 두 번밖에 보지 못했습니다."
> "아 그래요. 하지만 그 점이 그녀의 아름다운 열정을 드러내는 것이지
> 요."(《나사의 회전》, 35쪽)

그런데 놀라운 것은 이 여인의 욕망이 집주인에 대한 열정에서 그치는 것이 아니라는 점이다. 다음과 같은 부분에서는 심지어 어린 마일스에 대한 욕망 또한 무의식적으로 드러나 있다.

> 식탁을 치우는 동안 마일스는 다시 작은 주머니에 손을 넣고 내게 등
> 을 돌린 채 서 있었다. 아이는 일전에 나를 놀라게 했던 망령이 서 있었
> 던 그 넓은 창밖을 바라보았다. 하녀가 우리와 함께 있는 동안 우리는

---

2   헨리 제임스, 이승은 역,《나사의 회전》, 열린책들, 238쪽.

침묵을 지켰다. 그 고요함으로 인해서 마치 신혼여행 중인 어린 부부가 여관에서 시종이 옆에 있는 동안 수줍음을 느끼는 것 같다는 엉뚱한 생각이 들었다. (앞의 책, 216쪽)

자신과 마일스를 무의식적으로 신혼여행 중인 어린 부부로 묘사하는 부분에 드러난 화자의 욕망을 포착해 보면 그녀가 아이들에게 보여주었던 광적인 애정과 집착을 이해할 수 있다. 이런 측면에서 보면 유령들에 대한 화자의 증오심 또한 설명이 가능해진다. 사실 남자 하인인 피터 퀸트와 전임 가정교사 제슬 양과의 결합은 당시의 사회적 지위를 고려해 보았을 때 쉽게 용납되기 어려운 관계였다. 가정교사인 여성의 지위가 더 높았기 때문에 여자의 입장에서는 몰락이라고까지 볼 수도 있었다. 즉 순간적 충동과 욕망에 사로잡혀, 안 그래도 불안했던 자신의 지위가 순식간에 몰락한 제슬 양의 이야기에서 그녀는 일종의 공포를 느꼈을 수도 있다. 이것은 집주인인 삼촌에 대한 열정, 즉 지위 상승적 욕망과는 대립되는 요소라고 할 수 있다.

여기에 덧붙여 정신분석학자들은 이 여인의 심리 상태에 대한 근거를 찾기 위해 구조주의적 해석까지 동원하여 속속들이 파헤치고 있다. 즉 작품 속 몇 가지 사건이나 배경적 장치들이 화자의 심리적 상태를 암시하는 수단이라고 지적한다. 예를 들어, 처음 남자 하인 피터 퀸트의 유령을 발견한 장소가 우뚝 솟은 탑 위였다는 사실과 전 여자 가정교사였던 제슬 양의 유령을 본 곳이 우묵하게 패여 있는 호숫가였다는 사실은 남성과 여성의 성기를 상징한다고 보았다. 또한 플로라가 나뭇조각의 구멍에 막대기를 끼우는 놀이를 하는 것은 성관계를 연상시킨다고 지적한다. 모든 사건을 정신분석적 욕망으로 치환시키는 환원주의적 해석의 위험이 있기는 하지만, 이와 같은 해석은 불안한 심리 상태의 원인을 규명하는 한 가지 방법으로 나름의 의미를 지니고 있다. 이와 같은 해석들을 근거로 했을 때 작품 속 유령은 화자의 환상이 만들어낸 가공의 존재라는 주장이 설득력을 얻게 된다. 이러다 보니 학생들은 유령이 실재했다는 주장을 잊고 유령이 없는 것 같다는 주장에 다시 귀를 기울이게 되었다.

5. 믿을 수 없는 화자, 그리고 스스로에 대한 믿음

이 작품이 불러일으키는 혼란은 사실 1인칭이라는 작품의 시점이 빚어낸 것이다. 앞에서도 언급했지만, 1인칭 시점은 주인공이 보고 듣고 생각한 것만을 제한적으로 서술할 수밖에 없기 때문에 한 인물의 내면을 깊이 있게 묘사하는 데는 적절하지만 사건의 전반적인 양상을 드러내는 데는 한계를 가질 수밖에 없다. 그래서 1인칭 시점의 경우에 사건 전반의 양상을 합리적으로 묘사하기 위해서는 화자가 신뢰할 수 있는 인물이어야 한다. 영화 〈밀리언 달러 베이비〉에서 중저음의 모건 프리먼이 내레이션을 시작하면 아무 의심 없이 믿음을 가지는 것을 생각해 보면 쉽게 이해할 수 있다. 그런데 문제는 서술자가 독자의 신뢰를 받을 수 없는 경우에 발생한다. 이런 경우를 서사 이론에서는 '신뢰할 수 없는 화자(Unreliable Narrator)'라고 부른다.

내포독자는 이야기의 합리적인 재구성과 나레이터에 의해 주어진 설명 사이의 모순을 감지해 낸다. 두 규범은 서로 갈등을 겪으며, 일단 인지되는 경우에는 숨겨진 것이 승리하는 것이다. 내포독자는 내포작가와 은밀한 통화를 한다. 서술자의 비신뢰성은 욕심, 크레틴병, 속기 쉬움,

심리적이고 윤리적인 무감각, 그리고 정보의 혼란과 부족, 순진성, 또는 '이해할 수 없는 혼합' 등을 포함한 일련의 다른 원인들로부터 유래한다. (시모어 채트먼, 김경수 역, 《영화와 소설의 서사구조》, 민음사, 283쪽)

"아저씨는 무슨 반찬이 제일 맛나우?"라는 깜찍한 대사로 유명한 〈사랑방 손님과 어머니〉의 옥희는 신뢰할 수 없는 화자의 대표적인 사례다. 작가는 일부러 옥희를 1인칭 관찰자로 설정하여 작품의 내용을 흥미진진하게 만들었다. 아이의 입장에서는 이해하기 힘든 상황들이 계속 펼쳐지고 있지만, 우리의 성숙한(?) 눈은 '아저씨와 어머니' 사이의 묘한 분위기를 충분히 읽어낼 수 있기 때문이다. 내포작가와 내포독자의 은밀한 통화라는 말은 이런 합리적 재구성의 과정을 의미한다. 즉 〈사랑방 손님과 어머니〉는 서술자의 무지가 소설의 재미를 배가한 작품이라고 말할 수 있다.

《나사의 회전》 또한 '신뢰할 수 없는 화자'를 통해 독특한 효과를 일으키고 있다. 전적으로 한 화자만의 서술에 의존할 수밖에 없는 상황에서 그 화자가 의심스러울 때 우리는 어떻게 정확한 사실을 추론해 낼 수 있을까? 《나사의 회전》은 이런 진지한 문제에 우리를 맞닥뜨리게 한다. 특히 마일스의 죽음으로 마무리되는 마지막 장면은 좀 더 우리를 진지하게 만든다.

I was so determined to have all my proof that I flashed into ice to challenge him. "Whom do you mean by 'he'?"

"Peter Quint—you devil!" His face gave again, round the room, its convulsed supplication. "WHERE?"

They are in my ears still, his supreme surrender of the name and his tribute to my devotion. "What does he matter now, my own?—what will he EVER matter? I have you," I launched at the beast, "but he has lost you forever!" Then, for the demonstration of my work, "There, THERE!" I said to Miles. (원문)

① 최경도 역, 《나사의 회전》, 민음사, 199-200쪽
나는 온갖 증거를 잡으려고 굳은 결심을 하던 참이라 냉정한 마음으로 아이에게 도전했다. "'그분'이라니 누구 말이냐?"
"피터 퀸트죠. 이 악마 같으니!" 마일스의 얼굴은 애원하듯 경련하며 다시 방 안을 살폈다. "어디죠?"
내 귀에는 마일스가 드디어 입 밖에 낸 이름과, 나의 헌신적인 노력에 대한 그의 보답의 소리가 아직도 들려오고 있다. "이젠 그 사람이 무슨 상관이 있겠니? 그리고 앞으로도 무슨 상관이 있겠어? 난 너를 가졌는데." 나는 짐승 같은 유령에게 대들었다. "마일스는 영원히 당신을 떠났어!" 그리고 내 업적을 자랑하듯 마일스에게 말했다. "저기, 저기를 봐!"

② 이승은 역, 《나사의 회전》, 열린책들, 228쪽
나는 모든 증거를 확보하려는 결심을 굳히고 있었으므로 재빨리 냉정한 태도로 아이에게 맞섰다. 「〈그 남자〉라니 누구를 말하는 거지?」
「피터 퀸트 말이에요, 이 악마 같으니!」 아이의 얼굴이 다시 방 안을 둘러보면서 경련을 일으키듯 애원했다. 「어디 있어요?」
아이가 마침내 입 밖에 낸 그 이름과 그동안 나의 헌신에 대한 아이의 찬사가 아직도 내 귀에 생생하다. 「그 남자가 지금 무슨 상관이니, 얘야? 앞으로 그 사람이 무슨 상관이 있겠니? 내가 너를 가졌는데.」 나는 그 짐승을 향해 퍼부었다. 「하지만 그자는 너를 영원히 잃었어!」 그러고

는 내 과업을 드러내기 위해 「저기, 저기야!」라고 마일스에게 말했다.

③ 정상준 역, 《나사의 회전》, 시공사, 232쪽
나는 모든 증거를 확보하려고 단단히 결심하고 있었으므로 대번에 냉정한 태도로 아이에게 도전했다. "'그 남자'라니 무슨 뜻이지?"
"피터 퀸트 말이야, 이 악질아!" 온 방 안을 둘러보며 아이의 얼굴은 다시 애원하듯 경련을 일으켰다. "어디라고?"
아이가 결국 입에 올린 그 이름과 나의 헌신적 보살핌에 대한 아이의 찬사가 아직도 내 귀에 생생하다. "지금 그 사람이 무엇 때문에 문제가 되지, 애야? 그 사람이 조금이라도 중요할까? 너를 가진 것은 나야." 나는 그 짐승에게 퍼부었다. "그리고 그자는 너를 영원히 잃어버렸어!" 그런 다음 내 과업을 과시하기 위해서 나는 마일스에게 말했다. "저기, 저기야!"

  아이가 결국 죽음을 맞이했다. 이것은 엄연한 사실이다. 그런데 우리는 이 죽음에 대해 책임을 물을 수가 없는 상황이다. 이럴 때 우리는 어떡해야 할까? 학생들의 질문 중에서 이 부분의 대사 'Peter Quint—you devil!'의 의미가 무엇인지를 묻는 질문이 있었다. 이 질문에 대한 답은 바로 마일스의 죽음이 누구의 책임인지를 밝히는 것과 연관되어 있다. 왜냐하면 마일스의 죽음이라는 엄연한 사실 앞에 우리는 무작정 혼돈에 빠져 있을 수만은 없기 때문이다.
  그런데 이 소설이 진정으로 의미가 있는 것은 이와 같은 상황이 오늘날 일상적으로 맞부딪히는 상황이라는 점에 있다. 인터넷을 통해 제공되는 정보들은 거의 대부분 '신뢰할 수 없는 화자'들에 의해 제공되고 있다고 해도 과언이 아니다. 믿을 수 있는 화자를 만나기 어려운 시대를 힘겹게 살아가기 위해서 우리는《나사의 회전》을 읽듯이 살 수밖에 없을 것이다. 나의 눈과 귀를 믿고 과잉 정보 혹은 과소 정보의 혼란 속에서 엄연한 사실을 등대 삼아 길을 잃지 않고 살아가는 지혜에 대해 생각해 볼 것을 이 소설은 요구하고 있다. 이것이 고전의 바다에서 힘들게 《나사의 회전》을 길어 올린 이유라고 말할 수 있다.

2015 국어과 교육과정에 의하면 '쟁점이 있는 독서 토론 활동'은 세상사의 갈등을 담고 있는 책을 읽은 후 다른 사람들과 토론을 함으로써 다양한 생각의 차이가 존재함을 이해하고, 동시에 타인의 독서 결과를 공유하여 책에 대한 이해의 폭과 깊이를 심화하게 하는 활동으로서, 토론 이후에 다시금 정리된 자신의 의견을 바탕으로 생각을 달리하는 이들을 설득하는 글을 쓰게 하여 갈등 상황에 대한 자신의 견해를 논리적인 언어로 표현하는 데 이르도록 해주는 활동입니다.

《나사의 회전》은 뚜렷한 쟁점(누가 미쳤나? 혹은 귀신이 있나 없나?)이 확 들어오는 작품입니다. 이런 쟁점을 놓고 여러 가지 방법으로 토론을 진행하다 보면, 작품에 대한 이해가 좀 더 깊어질 수 있습니다. 자신과 극단적으로 생각이 다른 사람들을 설득하기 위해서는 자신의 생각을 뒷받침할 수 있는 중요한 근거들을 찾기 위해 작품을 꼼꼼히 읽어야 하기 때문입니다. 이 과정에서 자기도 모르게 '믿을 수 없는 화자'와 같은 소설 기법적 측면이나, '빅토리아 시대의 여성의 처지'와 같은 역사적 사실들을 찾아낼 수도 있을 것입니다. 수업 상황을 가정해 보면 토론은 다음과 같은 여러 가지 방식으로 운영할 수 있습니다.

① 조별 토의를 거쳐 각 조의 입장을 결정한 뒤 조별로 토론을 진행하는 방식

② 패널들을 먼저 선정하고 패널들이 토론하는 것을 보면서 의견
  을 결정하는 방식
③ 인원이 적은 경우 모두 같이 집단 토론을 진행하는 방식

  토론의 방식은 이 외에도 여러 가지가 있으니 다양한 토론 방
식을 상황에 맞게 적용해서 운영하면 됩니다. 마음 맞는 친구와
이 작품을 같이 읽고, 다른 입장에서 작품을 이해하고 있는 친구
와 진지하게 작품에 대해 토론해 보게 할 수도 있습니다. 이런 토
론 과정을 거친다면 이 작품이 더 오래 학생들 기억에 남을 것입
니다.

03

소박한 정의, 거대한 투쟁

하인리히 폰 클라이스트, 《미하엘 콜하스》(1810)

1. 괴테와 카프카 사이, 그 막막한 공백

프랑스 소설, 미국 소설을 다루고 나니 아무래도 독일 소설을 다루어야겠다는 의무감이 생기기 시작했다. 근무하는 학교에 독일어과가 있어서 학생들의 요구를 무시하기 힘들었다는 현실적인 이유도 있었지만, 왠지 독일 소설이라고 하면 프랑스 소설과 함께 근대 소설의 거대한 산, 그것도 '마의 산'을 이루고 있을 것 같다는 막연한 동경이 있었기 때문이다.

하지만 막상 독일 소설을 찾아 헤매기 시작했을 때는 프랑스 소설과 미국 소설을 찾을 때처럼, 아니 그것보다 몇 배는 더 막막했다. 독일 소설에 대해 아는 거라곤 고등학교 때 허세용으로 읽었던 헤르만 헤세의 《데미안》 정도가 고작이었다. "새는 알을 깨고 나오려 한다. 알은 세계이다. 태어나려는 자는 하나의 세계를 깨뜨려야 한다." 같은 말들을 책상 위에 써놓고 좋아했던 수준이 전부였다.

그 이후에도 사정은 크게 달라지지 않았다. 대학에 들어간 뒤에는 교양으로 읽어야 한다고 해서, 대학원 다닐 때는 소설 전공이니 나름대로 명작을 맛봐야 한다는 의무에서 괴테의 《파우스트》와 카프카의 단편집을 읽어보았을 뿐이다. 특히 《파우스트》를 제대로 된 맛도 모르고 그냥 종이 삼키듯이 읽어나갔을 때의 기억은 독일 소설에 대한 부정적인 선입견을 강하게 심어주는 계기가 되고 말았다. 이런 처지다 보니 독일 소설 작가 가운데 가장 잘 알려진 19세기 초반 작가 괴테와 20세기 초반 작가 카프카 사이에 제대로 아는 작가가 거의 없었다.

학생들과 함께 읽을 만한 작품을 골라보겠다는 일념으로 여러 도서관을 전전하며 독일 문학을 소개하는 책들을 뒤적여 보았다. 몇 권 나와 있지 않은 독일 문학사 책¹에 소개된 작품들을 살펴보면서, 그 가운데 재미있을 것 같고 학생들과 함께 읽을 만한 작품을 골라보려고 했다. 문학사적으로 높은 평가를 받는 작품 중에서 번역이 되지 않은 것들도 있었고, 번역이 되어 있지만 읽기 어려운 것들도 있었다. 하지만 생각했던 것보다 많은 소설이 번역되어 있었고, 흥미진진한 소설이 많았다. 어렵고 관념적이며 우울할 것 같다는 독일 소설에 대한 편견을 깨주는 소설들이 문학사의 구석구석에 숨겨져 있었다. 이렇게 숨어 있던 소설들을 하나씩 하나씩 보물 찾듯이 읽어가다가, 읽을 만한 정도가 아니라 나의 뒤통수를 후려 때리듯이 강력한 충격을 주는 소설을 발견하게 되었다. 그 소설이 바로 1810년에 발표된 하인리히 폰 클라이스트의 《미하엘 콜

---

1 특히 많이 참조한 책은 볼프강 보이틴의 《독일문학사 - 사회사적 관점에서 본 문학적 술화》였는데, 같이 근무하시는 독일어 선생님의 추천으로 보게 되었다. 품절된 책인데, 사회사적으로 접근한 방식이 마음에 들었다. 그 외에도 비교적 쉽게 읽을 수 있는 김성곤의 《독일문학사》를 참고했으며, 세계문학사를 비교적 쉽게 정리한 '문학의 광장' 시리즈에서 독일편 《세계 대전과 독일 문학》이라는 책도 도움이 되었다. 《독일문학사조사》라는 두꺼운 책도 참고했다. 최근에 《한국 교양인을 위한 새 독일문학사》라는 책이 출간되어 클라이스트에 대한 평가를 인용할 수 있었다.

하스》이다.

이 소설의 작가 하인리히 폰 클라이스트는 1777년에 태어나 1811년에 사망했는데, 이 길지 않았던 삶 또한 이 그리 길지 않은 소설만큼 충격적이었다. 그는 유서 깊은 군인 가문에서 태어나 가업을 이어 군인으로 복무하다가 전역하고 나서 문필가의 길을 걸었다. 그 뒤에 놀랍게도 프랑스군에 입대하기도 하고, 나중에는 여행 중에 전쟁포로로 붙잡힌 적도 있으며, 장 파울·횔덜린과 함께 고전주의와 낭만주의의 중간을 잇는 3대 시인으로 이름을 떨치기도 했다. 특히 그의 생애 가운데 가장 충격적인 것은 그의 죽음이었는데, 여러 가지로 힘겨운 삶을 살다가 서른네 살이라는 젊은 나이에 헨리에테라는 여인과 동반 자살을 했다. 이런 그에 대해 한 연구서는 이렇게 평가하고 있다.

> 뒤늦게 태어난 천재적 시인은 자기 시대의 벽에 부딪히게 되었으며, 당대의 고루한 사회적 인습은 파격적으로 덤벼드는 이 아웃사이더를 포용해 주지 못했다. 여기저기를 전전하며 좌절과 방황을 거듭하던 그는 1811년 11월 21일 정체가 불분명한 헨리에테 포겔이라는 여인과 함께 베를린 근교의 반제(Wannsee) 호반에서 동반 권총 자살을 하고 만다. 반제 호반에 있는 그의 무덤 앞 묘비에는 '오, 영원이여, 그대 마침내 내 것이 되었구나!(Oh, Ewigkeit, endlich bist du mein!)'라고 적혀 있다.
>
> (안삼환,《한국 교양인을 위한 새 독일문학사》, 세창출판사, 309쪽)

'당대의 고루한 사회적 인습에 파격적으로 덤벼드는 아웃사이더'라는 평가를 내리고 있다. 도대체 하인리히 폰 클라이스트가 어떤 작품을 발표했기에 이런 평가를 받은 것일까? 그의 대표작이라 할 수 있는 《미하엘 콜하스》가 준 충격을 생각하면 어느 정도는 짐작이 가기도 한다. 그렇다면 이제 이 파격적인 작품 속으로 들어가 아웃사이더의 진면목을 만나보자.

2. 19세기 독일 한복판에 등장한 장산곶매

이 소설을 한마디로 요약하면 '말 장수의 싸움 이야기'라고 할 수 있다. 주인공 미하엘 콜하스는 말을 길러 파는 장사치였으며, 그가 파는 말은 품질이 우수하기로 정평이 나 있었다. 그는 우연히 어떤 싸움에 휘말리게 되는데, 이 싸움은 단순히 시정잡배들의 진흙탕 싸움과는 차원이 달랐다. 말 장수는 자신에게 부당한 폭력을 행사했던 권력자들과 싸움을 벌였기 때문이다.

그렇다면 여기서 미하엘 콜하스가 어떤 부당한 대접을 받았는지 이야기하고 넘어갈 필요가 있다. 콜하스는 말을 팔기 위해 국경을 통과하다가 여행 허가증이 없다는 이유로 부당하게 세금을 부과하는 '벤첼 폰 트롱카'라는 융커에게 자신이 기르던 말을 빼앗기게 된다. 처음에는 세금 대신 담보로 말을 잡아만 두겠다고 이야기했지만, 나중에 돌아와 보니 융커는 자신의 이익을 위해 말을 마구 부려먹었고, 그 결과 기름기 좔좔 흐르던 말이 하루아침에 비루먹은 말이 되어 있었다. 콜하스는 약속이 어긋났다는 사실을 확인하고 말 두 마리를 원상태로 돌려달라고 요구했지만 융커는 들은 척도 하지 않았다. 그는 분노를 억누르며 비교적 차분하게 대응했다. 권력자를 상대로 화를 내보았자 별 이득이 없다는 것을 알았기에 애써 감정을 삭이고 고향으로 돌아오게 된다. 하지만 말을 타고 돌아오는 마을마다 벤첼 폰 트롱카가 갖가지 비행을 저지르고 다닌다는 소문이 떠돌고 있었다.

말을 타고 들르는 마을마다 트롱카 성에서 여행자들에게 매일같이 비행을 저지른다는 소문이 들리면 들릴수록, 이 느낌은 깊숙이 깊숙이 뿌리를 내렸다. 이 모든 일은 치밀하게 계획된 듯 보이는데, 그렇다면 자기가 당한 봉욕을 배상받고 자신 같은 백성들이 앞으로 이런 일을 겪지 않도록 온 힘을 다하는 것이야말로 세상에 대한 의무라는 느낌이었다.

(하인리히 폰 클라이스트, 황종민 역,《미하엘 콜하스》, 창비, 18쪽)

이뿐만 아니라 집에 도착한 뒤에는, 말들을 돌봐주기 위해 융커의 성에 같이 머무르게 했던 콜하스의 마부 헤르제 또한 융커의 부하들에게 폭행을 당해 구사일생으로 도망쳤다는 사실을 알게 되었다. 그의 입을 통해 융커의 만행을 알게 되자 드디어 콜하스는 이러한 부당함에 맞서 싸우기로 결심한다. 그런데 흥미로운 것은 콜하스의 저항이 처음에는 법적 테두리 안에서 이루어졌다는 점이다. 콜하스는 말 장사를 통해 유력자들과 친분을 쌓고 있었으며 그 친분을 활용하여 소송을 진행할 생각이었다. 콜하스는 부당하게 입은 피해를 정당한 절차를 통해, 혹은 자신의 힘으로 회복할 수 있다고 믿었다. 그만큼 콜하스는 자신의 영향력에 자신을 가지고 있었던 것이다.

콜하스는 이 작센의 수도 어디를 가도 소송을 힘닿는 대로 도와주겠다는 친구들을 만날 수 있었다. 말 장사를 크게 벌인 까닭에 이 지방의 유력 인사들과 폭넓게 사귀었고, 정직하게 거래한 덕택에 이들의 호감을 샀기 때문이었다. 콜하스의 변호사도 이 지역 유지 중 한 사람이었는데, 말 장수는 이 변호사에게 여러 번 식사를 접대했다. (앞의 책, 25쪽)

이렇게 보면 주인공 콜하스는 정의감에 불타오르는 인물이라기보다는, 어쩌면 자신의 영향력을 활용해서 문제를 해결하려는 평범하지만 꽤 영리한 인물이라고 볼 수 있다. 일정 규모 이상의 장사를 원활하게 그리고 윤택하게 운영하려면 각계각층의 권력자들과 직간접적인 인연을 맺어두는 것은 당연한 일이었을 테고, 이러한 영향력을 최대한 활용하여 손쉽게 문제를 해결할 수 있어 보였다. 말 두 마리를 원상 복구해 달라는 요구 자체도 그리 유난스럽거나 상식에 어긋난 것이 아니었기 때문이다.

하지만 정당하다고 생각했던 자신의 소송이 권력자들 사이의 이해관계(벤첼 폰 트롱카는 재판을 주관하는 총리와 친척 관계임)로 인해 완전히 무시당하게 되고, 나중에는 무시당하는 정도가 아니라 '상습 소송꾼'으로 몰려 모욕까지 당하게 된다. 콜하스는 말 두 마리를 돌려달라는 단순하고 온당한 요구를, 그것도 정당한 법절차를 통해 제기했지만, 그에게 돌아온 것은 '말도 안 되는 모욕'과 '침묵하라는 강요'뿐이었다. 그래서 콜하스는 생각을 바꾸게 된다.

> 콜하스는 말 두 마리가 아까워서 이러는 게 아니었다. - 개 두 마리였다 할지라도 똑같이 괴로움을 느꼈을 것이다. - 콜하스는 이 결정문을 받고 분노로 피가 끓었다. (앞의 책, 29쪽)

이제 콜하스는 정당한 절차를 통해 문제를 해결할 수 있을 것이라는 희망을 접고, 마치 싸움에 나설 때 자신의 둥지를 모조리 부수고 길을 떠나는 장산곶매처럼 자신이 가지고 있던 모든 재산을 처분하고 직접 행동에 나설 자금을 준비한다. 하지만 아내 리스베트는 마지막까지 파국적 결말을 막기 위해 노력했다. 평화적 해결 가능성을 여전히 믿고 있는 그녀는 지방 영주인 융커보다 높은 지위에 있던 궁성 집사에게 직접

청원서를 제출하겠다고 나서며 콜하스를 막아선다. 콜하스는 만에 하나의 기대감으로 아내를 궁성으로 보내고 결과를 기다리지만, 결과는 그의 운명을 막다른 길로 몰아간다. 청원서를 제출하러 갔던 아내가 제출은커녕 성안으로 들어가지도 못한 채 끔찍한 폭행을 당한 뒤 죽음을 맞이했기 때문이다. 이와 같은 상황으로 전개되자 콜하스는 아무런 미련 없이 모든 수단을 동원하여 융커 벤첼 폰 트롱카를 처벌하기 위한 투쟁에 나서게 된다.

3. 동화 속 왕자와 공주는 어디서 온 것일까?

그런데 여기서 또 한 가지 흥미로운 점은 콜하스가 복수를 하기 위해 일으킨 반란군의 규모가 그리 크지 않았다는 것이다. 자신을 포함하여 하인들 몇몇을 규합한 것이 반란군의 전부였다. 그러나 이 소박한 반란군에게 융커의 성이 함락되고 융커는 도망자 신세가 되어버렸다. 사실 처음 이 부분을 읽었을 때 쉽게 이해가 안 되었다. 그래서 우선 학생들에게 내용 파악 차원에서 '융커는 왜 콜하스의 단출한 군사를 감당하지 못했을까?'라는 질문을 던져보았다. 기본적으로 동양권에서 공성전이라고 하면 자고로《삼국지》같은 전쟁소설에 나오듯 적게는 수천수만에서 많게는 수백만의 군사가 대치하는 엄청난 스펙터클을 연상하기 마련이다. 하지만 콜하스가 일으킨 군사의 수는 고작 십여 명에 불과했다. 이처럼 적은 규모의 군사들에게 성이 함락되다니, 이게 무슨 황당한 상황이란 말인가.

이런 상황을 이해하려면 당시 독일의 상황에 대해 알 필요가 있다. '당시 독일'이라면 작품이 발표된 19세기 독일을 이야기하는 것으로 생각하기 쉽지만, 이 소설의 배경은 19세기가 아니다. 이 소설이 1810년에 발표되기는 했지만, 소설 속 시대적 배경은 16세기다. 왜 16세기 소설인가 하면, 작품 속에 실존 인물인 종교 개혁가 '마르틴 루터'가 등장하기 때문이다. 그렇다면 소설의 역사적 배경인 16세기 독일의 상황은 어떠했을까?

당시 독일은 독일이라는 나라 자체도 제대로 성립되어 있지 않은 상태였다. 신성로마제국의 변방에서 수많은 영주들이 각각 자기의 영지를 유지하며 살고 있었다. 앞서 나온 '융커(junker)'는 바로 이런 귀족 영주들을 지칭하는 말이며, 중세 때부터 19세기에 이르는 동안 엘베강 동쪽 프로이센에 주로 머무르고 있던 보수적인 지주 귀족계급을 가리키는 말이라고 할 수 있다. 그들은 영내 농민들에 대한 강력한 신분적 구속력을 가지고 있었으며, 장원의 지배자로서 그들의 영향력은 거의 왕과 같은 수준이었다. 그런데 문제는 이런 융커들의 수가 엄청나게 많았다는 점에 있다. 특히 1648년의 베스트팔렌 조약 이후에는 약 300개의 연방과 1500개의 기사령이 있었으며, 엄청나게 큰 영지를 가진 융커부터 사방 몇 제곱킬로미터 수준의 작은 영지를 가진 융커까지 다양한 부류의 융커들이 존재하고 있었다.[2] 그 가운데 벤첼 폰 트롱카는 그리 크지 않은 규모의 영주였기 때문에 콜하스의 적은 병력만으로도 복수가 가능했던 것이다.

아마 어린 시절 읽었던 서양의 전래동화 속에 뭔 놈의 왕자와 공주가 이리 많은지 궁금함을 느꼈던 적이 있을 것이다. 이 질문의 답도 앞서 이야기한 16세기 이후 독일의 상황과 밀접한 연관이 있다. 이 전래동화

---

2 독일 역사와 관련한 내용은 김장수의 《주제별로 접근한 독일근대사》(푸른사상)를 참고했다.

들의 상당수는 독일 사람인 그림 형제의 동화집에서 유래한 것이고, 그림 형제의 동화집은 이렇게 융커가 난립하던 시대에 전해지던 이야기들이 많이 담겨 있었다. 그렇다면 그 수많았던 왕자와 공주의 정체에 대해 해답을 찾을 수 있을 것이다. 그들은 아마도 엄청나게 난립하고 있었던 융커들의 자제들이었을 가능성이 크지 않겠는가.

이렇게 수많은 융커들의 영지를 지나갈 때마다 통행세를 내야 한다면 콜하스와 같은 떠돌이 장사꾼들은 견뎌낼 수가 없었을 것이다. 베를린에서부터 스위스까지 이동할 동안 세금을 10번 이상 내야 했으며, 화폐 종류만도 6000가지가 있었다고 하니, 주인공이 겪었던 이 부조리한 상황은 이런 시대적 배경 속에서 발생한 것이다.

그렇다면 왜 작가 클라이스트는 16세기 인물인 미하엘 콜하스를 19세기에 다시 불러낸 것일까? 그 이유는 19세기까지도 보수적인 융커 세력이 여전히 도사리고 있었으며, 클라이스트는 독일이 하나의 통일된 근대 국가로 나아가는 과정에서 이들이 커다란 걸림돌이 된다고 생각했기 때문이다.

> 바로 이 시기에 클라이스트는 이 소설에서 융커 계급을 부패하고 잔인한 착취자들로 묘사하고 이들의 특권이 국민에 미치는 폐해를 보여주며 이들의 대표자들에게 '힌츠'와 '쿤츠'라는 우스꽝스러운 이름을 붙여주고, 이들의 무책임한 행동을 방치하면 콜하스가 일으킨 바와 같은 혁명적 봉기가 발생할 수 있다고 경고함으로써 융커들의 반발을 비난하고 개혁정책을 지원하는 것이다. (앞의 책, 378쪽)

역사적 발전을 막은 수구 세력에 대해 온몸으로 저항한 한 인물을 형상화하면서, 작가는 시대의 모순을 향해 대담한 도전장을 던졌다. 적은 수로 시작했던 콜하스의 저항이 일개 융커들은 감당할 수도 없을 정도의 큰 규모로 발전하게 된 것은 당시 지배 체제에 불만을 가지고 있던 사람들이 많았다는 사실을 드러내는 것이다. 즉 작가는 자신이 추구하는 시대정신이 민중들의 삶과 공감하고 있다는 점을 작품 속에 표현하고 있는 것이다. 우스꽝스러운 모습으로 도망 다니는 벤첼 폰 트롱카를 쥐 잡듯이 쫓는 콜하스의 모습을 통쾌하게 묘사한 장면을 읽을 때면, 열정적으로 작품을 써 내려가던 아웃사이더 클라이스트의 모습이 떠오르는 듯하다.

4. 폭력을 동원한 저항은 옳지 않은가?

그런데 이 책을 읽고 난 뒤 학생들과 수업을 진행했을 때 당연히 나올 수밖에 없는 질문은 바로 '폭력을 동원한 저항은 옳은 것인가?'라는 케케묵었지만 여전히 심각한 질문이었다. 학생들은 콜하스의 상황에 충분히 공감하면서도 폭력적인 저항에는 거부감을 가지고 있었다. 학생들의 부정적인 반응을 대표적으로 보여주는 사례다 싶어 이 책에 대한 발제를 맡은 학생의 글을 인용해 보겠다.

그는 자신이 당한 봉욕을 배상받고 자신 같은 백성들이 앞으로 이런 일을 겪지 않도록 온 힘을 다하는 것이야말로 세상에 대한 의무를 다하는 것이라고 생각했고 정의를 실현했다. 이렇다는 점에서 그의 폭력은 '정의를 위한' 폭력이었고 세상의 질서를 조금이나마 바로잡았다는 점에서 충분히 정당화될 수 있다. 하지만 꼭 그것을 '정의를 위한 옳은 폭력'이라고 정당화하는 것은 섣부른 결론일 수도 있다. 아무리 그가 융커를 잡기 위해 한 일이라지만 무고한 시민들을 지나치게 희생시켰다는 생각도 든다. (중략) 우리는 이런 콜하스를 무조건 훌륭하다고 추켜세우기보다는 과연 그가 융커를 잡기 위해 무자비하게 방화를 저지르고 폭력을 휘둘러 많은 시민을 무의미하게 희생시킨 것이 정당한 행동인지 다시 생각해 보아야 할 것이다. (3학년 이규인 학생의 글)

학생들은 콜하스가 융커를 잡기 위해 폭동을 일으킨 점에 대해 상당한 반감을 가지고 있었다. 사실 콜하스의 복수극은 정도가 심한 편이기도 하고, 그 과정에서 죄 없는 사람들이 다치거나 죽기도 했기 때문이다. 이에 대해 안중근 의사나 윤봉길 의사의 의거를 예로 들면서, 다른 저항 수단이 모두 봉쇄된 약자들에게 폭력적 저항 수단은 가장 효과적인 수단이 될 수 있으며, 이런 점에서 폭력적 수단에 대한 무조건적인 거부감은 옳지 않다는 식으로 논지를 몰아갈 수도 있었다. 하지만 이런 논지 전개 또한 학생들의 찜찜한 감정을 쉽게 지우기는 어려워 보였다. 권력에 맞서는 폭력적인 저항이라고 하면 대뜸 도시 전체를 마비시키는 시위대들의 무질서한 폭력을 오버랩하게 만든 보수 언론들의 영향도 한몫했겠지만, 정의로운 목적을 실현하기 위해서는 정의로운 절차가 필요하다는 원론적인 생각에서 학생들은 쉽게 벗어나지 못했다.

철학적인 논쟁에서 헤매기보다는 다시 작품의 상황으로 돌아가는 것이 논의에 도움이 될 듯싶었다. 그래서 자연스럽게 콜하스의 상황에 대해 질문을 이어갔다. 일단 콜하스는 처음부터 폭력을 행사한 것도 아니며, 절차적 정당성을 지키려 했던 인물임을 상기시켰다. 그리고 학생들에게 물었다. 콜하스가 절차적 정당성을 지키기 위해 마지막까지 노력한 뒤 그에게 돌아온 결과는 무엇이었냐고. 답은 비참하게도 '아내의 죽음'이었다. 사실 이 소설에서 중요한 것은 저항이 폭력적이었느냐 아니냐의 문제가 아니라, 그가 이런 선택까지 하는 과정에서 겪었던 상황이라고 생각한다. '절차적 정당성'이라는 기본적인 원칙마저 무시해 버린 권력자들은 그들에게 저항할 모든 수단을 차단하고 있었다. 나름대로 영향력을 가지고 있다고 생각했던 콜하스조차 권력자들의 두터운 결연 관계 앞에서 무기력하게 돌아설 수밖에 없었다. 이런 상황에서 개개인은 절차적으로 허용되어 있지 않다는 이유로 침묵해야만 할까? 이 질문에 대해 침묵해야 한다는 답을 쉽게 내놓기는 어려웠다. 그럴 때 학생들과 함께 다음에 인용된 부분을 읽어보았다.

> 말 장수는 아내를 가슴에 살포시 껴안고 대꾸했다. 사랑하는 리스베트, 나는 내 권리를 지켜주려 하지 않는 나라에 머무르고 싶은 생각이 없기 때문이오. 발로 걷어차이는 신세라면 사람으로 사느니 차라리 개로 살겠소! (앞의 책, 32-33쪽)

모든 재산을 팔고 저항을 준비하는 과정에서 뭔가 이상한 낌새를 알아챈 아내 리스베트가 무슨 일이냐고 묻자 콜하스는 위와 같이 대답했다. 이런 엉터리 같은 나라에 무조건적인 충성심을 보일 필요가 없으며, 차라리 떠나고 말겠다는 콜하스의 항변은 두고두고 곱씹어 볼 만했다. "하느님께만 순종할 뿐 제국과 세계에서 해방된 자유인(44쪽)"으로서 '발로 걷어차이는 신세'로 더 이상 살지 않겠다는 그의 굳은 신념이 잘 드러나 있었기 때문이다. 나중에 국가의 역할에 대한 마르틴 루터와의 논쟁에서도 그는 이렇게 말한다.

> 너는 무슨 터무니없는 망상에 사로잡혀 있느냐? 네가 사는 국가 사회에서 누가 너를 추방했단 말이냐? 국가가 존재하는데, 누가 무엇을 하

든 국가에서 추방되는 일이 어디 있단 말이냐? - 제가 말하는 추방당한 자란, 콜하스는 종주먹을 불끈 쥐며 대답했다. 법의 보호를 받지 못하는 자를 뜻합니다. 저는 그 보호를 받아야만 평화롭게 사업을 번창시킬 수 있습니다. 그 보호를 믿었기에 모은 재산을 다 들고 이 사회에 들어온 것입니다. 이런 보호를 해주지 않는 것은 저를 황야의 야수들에게 쫓아내는 것입니다. (앞의 책, 56쪽)

국가의 보호 없이 살아간다는 것은 '황야의 야수들에게 쫓아내는 것'이라는 표현은 상당히 인상적이다. 더욱이 앞서 나온 '내 권리를 지켜주려 하지 않는 나라'라는 말과 함께 학생들에게 깊은 울림을 주었다. 이 말을 되새길 때, 최근 우리나라에서 벌어졌던 수많은 사건이 주마등처럼 떠올랐기 때문일 것이다. 차가운 바닷물 속에 수백 명의 아이들이 죽어갈 때도, 지하철 선로에서 일하던 사람이 억울하게 떨어져 죽을 때도, 가습기 세정제의 유독 물질로 수백 명의 갓난아이가 죽어갈 때도 이 나라는 도대체 무엇을 하고 있는지 알 수가 없었기에, 콜하스의 항변은 오늘날에도 여전히 강력한 울림을 가지고 있는 것 같다.

5. 정당한 절차 회복을 위한 힘겨운 투쟁

콜하스의 봉기가 일어났을 때 많은 사람이 여기저기에서 동조했다는 점을 다시 한번 주목할 필요가 있다. 그런데 콜하스의 반란군에 동조하는 세력이 나날이 늘어났던 점도 인상적이지만, 콜하스의 추격을 피하던 융커가 머무르는 곳마다 강력하게 반발하던 거주민들의 반응 또한 볼만했다. 이는 콜하스의 압도적인 폭력에 대한 두려움을 보여주는 것이면서 동시에 지배 계층의 일원인 융커에 대한 불만을 노골적으로 표시한 것이기 때문이다.

> 문 앞에 들보와 기둥을 얽어 바리케이드를 친 융커의 집 앞에 백성 수천 명이 진을 치고서 미친 듯 고함치며 융커를 도시에서 쫓아내라고 요구했다. (중략) 융커 자신도 이런저런 이유로 드레스덴으로 가고 싶어 한다오, 라고 백성들을 구슬렸지만 아무 소용이 없었다. 막무가내로 창과 몽둥이를 부르쥔 무리는 이런 말을 귓등으로 흘려들었고, 시의원 두셋이 강경 진압을 해야 한다고 말하자 이 시의원들을 들이패면서, 융커가 머무는 집으로 우르르 밀려가 싹 쓸어버리려던 참이었다.
>
> (앞의 책, 47쪽)

이처럼 지배 계층에 대한 불만이 쌓일 대로 쌓였던 차에 콜하스의 저항이 촉매제로 작용하여 반란은 걷잡을 수 없는 수준으로 발전하게 되었다. 여론의 추이를 지켜보던 위정자들은 결국 콜하스에게 협상을 제안한다. 협상의 대리자는 바로 종교개혁의 선구자 마르틴 루터였다. 미하엘 콜하스가 루터를 신봉하는 신교도였다는 점을 고려한 선택이었다. 마르틴 루터는 종교개혁에 앞장섰던 고결한 인물일 것이라는 우리의 기대와는 달리, 의외로 그는 지배층의 앞잡이 역할에 충실했다. 루터는 대뜸 콜하스를 다그치며 요구 조건이 무엇인지를 물었다. 그런데 콜하스의 답은 어처구니없는 것이었다.

> 드레스덴 법원에 가서 무슨 요구를 하려고 하느냐? 콜하스가 대답했다. 융커를 법에 따라 처벌할 것, 말들을 원상회복 시킬 것, 트롱카 성 사람들이 저지른 횡포로 말미암아 저뿐만 아니라 뮐베르크에서 죽은 머슴

헤르제가 입은 피해를 배상할 것을 요구하려 합니다. (앞의 책, 57쪽)

콜하스는 반란을 일으키기 위해 모든 재산을 처분했으며, 심지어 막대한 돈을 빌리기까지 했다. 그리고 더 괴로웠던 것은 그 과정에서 아내가 죽음을 맞이하게 된 것이다. 그럼에도 불구하고 그는 이런 부분에 대한 배상은 하나도 요구하지 않았다. 단지 융커가 한 일에 대해서만 처벌을 요구했으며, 이 모든 사건의 발단이 되었던 말 두 마리를 원상 복구하는 일만을 바라고 있었다. 그러니까 그가 바란 유일한 요구는 '소송 재심리'였다.

이해할 수 없는 무시무시한 미치광이여! 라고 루터는 말하고 콜하스를 노려봤다. 네 칼로 융커에게 복수를 하고서도, 그것도 천하에 둘도 없이 잔인하게 보복을 하고서도, 무엇 때문에 융커를 재판해야 한다고 고집하느냐? 설령 판결이 내려진다 하더라도 그 형벌은 융커에게 솜방망이에 지나지 않을 텐데 말이다. – 콜하스가 뺨에 눈물을 줄줄 흘리며 대답했다. 존경하는 목사님! 이 판결을 받으려다가 제 아내가 목숨을 잃었습니다. 저 콜하스는 제 아내가 부당한 짓을 하다 죽은 게 아니라는 것을 만천하에 알리고 싶습니다. (앞의 책, 58쪽)

여기서 자연스럽게 '콜하스는 왜 소송 재심리만을 요구했을까?'라는 질문이 던져졌다. 사실 콜하스는 나라 전체를 뒤집어엎을 만큼 강력한 영향력을 가지게 되었으며, 요구만 한다면 한낱 일개 융커의 목숨 따위는 쉽게 거둘 수 있는 위치까지 오르게 되었다. 그럼에도 불구하고 콜하스는 절차의 회복만을 요구하고 있다. 루터가 '이해할 수 없는 무시무시한 미치광이여!'라고 말한 것이 이해될 만하다. 자신의 통행권만 보장한다면 그는 반란군을 모두 해산하고 개인 신분으로 법정에 서겠다고 주장했다.

이 무슨 황당한 상황이란 말인가? 이런 전개를 이해하기 위해서는 콜하스의 생각을 좀 더 깊이 이해할 필요가 있다. 모든 절차적 정당성이 사라진 상황에서 그는 모든 수단을 동원하여 보복 폭력을 행사했다. 그 결과 권력자들은 위기감을 느끼고 콜하스의 요구를 들어주기로 한다. 그런데 이런 우여곡절 끝에 자신의 요구가 관철될 수 있는 상황이 되었을 때 콜하스가 요구한 것은 뜻밖에도 '정당한 절차의 회복'일 뿐이었다. 위정자들이 무너뜨린 절차적 정당성을 다시 회복시키겠다는 콜하스의 단순하면서도 단호한 요구 조건은 학생들에게 큰 충격을 주었다. 그는 법을 넘어선 처절한 보복을 감행해 왔으면서도, 그 보복의 궁극적인 목적은 개인적 복수심 너머에 있는 법 절차의 정당성을 가리키고 있었기 때문이다.

더 놀라운 것은 재판에서 승소한 뒤에 보인 콜하스의 모습이다. 콜하스는 법정에서 보장한 권리, 즉 말을 원상태로 돌려달라는 것과 사소한 몇 가지 요구들이 충족된 것을 확인한 뒤에 처형장의 이슬로 사라지게 된다. 반란을 통해 국가의 질서를 어지럽힌 죄를 달게 받아들인 것이다. 절차적 정당성의 회복을 위해 자신의 죽음마저 달게 받아들인 그의 태도는 여러 가지로 생각할 거리를 던져주었다. 특히 반대 세력을 제압하기 위한 수단으로 절차적 정당성을 자신의 입맛에 맞게 왜곡하고 법질서를 교란하는 이들에게 주는 준엄한 경고라는 생각이 들었다. 불법과 합법의 경계를 정치적 이해관계에 따라 고무줄 늘이듯이 바꿔버리는 위정자들에게 진정한 정의가 무엇인지를 그는 당당하게 밝히고 있었으며, '너희들은 무시했지만 나는 지키고야 말겠다'는 결기마저 느껴졌다. 콜하스의 정의로운 죽음을 보며 정수리를 내리치는 듯한 충격을 받았으며, 이 장면을 통해 "하인리히 폰 클라이스트가 없었다면 클라이스트라는 성(姓)은 허섭스레기에 불과했다."라고 말한 토마스 만의 말을 충분히 이해할 수 있게 되었다.

6. 19세기 독일에서 만난 또 한 명의 '변호인'

'정의란 무엇인가?'라는 질문이 이 소설의 중심에 놓여 있는 주제이기는 하지만, 이런 점 말고도《미하엘 콜하스》는 여러 가지 면에서 상당히 흥미롭다. 우선 재판에 임하기로 한 콜하스를 둘러싸고 진행되는 상황이 눈에 바로 들어왔다. 오늘날 한국 땅에서 국가권력을 상대로 길고도 지루한 법정 공방을 벌이고 있는 수많은 이들의 상황과 흡사했기 때문이다. 재판 일정을 질질 끌어가면서 부정적인 여론몰이를 주도하고, 이를 바탕으로 얼토당토않은 조건들을 내세우는 권력자들의 비겁한 행태들이 지금과 크게 다르지 않았다. 인간에 대한 예의라고는 눈을 씻고 찾아보기 어려우며, 어떻게든 자신의 책임을 모면하기 급급한 권력자들의 행태는 김수영 시인의 시에 나오는 말처럼 '유구한 역사'를 가지고 있는 듯싶었다.

그런데 학생들 사이에서 가장 흥미를 끌었던 것은 마지막에 예언자로 등장하는 노파의 존재와 그녀의 예언 내용이었다. 죽은 아내의 현신일 것이라는 추측이 가장 유력했던 이 노파가 콜하스에게 들려준 예언에는 권력의 최상부에 있던 작센 선제후의 종말이 담겨 있었다. 그런데이 예언이 작품 속에서 끝까지 언급되지 않았다는 점이 학생들의 몸을 달뜨게 만들었다.

작센 선제후는 이 일이 있은 뒤 곧바로 몸과 마음이 갈가리 찢어져 드레스덴으로 돌아왔다. 그다음에 어떻게 됐는지 알고 싶다면 역사책을 읽어봐야 할 것이다. 하지만 콜하스 가문의 밝고 옹골찬 후예들은 지난 세기까지도 메클렌부르크에 살고 있었다. (앞의 책, 126쪽)

역사 공부를 부르는 소설이라고 할까? 작센 선제후는 실존했던 인물이었으니, 그의 종말을 알고 싶으면 역사책을 보라는 것이다. 이런 결말에 답답했던 학생들은 그전에는 한 번도 들어본 적도 없었던 중세 독일의 '작센 선제후'라는 인물에 대한 자료 탐색에 나섰으니, 이 책은 나름대로 자기 주도 학습을 이끌어내는 작품이 아닐까 싶기도 하다.

그런데 미하엘 콜하스의 이야기를 전체적으로 떠올리다 보면 어디서 많이 본 스토리라는 생각이 들었다. 거의 200년의 시간 차이가 남에도 불구하고 비슷한 이야기를 담고 있는 영화 한 편이 떠올랐기 때문이다. 그 영화는 바로 〈변호인〉이다. 물론 구체적인 배경과 맥락은 다를 수도 있지만, 체제 안에서 하나도 아쉬울 것 없이 체제가 주는 이익을 충분히 누리며 살아가던 한 인물이 우연한 계기로 권력에 의해 부당한 처우를 받게 되는 모습이 비슷하게 느껴졌다.

〈변호인〉의 주인공 우석이 능수능란한 솜씨로 돈을 버는 모습과 권력자들을 상대로 때깔 좋은 말을 팔아넘기던 콜하스의 모습이 그리 달라 보이지 않았다. 그뿐만 아니라 권력과 맞서 싸우기로 결정한 뒤에 자신의 삶 전체를 온전히 뒤집어엎는 과정에서 체제의 모순을 결정적으로 깨닫는 그 극적인 행보 또한 흡사하게 느껴졌다. 특히 〈변호인〉 속 우석이 끝까지 법의 테두리 안에서 싸우다가 결국 그 대단한 대한민국 법정에서 분통이 터지는 목소리로 "이러면 안 되는 거잖아요."라고 외치는 모습과 200년 전 독일 소설 속 미하엘 콜하스가 정당한 절차 안에서 끝까지 해결책을 모색하려다가 시신으로 돌아온 아내를 붙잡고 오열하는 모습이 흡사하다고 느껴진 것은 나뿐일까? 세상을 뒤집기 위해 떨쳐 일어섰던 평범한 인물들의 단호한 외침이 귓가를 맴도는 가운데, 나태한 내 삶이 한없이 부끄럽게 느껴졌다.

《미하엘 콜하스》는 미하엘 콜하스라는 인물의 삶이 변화하는 양상을 구체적으로 서술하고 있는 작품입니다. 권력이 저지른 불의에 저항하면서 자신의 삶 자체를 온전히 바꿔버린 과정이 잘 나타나 있습니다. 이런 점에서 한국 영화 〈변호인〉과 이야기 진행이 상당히 흡사합니다. 〈변호인〉과 비교하면서 작품을 읽어보는 것도 좋을 것 같습니다.

제시한 표는 두 작품에 등장한 인물의 행동들을 비교하여 이해할 수 있도록 정리한 표입니다. 이 표를 작성한 후 이를 바탕으로 자신의 생각을 줄글로 써보기 바랍니다. 그러면 글쓰기가 생각보다 쉬워질 것입니다. 또 그렇게 글을 쓰고 나면 두 작품이 더 오래 기억에 남을 것입니다. 표에 나와 있는 항목 말고 더 떠오르는 것이 있으면 추가해도 됩니다. 내용이 풍성하면 더 좋은 글을 쓸 수 있을 것입니다.

	미하엘 콜하스	변호인
부당함을 깨닫기 전의 삶 (직업, 사고방식, 가정환경 등)		
권력의 부당함을 깨닫게 된 계기		
권력에 저항한 수단 및 방법		
권력에 저항하면서 받게 된 피해		
주변 사람들의 반응		
저항의 목적		
저항의 결과		

04

억압받는 사람들,
다층적인 목소리

리처드 라이트, 《미국의 아들》(1940)

1. 너무 센 거 아니오?

이번에 소개할 소설에 대해 글을 쓰기 시작할 때, 앞서 다른 소설에 대해 쓸 때와는 사뭇 다른 고민 하나가 무겁게 어깨를 짓눌렀다. 작품 자체가 좋은지 나쁜지, 작품을 어떻게 소개할지의 문제가 아니었다. 작품 자체의 의의는 충분하다고 생각하지만, 작품 속에 등장하는 몇몇 장면이 자꾸 신경이 쓰였다. 그 장면들은 바로 학교 현장에서 터부시되어 왔던 '성(性)'과 '폭력'이라는 주제와 연관된 것들이었기 때문이다.

이런 고민에 빠져들게 만든 작품은 리처드 라이트의 《미국의 아들(Native Son)》이다. 기존의 보수적인 관점에서 보면 학생들과 함께 수업하기에는 부적합할 수도 있는 내용들이 이 작품에는 고스란히 담겨 있다. 연인과의 격렬한 정사 장면, 공공장소(극장)에서의 자위행위 같은 선정적인 장면들과 살인과 시체 유기, 사체 훼손 등의 끔찍한 장면들이 등장하며, 심지어 이런 장면들이 소설의 중요한 모티프로 자리 잡고 있다. 그러니 다른 좋은 작품들이 많이 있는데 굳이 왜 이런 작품을 골랐는지 묻는 사람들이 있을 것만 같았다.

그런데 '이런 작품을 정말 학생들에게 노출해서는 안 되는 것일까?'
라고 스스로에게 물어보았다. 즉 '성'과 '폭력'이라는 금기가 과연 어떤
기준으로 적용되어야 하는 것인지 궁금했다. 일단 인간에 대해 이해하
기 위해 '성'과 '폭력' 같은 주제를 다루는 것은 자연스러운 일인 듯하고,
그렇기에 인간 본성에 대한 깊은 이해를 보여주는 작품들은 이런 주제
를 다루는 데 주저함이 없는 것도 같다. 그래서 그런지 문학사적으로 높
은 평가를 받고 있는 작품들 중에는 금기를 넘어서는 성적 표현과 폭력
적 행위가 담겨 있는 경우가 종종 발견된다.

예를 들어, 한국 문학의 걸작으로 손꼽는 이청준의 《당신들의 천국》
에는 등장인물 황 장로의 입을 통해 한센인들의 시간(屍姦) 장면이 묘사
된다. 〈병신과 머저리〉에는 남성들 사이의 강간 장면이 상당히 구체적
으로 드러나 있다. 그뿐만 아니라 채만식의 〈레디메이드 인생〉, 김승옥
의 〈서울, 1964년 겨울〉, 황석영의 〈삼포 가는 길〉 등에는 성매매 장면
이 직간접적으로 드러나 있다. 〈삼포 가는 길〉에서 백화가 "내 배 위로
사단 병력이 지나갔다."라고 당당하게 말하는 장면을 떠올려 보면 쉽게
이해가 될 것이다.

이런 작품들이 교과서에도 실려 있고, 가끔은 모의고사에도 출제되
고 있다. 즉 문학 교육에서는 이런 작품들을 다루는 것이 별다른 문제가
없다고 받아들이는 셈이다. 그 이유는 아마 각각의 작품들 속에서 이런
장면들이 충분히 개연성 있게 서술되어 있기 때문일 것이다.[1] 《당신들의

---

1   어쩌면 이는 남성 중심 문화가 가지고 있었던 극히 부정적인 측면을 미화한 것으로 볼
수도 있다. 이런 문제의식을 바탕으로 문학사 전체를 다시 들여다본다면 평가가 극적으로
바뀔 수 있는 작품들이 의외로 많이 나올지도 모르겠다. 그리고 이런 평가 작업이 요즘 들
어 활발하게 이루어지고 있기도 하다.

천국》같은 경우, 한센인들을 나약하고 무지하며 수동적인 존재라고 판단하고 있는 조 원장에게 한센인의 내면에 숨어 있는 폭력성과 음험한 욕망들을 황 장로의 입을 통해 충격적으로 경고하기 위해 이런 장면을 배치한 것으로 보인다. 또 〈레디메이드 인생〉과 〈삼포 가는 길〉에서는 생활고로 인해 몰락한 인물들의 처지를, 〈서울, 1964년 겨울〉에서는 사람 사이의 진정한 교류가 사라진 파편화된 삶을 표현하기 위한 수단으로 각각의 장면들이 기능하고 있다. 그렇기에 금기시되는 장면이 묘사되어 있음에도 불구하고 이 작품들은 높은 평가를 받고 있다.

이렇게 보면 작품 속 '성과 폭력'의 문제를 판단할 때, 관련된 장면이 있나 없나의 문제로 쉽게 환원시킬 수 없다는 점을 이해하게 된다. 그렇다면 리처드 라이트의 《미국의 아들》 또한 충분히 이해 가능한 작품이라 할 수 있다. 1940년대 시카고의 열악한 주거 환경 속에서 어린 시절을 보낸 흑인 비거 토마스의 삶을 제대로 묘사하기 위해서는 '성'과 '폭력'의 문제를 다룰 수밖에 없기 때문이다. 성적 욕망을 충족하거나 폭력적인 충동에 몸을 맡기는 것 이외에는 자아실현의 길이 막혀버린 슬럼가의 삶을 묘사할 때 어떤 다른 주제가 적합하겠는가? 그렇지 않았다면 당시 삶의 진실한 면모를 제대로 부각하지 못했을 것이며, 인간에 대한 깊이 있는 이해에 맞닿지도 못했을 것이다. 따라서 근거 없는 선입견과 모방 범죄에 대한 피상적인 두려움 때문에 이런 주제를 회피하는 것은 인간 행위의 참된 가치를 진지하게 이해하고자 하는 수업과는 어울리지 않는 일이라고 생각한다.

그럼에도 불구하고 '굳이 꼭 이 작품이었어야 했나?'라고 묻는 사람이 있을 것 같아 또 한 가지 이유를 덧붙이자면, 비거의 삶이 '성'과 '폭력'이라는 문제에 일상적으로 노출되어 있는 오늘날 한국 10대들의 삶과도 무관하지 않다고 생각했기 때문이다. 70여 년 전 미국 하층 계급 흑인 청년들이 겪고 있던 좌절감과 무력감은 오늘날 10대들이 겪고 있는 절망감과도 닮아 있으며, 이는 '성'과 '폭력'에 관련된 일탈 행위들을 유발하고 있다는 점이 비슷하다는 생각도 들었다. 물론 좌절감과 무력감의 배출구로서 '성'과 '폭력'을 선택하는 것이 긍정적인 현상은 아니며, 이것이 일종의 병리적 현상일 수 있다는 점 또한 명심해야 할 것이다. 이렇게까지 생각한 후에야 결국 《미국의 아들》을 소개하는 글의 첫 줄을 쓸 용기를 얻게 되었다. 다만 어떤 부분을 어떻게 주목해야 할 것인지에 대한 섬세한 배려는 필요할 것이다.

2. 첫 번째 살인, 비거는 왜?

1940년에 발표된 《미국의 아들》은 시카고 흑인 슬럼가에 거주하는 한 소년 '비거 토마스'의 이야기를 다루고 있다. 비거는 동네 또래 흑인 친구들이 으레 그러하듯이 꿈도 희망도 없이 크고 작은 범죄들을 모의하고 실행하는 데 인생을 탕진하며 무기력하게 나날을 보내고 있었다. 그러다 우연히 자신이 거주하고 있는 지역의 아파트 전체를 소유하고 있는 대부호 돌턴 씨의 집에 운전사로 일하게 되면서 인생의 새로운 국면을 맞이하게 된다. 하지만 비거는 일을 시작한 첫날, 불행하게도 그집 딸 메리 돌턴을 우발적으로 살해하게 되면서 그가 기대했던 새로운 삶이 수포로 돌아가 버렸다. 술에 취해 몸을 가누지 못하는 메리 돌턴을 업고 들어오다가 침대방에 눕히는 과정에서 그는 돌턴 부인에게 들킬 뻔했고, 혹시라도 부당한 오해를 받을까 봐 두려웠던 비거는 인기척을 숨기기 위해 술에 취한 메리의 입을 베개로 억지로 막았다가 결국 메리를 죽게 만든다.

그는 침대를 떠나고 싶었지만 뭐에 걸려 넘어져 돌턴 부인이 듣게 되거
나 메리가 아닌 다른 사람이 방에 있다는 것을 알게 될까 봐 겁이 났다.
공포와 광포함이 그를 사로잡았다. 그는 손으로 메리의 입을 막고 그녀
와 돌턴 부인이 한눈에 들어오는 각도로 머리를 틀었다. 메리가 웅얼대
며 다시 일어나려 했다. 그는 미친 듯이 베개 모서리를 잡아 그녀의 입
술에 갖다 댔다. 웅얼대지 못하게 해야 한다. 그러지 않으면 들킬 것이
다. (리처드 라이트, 김영희 역, 《미국의 아들》, 127쪽)

정황상 비거는 살인을 할 생각이 전혀 없었기 때문에 이는 일종의 과
실치사로 볼 수 있다. 하지만 살인을 저지르게 된 장면을 꼼꼼히 되짚어
보면, 단순 실수라고 하기에는 비거의 입장에서 억울한 측면이 있다. 그
래서 첫 번째로 '비거는 왜 메리를 죽이게 되었을까?'라는 질문을 던져
보았다. 이 질문에 대한 답을 얻기 위해서는 비거가 처한 상황, 즉 '1940
년대 미국 시카고'라는 시대적 배경을 고려해야 할 것이다. 당시 미국의
인종차별은 심각한 상황이었으며, 더 심각한 것은 이런 인종차별이 합
리적인 주장처럼 받아들여지고 있었다는 점이다.

이 야만스러운 흑인은 검시도, 재판도, 심지어는 확실히 다가올 전기의
자도 전혀 무섭지 않은 듯, 자신의 운명에 무관심해 보였다. 그는 인류
에서 인간과 유인원 사이에 위치한 공백기의 종(種)처럼 행동했다. 그
는 백인 문명에 부적합한 존재로 보였다. (중략)
비거 토마스의 살인과 같은 범죄는 공원, 놀이터, 식당, 극장, 전차 등에
서 모든 흑인을 격리함으로써 줄일 수 있다. 거주 분리 정책은 필수 불가
결하다. 이러한 조처는 그들이 백인 여성과 접촉하는 것을 최소한으로
줄임으로써 여성에 대한 공격을 감소시킬 수 있다. (앞의 책, 392-393쪽)

이 부분은 비거가 체포된 뒤에 이 사건을 언급한 작품 속 신문 기사의 일부분이다. 이 인용문은 당시 백인들이 흑인들에게 가지고 있던 편견을 노골적으로 보여준다. 1940년대 미국의 백인들은 흑인 남성을 인간과 유인원 사이의 존재 혹은 인간 이하의 존재로 여기고 있었으며, 특히 백인 여자에 대한 성적 욕망을 억제할 수 없는 동물과 같은 존재라고 생각했다. 따라서 백인들의 이런 편견을 경험적으로 잘 알고 있는 비거의 입장에서는 술에 취해 정신을 잃은 백인 여성을 껴안고 들어왔다는 사실 자체만으로도 린치의 대상이 되고도 남을 거라고 판단한 것이 당연했다. 그렇기 때문에 그는 자신의 존재를 숨기기 위해 '어쩔 수 없이' 그녀의 입을 막았고, 그 결과 비극적인 사건이 벌어지게 된 것이다. 이런 과정을 고려해 본다면, 비거는 시대적 차별과 편견으로 인한 피해자라고까지 말할 수 있을 것이다.

그런데 살인을 저지르고 난 뒤 비거의 태도는 일반적인 모습, 즉 죄책감을 느끼거나 반성하는 태도와는 사뭇 달랐다. 여기서 두 번째 질문이 자연스럽게 떠오른다. 아무리 차별을 받았다고 해도 우발적인 상황에 의해 한 사람을 죽음에 이르게 한 것은 충격적인 일임이 분명하다. 더구나 자신에게 잘 대해주려고 했던 사람을 죽였으니, 죄책감이나 번뇌를 겪는 것이 당연한 일이다. 그런데 이 소설은 이런 일반적인 예측을 비껴간다. 살인자가 된 주인공 비거는 자신의 행위에 대해 후회하거나 반성하는 태도를 전혀 보이지 않는다. 그는 오히려 정당한 행위를 한 것처럼 생각하며 행동하고 있다. 그래서 이 소설에 대한 두 번째 질문은 '비거는 왜 살인 이후에 전혀 죄책감을 느끼지 않았을까?'였다.

그가 저지른 일, 그 끔찍한 공포, 그런 행동에서 연상되는 대담함 등에 대한 생각은, 두려움으로 점철된 그의 인생에서 처음으로 그와 그가 두려워하는 세계 사이에 하나의 보호벽을 만들어주었다. 그는 살인을 함으로써 스스로 새로운 삶을 창조해 냈다. 그 삶은 온전히 그 자신만의 것이었으며, 여태껏 무언가 남이 뺏어갈 수 없는 것을 가져본 적은 이번이 처음이었다. (중략)

아니다. 그것은 사고가 아니었고, 결코 그렇게 말하지는 않겠다. 언젠가는 내가 한 일이라고 사람들 앞에서 말할 수 있으리라고 생각하자 속으로 두려움 섞인 일종의 자부심이 느껴졌다. (앞의 책, 152-153쪽)

비거는 세상에 무서운 것 하나 없이 천둥벌거숭이처럼 살아가는 인물이었다. 친구들과 어울려 다니며 못된 짓을 벌이고 이에 대해 전혀 뉘우치지 않는, 그야말로 '악동' 캐릭터였기 때문에 그런 태도를 보인 것일까? 아니면 당시 흑인들의 삶에서 살인이라는 범죄는 하나도 중하지 않은 범죄였기 때문에 그런 것이었을까? 위의 인용문을 살펴보면 이 두 가지 가정이 모두 빗나간 것임을 알 수 있다. 비거는 이 살인을 통해 '두려움으로 점철된 그의 인생'에서 벗어났으며, '새로운 삶'을 창조했다고까지 말하고 있기 때문이다. 그렇다면 그가 말하는 '두려움'은 무엇이며, '새로운 삶'이라는 것은 무엇일까? 이에 대한 단서는 비거가 돌턴 씨의 집에 취직하기 전 블럼네 가게를 털려고 모의하던 과정에서 찾아볼 수 있다.

이제까지는 항상 신문이나 과일을 파는 가판대나 아파트를 털었다. 게다가 백인을 턴 경험은 아직 한 번도 없었다. 그들은 항상 흑인만 털었다. 동족을 터는 것이 훨씬 쉽고 안전하다고 느꼈다. 흑인이 흑인에게 저지른 범죄에는 백인 경찰이 범인 수색에 그다지 열을 올리지 않는다는 사실을 알기 때문이었다. 블럼네 가게를 털자는 이야기는 여러 달

전부터 해왔지만 실행에 옮기지는 못했다. 블럼네 가게를 터는 행동은 마지막 금기를 깨는 것으로 느껴졌다. (앞의 책, 28쪽)

흑인을 상대로 범죄를 저지르는 것에는 거침없던 비거가 백인의 가게를 털려고 생각하면서부터는 두려움을 느끼게 된다. 심지어 '마지막 금기'와 같은 일이라고까지 생각한다. 결국 이 범죄 모의는 무산이 되고 마는데, 함께 하기로 한 친구들 사이에 싸움이 벌어지면서 유야무야되어 버렸기 때문이다. 그런데 사실 이 싸움은 백인 가게를 터는 데 두려움을 느낀 비거가 일부러 친구인 거스에게 시비를 걸면서 벌어진 것이다. 내면의 두려움을 숨기기 위해 애꿎은 친구를 희생양으로 삼을 정도로 비거는 백인들에 대한 강한 공포에 사로잡혀 있었다. 백인 가게를 털자고 제안했지만, 정말로 하겠다고 하면 어쩌나 하는 "두려움에 뱃가죽이 땅길 지경"이었다.

"우라질"
"왜?"
"우리한테는 아무것도 못 하게 하잖냐?"
"누가?"
"백인 놈들"
"그걸 뭐 이제 알았냐?" 거스가 말했다.
"그런 건 아니지만, 도무지 그러려니 해지지가 않아." 비거가 말했다. "하늘에 맹세코, 안 되는 거야. 그 생각을 할 때마다, 누가 목구멍 속으로 시뻘겋게 달군 인두를 쑥 집어넣는 느낌이야." (앞의 책, 35쪽)

아무리 천둥벌거숭이 같은 문제아라도 '흑인'이라는 운명을 벗어날

94

수는 없었다. 백인들은 언제나 도처에서 그들을 억압하고 있었으며, 그 억압으로부터 벗어나는 것은 불가능한 것처럼 보였다. 그는 목구멍 속에 시뻘겋게 달군 인두가 들어와 박혀 있는 것처럼 갑갑하고 고통스러운 삶을 겨우겨우 유지하고 있었다. 백인들이 어디 사는지 아느냐는 질문에 비거는 "바로 여기 내 뱃속에."라고 대답하는데, 그것은 내면에 잠재된 백인에 대한 두려움을 상징적으로 표현한 것이다. 그런데 이만큼 두려운 존재인 백인을 자기 손으로 직접 살해한 엄청난 사건을 벌이고 난 뒤 역설적으로 비거는 자신이 지니고 있던 두려움을 완전히 떨쳐버리게 된다.

> 메리와 잰과 돌턴 씨와 그 거대하고 훌륭한 집 앞에서 그렇게도 거칠고 뜨겁게 솟구쳤던 수치심과 두려움과 증오심은 이제 가라앉고 누그러들었다. 저들이 그가 절대 못 하리라고 여긴 행동을 해내지 않았는가? 흑인이며 밑바닥 인생이라는 점이 이제는 새로이 굳세게 움켜쥘 무엇이 되었다. 한때 총칼이 의미했던 것을 이제 아무도 모르게 메리를 살해했다는 자각이 대신했다. 저들이 그를 광대 같은 검둥이라고 비웃는다 해도, 그는 저들을 똑바로 바라보고 화내지 않을 수 있었다. 늘 보이지 않는 힘에 둘러싸여 숨이 막힐 것만 같던 느낌은 이제 사라졌다.

> (앞의 책, 214쪽)

금기를 깨어버린 자에게 두려움이 남아 있을 리 없었다. 이제 비거는 백인들에 대한 공포에서 벗어나 무력한 삶을 극복하고 새로운 힘을 느끼게 된다. 백인들을 협박하고 이를 통해 돈을 뜯어낼 생각까지 할 정도로 대담해진다. 그는 하나도 부끄러울 것이 없었으며, 그를 둘러싼 과거의 억압을 벗어난 자의 당당함마저 보여주었다. 왜냐하면 그의 살인은 억압된 자의 마지막 저항과 같은 것이라고 생각했기 때문이다. 그러니 체포된 이후에도 당연히 비굴한 모습을 보이지 않았다. 압제자인 백인들로부터 벗어났다는 해방감과 보복 심리가 살인이라는 반인륜적인 행위에 대한 죄의식을 극복한 심리 상태라고 말할 수 있다. 이것이 비거가 살인자임에도 불구하고 죄책감에서 벗어날 수 있었던 중요한 이유였다.

3. 두 번째 살인, 비거는 왜?

지금까지의 논의에 따르면 비거는 흑인들에 대한 백인들의 부정적인 편견을 내면화하고 있었고, 이로 인해 우발적으로 메리를 살해하게 되었다. 그리고 살인을 저지르고 난 뒤에 그동안 자신이 겪고 있었던 좌절감, 무력감, 두려움의 원인인 백인들과 직면할 용기를 갖게 되면서 일종의 해방감마저 느끼게 되었다. 그렇기에 그는 서정주 시인이 〈자화상〉에서 그랬던 것처럼, 정말 "아무것도 뉘우치지 않"았던 것이다.

그런데 비거는 과연 아무것도 뉘우치지 않아도 되는 것일까? 비거의 두 번째 살인, 즉 베시를 살해한 상황을 되짚어 보면 비거가 정당하다고 보기 어려울 것 같다. 비거는 첫 번째 살인이 발각된 후 탈주 과정에서 자신의 연인인 베시를 불렀고, 은신처에서 베시와 함께 사랑을 나눈 후에 베시를 죽이게 된다. 그래서 세 번째 질문은 바로 '비거는 왜 베시를 죽였을까?'이다. 일단 비거는 탈주 과정에서 베시의 입을 막기 위해 베시를 죽였다고 말한다.

생각이 방으로 돌아왔다. 베시를 어쩌지? 그는 그녀의 숨소리에 귀를 기울였다. 함께 데리고 갈 수도, 놔두고 갈 수도 없었다. (중략) 벽돌을 사용해야 한다. 창문을 들어 올렸던 일이 생각났다. 어렵지 않았었다. 그렇다. 그렇게 처리하면 된다. 창밖으로 좁은 통풍구 밑으로 던져버리면 된다. 냄새가 날 때까지는 아마 아무도 발견하지 못할 것이다.

(앞의 책, 333쪽)

함께 데리고 가자니 방해가 될 것 같고, 놔두고 가자니 자신에 대해 미주알고주알 다 일러바칠 것 같아서 베시를 죽였다는 식으로 비거는 살인을 합리화한다. 그런데 비거의 이 살인은 쉽게 받아들이기 어렵다. 굳이 베시를 죽이지 않아도 되었을 텐데, 비거는 당연한 듯이 살인을 결심하고 너무나 쉽게 살인을 실행한다. 두 사람이 사랑하는 사이임을 고려한다면 더욱 이해할 수가 없다. 살인을 이미 한 번 경험했다는 점을 감안하더라도 비거의 살인 행위는 너무 거리낌이 없다. 그러면 이 두 번째 살인의 또 다른 이유는 없는 것일까?

이를 이해하기 위해서는 비거가 베시를 어떻게 생각했는지 살펴볼 필요가 있다. 즉 비거에게 베시는 어떤 존재였을까? 미래를 약속하고 함께 설계할 다정한 연인 관계였다면 비거가 이런 비극적인 행동을 저지르지는 않았을 것이다. 그렇다면 왜 그랬을까? 작품 속에 베시에 대한 비거의 생각을 엿볼 수 있는 장면이 있다.

베시 곁에 걸으면서 그는 베시가 둘 있다는 느낌이 들었다. 하나는 방금 가졌고 다시 갖고 싶어 죽겠는 육체고, 다른 하나는 베시의 얼굴에 있었다. 그 베시는 질문을 던지고, 다른 베시를 흥정거리로 삼아 유리하게 팔아넘겼다. 그는 주먹을 쥐고 팔을 휘둘러 베시의 얼굴에 있는 베시를 지워버리고, 죽이고, 쓸어버리고, 그에게 굴복하는 무력한 다른 베시만 남겨놓고 싶었다. (앞의 책, 201쪽)

베시에 대한 비거의 모순적인 인식이 극단적으로 드러나는 부분이다. 폭력적인 행위를 통해 '얼굴로서의 베시', 즉 인격적 존재로서의 베시를 파괴한 뒤에 '육체로서의 베시', 즉 욕망을 충족할 수 있는 수동적 대상으로서의 베시만을 남겨놓고 '원할 때는 언제나 갖고 만질 수 있는 자기 것'으로 만들고 싶었던 것이다. 이 장면에서 비거의 모순된 태도, 즉 백인들로부터 받는 차별과 억압을 굴욕적으로 견뎌왔으면서 오히려 남성으로서의 비거는 여성인 베시를 차별하고 억압하는 모습을 보였던 것이다. 이처럼 비거는 베시를 자신과 동등한 존재로 여기지 않았으며 일종의 소유물처럼 인식하고 있었다. 그렇기에 비거는 극단적인 상황에 처하자 별다른 저항감 없이 자신의 필요에 의해 베시를 살해한 것으로 보인다. 따라서 비거의 두 번째 살인은 성적(性的) 차별의 측면에서 볼 때 상당히 문제적이다. 그런데 두 번째 살인에서 나타난 비거의 태도를 바탕으로 다시 첫 번째 살인 장면을 복기해 보면 자칫 간과할 수도 있었을 중요한 사실을 발견하게 된다.

> 그는 흐릿하게 보이는 그녀의 얼굴을 응시했다. 곱슬곱슬한 까만 머리가 이마를 덮고 있었다. 그가 손가락을 쫙 펴서 손으로 그녀의 등 한가운데를 쓰다듬어 올라가자, 그녀의 얼굴이 그에게로 다가오며 그의 입술에 그녀의 입술이 와 닿았다. 어쩐지 전에 상상해 본 일만 같았다. 그녀를 일으켜 세우자 그녀는 그에게로 쓰러져 왔다. 그는 입술로 그녀의 입술을 단단히 누르며 두 팔에 힘을 주었고 그녀의 몸이 힘차게 반응하는 것이 느껴졌다. 잰이 이미 그녀를 가졌구나 하는 생각과 확신이 그의 마음을 번뜩 스쳐갔다. (앞의 책, 125-126쪽)

메리를 죽이기 바로 직전의 장면이다. 이 장면을 살펴보면, 비거는 술에 취한 메리를 방에 데려다주면서 성적 욕망을 이기지 못하고 술에 취해 인사불성인 메리에게 키스를 한다. 그리고 비거는 욕망에 사로잡혀 메리의 육체를 본격적으로 탐하려 한다. 그때 마침 돌턴 부인이 방 안으로 들어온 것이다. 이렇게 보면 비거의 첫 번째 살인 또한 쉽게 면죄부를 받기 어려운 상황이 된다. 정황상 비거를 기소했던 검사나 언론들이 주장한 강간죄 또한 어느 정도 일리 있는 주장이 될 법하다. 비거는 분명히 술에 취해 정신을 잃은 여성을 덮치려는 의도를 가지고 있었고, 실제로 행동으로 옮기기도 했기 때문이다.

물론 여기서 '그녀의 얼굴이 그에게로 다가왔다'는 측면을 내세워 비거를 옹호할 수도 있다. 하지만 제정신이 아닌 여성이 보인 반응을 근거로 성행위를 시도하는 것은 쉽게 용납되기 어려운 범죄다. 그리고 무의식중에 보인 메리의 적극적인 반응을 근거로 비거는 메리가 성 경험이 있다고 생각한다. 그런데 그게 어쨌단 말인가? 성 경험이 있다는 것이 성범죄를 정당화해 주는 것일까? 분명 그렇지 않음에도 비거는 자신의 욕망을 채우기 위한 과정의 청신호로 이를 받아들이고 있다.

그렇다면 이제 이런 논의를 통해 간과해서는 안 되는 무거운 진실 한 가지를 발견하게 된다. 일단 앞에서, 비거는 흑인 남성에 대한 편견을 내면화했고 이에 대한 두려움으로 '어쩔 수 없이' 범죄를 저질렀다고 이야기했다. 그리고 비거를 기소한 검사와 이 사건을 편파적으로 보도하는 언론들은 흑인 남성을 인간 이하의 존재로 폄하하고 멸시하고 있는 것 또한 엄연한 사실이다. 흑인 남성인 비거에 대한 백인 사회의 비난은 적절하지 않은 것이며 정의롭지도 않은 일이다. 그렇기에 이 사건은 1940년대 미국 사회가 안고 있던 인종차별이라는 모순을 인상적으로 드러낸 중요한 사례가 될 수 있다.

그런데 '흑인'으로서가 아닌 흑인 '남성'으로서의 비거에 대한 비난 또한 적절하지 않다고 말할 수 있을까? 이 점에 대해서는 그렇다고 쉽게 말하기 어려울 것이다. 비거는 '흑인'으로서 사회적 차별을 받았으며 희생자의 위치에 있었지만, '남성'으로서는 오히려 억압의 주체로 행동했기 때문이다. 여기서 이 소설의 중층적인 의미가 생겨나는 것이다. 비거는 자신의 목에 박힌 인두를 빼내어 다른 여성들의 목에 서슴지 않고 쳐넣을 수 있는 모순적인 인물이었던 것이다.

《미국의 아들》이 빛나는 지점이 바로 이것이다. 물론《톰 아저씨의 오두막집》,《허클베리 핀의 모험》같은 소설들 또한 아주 훌륭하고, 흑인이 차별받던 당시 사회의 모순과 불합리를 적확하게 표현하고 있는 것도 사실이다. 그래서 고전의 반열에 오를 만한 훌륭한 소설이라 불리고 있다. 그런데《미국의 아들》은 그런 소설들과는 조금 다른 측면에서 빛난다. 이 소설은 차별받고 있는 이의 내면에 담긴 또 다른 차별을 폭로하고 있다. 이는 사회적 억압과 이에 대한 해방이 일방적인 관계로 구성되어 있는 것이 아니며, 그 속에 복합적인 모순을 내재하고 있음을 보여준다. 그렇기에 이 소설은 우리가 귀 기울여야 할 억눌린 자들의 목소리가 커다란 비명으로만 울려 퍼지는 것이 아니라, 잘 들리지도 않을 정도로 작게 울리는 목소리들도 섞여 있음을 깨닫게 해주고 있다.

몇 년 전 수많은 사람들이 참여한 '촛불집회'에서 문제적 사건이 하나 벌어졌다. 민심을 거스르면서 자기 자리를 지키기 급급한 대통령과 이를 배후조종한 것으로 보이는 한 여성에 대해 사회자가 'ㅇ푼이', '병ㅇ년', '강남 아줌마' 같은 장애인이나 여성을 비하하는 표현을 쓴 것에 대해 비판이 제기된 것이다. 이에 대해 주최측은 다음과 같은 사과문을 게시했다.

국정 파탄, 민생 파탄, 민주주의 파괴자들인 저들을 향한 우리의 분노를 여성과 장애인을 차별하는 언어로 표출하는 것은 온당하지 않음을 잘 알고 있습니다. 저들이 저지른 큰 죄와 우리 사회의 구조적 폐단을 개인의 문제로 한정 짓지 말아야 합니다. 지금 대통령 퇴진을 외치는 국민 중 다수가 여성이고, 장애인이며, 차별받는 이들입니다. 우리는 성차별과 소수자에 대한 혐오로 우리를 분열시키려는 저들의 전략에 넘어가지 않겠다고 다짐합니다. ('민중총궐기투쟁본부 사과문'에서)

대통령의 잘못을 지적하고 강도 높게 비판하는 것은 표현의 자유나 정치적 공정성의 측면에서 바람직한 일이지만, 그 과정에서 성차별적 용어와 소수자에 대한 혐오 표현을 동원하는 것은 또 다른 억압을 만들어내는 일임을 우리는 명심해야 한다. 다층적인 목소리에 귀를 기울이고, 정치적 올바름에 대해 진지하게 고민하는 것. 이것이 바로 비거가 저지른 두 번의 살인에서 배워야 할 중요한 교훈이 아닐까?

4. 레드콤플렉스, 그 유구한 역사

비거의 살인이 복잡한 맥락을 가지게 된 데는 비거의 모순적인 태도만이 그 이유는 아니다. 이 소설이 독특한 맥락을 가지게 된 것은 어쩌면 '잰'과 '메리'라는 인물 때문일 것이다. 비거 토마스 사건의 직간접적인 피해자인 잰과 메리는 공산당원, 즉 '빨갱이'로 설정되어 있다. "미국에 웬 빨갱이?"라고 반문하는 사람이 있을 수 있지만, 매카시즘의 광풍이 불기 전 20세기 초반 미국 공산당은 활발하게 활동하면서 사회 전반에 상당한 영향력을 미치고 있었다. 작가인 리처드 라이트 또한 공산당원으로서 적극적으로 활동한 경력을 가지고 있다. 그래서 그런지 작가는 공산당원인 잰과 메리를 소설의 한가운데 던져놓았다. 그 결과 소설은 흑인과 백인 간, 여성과 남성 간의 갈등이라는 이중적인 대립에 이념 갈등이라는 한 축을 더함으로써 다층적인 갈등 구조를 형성하게 되었다.

계급에 따른 차별 없는 세상을 꿈꾸었던 잰과 메리는 처음 비거를 만났을 때, 당시 사회적 편견과는 달리 그를 동등한 인격체로 대하려고 노력했다. 다소 작위적으로 느껴질 정도로 비거에 대해 파격적인 행동을 서슴지 않았다. 물론 지금의 관점에서 보면 하나도 파격적이지 않은 행동들, 즉 같이 차 타고, 밥 먹고, 술 마시고, 이야기 나누는 등의 일에 불과했지만, 당시 미국의 상황을 고려해 보면 다른 사람들의 눈길을 끌 정도로 인상적인 행동들이었다. 이와 같은 행동을 한 것은 잰과 메리가 공산당원이었기 때문이다. 그들은 '모든 인간은 계급 없이 평등하다'는 공산주의적 이상을 바탕으로 행동한 것이었다. 아니 좀 더 정확히 말하자면, 사회혁명을 이루기 위해서는 억압받는 계층인 흑인들과 연대해야 한다는 전략적 판단 아래 행동한 것이다.

> "흑인들은 어쩌면 감정이 그렇게 풍부하지! 굉장한 민족이야! 잘 밀어만 주면……."
> "그들 없이는 혁명을 할 수 없어." 잰이 말했다. "조직해 내야지. 그들에겐 혼이 있어. 당에 필요한 것을 줄 수 있는 사람들이야." (앞의 책, 115쪽)

하지만 이와 같은 호의를 비거는 편하게 받아들이지 못했다. 여기에는 두 가지 맥락이 개입되어 있다. 첫 번째는 잰과 메리가 생각했던 것만큼 흑인과 백인 사이의 간극이 쉽게 극복되지 않는다는 점이다. 그들은 공감과 연대를 끊임없이 표시했지만, 이와 같은 호의의 표현이 비거에게는 오히려 비참함만을 불러일으켰다. 공산주의자는커녕 공산주자 할아버지가 오더라도 비거에게 백인은 백인일 뿐이었다. 그래서 잰과 메리의 호의를 받으면 받을수록 그는 차갑게 얼어붙었으며, 부잣집 백인들의 어설픈 시혜에 대한 격렬한 증오만을 느낄 뿐이었다. 그뿐만 아니라 비거는 당시 미국인들이 공산주의자에 대해 가지고 있던 일반적인 편견도 가지고 있었는데, 이것이 그를 불편하게 만들었던 중요한 두 번째 맥락이다.

> 그런데 공산주의자는 도대체 어떻게 생겼을까? 여자도 한패일까? 무엇이 사람들을 공산주의자로 만드는 것일까? 신문에서 공산주의자를 풍자한 만화를 여럿 본 기억이 났는데, 그들은 항상 수염을 기르고 손에 타오르는 횃불을 들고 살인을 하거나 불을 지르려 하였다. 그런 짓을 하는 놈들은 정신이 나간 놈들이었다. 공산주의자에 관해 들은 기억이라곤 어둠과 낡은 집, 작은 소리로 쑥덕거리는 사람들, 그리고 파업에 돌입한 노동조합을 연상시키는 것뿐이었다. (앞의 책, 99쪽)

비거는 자신과 연대하려고 노력하는 잰과 메리에 대해 이와 같이 생각하고 있었다. 다시 말해서, 기존의 언론들이 만들어놓은 레드콤플렉스의 틀 안에서 판단하고 사고했던 것이다. 선입견으로 인해 잰과 메리가 보여준 나름대로 진정성 있던 노력들은 모두 수포로 돌아가 버리고, 결국 그들은 백인과 흑인이라는 차별의 벽 앞에서 한 걸음도 더 다가서지 못한다. 비거가 체포되고 난 뒤에 자신의 입장을 제대로 이해해 줄 수 있는 공산당 출신 변호사 맥스를 만나 마음을 풀기는 하지만 그때는 이미 늦은 감이 있었다. 이처럼 레드콤플렉스는 사회 발전을 막는 강력한 걸림돌로 작용한 것이다.

그런데 오늘날에도 공산주의자들에 대한 이미지는 '횃불을 들고 살인하며, 어둠과 낡은 집, 작은 소리로 쑥덕거리는 사람들, 그리고 파업에 돌입한 노동조합'에서 크게 벗어나지 못한 것 같다. 실질적으로 공산당 정권이 북쪽에 자리 잡고 있으며 군사적 도발을 시시때때로 자행하고 있으니, 남한 사람들에게 공산주의자라는 존재는 비거가 느끼던 것보다 훨씬 더 강력한 존재로 다가오는 것 또한 사실이다. 약간 과장을 섞어 이야기해 보면, 역사적으로 보았을 때 사회 진보를 주장하는 사람들을 '빨갱이'로 몰아가는 것은 한국전쟁 이후 수십 년간 지속된 오래된 전통이 되어버린 느낌이다. 그래서 '흑인과 백인은 모두 평등하다.'라는 오늘날 당연하게 받아들이는 명제가 1940년대 미국에서는 빨갱이들이나 주장하는 불온한 사상이었다는 작품 속 황당한 상황은, 오늘날 우리에게 여러모로 시사하는 바가 크다. 고통받는 자들 사이의 연대를 막기 위해 동원된 레드콤플렉스의 정체를 직시할 수 있게 해주기 때문이다. 고통스러운 현실을 어떻게든 바꿔보려고 노력하는 사람들의 애처로운 목소리를 은폐하고 막아서는 것은 과연 누구인지《미국의 아들》은 정확하게 알려주고 있기에 그 가치는 더욱 빛난다.

5. 과유불급에 대해 말하기

이처럼《미국의 아들》은 억압하는 자와 억압받는 자의 단선적인 대립 구도 대신에 이를 둘러싼 복합적인 인종적·성적·이념적 대립 구도를 입체적으로 구축해 내고 있다. 소설의 이와 같은 전개는 오늘날 우리 삶에서 벌어지는 갈등과 상당 부분 닮아 있기에 작품의 가치를 더욱 높여주고 있다. 그러나 이 소설에서 가장 아쉬운 점 하나를 들자면, 비거가 잡힌 이후에 벌어지는 사건 전개라고 말할 수 있다. 아주 냉정하게 말해서, 이 부분은 아예 없었으면 더 좋지 않았을까 싶을 정도로 길고 약간은 지루하다. 특히 비거의 변호사 맥스의 최후 변론 부분이 그렇다. 변론을 듣고 앉아 있는 판사와 검사와 방청객이 대단하다는 느낌이 들 정도로 긴데, 책으로도 거의 35페이지에 이른다. 비거의 살인이 그의 죄만이 아니라는 주장을 전개하기 위해 작가는 변호사 맥스의 입을 빌려 구체적인 근거 제시, 역사적 맥락 설명, 사회적 상황 소개, 감정적 공감 유도 등 각종 수단을 동원하고 있다. 그래서 작가가 작품 내용을 너무 많이 설명한 것이 아닌가 하는 생각이 든다.

처음 이 작품을 학생들과 함께 다룰 때는 그냥 전체를 다 읽고 이야기를 나눴다. 그런데 학생들 역시 비거가 잡힐 때까지는 상당히 몰입해서 읽다가, 잡힌 뒤 내용을 읽을 때는 김빠진다는 반응을 보였다. 마치 수학 문제집의 답지를 읽는 느낌이랄까. 물론 재판 과정에서 나오는 이야기들이 수학 문제의 답처럼 작품의 유일한 해석은 아니겠지만, 작가가 너무 구구절절 이야기하고 있다는 것은 아쉬움으로 남았다. 만약 이 작품을 다시 다루게 된다면, 비거가 잡히는 과정까지만 읽고 충분히 이야기를 나눈 다음, 잡힌 뒤의 상황을 후일담처럼 읽고 부록으로 실린 작가의 글 '비거는 어떻게 태어났는가'를 읽으면 좋을 듯싶었다.

아쉬움이 남기는 하지만, 숨 막히게 전개되는 사건들과 그 속에서 벌어지는 복잡한 갈등 양상들을 통해 당시 시대상과 오늘날의 삶을 되돌아볼 수 있는 소중한 작품이라는 점은 변하지 않은 것 같다. 그래서 이 작품은 두고두고 같이 이야기 나눌 만한 책으로, 세계문학 속에서 찾아낸 숨은 보물로 책장 한켠에 소중하게 꽂아두어야겠다고 마음먹었다.

《미국의 아들》은 미국 사회에서 벌어졌던, 혹은 아직도 벌어지고 있는 인종차별 문제를 다루고 있는 작품입니다. 인종차별 문제는 역사적으로나 사회적으로 수많은 사례를 찾아볼 수 있으며, 이에 대한 연구도 많이 이루어져 있습니다. 이와 관련하여 《미국의 아들》을 읽고 난 뒤 인종차별과 관련된 역사적 사건이나 인물에 대해 조사해 보거나, 혹은 최근까지 근절되지 않고 벌어지고 있는 인종차별에 관련된 사건들을 골라 주제 탐구 보고서를 써보는 활동을 해보면 좋습니다. 이때 너무 많은 사건과 인물을 나열하는 식으로 접근하지는 말고, 하나의 인물이나 사건에 집중하여 구체적이고 깊이 있는 보고서를 써보도록 합니다. 예를 들어, 인종차별에 저항했던 마틴 루터 킹의 삶을 구체적으로 살펴본다거나, 남아프리카공화국의 인종 분리 정책인 '아파르트헤이트'에 대해 조사해 보면 흥미로운 활동이 될 것입니다. 보고서를 쓸 때는 다음 사항을 참고토록 합니다.

① 먼저 목차를 잘 구성한다. 목차는 앞으로 쓸 내용의 얼개가 되고, 자료 탐색의 지침서가 된다.

② 논문 양식에 구애받을 필요는 없지만, 찾은 자료들을 인용할 경우 출처 표기를 정확하게 한다.

③ 일단 자료를 이것저것 많이 찾아보려고 노력한다. 포털에서만 찾지 말고 논문이나 신문 기사도 검색해 보고, 도서관에서 관련

분야 책들도 훑어본다.

④ 사람도 자료가 될 수 있다. 선생님, 친구, 선후배, 부모님 혹은 관련 분야 전문가에게 물어보는 것도 좋은 방법이다.

⑤ 막상 글을 쓸 때는 분량에 너무 신경 쓰지 말고 자신이 조사한 내용들을 차분히 정리해서 쓰겠다는 마음을 가진다. 분량에 신경 쓰다 보면 결국에는 긁어다 붙이게 될 수도 있다.

'인종차별' 말고도 이 소설에 대해서는 또 다른 탐구 주제들을 꺼낼 수 있습니다. '성적(性的) 차별' 문제를 다룰 수도 있고, '청소년의 일탈' 문제도 다룰 수 있습니다.

05

사악한 도시에서 살아남기

고트프리트 켈러, 《젤트빌라 사람들》

1. 스위스 소설이라고?

아름다운 초원을 배경으로 목동들의 피리 소리가 들릴 것 같은 평화롭고 행복한 나라 스위스. 세계에서 가장 부유한 나라면서, 세계 최고의 명품 시계와 달콤한 초콜릿과 고소한 치즈를 만들어내는 나라 스위스. 유럽 여행을 간 사람들은 한 번쯤 꼭 찾게 된다는 알프스의 나라 스위스. 또한 범죄 조직의 검은돈을 관리해 주는 비밀 은행의 나라 스위스. 스위스는 이처럼 선망의 대상으로, 지상낙원의 이미지로, 때로는 비밀스러운 모습으로 왠지 모를 익숙함을 주는 나라다.

그런데 이것 말고 스위스에 대해 더 말해보라고 하면 막상 다른 것들이 잘 떠오르지 않는다. 스위스 사람들이 어떻게 살아가고 있으며, 어떤 사고방식을 가지고 있는지, 그리고 어떤 문화를 형성해 왔는지에 대해서는 정작 아는 바가 그리 많지 않기 때문이다. 이런 처지에 이번에는 스위스 소설을 이야기하려니 조금은 부담스럽다. 갑자기 스위스 '소설'이라니……. 솔직히 말하면 '스위스 사람들도 소설을 쓰나?'라는 생각이

들 지경이다. 그들은 너무나 행복하기 때문에 갈등과 삶의 모순으로 점
철된 '소설'이라는 장르와는 어울리지 않는 것 같기도 하기 때문이다.

그러나 그들의 역사와 문화를 들여다보면 이는 말 그대로 편견에 불
과하다는 사실을 알게 된다. 스위스가 세계 최고의 번영을 누리기 시작
한 것은 그리 오래전 일이 아니다. 과거 스위스는 척박하기만 했던 알프
스의 자연환경과 오스트리아를 비롯한 주변 강대국들의 지배 때문에 힘
겹게 살아가던 작고 가난한 나라였다. 그래서 13세기부터 스위스 남자
들은 생계가 마땅치 않아 남의 나라 전투에 돈 받고 참전하는 용병이라
는 극단적인 수단을 선택했으며, 그 결과 강인한 체력과 정신력을 겸비
한 스위스 용병들이 한때 유럽 전체에 널리 이름을 떨치기도 했다. 현재
교황을 지키는 바티칸 공국의 호위병이 스위스인들로 구성된 것도 이런
역사적 배경이 한몫한 것이다.

스위스가 오늘날의 풍요를 누릴 수 있게 된 시점은 지금으로부터 약
150년 전 산업혁명으로 인한 경제발전 시기로 거슬러 올라간다. 이른바
'그륀더차이트(Gründerzeit)'라고 불리던 독일, 오스트리아의 경제발전기
와 겹치는 이 시기에 스위스 또한 경제적 발전의 기틀을 다졌다. 이 시
기에 스위스는 농업 중심의 사회에서 벗어나 상공업 중심의 새로운 사
회로 나아가게 되었으며, 경제적·정치적 발전을 이룰 수 있었다. 물론
모든 변화에는 그에 따른 문제가 불거지기 마련인데, 이 당시 스위스도
예외는 아니었다. 특히 자본주의적 경제 관계의 형성으로 인해 생겨난
빈부 격차나 열악한 노동환경 등의 문제를 스위스도 겪을 수밖에 없었
기 때문이다. 여기에서 소개할 소설 고트프리트 켈러의 《젤트빌라 사람
들》이 바로 이 시대의 문제를 담아낸 작품이다.

《젤트빌라 사람들》은 1856년에서 1874년까지 발표된 단편소설 10편
을 묶어낸 연작소설로, 양귀자의 《원미동 사람들》과 비슷한 형식의 작

품이라 할 수 있다.《원미동 사람들》이 1980년대 산업화 사회로 접어들던 변두리 지역 '원미동' 사람들의 삶을 11편의 소설로 엮어냈다면, 스위스의 괴테라 불렸던 고트프리트 켈러의《젤트빌라 사람들》은 농경사회에서 자본주의 산업사회로 이행되는 과정에서 벌어진 스위스인들의 삶을 '젤트빌라'라는 가상의 도시를 중심으로 10편의 소설에 담아낸 것이다.

그런데 한 가지 아쉬운 것은《젤트빌라 사람들》에 포함된 10편의 작품이 한국어로 모두 번역되어 있지 않다는 점이다. 현재 번역되어 있는 것은 다섯 편 정도다. 창비에서 출판한《젤트빌라 사람들》에 네 편(〈마을의 로미오와 줄리엣〉, 〈정의로운 빗 제조공 세 사람〉, 〈옷이 사람을 만든다〉, 〈자기 행운의 개척자〉)이, 고려대학교 출판부에서 출판한《옷이 날개》에 2편(〈고양이 슈피겔〉, 〈옷이 날개〉)이 번역되어 있다(〈옷이 날개〉는 〈옷이 사람을 만든다〉와 같은 작품). 그래서 작품의 전모를 다 알 수는 없지만, 단편소설[1]을 엮은 연작소설이기 때문에 각각의 작품을 다루는 데 큰 무리는 없을 듯싶다. 이 중 인상적인 작품 몇 편을 다룰 예정인데, 이들만으로도 충분히 의미 있는 이야기들을 꺼낼 수 있었다.

2. '젤트빌라'는 어떤 곳일까?

양귀자의《원미동 사람들》에서 '원미동'이라는 공간이 중요했듯이,

1　정확히 말해서 '단편소설'이라는 명칭은 적절하지 않다.《젤트빌라 사람들》을 구성하고 있는 10편의 작품들은 문학사적으로 '노벨레(novelle)'라고 부르는 것이 맞다. 노벨레는 극적 요소가 가미되어 있는 짧은 이야기를 지칭하는데, '희곡적 구조를 지니는 서사적 예술 형식으로서, 상연을 전제로 한 희곡과 독자의 사적인 독서를 통해 수용된 장편소설 사이에 위치한다.'라고 정의할 수 있다.

고트프리트 켈러의 작품에서도 '젤트빌라'라는 공간이 이야기의 한가운데 자리 잡고 있다. 《젤트빌라 사람들》은 한꺼번에 10편이 발표된 것이 아니라, 1856년에 1부 다섯 편을 선보인 뒤 20년 가까이 지난 1874년에 2부 다섯 편을 추가로 발표했다. 두 작품집을 발표할 때 작가는 각각의 책에 서언을 붙여두었는데, 이 서언에서 작가는 자신이 그리고 있는 '젤트빌라'라는 공간이 어떤 곳인지를 밝히고 있다.

> 옛말에 젤트빌라란 매력적이고 양지바른 장소를 뜻한다. 그러니까 이런 이름의 소도시는 스위스 어딘가에 실제로 존재한다. 이곳은 300년 전이나 지금이나 한결같이 오래된 성벽과 탑 속에 파묻혀 있어, 여전히 변함없는 보금자리라 하겠다.
>
> (고트프리트 켈러, 권선형 역, 《젤트빌라 사람들》, 창비, 9쪽)

이렇게만 보면 은밀하면서도 한적한 농촌 마을의 풍경이 눈앞에 떠오른다. 하지만 조금 더 읽어보면 젤트빌라는 그런 목가적인 장소를 의미하는 것이 아님을 알 수 있다.

> 젤트빌라 신사들의 힘과 영화, 안락함의 근본을 이루는 것은 바로 고리대금업으로, 이는 빼어난 상호주의와 깊은 이해심 속에 지속되고 있다. 왜냐하면 누구든 앞서 말한 황금기의 한계점에 도달하자마자, 즉 다른 소도시의 남자들이 이제 비로소 자신의 일을 하기 시작해서 자리를 잡는 시기에 이르자마자, 젤트빌라 사람은 끝장이 나기 때문이다. 그때쯤이면 퇴직을 당하게 마련이고, 아주 평범한 젤트빌라 사람일 경우 먼 타향에 가서 무기력한 자, 신용의 낙원에서 추방된 자로 살아간다. 또는 자기 안에 아직 사용되지 않은 무언가가 남아 있으면 타향에서 이국

의 독재자를 위한 용병이 되어 자신을 위해서는 감히 꺼리던 일들, 즉 단추를 잘 잠그고 꼿꼿하게 부동자세로 서 있는 일들을 배운다.

(앞의 책, 10쪽)

요들송이 울려 퍼지는 알프스 산자락의 고즈넉한 마을을 상상했다면 큰 오산이다. 켈러는 젤트빌라를 고리대금업이 판치는 비정하고 삭막한 공간, 일이 없으면 타국의 용병으로 떠나갈 수밖에 없는 무자비한 곳으로 묘사하고 있다. 즉 농경사회의 평화가 사라지고 고리대금업이 횡행하며 실업의 공포가 상존하고 있는 비정한 공간, 그곳이 바로 젤트빌라다. 이처럼 낭만성보다는 사실성에 기반한 세계관이 이 소설의 작가 고트프리트 켈러의 특징인데, 당시 문학사의 흐름을 살펴보면 이와 같은 사실성이 이전의 작가들과는 사뭇 다른 흐름을 형성하고 있음을 알게 된다.

그전까지의 작가들은 고루한 옛날 생활 방식을 답습하며, 격변하는 유럽 정세와는 동떨어진 목가적이고 이상적인 공간을 형상화해 왔는데, 이를 통틀어 '비더마이어(biedermeier) 시대'라고 부른다. 그런데 이 '비더마이어'라는 이름이 참 재미있다. 한 소설집의 제목에서 따왔다고 하는 이 단어는, 좋은 의미로는 '정직한', '훌륭한'이라는 의미를, 나쁜 뜻으로는 '완고한', '고루한'이라는 의미를 가진 독일어 형용사 'bieder'와 '집사', '소작인 농부' 등을 의미하며 독일 사람들의 이름 중 가장 흔하게 볼 수 있는 'meier'가 결합되어 만들어졌다. 다시 말해서, 비더마이어 시대란 '정직하고 훌륭하지만 완고하고 고루한 사람들'의 예술이 풍미한 시대를 뜻한다.

비더마이어 시대의 시민계급은 프랑스 혁명과 나폴레옹 전쟁을 겪으면서 변혁에 대해 환멸을 느꼈으며 지쳐 있었다. 그들 대부분은 빈 회의

와 칼스바트 결의가 개인의 권리와 자유를 철저히 탄압했음에도 불구하고 그 결과에 대해 불만스러워하지 않았으며, 다시금 확고한 질서의 틀 속에서 안정된 생활을 영위할 수 있으리라는 데에 안도하였다. 시민계급은 '은거'와 '사생활'을 동경하였고, 따라서 종교, 국가, 향토, 가족과 같은 총체성에 기꺼이 순응하여 그 속에서 만족을 찾고자 했다.

(지명렬 편,《독일문학사조사》, 서울대학교출판부, 261쪽)

고트프리트 켈러는 이런 풍조에 반기를 든 작가였다. 학생운동에 가담했던 경력 때문인지, 유물론자 포이어바흐의 영향 때문인지, 과격한 자유주의자들과 어울려서인지는 모르겠지만, 낭만성보다는 사실성에 충실한 작품 세계를 보여주어 사실주의 경향의 작가로 분류되고 있다.[2] 그래서 그가 그려낸 젤트빌라는 목가적 낭만과는 거리가 먼 삭막한 현실이 지배하는 공간으로 표현되어 있다.《젤트빌라 사람들》에 실려 있는 작품 중에 이를 대표적으로 보여주는 작품이 바로 1부의 〈마을의 로미오와 줄리엣〉이다.

셰익스피어의《로미오와 줄리엣》이 가문 사이의 오래된 원한으로 인해 운명적 사랑이 죽음으로 귀결되는 비극이라는 것은 너무나 유명하다. 이 작품의 패러디 또한 많은데, 켈러의 〈마을의 로미오와 줄리엣〉도 배경을 젤트빌라로 옮겨놓았을 뿐 이야기 구조는 거의 비슷한 패러디 작품으로 볼 수 있다. 따라서 이야기의 핵심이 되는 두 가문 간의 대립 또한 이 작품에 그대로 나타나는데, 흥미로운 것은 그 대립의 원인을 참으로 '젤트빌라'스럽게 만들어놓았다는 점이다.

2　켈러의 삶에 대해서는《한국 교양인을 위한 새 독일문학사》(안심환, 세창출판사, 394쪽) 참조.

젤트빌라 밖에서 살던 만츠와 마르티라는 두 농부는 사이좋게 이웃에서 농사를 짓고 있었다. 두 사람은 성실하게 일했기에 부유하지는 않더라도 나름 만족스럽게 살아왔다. 만츠에게는 잘리라는 아들이 있었고, 마르티에게는 브렌헨이라는 딸이 있었다. 서로 가까이에서 일하면서 어릴 때부터 이 둘은 서로에 대한 연정을 품고 자라왔다. 그런데 두 농부가 소유한 땅 사이에 끼어 있던 주인 없는 경작지의 소유권을 놓고 분쟁이 벌어지면서부터 문제가 발생한다.

> 전에는 그렇게도 현명했던 두 남자의 생각이 이제는 잘게 썬 여물처럼 편협해졌다. 세상에서 가장 편협한 법 개념이 두 사람을 사로잡는 바람에 상대가 왜 그렇게 공공연하게 불법적으로, 제멋대로 쓸모도 없는 문제의 밭뙈기를 차지하려고 하는지 이해할 수 없었고 이해하려 들지도 않았다. 《젤트빌라 사람들》, 29쪽)

두 농부는 땅의 소유권을 놓고 법적 분쟁에 돌입했다. 이 법적 분쟁은 젤트빌라의 법정에서 벌어졌는데, 어리숙한 두 농부의 욕망에서 비롯된 송사를 젤트빌라 사람들이 그저 보고만 있지는 않았다.

> 그런데 뭔가 심사가 고약한 일을 벌인 탓에 둘 다 제일 악독한 사기꾼들의 손에 넘어갔다. 사기꾼들은 둘의 형편없는 상상력에 어마어마한 거품을 불어넣어 온통 쓸데없는 생각만 하게 만들었다. 특히 젤트빌라의 투기꾼들이 그랬는데, 그들에게 이 사건은 받아놓은 밥상이나 마찬가지였다. (앞의 책, 30쪽)

기나긴 법정 투쟁으로 두 농부는 자신이 가진 것을 모두 잃게 되었고, 스스로의 삶 또한 완전히 파멸에 이르게 된다. 성실함과 건강함이라는 미덕은 욕심과 게으름이라는 악덕에 자리를 내주게 되었으며, 그들은 자신이 살아가던 삶의 터전에서도 쫓겨날 지경에 처한다. 그들 자신의 욕망에서 벌어진 문제이기는 했지만, 이 어리숙한 욕망을 최대한으로 활용하여 파멸로 이끈 것은 젤트빌라 사람들이었다.

그렇다면 두 농부는 몇몇 '사악한 젤트빌라 사람들'의 계략에 의해 희생된 것뿐일까? 여기서 말하는 '젤트빌라 사람들'은 어떤 특정 인물들을 가리키는 것이 아니다. 좀 더 정확히 표현하자면, '젤트빌라 사람들'이라는 표현에서는 '사람들'보다 '젤트빌라'가 훨씬 더 중요한 의미를 지니고 있다. 부를 축적하기 위해 배타적인 소유권을 주장하는 두 농부의 욕망, 소유권을 놓고 벌이는 법정 투쟁, 법정 투쟁 과정에서 소송비를 뽑아내는 사기꾼들, 젤트빌라를 둘러싸고 벌어진 이 모든 상황이 바로 근대 자본주의의 성립과 연결되는 장면들이다. 그런 점에서 이 장면의 배경 역할을 하는 '젤트빌라'는 자본주의 체제로 이행하는 당시 사회 상황을 상징적으로 표현하는 공간이라고 할 수 있다.

그러니 두 농부의 몰락에는 사회 전반의 구조적 변화가 개입되어 있다고 해도 무방하다. 하지만 그들은 구조적인 문제를 외면한 채 어리석게도 서로에게 증오의 칼날을 돌렸다. 그러다 보니 결국 이 증오의 가장 큰 피해자는 잘리와 브렌헨이 되고 말았다. 사랑에 빠진 두 사람은 자신들을 가로막고 있는 거대한(?) 증오 앞에서 결연의 소망을 이룰 수가 없었다. 그래서 그들은 결국 죽음을 택하게 된다. 이야기의 결말은 셰익스피어의 비극과 같지만 그 원인은 너무 다른 셈이다. 가문 간의 원한을 초래한 원인이 자그마한 경작지에 불과했으며, 그들을 파멸로 이끈 것은 두 농부의 욕망을 눈치챈 사악한 젤트빌라 사람들이었기 때문이다.

그런데 연인의 죽음을 다루는 이 소설의 마지막 부분이 상당히 인상적이다. 어떠한 감정적 연민도 없이 작가는 젤트빌라의 신문 기사를 통해 이렇게 서술하고 있다.

> 나중에 도시의 아래쪽에서 시체들이 발견되고 그들의 신원이 밝혀지자 신문들엔 이런 기사가 실렸다. 두 젊은이가 죽음을 택했다. 불구대천의 원수로 지내다가 찢어지게 가난해진 두 집안의 자식들이 오후 내내 함께 마음껏 춤추고 교회 헌당식에서 즐거운 시간을 보낸 후에 물에서 자살을 시도했다. 짐작건대 이 사건은 뱃사공도 없이 도시에 정박한 이 지방의 건초선과 연관이 있는 것으로, 젊은이들이 배 위에서 자신들의 절망적이고 저주받은 결혼식을 거행하려고 배를 훔친 것으로 생각된다. 이는 만연해지고 있는 풍기문란과 무분별한 열정에 대한 또 하나의 징후이다. (앞의 책, 102쪽)

'풍기문란'과 '무분별한 열정'이라니! 젤트빌라 사람들은 이들의 죽음을 이렇게 평가하고 있다. 그 사이에 벌어진 이들의 비극적인 삶에 대해서는 단 한 푼의 동정과 연민조차 표현하지 않고 있다. 그들은 다만 연인들이 죽음을 위해 배를 훔쳤다는 사실만이 중요했다. 타인의 재산권을 침해했다는 그 사실이 바로 연인들의 죽음을 평가하는 단 한 가지 이유였다. 이것이 바로 사악한 젤트빌라의 진면목이었다. 〈옷이 사람을 만든다〉에서도 이런 모습은 극명하게 드러난다.

3. 돈이 복수를 만든다

〈옷이 사람을 만든다〉는 어찌 보면 동화 같은 작품이라고 할 수 있다.

폴란드 출신 벤첼 슈트라핀스키는 젤트빌라의 한 재단사 밑에서 보조 재단사로 일하다가 재단사가 망하는 바람에 젤트빌라에서 쫓겨나 망연자실한 상태로 길을 걸어가던 참이었다. 그런데 우연히 고급 마차를 얻어 타게 되고, 마차를 타고 도착한 골다흐라는 도시에서 새로운 상황을 맞이하게 된다. 마차에서 내린 벤첼의 모습을 보고 사람들이 신분을 오해했기 때문이다. 고급 마차도 마차지만 사람들이 주인공을 결정적으로 오해한 것은 입고 있던 옷 때문이었다. 이 옷은 귀족이나 입을 법한 고급스러운 옷이었는데, 수려한 외모와 잘 어울리는 고급스러운 외투 덕택에 사람들은 벤첼이 귀족일 거라고 확신해 버린 것이다. 그래서 이 이야기의 제목이 〈옷이 사람을 만든다〉이다.

이런 이야기들의 일반적인 전개대로, 재단사는 그 마을에서 귀족으로 인정받고 우연히 돈도 벌게 되면서 행복한 생활을 이어간다. 주인공은 신분이 미천했지만 군대 생활을 하면서 귀족들의 관심사나 행동들을 어느 정도 알고 있었다. 무엇보다 훌륭한 됨됨이와 신중한 언행으로 마을 사람들의 사랑과 존경을 한 몸에 받게 된다. 그리고 나중에는 좋은 집안 출신의 아름답고 선량한 네트헨이라는 여인의 사랑도 차지하게 된다.

문제는 이 여인과 약혼식을 하는 상황에서 벌어진다. 한겨울이라 스위스 사람들답게 썰매를 타고 도착한 약혼식 장소에서 불운하게도 벤첼은 젤트빌라 사람들을 만나게 된다. 젤트빌라 사람들의 썰매 앞에는 '사람이 옷을 만든다.'라고 새겨져 있었는데, 이는 이들이 재단사들의 모임이며 벤첼의 신분을 정확히 알고 있는 사람들임을 의미했다. 결국 재단사 벤첼은 이들에 의해 신분이 폭로되고 만다.

"어, 어!" 그는 멀리까지 들릴 정도로 큰 목소리로 외치더니 팔을 들어 그 불행한 사람을 가리켰다. "이 슐레지엔 친구, 얼치기 폴란드 사람 좀

보게! 내가 경제적으로 조금 흔들리니까 망했다고 생각해서 내 가게를 뛰쳐나간 사람이잖아! 그런데 이렇게 즐겁게 지내고 여기서 이렇게 유쾌한 사육제를 베푸는 걸 보니 기쁘군! 골다흐에서 직장을 얻으셨소?"

(앞의 책, 194-195쪽)

신분이 드러나게 된 벤첼은 당혹감과 절망감에 사로잡힌다. 물론 정체를 알게 된 신부와 골다흐 사람들의 상황 또한 별반 다르지 않았다. 그런데 젤트빌라 사람들은 정말 사악하게도 이런 기막힌 상황을 즐기고 있었다.

"이보게들, 이리 와서 여기 우리의 얌전한 수습 재단사를 보시게. 라파엘 천사처럼 생겨서 우리 하녀들과 약간 얼빠진 딸도 반하게 만들었었지!" 그러자 젤트빌라 사람들이 우르르 몰려와서 슈트라핀스키와 그의 옛 주인을 에워싸더니, 진심 어린 마음으로 슈트라핀스키의 손을 잡고 악수하는 바람에 그는 의자에 앉아 벌벌 떨며 비틀거렸다.

(앞의 책, 195쪽)

이렇게 젤트빌라 사람들이 벤첼의 불행을 조롱하고 즐길 수 있었던 것은 그들보다 한 수 아래라고 생각하는 한 인물이 다른 도시 전체를 속여 넘긴 것에서 자만심에 가득 찬 쾌감을 느꼈기 때문일 것이다. 신분이 들통난 벤첼은 이제 죽는 수밖에 없다고 생각하고 비틀거리며 차가운 눈밭으로 걸어간다. 거기서 그냥 얼어 죽을 작정이었다. 주변 사람들의 오해에 대해 처음부터 솔직하지 못했고, 여기에 편승하여 부당한 이익을 취했던 벤첼은 죽음만이 이 지독한 상황을 끝낼 수 있는 유일한 방법이라고 생각했다. 그런데 냉정하게 따져보면 이 사달의 책임이 벤첼에게만 있다고 말할 수는 없다. 어떻게 보면 벤첼은 피해자일 수도 있으며, 겉만 보고 섣불리 판단해 버린 골다흐 사람들의 허위의식이 이러한 비극을 촉발한 근본 원인이라고도 볼 수 있기 때문이다. 그래서 벤첼은 마지막 순간에 이런 생각까지 하게 된다.

> 어리석은 세상이 아무 준비도 되어 있지 않은 그를 습격하여 자신들의 놀이 친구로 만들더니, 이제 그로 인해 그는 사기꾼이 된 것이다. 그는 자신이 마치 심술궂은 아이의 꾐에 빠져 제단에서 잔을 훔쳐 온 아이 같은 생각이 들었다. 이제 그는 스스로를 증오하고 경멸했는데, 또한 자신과 자신의 불행한 과실을 뉘우치면서 눈물을 흘리기도 했다.
>
> (앞의 책, 197쪽)

어쩌면 주인공은 꼭두각시 인형처럼 이용당하다가 버려진 듯한 느낌을 받을 수도 있을 것이다. 물론 신분에 맞지 않는 이익을 얻었고, 이를 충분히 즐긴 것도 사실이지만, 겉만 보고 지레짐작으로 판단해 버린 사람들의 오해가 가장 큰 역할을 한 것도 사실이다. 그리고 이 오해는 귀족에게 잘 보여 뭐 하나 얻을 것이 있지 않을까 하는 비굴한 욕망과 함께, 조용하고 평화로운 골다흐라는 작은 도시를 흔들 만한 새로운 사건에 대한 사람들의 뜬금없는 기대에서 비롯된 것이었다.

> 그들은 조금도 우스꽝스럽다거나 아둔한 사람들이 아니었다. 신중한 사업가들로 아둔하다기보다는 오히려 교활했다. 하지만 그들의 잘 가꾸어진 도시는 협소했고, 이 도시에 사는 게 때로는 지루했기에 언제나 거리낌 없이 매달릴 만한 기분 전환 거리나 사건 사고를 애타게 기다리고 있다. (앞의 책, 180-181쪽)

이런 상황들을 고려해 보았을 때, 만약 벤첼이 눈밭에서 죽음을 맞이하게 된다면 이를 초래한 골다흐 사람들도 그 책임을 면치 못할 것이 분명하다. 그런데 흥미롭게도 작가는 이 사건의 의미를 사회 전체로 확장한다. 즉 벤첼 슈트라핀스키보다 더한 사기꾼들이 이 세상에 얼마든지 널려 있지 않느냐는 식으로 이야기를 끌고 가는 것이다.

> 어떤 군주는 나라와 백성을 강탈하고도, 어떤 성직자는 자기 교회의 교리에 대한 확신도 없이 설교하면서 성직록(聖職祿)의 재물을 거리낌 없이 축내고도, 어떤 잘난 체하는 교사는 자기 학문의 가치에 대한 최소한의 이해도 없고 그것에 최소한의 공헌도 하지 못하면서 고귀한 교직의 명예와 장점만 쥐고 즐기면서도 (중략) 그러고도 그들 모두는 뉘우쳐 울기는커녕 오히려 자신들의 영화로 즐거워하면서 즐거운 모임들과 유쾌한 친구들 없이는 하루 저녁도 견디지 못한다. (앞의 책, 197쪽)

겉모습과 내면이 일치하지 않고, 명분과 실질이 걸맞지 않은 사례가 얼마나 많은가? 작가는 이렇게 반문하고 있는 것이다. 사회 각계각층에 이런 사기꾼들이 넘쳐나고 있으며, 심지어 이들은 아직 그 실체가 드러나지도 않았고 그에 따른 책임을 지지도 않았으며 죄과에 대한 반성조차 하지 않은 채 오히려 유쾌하게 살고 있다. 작가는 이런 사람들이 모여 술수와 계략으로 타인을 속여 넘기기에 바쁜 복마전 같은 곳이 바로 새롭게 변화된 사회, 즉 젤트빌라라고 말하고 싶었던 것이다.

하지만 이야기는 여기서 끝나지 않는다. 여기서부터 〈옷이 사람을 만든다〉의 진짜 이야기가 펼쳐진다. 이 어처구니없는 상황 속에서 냉철하게 판단하고 행동할 수 있었던 유일한 인물은 네트헨이었다. 그녀에 의해 상황은 묘한 방향으로 흘러간다. 일단 네트헨은 죽기를 각오한 벤첼을 다시 일으켜 세워 정신을 추스르게 한 뒤에 중요한 사실 한 가지를 확인한다. 어린 시절 자신이 좋아했던 한 남자가 있었는데, 그 인물이 혹시 벤첼이 맞는지를 물어보았다. 어린 시절 벤첼과 네트헨은 이미 만난 적이 있었으며, 당시에 서로에게 연심을 품고 있었음이 밝혀진다. 이 사실을 운명으로 받아들인 네트헨은 파국으로 치닫던 상황을 헤쳐나가기 위해 다음과 같이 단호하게 말한다.

> "더 이상 소설 같은 이야기는 하지 마세요! 나는 가난한 방랑자인 지금의 당신을 신뢰하고 내 고향에서 교만한 자들과 조롱하는 자들도 아랑곳하지 않고 당신의 여자가 되겠어요! 우리는 젤트빌라에 갈 거고 거기서 영리함을 발휘해 활동해서 우리를 조롱했던 사람들이 우리에게 매달리도록 만들 거예요!" (앞의 책, 201쪽)

좀 황당하긴 하다. 소설인데 소설 같은 이야기를 하지 말라니. 그만큼 네트헨은 이 문제의 해결을 위해 낭만적인 감상이 필요하지 않다는 점을 정확하게 알고 있었다. 우선 그녀는 벤첼과 결혼하겠다는 사실을 주변 사람들에게 확실하게 선언했으며, 고급 관료였던 부유한 아버지에게 자신에게 남겨진 재산을 지참금으로 달라고 요구했다. 그 돈으로 젤트빌라에 들어가 사업을 하기로 결심했기 때문이다. 재단사였던 벤첼의 기술을 살려 양복점 및 포목점을 열기로 한 것이다. 이런 결정에 대해 그녀의 아버지는 당연히 강력하게 반대했으며 유산을 지급하지 않으려고 했다. 그런데 재미난 것은 이러한 소식이 들리자마자 보여준 젤트빌라 사람들의 태도였다. 네트헨의 결정대로 된다면 골다흐로부터 젤트빌라로 막대한 자금이 유입되는 것이니 젤트빌라 사람들은 반대할 이유가 없었다. 그때부터 젤트빌라는 적극적으로 그녀의 결혼을 돕기 시작한다.

이 일로 인해 어쩌면 젤트빌라에 큰 재물이 들어올지도 모른다고 변호사가 몇 마디 흘리자 시내에서는 일대 소동이 벌어졌다. 젤트빌라 사람들의 여론은 갑자기 재단사와 약혼녀 쪽으로 돌아섰고, 사람들은 연인들의 재산과 생명을 보호해 주고 자기네 도시에서 인간의 권리와 자유가 보호받게 하자고 결의했다. 그래서 골다흐 출신의 그 미녀가 강제로 소환될 거라는 소문이 돌자 사람들은 서로 규합하여 무지개 여관과 야성남 여관 앞에 무장한 경비병과 의장병을 세워놓았고, 엄청난 흥미를 갖고 어제의 그 기이한 모험의 연속으로 또다시 대단한 모험을 감행했다. (앞의 책, 213쪽)

결국 아버지에 맞선 네트헨과 젤트빌라 사람들이 승리를 거두게 되었고, 벤첼과 네트헨은 아이러니하게도 젤트빌라 사람들의 축복 속에서 결혼하게 되었다. 결혼 뒤 벤첼과 네트헨은 젤트빌라에서 큰 양복점의 주인이 되었으니, 젤트빌라 사람들의 바람대로 막대한 자금이 유입된 것이다. 그런데 그 뒤로는 어떻게 되었을까? 그 뒤부터 부부는 재단사로 열심히 일하고 근검절약하면서 10여 년의 세월을 보낸 끝에 재산을 배로 늘릴 수 있게 되었다. 그 재산은 젤트빌라 사람들의 '손톱 밑에서 피를 짜낼' 정도로 빡빡하게 굴어서 벌어낸 돈이었다. 그러면 그들의 복수는?

십 년인가 십이 년인가 후에는 네트헨, 즉 슈트라핀스키 부인이 그사이에 낳아준, 살아온 햇수와 같은 숫자만큼의 아이들과 아내를 데리고 골다흐로 이주하여 그곳에서 명망 있는 남자가 되었다. 그런데 배은망덕에서인지 아니면 복수심에서인지는 몰라도 젤트빌라에는 동전 한 푼남기지 않았다. (앞의 책, 215쪽)

그들의 복수는 이런 식이었다. '눈에는 눈, 이에는 이'라고 철저하게 금전적이었던 젤트빌라에게 금전적인 타격을 준 것이다. 처음에는 '옷이 사람을 만든다.'라는 말대로 귀족의 옷을 입었던 벤첼은 골다흐에서 가짜 귀족의 지위를 얻을 수 있었다. 그러다가 신분이 들통나고 파국을 맞이했다. 그런데 그다음에는 '사람이 옷을 만든다.'라는 말대로 성실하고 근면한 노동으로 자신의 지위를 차지할 수 있게 되었다. 그러고 난 뒤에 그들은 그렇게 쌓은 재산으로 젤트빌라 사람들을 제대로 한 방 먹인 것이다. 다시 말하면, 옷이 사람을 만들고, 사람이 옷을 만들었으며, 마지막에는 돈이 복수를 만든 것이다. 낭만적인 이야기로 시작하는 것처럼 보였지만, 절대로 낭만적으로 끝나지 않았다.

4. 사악한 도시에서 웃음 짓기

《젤트빌라 사람들》에는 앞에서 다룬 두 작품 말고도 함께 이야기해 볼 만한 작품이 많다. 〈정의로운 빗 제조공 세 사람〉도 의미심장한 작품이다. 켈러는 이 작품을 통해 '근면하고 성실한 노동의 결말이 과연 행복한 것인가?'라는 질문을 던지고 있다. '열성적인 훈련과 조용함과 근검절약, 온화함과 내적 우정'으로 가득 찬 세 명의 빗 제조공은 그 누구보다 열심히 일하는 노동자들이다. 이들은 반항이라는 것을 모르며, 세상은 '치안이 잘 유지되는 커다란 경찰서'라고 생각하는 순종적인 인물들이었다. 그래서 이들을 고용한 젤트빌라의 장인은 이들을 철저하게 부려먹는다.

장인은 이 세 녀석이 여기에 남기 위해서라면 뭐든지 감수할 것임을 알게 되자 그들의 봉급을 깎았고 식사도 더 조금 주었다. 하지만 그들은 더 열심히 일하고 자리를 지켰기에, 장인은 저렴한 상품을 대량으로 유통시켰고 늘어난 주문도 감당할 수 있었다. 그리하여 장인은 조용한 도제들로 인해 거액의 돈을 벌어들이고 확실한 돈줄을 거머쥘 수 있었다. 어리석은 노동자들이 작업장에서 밤낮으로 수고하며 앞다투어 열심히 일하려고 애쓰는 동안 그는 허리띠 구멍을 늘려나갔고, 시내에서 상당한 역할을 하게 되었다. (앞의 책, 116쪽)

일자리가 줄어들어 이 세 사람 중에서 한 명만을 채용해야 하는 상황이 되자 장인은 세 사람에게 황당하게도 경주를 제안한다. 도시의 성문을 빠져나가 30분 정도 걸어 나간 지점에서 머물다가 동시에 돌아오는 경주에서 가장 먼저 도착하는 자를 채용하겠다는 내기를 건 것이다. 그런데 더 황당한 것은 이 세 명의 반응이다. 이들은 일자리를 건 것도 모자라 상당한 지참금을 가지고 있던 한 여인과의 결혼까지 한꺼번에 걸고 도박과 같은 경주를 받아들였다. 그리고 너무도 당연하게 젤트빌라 사람들은 커다란 환호성과 함께 이 황당한 경주를 도시 전체의 즐거운 여흥으로 만들어버렸다. 그 결과는 어떻게 되었을까? 여기서 그 결과를 이야기하지는 않겠다. 하지만 지금까지 켈러의 작품에 대해 이야기한 바를 생각해 보면 좋은 결과가 아닌 것은 분명하다.

그런데 앞에서 인용한 세 명의 빗 제조공 이야기를 다시 한번 읽어보자. 아니 〈마을의 로미오와 줄리엣〉, 그리고 〈옷이 사람을 만든다〉의 이야기도 같이 읽어보자. 이 이야기들을 1800년대 중반 스위스의 이야기로만 한정할 수 있을까? 금전적 탐욕에 사로잡힌 사람들, 허명에 사로잡혀 실질을 잊어버린 사람들, 일자리를 걸어놓고 무한경쟁으로 노동자들을 몰아가며 이기는 자를 정의로운 자로 평가하는 사람들. 이 이야기

가 150여 년 전 유럽 한 국가만의 이야기라고 말할 수 있을까? 오늘날
에도 탐욕으로 인해 저주받은 경주가 사회 곳곳에서 벌어지고 있는 것
이 엄연한 사실이다. 더 무서운 것은 이런 경쟁을 즐기는 사람들이다.
무한경쟁을 일종의 미덕이라고 생각하고 경쟁의 승자에게 모든 대가를
돌려주는 것이 정당하다고 믿는 사람들의 모습을 떠올려 보자. 비슷한
시기에 활동했던 영국의 사회사상가 존 러스킨의 말대로 "나중에 온 이
사람에게도" 혜택을 줄 수 있는 사회를 꿈꾸는 것은 부당한 일일까?

고트프리트 켈러는 150년 전에 이미 이 도시의 어두운 모습에 환멸에
가까운 감정을 느꼈지만 이를 날것 그대로 표현하지는 않았다. 이 점을
포착한 비평가 발터 벤야민은 켈러의 작품 세계를 '유머'로 정의 내리고
있었다.

> 아름다운 선율로 조용하게 울리는 켈러의 웃음은, 마치 천상의 궁륭들
> 속에 유머의 웃음이 자리 잡고 있듯이, 지상의 궁륭들 속에 터 잡고 있
> 다. (중략)
> 유머는 그 나름대로 일종의 법질서이다. 유머는 선고가 없는 집행의 세
> 계로서, 그 속에서 평결과 사면(은총)이 웃음 속에서 요란하게 들려온
> 다. 이것은 엄청난 유보의 태도로서 이 유보의 태도로부터 켈러의 침묵
> 과 창작이 의미심장해진다. 연설, 선고, 심판 따위를 그는 하찮게 여겼
> 다. 하물며 그것이 도덕적인 내용이라면 말할 것도 없을 텐데, 그것은
> 앞서 언급한 사랑의 노벨레(〈마을의 로미오와 줄리엣〉)의 경우 결미 부분
> 의 말이 전해준다.
>
> (발터 벤야민, 최성만 역, 《서사·기억·비평의 자리》, 길, 216-217쪽)

앞서 〈마을의 로미오와 줄리엣〉의 마지막 장면이 젤트빌라 신문의 도

덕적 평결로 마무리되고 있다고 말했다. 그런데 이것이 바로 켈러가 하찮게 여겼던 '연설, 선고, 심판'과 같은 '도덕적인 내용'이다. 그는 '연설, 선고, 심판'으로 상징되는 이 모든 선입견과 관념론적 이데올로기를 하찮게 여겼으며, 선입견으로 가득한 심판대 앞에 서 있는 고통받는 자들의 선고를 '유보(留保)'한 채 이들에게 웃음 가득한 평결과 사면을 집행한다. 〈마을의 로미오와 줄리엣〉의 경우를 다시 살펴보자. 마지막 장면을 읽을 때 우리는 두 연인을 죽음으로 이끌고 간 당시 젤트빌라 신문의 도덕적 판단이 얼마나 어처구니없는지를 금방 이해하게 된다. 그래서 두 연인의 행동이 도덕적으로 아무런 문제가 없으며 그 자체로 아름다운 사랑이라는 점을 충분히 알 수 있다. 이것이 바로 도덕적 판단을 '엄청나게 유보'한 채 사면(은총)을 내리고 있는 대표적인 장면이다.

이렇듯 고트프리트 켈러는 온갖 추잡한 욕망과 비정한 배반이 판치는 이 사악한 젤트빌라를 창조해 냈지만, 에밀 졸라의 '루공-마카르 총서'가 그러했듯 눈살을 찌푸려가면서 작품을 읽을 만큼 노골적으로 표현하지는 않았다. 사악한 도시 속에서 살아가는 사람들의 모습을 그려내는 작가의 시선은 우리를 웃음 짓게 할 수 있을 만큼 따뜻했기 때문이다. 젤트빌라 사람들이 벤첼 부부에게 한 방 먹는 결말 같은 것을 떠올려 보면 그 웃음의 온기를 충분히 느낄 수 있을 것이다. 그 웃음은 그들을 풍자하는 날카로운 웃음이 아니라 연민과 동정 어린 따뜻한 웃음에 가까웠다. 이 점에서 《젤트빌라 사람들》의 가치를 깨달을 수 있지 않을까. 삭막하고 살벌한 무한경쟁의 세상에서 타인에 대해 섣불리 판단하지 말고 따뜻한 웃음이 함께하는 눈길로 바라볼 수 있는 '엄청난 유보'의 태도. 그것이 책장을 덮은 뒤 느껴지는 훈훈함의 원인일 듯싶었다.

오디오파일 만들기

    요즘은 팟캐스트나 오디오클립 등 오디오파일을 인터넷에 다양한 방식으로 올리는 사람도 많고 이를 구독하는 사람도 많습니다.《젤트빌라 사람들》을 읽고 난 감상을 오디오파일로 만들어 공유해 보면 어떨까요? 학생들이 하기에는 좀 어려운 활동이기도 하고, 막상 오디오파일을 만들려고 하면 뭘 어떻게 해야 할지 당황스러울 수도 있습니다. 아래 방법을 참고하면 좀 도움이 될 것 같습니다.

① 작품을 읽고 조별로 토의한다.

② 토의한 내용을 바탕으로 작품의 의미를 담을 수 있는 세 가지 열쇳말을 찾는다. (세 가지 열쇳말은 네이버 오디오클립 '세 가지 열쇳말로 여는 문학 이야기' 참고)

③ 조별로 역할을 맡아 각각 맡은 부분의 대본을 쓴다. 대본은 크게 네 부분(작가 및 간단한 작품 소개, 세 개의 열쇳말 설명) 정도로 나눈다. (더 구체적인 내용은 책 맨 뒤의 '세계문학으로 수업하기'에 첨부된 대본 참고)

④ 대본의 내용을 채우기가 어렵다면 읽은 책의 인상적인 부분을 낭독해도 된다. (낭독은 2쪽 이상 하도록 하고, 마지막에는 인상적이었던 이유를 간단하게 이야기한다.)

⑤ 쓴 대본을 읽는 연습을 한 뒤에 녹음을 한다.

⑥ 가능하다면 SNS를 통해 친구들과 공유해 보는 것도 좋다.

만약에 이 방법을 수업 시간에 활용해 보려고 한다면, 부록에 오디오파일을 만드는 수업에 대한 지도안이 간단하게 소개되어 있으니 참고하시기 바랍니다.

06

거리낌 없이 받아들이기

마누엘 푸익, 《거미 여인의 키스》(1976)

1. 동성애를 반대한다?

한 스트롱맨의 딸을 대통령의 권좌에 앉게 해주었던 지난날 대선 과정을 통해, 나는 '대선 토론회가 무슨 의미가 있나?'라는 대선 토론회 무용론에 빠져들게 되었다. 질문 내용을 무시하고, 자기가 대통령이 되면 뭐든지 할 수 있다는 막무가내로 일관하는 후보가 당당히 당선되는 결과를 지켜보며, 토론회 무용론이 더욱 굳어졌다. 대통령 탄핵으로 인해 사상 초유의 장미 대선으로 치러졌던 2017년 대통령 선거에서도 4년 동안 앙금처럼 가라앉아 있던 이 무용론은 나름의 힘을 발휘했다. '그깟 토론회 뭐 안 보면 어때?'라는 생각이 뿌옇게 일어났다. 하지만 대선 토론회가 진행되는 동안 SNS나 포털 사이트 등을 통해 얼핏얼핏 토론회를 훔쳐보면서, 마음속 앙금이 조금씩 가라앉기 시작했다. 토론의 수준이 높았냐 낮았냐는 둘째로 치더라도, 다섯 명의 후보자가 연출하는 토론회의 풍경은 자못 신기하기도 했고, 또 토론회를 하고 나서 후보들의 지지율이 요동치는, 그야말로 토론회가 토론회다운 위상을 되찾는 상황으로 인해 관심도는 점점 높아져 갔다. 그래서 결국엔 맥주 한 캔과 반건조 오징어를 앞에 두고 토론회를 지켜보게 되었다.

그렇게 흥미진진하게 토론회를 지켜보면서 수준 이하의 대거리들에 분노하고, 속 시원한 사이다 발언에 은근한 전율을 만끽하다가 어느 순간 머리를 한 대 맞은 것처럼 충격적인 장면을 목격하고 말았다. 바로 그 유명한 '동성애' 관련 발언 장면이었다. 한 후보의 질문 같지도 않은 질문, 즉 '동성애를 찬성하느냐 반대하느냐?'라는 질문에 진보 진영 후보가 '반대한다'는 답변을 남긴 그 장면 말이다. 물론 이후에 이에 대해서는 다양한 해석, 해명, 변명, 그리고 사과까지 있기는 했지만, 처음 그 장면을 보았을 때의 당혹스러움은 정말 만만치 않았다. 기본적으로 질문 자체가 돼먹지 못한 것이었을 수도 있고, 대답 또한 선거 공학적 전략이었을 수도 있고, 어쩌면 정확한 의도가 전달되지 않은 것일 수도 있지만, '반대'라는 말이 나왔다는 것 자체가 쉽게 이해하기 어려웠다.

그렇다고 내가 성 정체성이나 성 정치에 대한 깊은 식견을 가지고 있는 사람도 아니고, 수많은 변수가 존재하는 현실 정치의 복잡성에 대해서도 잘 모르지만, 성적 정체성에 대한 '정치적 반대'라는 것이 과연 옳은 것인가 싶은 생각이 들었다. 우리가 정치적으로 '남자'를 반대할 수 없고 '여자'를 반대할 수 없듯이 말이다. 아무튼 복잡한 심경으로 이와 관련된 사태의 추이를 지켜보던 때쯤, 학생들과 함께 읽었던《거미 여인의 키스》라는 작품이 문득 생각났다. 군사 독재 치하의 감방이라는 지옥 같은 공간에서 피어난 동성 간의 아름다운 화해와 사랑이 담긴 이 작품을 통해 마음의 실타래가 조금은 풀릴 수도 있겠다는 기분이 들었기 때문이다. 그리고 이 작품을 놓고 학생들과 나누었던 이야기들을 떠올리다 보면 절망이나 분노의 감정에서 벗어나 희망과 화해의 가능성으로 한 발짝 옮길 수 있겠다는 기대감 또한 생겨났다.

2. 소설? 희곡? 시나리오?

《거미 여인의 키스》는 세 가지 측면에서 지금까지 다룬 작품들과는 약간 다르다. 첫 번째는 이 작품이 라틴아메리카 소설이라는 점이다. 여태까지는 주로 프랑스, 미국, 영국, 독일 등 이른바 문화 선진국이라 불리는 문화권의 작품들을 다루었다. 다시 말해, 제국주의 지배를 주도하던 나라들의 문학이었던 셈이다. 반면에 《거미 여인의 키스》는 지배받았던 자들의 소설인 셈인데, 식민 지배 후 군부 독재를 겪었던 주변부 국가 아르헨티나의 소설이라는 점에서 앞의 소설들과는 맥락이 좀 다르다. 특히 이 소설이 군부 독재 시대를 배경으로 한다는 점을 고려해 보면, 식민 지배와 군부 독재로 이어지는 우리네 역사적 경험과 공감대를 이룰 수 있는 것으로도 보인다.

두 번째는 형식적인 측면에서 전통적인 소설 형식을 벗어난 독특한 작품이라는 점이다. 이 작품을 처음 읽는 사람들은 이게 소설인지 희곡인지 시나리오인지 구분하기가 쉽지 않다. 내용이 중요하지 장르가 뭐든 무슨 상관이겠냐마는, 작품의 대부분이 두 사람의 대화로만 이루어져 있어 대화를 통해 주변 상황을 유추하지 않으면 안 된다는 점만은 꼭 주의해서 읽어야 한다. 그뿐만 아니라 희곡과는 또 다르게 말하는 사람이 누구인지 명확하게 기록되어 있지 않기 때문에(중간에 희곡, 보고서 등의 장르도 삽입되어 있음), 누가 무슨 말을 했는지 흐름을 놓치지 않고 잘 따라가야 한다. 아무 생각 없이 읽다 보면 꼭 한번은 '응?' 하는 의문형 감탄사와 함께 책장을 넘겨 다시 대화의 흐름을 되짚어 가는 수고를 해야 하는 일이 생기기 마련이다. 그런 수고를 방지하려면 헷갈릴 때마다 희곡처럼 대화 앞에 인물의 이름을 써두는 것도 좋다.

세 번째는 영화의 내용이 작품 속에 많이 삽입되어 있다는 점이다. 감옥 안에 갇혀 있는 두 사람의 대화는 주로 대중문화의 대표적 장르인 영화를 매개로 이루어진다. 긴긴밤 동안 일종의 유희처럼 들려주는 몰리나의 영화 이야기가 소설 내용의 많은 부분을 차지하고 있다. 그리고 몰리나가 이야기하는 영화는 대단한 예술적 걸작들이 아니라 흔히 볼 수 있는 통속 영화들이다. 심지어는 나치가 자신의 이념을 선전하는 수단으로 사용했던 이념 영화들도 이야기의 소재로 등장한다. 이처럼 영화가 소설 속에 깊숙이 들어와 있는 것은 작가의 개인적 경험과 밀접하게 연관되어 있다.

> 부에노스아이레스의 북서쪽 헤네랄 비예가스에서 태어난 그는, 문화와 동떨어져 있는 그곳에서 오로지 영화라는 매체를 통해 삶의 활기를 누릴 수 있었다. 그는 어린 시절의 자신에게 있어서 영화는 '현실'이라는 것을 대체할 수 있는 하나의 언어체계였다고 회고한다. 1930, 40년대의 아르헨티나 빰빠(넓은 초원 지대)의 단조로움과 피폐함, 그리고 권력이 사유와 감성을 압도하는 현실에서 영화는 유일한 도피 수단이었던 것이다. (김현창,《중남미 문학사》, 민음사, 547쪽)

현실의 암울함을 영화로 잊었던 작가의 개인적 경험과도 흡사하게, 군사 독재 정권에 의해 감옥에 갇힌 작품 속 두 주인공이 엄혹한 현실을 잠시나마 잊을 수 있었던 유일한 수단 역시 영화였다. 그런데 이 점이 바로 이 작품의 문학적 독특함을 빚어낸다. 다시 말해서, 문학사적으로 이 작품은 대중문화의 산물인 3류 키치 영화들이 소설의 중심에 접목된 대표작으로 손꼽히게 된 것이다. 삽입된 영화들이 기계적으로 연결되어 있는 것이 아니라, 소설의 맥락과 절묘한 화학작용을 이루며 작품의 의미를 한층 깊이 있게 만들고 있기에 이 작품의 문학적 가치가 더욱 높아

지는 묘한 상황을 만들게 되었다.[1]

어쨌든 이런 여러 가지 점에서 《거미 여인의 키스》는 기존에 다루었던 작품들과는 사뭇 다른 면모를 보여주고 있다. 그래서 학생들과 이야기를 나눌 때도 조심스러운 부분이 있었다. 형식적 파격에 대해 학생들이 잘 적응할 수 있을지 걱정도 되었고, 동성애라는 주제를 다루는 것에 대해서도 조심스러웠다. 하지만 걱정한 것과는 달리 막상 뚜껑을 열고 보니 학생들은 별다른 편견 없이 주의 깊게 이 작품을 읽었으며, 이를 바탕으로 진지한 이야기들을 나눌 수도 있었다. '역시 나이를 먹으면서 생기는 것은 노파심뿐인가?'라는 자조만 남았으니, 작품에 대한 걱정은 말 그대로 기우였을 뿐이다.

3. 몰리나와 발렌틴, 두 종류의 피해자들

일단 이 작품에 들어가기 위해서 던졌던 첫 번째 질문은 '왜 감옥이 배경이 되었을까?'였다. 물론 답은 간단하다. 주인공 둘 다 범죄를 저질렀고, 그 결과로 구속되었기 때문이다. 그러면 '주인공 두 사람이 저지른 범죄가 무엇인가?'라는 두 번째 질문이 바로 잇따른다. 두 사람이 저지른 범죄는 작품의 메시지를 이해하기 위한 중요한 실마리가 된다.

피고인 3018호, 루이스 알베르토 몰리나.
1974년 7월 20일 부에노스아이레스 시 형사법원의 후스토 호세 달피

---

[1] 이 점은 민음사판 《거미 여인의 키스》에 해설로 첨부되어 있는 송병선의 〈대중문화와 고급문화의 간극은 존재하는가〉라는 글에 잘 설명되어 있다.

에레 판사 판결문. 미성년자 보호법 위반으로 징역 8년 선고. 1974년 7월 28일 B동 34호 방에 비도덕적 혐의로 이미 구속된 베니토 하라미요, 마리오 카를로스 비안치, 다빗 마르굴리에스와 함께 수감.

피구류자 16115호, 발렌틴 아레기 파스.
1972년 10월 16일 노동자들이 파업하고 있던 두 자동차 공장에서 소요를 선동하던 급진 행동파 그룹을 연방경찰이 급습한 후 조금 뒤 바랑카스 부근 5번 국도에서 검거됨.

(마누엘 푸익, 송병선 역,《거미 여인의 키스》, 민음사, 198쪽)

몰리나는 미성년자 보호법 위반으로 나와 있지만, '비도덕적 혐의'라는 말이 암시하듯이 '동성애자'라는 이유로 검거되어 있는 처지였다. 발렌틴은 급진 행동파로서 군사 독재에 맞서 정치적 저항을 시도하다가 잡혀 감방에 들어온 상황이었다. 범죄라고 보기 어려운 행위가 독재 정권으로 인해 범죄로 치부되는 안타까운 처지는 같지만, 두 사람의 죄목은 완전히 방향이 달랐다. 그래서 그런지 처음에 이 두 사람은 서로를 쉽게 이해하지 못하고 갈등을 겪게 된다.

그래서 또 하나의 질문으로 던진 것은 '두 사람은 어떤 측면에서 다르고, 왜 서로 갈등하고 있는가?'였다. 일단 몰리나는 정치범인 발렌틴을 감시하는 조건으로 교도소장과 거래를 한 상황이었기 때문에 발렌틴에게 인간적인 감정을 가질 수 없는 처지였다. 발렌틴 또한 정치적 의식이 전혀 없으며 논리적인 대화를 나눌 수 없는 몰리나의 성향에 부정적인 태도를 숨기지 않는다.

「그래, 하지만 현실적이 아니야. 이봐, 한 가지 해결책이 있어. 그건 그가 웨이터로 계속 일하면서, 자기 자신을 비하하지 않고, 그런 것에 구애받지 않는 거야. 아무리 자기의 일이 천하다 하더라도 한 가지 해결책이 있어. 그건 노조 투쟁이야.」

「그러리라고 생각하니?」

「물론이지. 의심할 여지도 없이……」

「하지만 그런 것은 하나도 알지 못했어.」

「정치는 어떤 것이라고 생각했지?」

「정치에 관해서는 전혀 몰랐어. 하지만 내게 노동조합의 병폐에 대해서는 말하곤 했어. 그의 말이 옳았을 거야.」

「뭐 옳다고! 노동조합이 잘못되었으며, 잘되도록 투쟁해야 돼. 그런 것을 바꾸기 위해 말이야.」

「난 좀 졸려, 넌 어때?」 (앞의 책, 98-99쪽)

몰리나가 사랑한 한 웨이터에 대해 이야기하던 중, 발렌틴은 그 관계에 대한 해결책으로 '노조 투쟁'을 꺼낸다. 열혈 혁명분자답게 모든 문제의 해결책을 계급혁명으로 바라보는 발렌틴은 정치에 무지한 몰리나를 계몽하기 위해 이런 식으로 말하고 있는지도 모르겠다. 하지만 몰리나는 자신이 사랑하는 웨이터가 노동조합에 대해 부정적으로 생각하고 있었다고 말해 발렌틴을 분노하게 한다. 발렌틴이 좀 더 이야기를 꺼내려 하자 몰리나는 정치 이야기를 듣기 싫어 일부러 졸린 척한다. 이처럼 이들은 정치적 측면에서 생각의 차이를 보이고 있으며, 서로를 이해하지 못한 채 한동안 평행선을 달린다.

그런데 이 두 사람은 정치적 성향만 달랐던 것이 아니다. 이들은 성격과 취향 또한 정반대의 성향이었다. 영화 이야기를 주도적으로 이끌어가는 몰리나는 나치의 선전 영화를 최고의 영화로 꼽을 만큼 영화의 정치적 맥락 따위는 고려하지 않았으며, 오직 영화를 통해 느낄 수 있는 감각적 즐거움을 최대한 만끽하려 했다. 그렇다 보니 그(그녀)²는 영화 이야기 속에서도 이런 측면을 묘사하는 데 정성을 다한다. 하지만 발렌틴은 혁명적 의지로 자신의 감각적 욕망을 최대한 억제하고 있었다.

> 「아니야, 넌 그걸 상상할 수 없어…… 내가 이 모든 것을 참아내는 것은…… 계획이 있기 때문이야. 가장 중요한 것은 사회혁명이고, 감각적인 기쁨 같은 것은 부차적인 것이야. 투쟁이 계속되는 동안, 아니 아마도 내 일생 동안 계속될 투쟁을 하면서 감각적인 기쁨을 느끼려고 하는 것은 바람직하지 않은 행동이야. 알아듣지? 그런 기쁨은 사실상 내게는 부차적이기 때문이야. 위대한 기쁨은 다른 것이야. 가령, 내가 가장 고귀한 명분을 위해 봉사하고 있다는 사실을 아는 것……」
>
> (앞의 책, 43쪽)

이렇게 강철 같은 의지로 감방 생활을 견뎌내고 있는 발렌틴에게 감성 충만한 몰리나는 굳은 의지를 녹슬게 하는 강력한 위협이었다. 또한 이성애자였던 발렌틴에게 이성애의 질서를 뛰어넘어 사랑을 노래하는 몰리나는 그냥 이해하기에도 버거운 존재였다.

> 「그래. 너무 예민한 것 같군. 그런 건……」
> 「왜 입을 다물지?」
> 「아무것도 아니야.」

2　몰리나는 생물학적으로 남성으로 태어났지만 자신의 성 정체성을 여성으로 인식하고 있다. 따라서 이렇게 표기해 보았다.

「말해봐. 발렌틴, 난 네가 뭐라고 말할지 알아.」

「바보 같은 소리 그만해.」

「말해봐. 넌 내가 여자 같다고 말하려고 했지?」

「그래.」

「여자처럼 부드러운 게 뭐가 나쁘다는 거지? 수캐든 게이든 간에 감성적이 되고 싶어 하는데도, 그렇게 될 수 없는 이유는 뭐지?」

「나도 잘 모르겠어. 하지만 너무 감성이 예민하다는 것은 남자가 되는데 방해 요소야.」

「왜? 고문하는 데 방해가 된다는 거야?」

「아니. 그런 고문관들을 없애버리는 데 방해가 된다는 거야.」

「모든 남자들이 여자와 같았다면, 고문관 따위는 존재하지 않았을 거야.」(앞의 책, 45쪽)

인용한 대화에서 알 수 있듯이 몰리나는 정치적 문제에 별다른 관심이 없는 것처럼 보이지만 억압받는 성적 소수자로서의 정체성을 지니고 있다. 그리고 이를 바탕으로 몰리나는 자신의 생물학적 성 정체성을 넘어 남성성이 지배하는 이 사회의 폭력성에 대해 날카로운 일침을 날린다. 군부 독재라는 강력한 적과의 투쟁만이 머릿속에 가득 차 피아 식별이 명확했던 발렌틴에게 몰리나는 이해하기도 어려운 존재였으며, 여러 가지 측면에서 복잡함을 불러일으키는 존재가 된다.

그런데 이렇게 갈등을 겪던 두 사람이 점점 가까워지게 된다. 그래서 던진 또 하나의 질문은 '두 사람은 어떤 사건을 계기로 가까워지게 되었나?'였다. 가장 대표적인 사건은 바로 '설사약 사건'이다. 교도소 측에서는 발렌틴의 저항 의지를 꺾기 위해 일부러 발렌틴의 죽에다 설사약을 넣은 뒤 그것을 먹은 발렌틴에게 지독한 복통과 설사를 겪게 해 인간적 모멸감을 느끼게 만들려고 한다. 그런데 많은 양이 담긴 그릇을 몰리나에게 양보한 발렌틴의 선의로 인해 의도와는 달리 설사약이 섞인 죽을 몰리나가 먹게 된다. 몰리나는 지독한 복통에 시달리게 되고, 이로 인해 발렌틴에 대한 분노를 느낀다. 하지만 다음번에는 배달 사고 없이 그 죽을 발렌틴이 먹게 되고 이로 인해 지독한 복통과 함께 설사를 하게 되었을 때, 몰리나는 그 지독한 고통을 공감하면서 발렌틴에 대한 동정심을 가지게 된다. 몰리나는 발렌틴이 복통으로 인해 실례를 저지를 때도 모성애에 가까운 감정으로 발렌틴을 돌보아 준다.

> 「고마워.」
> 「고마워할 필요 없어. 얼른 밑을 닦고 조금 자도록 해. 몸을 떨고 있으니까.」
> 「화가 나 죽겠어. 화가 나서 울고 싶어. 내 자신에 대해 화가 치밀어.」
> 「진정해. 네 자신을 원망한들 무슨 소용이 있겠니. 그건 미친 짓이야. 그러니 쓸데없는 소릴랑 하지 마……」
> 「내가 감옥에 갇힌 게 너무 화가 나.」
> 「진정해. 그렇게 하려고 노력해 봐.」 (앞의 책, 164쪽)

인간의 자연스러운 생리 현상을 스스로 통제할 수 없게 만드는 독재 정권의 치졸한 협잡에 희생되어 인간적 모멸감을 느끼는 발렌틴을 안타까운 심정으로 바라보면서 몰리나는 동정심을 숨길 수 없게 된다. 교도소장과의 거래가 있음에도 불구하고, 그는 발렌틴을 챙겨주기 위해 자신의 옷과 침대 시트까지 기꺼이 내어놓았다. 그뿐만 아니라 교도소장을 속이고 발렌틴의 건강을 회복시키기 위해 양질의 음식들을 들여와 나눠 먹기까지 한다.

그런데 이 부분을 읽을 때 문득 떠오른 한국 소설 한 편이 있었다. 1987년에 발표된 정도상의 〈십오방 이야기〉라는 소설인데, 이 작품은 운동권 학생으로 데모를 하다가 감방으로 끌려온 '원태'와 광주민주화운동 때 희생당한 동생을 둔 공수부대 출신 '만복'이라는 인물 사이의 관계를 다룬 작품이다. 공수부대 출신인 만복은 독재 정권의 이데올로기에 사로잡혀 동생의 희생에 대해서도 제대로 이해하지 못했으며, 운동권 학생 원태에 대해서도 거부감을 가지고 있었다. 하지만 원태가 감방 안에서 보이는 모습을 보며 차츰 그의 삶을 이해하게 된다. 그러다가 결국 원태에 대한 인간적인 동정심과 함께 광주민주화운동 당시 죽임을 당한 동생에 대한 죄책감까지 이끌어내는 과정이 작품 속에 감동적으로 그려져 있다. 즉 몰리나와 발렌틴의 모습에 만복과 원태의 모습이 겹쳐 떠올랐던 것 같다.

　특히 이 작품과의 연관성을 떠올렸던 이유가 있는데, 만복의 변화를 상징적으로 보여주는 장면 또한 교도소 측의 고문으로 더럽혀진 원태의 속옷을 만복이 자청해서 빨아주겠다고 나서는 장면이었기 때문이다. 군부 독재에 대한 저항, 그로 인한 수감, 이를 가까이에서 지켜본 이들의 심리적 변화, 그리고 그 변화의 양상을 생리 현상을 매개로 보여주는 점 등이 여러모로 비슷하게 느껴졌다. 이는 지리상으로는 지구 정반대 쪽에 가장 멀리 떨어져 있지만, 주변부 국가로서 제국주의 식민 지배와 군부 독재라는 비슷한 역사적 경험을 지니고 있었기에 생겨난 흥미로운 문학적 우연이 아닐까 싶기도 했다.

　어쨌거나 이런 경험을 함께하면서 발렌틴 또한 자신을 헌신적으로 돌보아 준 몰리나에 대해 딱딱하게 굳어 있던 자신의 태도를 조금씩 누그러뜨리게 된다. 특히 그는 자신이 사랑했던 여인에 대해 품고 있던 그리움을 천천히 고백하는 것으로 닫혀 있던 마음의 문을 열기 시작한다.

「내가 너한테 얼마나 고마워하고 있는지 넌 모를 거야. 미안해, 내가 가끔 퉁명스럽게 대해서…… 난 아무 이유도 없이 사람들 맘에 상처를 입혀.」

「그만해.」

「네가 아팠을 때처럼 말이야. 난 널 전혀 돌보지 않았어.」

「이제 그만해.」

「정말이야. 너한테만 그런 게 아니야. 난 많은 사람에게 상처를 주었어. 난 네게 아무 말도 해주지 않았어. 하지만 네게 영화 이야기 대신에, 진짜로 일어났던 일을 말해줄게. 전에 말했던 내 여자 동료에 대한 것은 모두 거짓말이었어. 너한테 말한 여자는 내가 무척 사랑했던 다른 여자였어. 그 여자 동료에 대해서는 사실대로 말하지 않았어. 아주 순수하고 착하며 화도 잘 내는 여자였기 때문에 넌 그녀에 대해 알고 싶어 했지.」(앞의 책, 178쪽)

사랑하는 여인이 있었지만 혁명의 길에 어울리지 않는다는 이유로 그녀를 멀리하고 있었던 자신에 대한 깊은 회한을 몰리나와 나누고 있는 것이다. 그리고 발렌틴은 몰리나와 점점 더 가까워지게 되면서 몰리나의 성격과 태도에 대해서도 조금씩 더 깊게 공감하게 된다.

①「계속 이야기해 줄까?」

「그래, 부탁이야.」

「좋아. 어디까지 했었지?」

「신부에게 몸치장을 해주고 있었다는 데까지 했어.」

「아, 그렇지. 그녀의 머리를 손질해 주고 있었는데……」

「그만해. 그런 건 나도 다 알고 있어. 정말로 중요한 것이 아니면 자세

히 말하지 말아.」(중략)

「왜 말하지 말라는 거야! 넌 입 다물고 있어. 그런 건 나에게 맡겨줘. 나
도 내가 무슨 말을 하는지 잘 알고 있으니까. 내 말 잘 들어봐.」

(앞의 책, 222쪽)

② 「그녀의 코는 조그맣지만 오똑했고, 옆모습은 아주 가냘파 보였지만
개성이 있었어. 이마에는 금화를 붙이고 있었고, 목둘레에 고무줄을 넣
어 주름이 들어간 헐렁한 블라우스를 입고 있었어. 한쪽 어깨, 아니 양쪽
어깨가 모두 보이는 집시들이 입는 블라우스였어. 내 말 알아듣겠어?」

「대충은 알겠어. 하지만 그런 건 별로 중요한 게 아니니까 계속해.」

「그리고 허리는 꽉 조여져 있었지. 치마는……」

「목선은 어땠는지 잘 말해봐. 건너뛰지 말고.」(앞의 책, 295쪽)

　　인용한 두 부분을 비교해 보면 발렌틴의 태도 변화가 뚜렷이 드러난
다. 영화 속에 드러난 배경이나 등장인물의 생김새·차림새 등을 섬세하
게 묘사하고 그것을 즐기는 몰리나의 습관에 대한 발렌틴의 반응이 ①
과 ②에서 미묘하게 달라지기 때문이다. ①에서 발렌틴은 그런 내용들
은 '정말로 중요한 것'이 아니기 때문에 이야기하지 말라고 한다. 하지
만 ②에서는 별로 중요하지 않기는 하지만 '계속해'도 되며 '건너뛰지
말'라고 말한다. 발렌틴은 몰리나의 취향이나 태도를 이제 공감적인 자
세로 받아들이고 있다는 사실을 짐작할 수 있다.

　　이처럼 두 사람은 점점 가까운 사이가 되며, 육체적 관계를 나눌 정도
에 이른다. 하지만 몰리나는 발렌틴에 대해 많은 것을 알게 될수록 점점
두려움을 느낀다. 일단 몰리나는 교도소장으로부터 발렌틴에 대한 정보
를 내놓으라는 압력에 시달리게 되기 때문이다. 그런데 문제는 교도소

장뿐이 아니었다. 발렌틴 또한 몰리나에게 새로운 제안을 한다. 몰리나에게 자신의 마음을 모두 터놓은 뒤 몰리나를 믿을 수 있는 사람이라고 확신한 발렌틴은 몰리나가 석방된 후 사회에 나가면 자신의 조직원에게 중요한 사실을 전달해 달라는 요구를 하게 된다. 몰리나는 이 두 가지 모순된 요구 속에서 괴로워하다가 결국에는 발렌틴의 요구를 받아들이기로 한다. 그런데 그 과정에서 몰리나는 비극적인 죽임을 당하게 된다. 작가는 이 장면을 몰리나의 뒤를 추적하던 감시기관의 보고서라는 삭막하고 딱딱한 형식을 빌려 건조하게 서술하고 있다.

> 25일 금요일 (중략) 리글로스와 포르모사가까지 걸어감. 그곳에서 30분간 기다림. 30분 동안 아무도 그와 접선하러 나오지 않을 경우, 체포하여 심문하라는 본부의 명령이 있었음. 순찰차에서 대기 중이던 두 명의 감시기관 요원이 그를 체포함. 피고는 신분증을 보여달라고 요구함. 그 순간 달리고 있던 차에서 발포함. 감시기관 요원인 호아킨 페로네와 피고가 부상으로 쓰러짐. 몇 분 후에 경찰차가 도착했지만 극좌파들의 차를 잡을 수는 없었음. 두 부상자 중에서 몰리나는 경찰이 응급처치를 하기 전에 사망함. (앞의 책, 359-360쪽)

인용된 보고서에서처럼 몰리나는 발렌틴의 조직과 접선하려던 중 자신의 뒤를 추적하던 감시기관에 체포되었고, 이를 지켜본 발렌틴의 조직원들은 몰리나와 감시요원들에게 총격을 가하고 도망쳤다. 그 과정에서 몰리나는 죽음을 맞이하게 된다. 어쩌면 감시기관과 저항조직 사이에 끼어 있던 몰리나의 가장 개연성 있는 최후가 아닐까 싶기도 하지만, 건조한 보고서 문체로 전달된 몰리나의 죽음은 어떤 비극의 결말보다도 더 쓸쓸하고 아련한 슬픔을 주는 마지막이 아닐까 싶다.

감방에 홀로 남은 발렌틴은 몰리나에게 부탁한 계획이 실패로 돌아
간 뒤에 이로 인한 잔혹한 고문을 당하게 된다. 고문 후유증으로 신음하
던 발렌틴은 고통을 줄여주기 위해 맞은 모르핀의 효과로 환각 상태에
빠지게 된다. 그 환각에서 그의 내면 심경이 절실하게 드러나고 있다.

> *마르타, 부디 난 그가 정말로 행복하게 죽었기를 진심으로 바래, 〈왜 훌*
> *륭한 대의명분이지요? 음…… 난 그가 스스로 그런 죽음을 택했다고*
> *생각해요, 영화의 여주인공들이 그렇게 죽었으니까요, 그러니 훌륭한*
> *대의명분과는 전혀 상관이 없어요〉, 그 자신만이 알겠지, 아니 그 자신*
> *도 모를지 몰라, 하지만 난 감방에서 잠을 이룰 수가 없어, 매일 밤 자*
> *장가처럼 그의 영화 이야기를 듣는 데 습관이 들었기 때문이야, 내가*
> *언제가 자유의 몸이 되더라도 이젠 그에게 전화를 할 수도, 저녁 식사*
> *에 초대도 할 수 없어, 그는 나를 수없이 저녁 식사에 초대했는데 말이*
> *야.* (앞의 책, 367쪽)

환각 속에서 발렌틴은 사랑했던 여인 마르타와 이야기를 나누게 된
다. 그런데 그 대화 속에서도 발렌틴은 몰리나에 대한 그리움을 숨길 수
가 없었다. 그리고 몰리나가 자신을 위해 스스로 죽음을 선택했다는 것
을 알고 있기 때문에 더욱더 큰 심적 고통을 겪게 된 것이다. 발렌틴은
이 환각 속에서 불현듯 '거미 여인'이라는 존재를 떠올리게 되는데, 이
'거미 여인'이 바로 몰리나를 상징하는 존재로 보인다. 발렌틴은 환각
속에서 거미 여인과 함께 '과바 페이스트'를 떠먹으며 깊은 잠에 빠져들
고 싶다는 욕망을 그대로 표현하는데, 이 '과바 페이스트'가 바로 몰리

나와 함께 먹었던 상징적인 음식이기 때문이다.

그런데 앞서 등장한 장면을 살펴보면, 이 소설을 읽을 때 가장 곤란한 요소 하나를 발견하게 된다. 그것은 바로 소설 속에 불청객처럼 계속 끼어드는 '이탤릭체'들이다. 이 삽입된 이탤릭체들을 제대로 이해하지 않고서는 작품을 제대로 이해하기 어렵다고 할 정도로 이런 표현이 다수 등장한다. 소설 전반적으로 보았을 때 이렇게 이탤릭체로 표기된 부분들은 주로 주인공의 의식적 혹은 무의식적 심리 상태를 표현하는 경우가 많다. 앞서 나타난 발렌틴의 환상이 대표적인 예다. 이 밖에도 이탤릭체의 예들은 상당히 많다. 앞에서 몰리나가 처음에 발렌틴에게 먹일 죽을 대신 먹고 고통을 겪었으며 이 때문에 발렌틴에 대해 증오와 분노를 느꼈다고 말한 바 있다. 몰리나의 내면을 가득 채운 증오와 분노 또한 다음과 같이 이탤릭체로 표현되어 있다.

> 난 저놈이 아프지 않나 두고 볼 거야. 저놈에게 내가 좋아한 영화는 절대로 이야기해 주지 않을 거야. 그런 영화는 나 혼자만의 것이야. 내 기억 속에만 간직해 둘 거야. 저놈이 더러운 말로 내가 좋아하는 멋진 영화에 대해 이렇다 저렇다 말하지 못하게 할 거야. 저놈은 개새끼야. 그리고 저 빌어먹을 혁명은 개똥만도 못한 거야. (앞의 책, 152쪽)

이와는 달리 몰리나가 말하고 있는 영화 내용과 전혀 다른 또 하나의 영화를 겹쳐서 서술하는 경우에도 이탤릭체를 사용하는 예가 나타난다. 이렇다 보니 사실 일관적으로 이탤릭체의 의미를 뭉뚱그려 설명하기는 어렵다. 그러니 각각의 경우를 잘 구분하여 이해할 필요가 있다. 곳곳에 지뢰처럼 잠복하여 읽는 이들에게 긴장감을 놓지 못하게 하는 이탤릭체들을 꼼꼼하게 읽어나가다 보면, 의식의 완강함을 뚫고 무의식의 속살을 보여주는 꿈이나 말실수처럼 작품에 내재한 숨은 의도를 이해할 수 있는 중요한 단서들을 얻을 수도 있을 것이다.

두 번째로 이 작품을 읽을 때 가장 어려운 부분은 상당히 길게 달려 있는 주석이다. 나치 영화의 내용을 장황하게 설명하고 있는 주석 하나를 제외하고는 대부분이 몰리나의 성적 정체성을 설명하기 위한 정신분석학자들의 이론적 연구들을 소개하는 글이다. 사실 이 주석들 하나하나가 너무 길고 지루하기 때문에 어쩌면 소설 읽기를 포기하게 만드는 가장 큰 방해꾼이라고도 말할 수 있다. 그렇다면 작가는 왜 이런 주석을 그렇게 공들여 달았을까?

> 작가는 이런 구도를 통해 동성애를 하나의 성도착증으로 터부시해 온 기존 관념과 여성과 남성을 여성성과 남성성의 대비로 가둬두는 성 이데올로기를 문제 삼고 있다. 소설 처음에는 몰리나와 발렌띤이 각각 여성성과 남성성을 대표하는 듯하지만, 두 사람 사이에 진정한 이해와 애정이 싹트고 결국 성적인 합일에까지 이르게 되면서는 작가의 의도는 오히려 그러한 관념들의 허구성을 증명하는 데 있음을 알게 되는 것이다. 뿌익은 이러한 의도를 뒷받침하기 위해 정신분석학자들의 성에 대한 이론과 반론들을 각주의 형태로 제시하는데, 독자는 각주로 나타난 학문적 텍스트와 인물 사이의 대화로 나타난 허구 텍스트를 계속적으로 대비하고 비교함으로써 능동적 역할을 증대시키게 된다.
>
> (김현창, 앞의 책, 552쪽)

인용문에서는 이런 주석들이 비록 지나치게 길다 해도 소설의 내용과 나름대로 섬세하게 결합되어 있기 때문에 꼼꼼히 읽어보면 성적 정체성을 둘러싼 몰리나와 발렌틴의 미묘한 상황들과 절묘하게 조응되고 있다고 설명한다. 그러니 독자들은 '능동적'으로 이 각주들을 읽고 비교해 봐야 한다고 설득한다. 물론 틀린 말은 아니지만 그러기에는 너무 길고 복잡하다. 학생들이 읽는 데 어려움을 겪었던 것은 두말할 나위도 없다. 그래서 정말 읽기 어렵다면 이 부분에 대한 독서는 후일로 미루어도 그리 아쉽지는 않을 것 같다. 아니면 아예 이 주석 부분만 따로 떼어내어 꼼꼼히 읽어보는 것도 한 방법일 듯싶다.

5. 거미 여인의 키스를 받아들이기

이제 처음 던졌던 질문으로 돌아가 보자. '왜 감옥이 배경이 되었을까?' 앞에서는 '둘 다 죄를 지었기 때문에'라고 간단히 답했다. 하지만 이 질문을 조금 바꾸어서 '왜 작가는 굳이 감옥을 배경으로 선택했을까?'라고 물어보면 대답은 조금 다른 빛깔을 띠게 된다. 물론 학생들과 이야기를 나누었을 때도 이 질문에 대해서 여러 가지 흥미로운 답변들이 나왔다.

일단 '감옥'이라는 공간의 의미를 한번 생각해 볼 필요가 있다. '감옥'은 사회와의 차단이라는 형벌을 수행하는 공간이다. 물고기가 물을 떠나서 살 수 없듯이, 사회적 동물인 인간이 사회를 떠나서 사는 일은 엄청나게 고통스러운 형벌이 될 수 있다. 하지만 이 형벌의 의미로 주어진 '사회와의 차단'은 아이러니하게도 발렌틴과 몰리나에게 새로운 의미를 부여했다. 첫 번째로 그냥 주어진 환경 속에서 계속 살아가고 있었더라면 이루어지기 어려웠을 법한 극렬 좌익 운동권과 섬세한 감성을 가진 동성애자의 만남이 이 '감옥'이라는 공간을 통해 강제적이면서 우연적으로 만들어졌다. 두 번째로 '감옥'이라는 공간은 그 어떤 감춤도 없이 그 사람의 모든 것을 가까이에서 지켜볼 수밖에 없는 상황을 만든다. 24시간 함께 살아야 하기 때문에 생리 현상을 비롯하여 서로의 못 볼 꼴까지 가까이에서 지켜볼 수밖에 없는 상황이 연출된다.

이런 상황은 두 사람에게 일체의 다른 사회적 맥락의 방해 없이 서로를 있는 그대로 바라볼 수 있는 기회를 제공했다. 아이러니하게도 군부독재의 억압이 빨갱이건 동성애자이건 사회적 편견 없이 가까운 곳에서 서로를 이해할 수 있는 공간을 만들어놓은 것이다. 그 결과는 알다시피 두 사람 사이의 아름다운 화해와 사랑이라는 결실로 맺어졌다.

작가가 의도한 것이 바로 이런 부분이 아닌가 싶다. 《거미 여인의 키스》는 고통받고 있는 사람들조차도 이리저리 갈라서게 만드는 편견과 오해의 틀을 일단 내려놓고 사람들 사이의 근본적 화해를 노래하는, 그리고 요구하는 작품이라는 생각이 든다. 영화(혹은 뮤지컬) 〈헤드윅〉의 주인공 헤드윅이 그러했듯이, 끊임없는 증오와 갈등을 부추기는 이 '사악하고 조그만 마을'을 떠나 편견 없이 사람을 있는 그대로 사랑할 수 있는 그런 세상을 《거미 여인의 키스》는 꿈꾸고 있다. 그런 세상에서는 우리도 아무런 거리낌 없이 '거미 여인의 키스'를 받아들일 수 있지 않을까? 마지막으로 남성도 아니며 여성도 아닌 그 중간에 머물면서 아름다운 사랑을 노래했던 '헤드윅'의 노래 한 구절을 이탤릭체로 인용하면서 이 글을 마칠까 한다.

> *운명이 널 시험해도 힘들어하지 말고 헤쳐나가길*
> *미움과 증오에 지쳐 원망과 좌절에 빠져*
> *뜨겁고 차가운 바람 세차게 몰아쳐*
> *길 잃고 헤매는 당신, 따라와 나의 속삭임*
> *건너요 차가운 도시 Wicked little town*

《거미 여인의 키스》는 전혀 다른 가치관과 성격을 가진 두 사람이 만나 아름다운 화해와 사랑을 이루는 작품입니다. 그런데 이런 구도를 가진 작품이 의외로 많습니다. 그런 의미에서 전혀 다른 두 사람이 만나 갈등을 해소하고 화해에 이르는 작품을 세 편 이상 찾아보고, 그 작품에서 이야기하고자 하는 화해의 의미를 설명해 보는 활동을 할 수 있습니다. 다음은 참고할 만한 작품들입니다.

① 영화 〈그린북〉 – 흑인 피아니스트와 백인 보디가드 사이의 우정을 다룬 작품이다. 서로 너무나 다른 세계의 사람이었지만, 인종차별이 극심했던 시기에 미국 남부 지역을 함께 여행하면서 서로의 진가를 깨닫고 진정한 친구가 된다.

② 만화 〈슬램덩크〉 – 강백호와 서태웅이라는 두 주인공이 극과 극으로 안 맞는 캐릭터지만 농구팀의 승리라는 하나의 목적을 향해 달려가는 과정에서 서로의 진면목을 발견하게 된다.

③ 영화 〈미 비포 유〉 – 서로 다른 두 사람이 장애인과 장애인 요양사로 만난다. 처음에는 업무적인 관계로 만나기도 했고, 삶에 지친 장애인 남주인공이 너무 까칠해서 불안불안한 만남이 지속된다. 그러나 시간이 지나면서 각자의 진솔한 면모를 깨닫게 되고 남주인공이 마음을 열게 되어 두 사람은 사랑에 빠진다.

④ 드라마 〈미생〉 – 두 인물 장그래와 장백기는 너무 다른 배경에서 자라온 인물이다. 그래서 서로에 대해 이해할 수 없었다. 특

히 장백기는 자신만큼 스펙을 쌓지 못한 장그래에게 불신을 가지고 있다. 하지만 업무를 함께하면서 서로의 모습을 제대로 이해하게 되고 두 사람은 좋은 친구가 된다.

이렇게 다양한 작품을 찾아보면서 화해와 이해의 의미를 깨닫게 되면 주변 친구들과의 관계에 대해서도 다시 한번 생각해 볼 기회가 생길 것입니다. 나와 맞지 않다고, 혹은 내가 전혀 이해할 수 없다고 생각했던 친구들에게도 내가 잘 모르는 부분이 있지 않을까요? 이 소설을 읽고 이와 같은 활동을 하면서 이런 가능성을 조금이나마 찾아볼 수 있는 계기가 되면 좋겠습니다.

07

'백년의 고독'을 함께 듣다

가브리엘 가르시아 마르케스, 《백년의 고독》(1967)

1. 《백년의 고독》을 위한 변명

원래 정한 소설은 따로 있었다. 터키 작가 아지즈 네신의 유쾌한 소설 《생사불명 야샤르》였다. 몇 해 전 동아리 활동 때 학생들과 재밌게 읽어서 언젠가 꼭 한 번쯤 권하고 싶은 소설이었다. 참고 자료도 이미 다 조사했었고, 수업 방향까지 얼추 준비가 되어 있었다. 그런데 문제가 생겼다. 그 소설이 절판되었다는 사실을 나중에서야 알게 되었다. 학생들과 함께할 수 있는 소설을 골라야 하는데 절판된 소설이라면 구하기가 어려울 테니 아무래도 적절하지 않은 것 같았다. 그래서 차선책으로 터키 작가의 다른 작품을 골라보기로 했다. 터키 작가를 또 고른 이유는 터키에 대해 공부해 놓은 것이 있어 그냥 버리기 아깝다는 현실적인 이유에서였다.[1] 방과후 개설 마감은 점점 다가오고, 고3 담임으로 수시 전형

---

1   노벨상 작가인 오르한 파묵의 《하얀 성》이 물망에 올랐었다. 이 작품도 언젠간 학생들과 한번 꼭 다뤄보고 싶다.

입시 날짜도 점점 다가오는데 준비는 전혀 되어 있지 않았다. 그야말로 '나무도 바위돌도 없는 뫼에 매에게 쫓기는 까투리'가 된 심정이었다.

그럴 때쯤 여름방학 방과후 개설 기간이 시작되었고, 자포자기의 심정으로 라틴아메리카 문학을 주제로 한 수업을 개설하게 되었다. 말이 좋아 라틴아메리카 문학이지, 실상은 책장에 꽂혀 있어 우연히 눈에 띄었던 가브리엘 가르시아 마르케스의 두 소설 《백년의 고독》과 《콜레라 시대의 사랑》을 다시 한번 읽겠다는 막연한 목표만 있는 허술한 수업이었다. 준비를 꼼꼼하게 하지 못했으니 수업에 좋은 반응이 올 거라는 기대는 일찌감치 접었다. 그런데 임기응변의 끝을 보여주었던 이 수업 중에 감동적인 순간들이 뜻밖에도 몇 번 있었다. 《백년의 고독》을 함께 읽는 시간에는 '낭독의 발견'이랄까, 아무튼 책을 함께 읽어가며 웃고 떠드는 즐거운 상황들이 종종 연출되었다. 이 뜻밖의 선물 같은 유쾌한 상황을 함께하고 싶은 마음이 불쑥 생겨났다. 그래서 《백년의 고독》이 다음 타자로 들어서게 된 것이다.

2. 불면증이 전염병이라고?

가브리엘 가르시아 마르케스의 《백년의 고독》에 대해 이야기하기로 마음먹었을 때 한 가지 걱정이 머릿속을 맴돌았다. "뭐? 《백년의 고독》? 그게 무슨 숨은 보물이야?"라고 물어볼 것만 같았다. 《백년의 고독》은 라틴아메리카 문학을 대표하는 유명한 작품이기에, 이 책의 콘셉트인 '세계문학 속 숨은 보물'에는 맞지 않는다는 걱정이 앞섰다. 그럼에도 불구하고 이 작품을 다뤄야겠다고 마음먹은 이유는 물론 앞에서 밝힌 개인적 경험이 첫 번째겠지만, 그 외에도 몇 가지가 더 있다.

첫 번째 이유는 이 작품이 라틴아메리카 역사로 들어가는 비밀의 문과 같은 소설이기 때문이다. 소설 속에서 전개되는 부엔디아 가문의 흥망성쇠는 라틴아메리카 역사의 흐름과 거의 궤를 같이한다. 과장을 좀 섞어서 말하면, 이 소설만 제대로 이해해도 라틴아메리카 100년의 역사를 어느 정도는 이해할 수 있다. 그러니 라틴아메리카의 사회와 소설의 관계에 대해 이야기하기에 가장 좋은 작품인 셈이다.

두 번째 이유는 이 소설은 라틴아메리카의 역사뿐만 아니라 '마술적 사실주의'라는 라틴아메리카 문학의 정수를 제대로 보여주는 소설[2]이기 때문이다.

> 가르시아 마르케스의 《백년 동안의 고독》과 《족장의 가을》은 '마술적 사실주의'라는 범주에서 분석된다. 비록 이 두 작품이 명백한 차이점을 지니고 있지만, 이 용어는 그의 소설이 사실주의라는 말이 내포하고 있는 재현성과 마술적이란 단어가 함축하고 있는 글쓰기의 실험성을 포괄하고 있기 때문으로 보여진다. 즉 단순한 기록적 시각에서가 아니라 라틴아메리카 현실을 보여주는 다양한 면을 통합하려는 관점과 라틴아메리카 역사와 문화 및 사회 문제를 표현하는 데 있어서 전통적인 리얼리즘, 자연주의 문학 서술의 한계를 느끼고 과감하고 혁신적·실험적인 문학 테크닉을 사용하고 있는 데 기인한다.
>
> (송병선, 《가르시아 마르케스》, 문학과지성사, 108쪽)

---

2 이런 성향을 가진 1960~70년대 라틴아메리카 소설들을 '붐소설'이라고 지칭하기도 한다. '붐'이란 명칭은 중남미 대륙의 광범위한 독자층이 성장하는 과정에서 책을 대량 소비의 대상으로 삼는 현상을 가리키는 개념으로 볼 수 있는데, 이런 작품들의 경우 현실과 환상의 구별이 사라지고 있다는 특징을 공통적으로 가지고 있다. 이 '붐소설'의 대표작으로 《백년의 고독》이 손꼽힌다. (김현창, 《중남미 문학사》, 민음사, 467쪽)

현실 상황에 대한 충실한 재현을 목적으로 했던 전통적 사실주의의 관점에서 보면 황당하기 그지없는 기묘한 인물, 배경, 사건을 소설 속에 가득 채워놓았지만, 이를 통해 마르케스는 표면적 현실 깊이 숨어 있는 비밀들을 절묘하게 드러낸다. 그런데 말이 쉽지 작품 속에서 실제로 어떻게 이런 게 가능하냐고 물을 수도 있겠다. 예를 하나 들자면 이런 식이다.

> 「우리가 나시 삼들지 않는다면, 더 좋지 뭐. 그럼 우리 인생이 더 길어질 테니까 말이야.」 호세 아르까디오 부엔디아가 유쾌하게 말했다. 그러나 불면증에 걸렸을 때 육체적 피로 같은 건 느끼지 않았던 비시따시온은 불면증의 가장 무서운 점은 잠을 자지 못하는 것이 아니라 기억상실증이라는, 보다 위험한 증상으로 가차 없이 진행되는 것이라고 그들에게 설명해 주었다. 그러니까 그녀의 말은 불면증 환자가 불면 상태에 익숙해지다 보면 자신의 어릴 적 추억에 대한 기억을, 그다음에는 사물들의 이름과 관념을, 그리고 마지막에는 사람들도 알아보지 못하게 되고, 심지어는 자기 자신까지도 잊게 되어 결국은 과거를 망각한 백치 상태가 되어버린다는 것이었다.
>
> (가브리엘 가르시아 마르케스, 조구호 역, 《백년의 고독 1》, 민음사, 72-73쪽)

　마을 전체가 '전염성 불면증'이라는 병에 걸려 몇 날 며칠을 잠을 자지 못한 채 살아가는 상황은 솔직히 말이 안 된다. 하지만 마르케스는 이런 상황을 소설 속에 당당하게, 아니 뻔뻔스러운 느낌이 들 정도로 자세하게 서술해 놓고 있다. 작가가 이렇게 공을 들여놓았다면 이 '불면증', 그리고 불면증으로 인해 유발된 '기억상실증'의 정체에 대해 살펴볼 필요가 있지 않을까?
　이때 반드시 주목해야 할 것은 이 괴상한 병의 발생 시점이다. 외부 문명과 닿을 수 있는 길이 처음 연결된 직후에, 폐쇄적이고 자족적인 생활을 영위하던 마꼰도에 이 요상한 병이 만연하기 시작했다는 점은 상당히 시사적이다. '항구적인 장삿길', '도로 공사', '대규모 가게' 등의 문명 세계에서나 통용되던 새로운 개념들이 마을로 들어오면서부터 마을은 점점 잠을 잃어가게 된 것이다. 그런데 '잠을 잃어간다'는 표현만큼 근대 문명을 잘 표현한 말이 있을까 싶다. 달걀을 품에 안고 부화를 기다리던 한 미국 소년의 노력으로 근대 문명사회는 밤을 비추는 밝은 빛을 얻게 되었다. 해가 지기만 하면 잠을 청했던 전통적인 삶이 이제 밤에도 쉬지 않고 달려가는 불야성의 현대 문명으로 대체된 것이다. 이 새로운 문명은 전통 사회의 많은 것을 하나씩 지워가기 시작했다. 근대 문명을 받아들인 사회가 어떤 경로로 변모해 가는지, 우리 또한 60년에 걸친 압축 성장을 통해 너무나 잘 알고 있다.

그렇다면 '불면증으로 인해 유발된 기억상실증'은 근대 문명을 받아들인 사회가 전통적인 삶의 방식을 하나씩 잊어가는 과정을 절묘하게 표현한 것으로 볼 수 있다. 다시 말해서, 마르케스는 의뭉스럽게 거짓말 같은 이야기를 풀어내고 있는 듯 보이지만, 이것은 역설적으로 전통적 삶의 방식을 잃어버린 마꼰도의 모습을 더 생생하게 그려내고 있는 셈이다. 더 나아가 이 마꼰도라는 작은 마을이 라틴아메리카를 상징하고 있는 곳이라면, 서구 문명의 유입으로 인해 전통을 잃어버린 라틴아메리카의 변화를 이 함축적 장면을 통해 읽어낼 수 있게 된다. 그러니 장난치듯 떠벌려 놓은 이야기들로 역사의 핵심을 정확히 꿰뚫어 낸 이 마술과 같은 솜씨에 감탄할 수밖에 없다. 이런 점이 《백년의 고독》의 진짜 매력이며, 이로써 우리는 '마술'과 '사실'이라는 두 상반된 개념이 조화롭게 만나고 있는 '마술적 사실주의'라는 말에 고개를 끄덕일 수 있게 된다.

이처럼 《백년의 고독》은 황당한 장면들이 처음부터 끝까지 가득 차 있는 소설이다. 여기까지 설명한 내용들을 제대로 읽었다면 환상처럼 펼쳐진 이야기들을 허황된 것으로 치부하지 말아야 한다는 충고를 진심으로 받아들일 준비가 얼추 된 것으로 볼 수 있다. 할머니가 들려주던 옛날이야기처럼 약간은 황당하기도 하고 순진하기도 하고 어설프기도 한 이야기들에 진지하게 귀를 기울일 자세가 되어 있다면, 《백년의 고독》은 라틴아메리카가 거쳐온 영욕의 역사를 그대로 증언해 줄 것이다. 이것이 이 책을 선정한 가장 중요한 이유였다.

3. 비슷한 이름을 가진 사람들의 연대기

《백년의 고독》을 읽을 때 가장 힘든 점은, 똑같은 이름들이 수없이 반복되는 기묘한 가족사 때문에 등장인물들을 정확히 구분하기 힘들다는 것이다. 한 20년 전에 어떤 선배의 추천으로 이 책을 읽었는데, 그때는 《백년 동안의 고독》이라는 이름으로 문학사상사에서 나온 책을 읽었었다. 그때만 하더라도 그 책에는 부엔디아 가문의 가계도가 나와 있지 않았다. 그래서 이 책을 처음 권했던 선배는 이 책을 읽기 전에 노트를 펼쳐놓고 꼭 가계도를 그려가면서 읽으라고 충고해 주었었다. 처음에 그 충고를 무심히 넘긴 채 책을 읽었는데, 한 100페이지쯤 읽었을 때쯤 너무 혼란스러운 이야기 전개에 당황했고, 결국 노트를 펴놓고 처음부터 다시 정리하면서 읽었던 기억이 있다. 민음사에서 펴낸 책에는 다행히도 책 앞에 가계도가 첨부되어 있었다.

가계도를 살펴보면 등장인물들의 이름이 하나같이 비슷비슷하고, 또 여러 번 반복된다는 사실을 알 수 있다. '호세 아르까디오'도 서너 번 나

♣ 부엔디아 집안의 가계도

호세 아르까디오 부엔디아 ─── 우르술라

레베까 ─── 호세 아르까디오 ----- 삘라르 떼르네라 ----- 아우렐리아노 부엔디아 ─── 레메디오스   아마란따
                                                                        └---- 열일곱 명의 다른 여자

산따 소피아 델 라 삐에닷 ─── 아르까디오   아우렐리아노 호세   열일곱 명의 아우렐리아노

미녀 레메디오스   호세 아르까디오 세군도   삐에뜨라 꼬떼스 ----- 아우렐리아노 세군도 ─── 페르난다(델 까르삐오)

호세 아르까디오   에메
(레난따 레메디오스)   ─── 마우리시오 바빌로니아   아마란따 우르술라

아우렐리아노   아우렐리아노(돼지꼬리)

─── 본부인
----- 정부
──▶ 자식

오고, '아우렐리아노'도 비슷하게 나온다. 독자를 골탕 먹일 작정이 아니
라면 이유가 있을 텐데, 그 이유는 무엇일까?

「호세 아르까디오라 부를 거요.」 그가 말했다.
작년에 그와 결혼한 아름다운 여인 페르난다 델 까르삐오가 그러자고
했다. 그러나 우르술라는 막연한 불안감을 숨기지 못했다. 가문의 긴
역사를 통해 똑같은 이름을 집요하게 되풀이해 씀으로써 확실해 보이
는 결론들을 얻게 되었던 것이다. 아우렐리아노라는 이름을 가진 아이
들은 내성적이었지만 머리가 뛰어난 반면에, 호세 아르까디오라는 이
름을 가진 아이들은 충동적이며 담이 컸으나 어떤 비극적인 운세를 지
니고 있었다. 그런 구분이 불가능했던 경우는 호세 아르까디오 세군도
와 아우렐리아노 세군도뿐이었다. (앞의 책, 72-73쪽)

같은 이름을 가진 인물들은 같은 성격적 특질과 같은 운명을 공유한

165

다는 것. 이것이 부엔디아 가문 사람들의 특이한 명명법의 이유다. '아우렐리아노'라는 이름을 가진 아이는 내성적이고 이성적이며, '호세 아르까디오'라는 이름을 가진 아이는 충동적이고 담이 크며 비극적 운세를 타고난다. 물론 중간에 한 번 쌍둥이 호세 아르까디오 세군도와 아우렐리아노 세군도의 경우, 이름을 자기들끼리 바꿔버렸기 때문에 성격과 이름이 일치하지 않고 정반대로 살아간 경우도 있었다. 하지만 이 두 인물은 죽어서 묻힐 때 상례를 치르는 사람들의 혼동으로 인해 다시 원래 이름의 자리에 묻히게 되는데, 이처럼 가문의 명명법은 강력한 운명의 힘을 발휘하고 있었다.

이런 사정이다 보니 가문을 둘러싼 시공간이 아무리 변화·확장한다고 하더라도 같은 이름을 가진 같은 성격 유형의 후손들은 결국 비슷한 궤적의 운명을 따를 수밖에 없게 된다. 예를 들면, 아우렐리아노 부엔디아 대령과 호세 아르까디오 세군도의 경우가 대표적인 사례라고 할 수 있다. 아우렐리아노 부엔디아 대령은 앞서 이야기했던 바와 같이 보수파들과 맞서 자유주의 혁명을 위해 평생을 싸운 인물이었다. 하지만 말년에는 아우렐리아노라는 이름이 함축하고 있는 내성적인 성격으로 인해 이 모든 것에 염증을 느낀 채 마꼰도의 골방에서 황금물고기를 만드는 데만 집중하며 여생을 보내게 된다.

그런데 원래 이름이 아우렐리아노였던 호세 아르까디오 세군도 또한 이와 비슷한 삶의 궤적을 보여주고 있다. 호세 아르까디오 세군도는 바나나 농장을 짓고 지역 주민들을 착취하던 그링고들(미국인들)에 맞서 혁명적인 저항운동을 주도한 인물이었다. 그 저항이 끔찍한 탄압에 의해 실패로 돌아가게 되자 추적자들을 피해 우연히 마꼰도 고향 집의 골방으로 숨어들게 된다. 하지만 그 이후에 그는 내성적인 성격의 영향으로 골방에서 나올 생각을 전혀 하지 않은 채 멜키아데스의 양피지를 해석하면서 여생을 보내게 된다. 이렇게 보면 두 인물은 전혀 다른 시공간에서 전혀 다른 사건을 경험했지만, 아우렐리아노라는 이름이 지칭하는 운명에 따라 결국 거의 같은 삶의 행적을 보여주게 된다.

아우렐리아노뿐만 아니라 다른 이름들, 예를 들어 '호세 아르까디오', '우르술라', '아마란따' 등의 이름도 그 이름에 따른 운명을 각각 가지고 있는데, 그러다 보니 부엔디아 가문의 인물들은 서구 문명과의 만남, 독립전쟁과 내전, 미국의 지배, 독재와 저항 같은 다양한 역사적 경험에도 불구하고 대대손손 같은 이름으로 겹쳐지고 있는 운명의 구심력으로 인해 언제나 같은 운명으로 다시 돌아올 수밖에 없게 된다. 따라서 호세 아르까디오 부엔디아와 우르술라의 결혼이라는 하나의 점으로부터 시작한 부엔디아 가문의 이야기는 아무리 시공간이 확장되고 새로운 경험들을 덧붙인다고 하더라도 결국 이 운명의 힘으로 인해 다시 안으로 돌아오는 나선형적 궤도를 그리고 있는 듯하다.

특히 아우렐리아노 바빌로니아와 아마란따 우르술라의 근친혼이 이 나선형적 이야기의 마지막을 장식하고 있다는 점을 주목할 수 있다. 왜냐하면 호세 아르까디오 부엔디아와 우르술라의 근친혼으로 시작된 가문이 그들의 고손자뻘 후손의 근친혼으로 끝을 보게 된 셈이니, 그야말로 이 가문은 '시종일관'이라는 표현이 잘 들어맞는 가문이라고 말할 수 있지 않을까? 즉 라틴아메리카 전체를 아우를 정도로 거대한 크기의 나선을 그렸던 부엔디아 가문의 역사는 소설의 초반부에 이미 예언되었던 운명의 출발점으로 다시 돌아와 근친혼의 결과인 '(나선형의) 돼지꼬리를 가진 아이'로 막을 내리게 된 것이다.

그런데 여기서 또 한 가지 궁금한 점이 생긴다. '근친혼이라는 설정이 왜 소설의 시작과 끝에 자리 잡게 된 것일까?' 이 부분을 학생들과 함께 이야기 나누어보았다. 쉽게 답을 내리기 어려웠는데, 이에 대해서는 다음과 같은 해설이 첨부되어 있어 함께 생각해 볼 여지가 있었다.

> 다시 말하면, 마꼰도는 서양 세계와의 진정한 족외혼적 관계를 설정하
> 기 위한 시도에서 번번이 실패하고서 수 세기 전부터 지속된 고독 속에
> 갇힌 채 아직까지도 확실하고 완전하게 알지 못하는 자신들의 근본에
> 대해 생각하고 있는 라틴아메리카의 은유적 표현인 것이다.
>
> (조구호 역,《백년의 고독 2》, 민음사, 323쪽)

즉 근친혼이라는 설정은 외부 문명과의 족외혼적 결혼을 끊임없이
시도했으나 그것에 실패하고 결국 비극적 운명처럼 자신과의 만남을 다
시 시도하고 있는 라틴아메리카의 정치적·사회적·문화적 상황을 상징
적으로 표현하기 위한 장치였던 것이다. 여기서 마술과 같은 허황된 이
야기들로 역사적 진실을 뚜렷하게 증언하는 마르케스의 놀라운 솜씨를
또 한번 확인할 수 있다.

그런데 여기까지 이야기를 끌고 오다 보니 이와 관련된 소설 외적인
질문 하나가 자연스럽게 이어지게 된다. '그러면 왜 라틴아메리카는 외
부 문명과의 행복한 만남을 실패해 왔던 것일까?'라는 질문이 바로 그
것이다. 여기에 대한 답은 또 마르케스가 노벨상을 탄 뒤 스웨덴 한림원
에서 한 연설에서 찾아볼 수 있다.

> 우리의 최대의 적은 우리의 삶을 믿게끔 만들 수 있는 전통적인 도구가
> 불충분하다는 것입니다. 이것이 바로 우리 고독의 핵심입니다. 우리는
> 바로 이런 고독의 정수에서 태어난 사람들입니다. 그래서 만일 이런 어
> 려움들이 우리를 가로막는 것이라면, 자신의 문화를 보면서 자아도취
> 에 빠져 있는 서구의 이성적 재능이 우리를 해석하는 데 전혀 가치 없

는 도구가 되리라는 것은 그리 어렵지 않게 이해할 수 있습니다. (중략) 우리 현실을 타인의 방식으로 해석하는 행위는 갈수록 우리를 이해하지 못하고, 갈수록 우리를 덜 자유스럽게 하며, 갈수록 고독하게 만드는 데 이바지할 뿐입니다.

(송병선 편역,《가르시아 마르케스》, 문학과지성사, 191쪽)

마르케스는 이 연설을 통해 라틴아메리카가 라틴아메리카 자신을 스스로의 잣대로 해석할 전통적인 도구가 없음을 지적하고 있다. 또한 타의에 의해 주어진 서구적 잣대로 스스로를 재단하는 것은 라틴아메리카를 더욱더 고독하게 만드는 일이라고 말하고 있다. '서구의 이성적 재능'과는 다른 라틴아메리카만의 관점이 필요하다는 점을 강조하면서 서구 문명의 어설픈 개입을 경계하고 있는 것이다.

여기서《백년의 고독》의 결말, 즉 근친혼이라는 결말을 좀 더 꼼꼼히 들여다볼 필요성이 생긴다. 마지막에 등장한 근친혼은 단순히 부엔디아 가문의 파멸을 이끈 비극적인 운명이 아닐 수도 있기 때문이다. 근친혼의 주인공이자 부엔디아 가문의 마지막 후손인 아우렐리아노는 가문과 자신의 과거, 현재, 미래를 예언한 멜키아데스의 예언서를 해석할 수 있는 능력을 얻게 된다. 예언서를 읽을 수 있게 되었다. 즉 과거, 현재, 미래를 모두 읽을 수 있다는 말은 무슨 의미를 가지고 있을까? 그것은 아우렐리아노가 부엔디아 가문 중에서 최초로 자신의 운명에 눈뜬 인물이 된다는 말이다. 다시 말해서, 이런 결말은 외부 문명에 의해 운명이 휘둘려 왔던 라틴아메리카가 수 세기에 걸친 고독 끝에 스스로와 다시 만나는 과정을 거치면서 스스로의 운명을 진정으로 깨닫게 되었다는 사실을 선언하는 상징적인 결말로 볼 수 있다.

이와 같은 해석까지 이르게 되면《백년의 고독》자체가 라틴아메리카

의 과거뿐만 아니라 현재와 미래까지 예견하고 있는 또 하나의 예언서
가 아닌가 싶다. 소설을 따라 여기까지 흘러오게 되면, 독자를 혼란스럽
게 만들어놓은 가계도의 비밀을 허둥지둥 따라가다가 라틴아메리카의
과거·현재·미래를 깨닫게 만든 마르케스의 신들린 솜씨에 다시 한번
엄지를 치켜올리게 된다.

4. 아우렐리아노 부엔디아와 시몬 볼리바르

  잠깐 화제를 바꿔서 옛날이야기를 좀 해보자. 고등학교 1학년 때의
일이다. 어느 순간 공부에 대한 의욕을 잃고 그야말로 좀비처럼 학교와
집을 반복하던 시절이 있었다. 그러다 보니 강제 자율학습 시간은 지옥
같은 시간이 되고 말았다. 비슷한 처지에 있던 짝과 함께 그 시간을 어
떻게든 때우려고 여러 가지 놀이를 개발했는데, 그 가운데 하나가 '나라
이름 대기'였다. 그런데 이 게임을 거의 매일 하다 보니 나중에는 전 세
계 모든 나라와 수도의 이름을 섭렵하게 되었다. 급기야는 한국에서 시
작해 국경선을 맞대고 있는 나라들을 차곡차곡 순서대로 모두 댈 수 있
는 수준까지 올랐다. 물론 그때는 소련과 유고 등 동구권 국가들이 연
방으로 분리되기 전이어서 나라 수가 지금보다 적기는 했다. 그런데 재
밌는 것은 승부는 언제나 비슷한 지역에서 갈렸다는 점이다. 기니, 적도
기니, 기니비사우 같은 기니 친구들이 촘촘히 몰려 있던 대서양 연안 중
앙아프리카나 세인트 빈센트 그레나딘, 세인트 크리스토퍼 네비스와 같
이 이름만 길고 크기는 작은 나라들이 옹기종기 모여 있던 중앙아메리
카에서 매번 게임의 승부가 갈렸다.
  그런데 그 일탈의 시간이 도움이 될 줄은 몰랐다. 라틴아메리카 수업

을 하면서 학생들과 대륙의 역사를 간단하게 살펴보았는데, 그때 외워두었던 국가들의 이름과 위치가 상당 부분 도움이 되었기 때문이다. 하지만 수업에 참여한 학생들은 사정이 달랐다. 브라질, 아르헨티나, 우루과이, 파라과이 같은 나라들을 월드컵 때나 듣고 이름만 알지, 어디에 어떻게 붙어 있는지 전혀 모르는 수준이었다. 처음에 그냥 학생들과 라틴아메리카의 역사와 관련된 자료[3]를 복사해서 나눠 읽었는데, 학생들의 반응이 시원치 않았던 이유가 여기에 있었다. 그래서 라틴아메리카 문학 수업을 하기 위해서는 기본적으로 라틴아메리카 지도 한 장씩을 나눠주는 것이 필수적이란 사실을 깨닫게 되었다.

이처럼 수업 시간에 라틴아메리카의 여러 나라를 언급해야 했던 이유는 라틴아메리카 전역을 무대로 활동한 시몬 볼리바르라는 인물 때문이었다. 시몬 볼리바르는 스페인 지배에 맞서 라틴아메리카의 독립을 위해 평생을 싸운 군인이었으며, 독립 이후에도 북아메리카처럼 남아메리카도 하나의 거대한 합중국을 만들 수 있을 거라는 확신으로 통합 운동을 지속하던 정치가였다. 그래서 라틴아메리카인들은 그를 '해방자이자 국부(國父)'로 존경하고 있는데, 심지어 '볼리비아'라는 나라 이름이 볼리바르의 이름에서 따온 이름일 정도다.

그런데 《백년의 고독》을 읽으면서 시몬 볼리바르를 이야기한 것은 단순히 라틴아메리카의 역사를 이해하자는 차원에서 한 일은 아니다. 등장인물 중 하나인 아우렐리아노 부엔디아 대령 때문에 시몬 볼리바르를 다루게 된 것이다. 처음에는 아우렐리아노 부엔디아 대령이 볼리바르를 모델로 창조된 인물이라고 생각했다. 하지만 따지고 보니 두 사람 사이에 직접적인 연관성은 없었다. 아우렐리아노 부엔디아 대령은 1899년

---

3   이때 참고한 자료는 《라틴아메리카의 역사》(카를로스 푸엔테스, 서성철 역, 까치)였다.

콜롬비아의 보수파와 자유파가 충돌한 내전인 천일전쟁을 무대로 싸웠지만, 시몬 볼리바르는 그보다 훨씬 전인 1800년대 초반에 스페인의 지배에 맞섰던 라틴아메리카 해방 전쟁을 배경으로 싸웠기 때문이다.

그렇다고 해도 그 두 인물은 혁명가로서 비슷한 길을 걸었다. 대농장의 지주로서 안온한 삶이 완벽하게 보장되어 있었던 시몬 볼리바르와 보수파 장인의 사위로서 행복한 신혼 생활이 기다리고 있었던 아우렐리아노 대령 둘 다 불의에 맞서 고난과 죽음이 기다리고 있는 투쟁의 길에 자발적으로 나선 인물들이었다.

> 공공질서를 지키기 위해서라며 아침마다 특별 공출을 하던 주둔군 대위 하나가 실제 결정권을 쥐고 있었다. 그가 지휘하던 병사 넷이 광견에게 물린 어떤 여자를 집에서 연행해 거리 한복판에서 개머리판으로 때려죽였다. 군대가 마을을 점령한 지 두 주일이 지난 어느 일요일, 아우렐리아노는 헤리넬도 마르께스의 집을 찾아가 예의 그 느긋한 태도로 설탕 타지 않은 커피 한 대접을 청했다. 단둘만이 부엌에 남게 되자 아우렐리아노는 자신의 목소리에 여태까지 단 한 번도 들려준 적이 없는 위엄을 깔았다. 「애들을 준비시켜. 우린 전쟁터로 갈 거야.」 그가 말했다. 헤리넬도 마르께스는 그 말을 믿을 수가 없었다. 「무기는 어떡하고?」 그가 말했다. 「놈들의 것을 사용하지.」 아우렐리아노가 대답했다.
>
> (《백년의 고독 1》, 156쪽)

민중들을 위해 자신의 특권을 내려놓고 변변한 무기도 없이 싸움터로 나선 두 인물의 삶은 시대의 차이가 있다고 해도 상당 부분 닮아 있었다. 평생을 몸 바쳐 싸웠음에도 불구하고 정작 말년에는 사람들의 관심으로부터 멀어져 쓸쓸히 죽음을 맞이한 것까지 흡사했다. 그런데 아우렐리아노 대령의 혁명전쟁을 이야기하면서 꺼낸 시몬 볼리바르란 인물에 대해 정작 학생들은 거의 알지 못했다. 시몬 볼리바르는 아메리카의 해방자라는 측면에서 북아메리카의 조지 워싱턴과 비교되는 경우가 많다. 학생들은 조지 워싱턴에 대해서는 다들 들어봤지만 볼리바르에 대해서는 이름조차 아는 바 없었다.

이런 점에서 보면 아무리 글로벌 세상이 되었다고 하더라도, 우리의 글로벌 상식이라는 것조차 역시 북미와 유럽에 초점이 맞춰져 있을 뿐이라는 것을 절실히 깨닫게 되었다. 솔직히 말해서 시몬 볼리바르의 엄청난 행적에 비교해 보면 조지 워싱턴이 미국 독립을 위해 한 일은 정말 보잘것없는 정도라고 말할 수 있다. 다음의 그림을 보면 그 말이 무슨 말인지 이해할 수 있을 것이다.

(핸드릭 빌렘 반 툰, 조재선 역,《시몬 볼리바르》, 서해문집, 100쪽)

위의 왼쪽 그림은 워싱턴이 북아메리카의 독립을 위해 싸웠던 전장을, 오른쪽은 시몬 볼리바르가 라틴아메리카의 독립을 위해 싸웠던 전장을 간단하게 표현한 것이다. 험준한 산맥을 넘나들며 라틴아메리카 전역을 누비면서 해방을 위해 싸웠던 시몬 볼리바르의 고초가 얼마나 대단한 것이었는지 보여주는 좋은 예라고 할 수 있다. 실제로 볼리바르는 한니발이나 나폴레옹처럼 약 2500명의 병력을 이끌고 강을 건너고 평원 지대를 통과하여 높이 치솟은 콜롬비아 안데스산맥 쪽으로 올라간 다음, 누에바그라나다(현재 콜롬비아)의 수도 보고타가 위치한 고원 지대까지 이동하는 위대한 행군을 진행한 적도 있었다.[4] 시몬 볼리바르의 일대기를 다룬 영화인 〈리버레이터〉를 보면 이와 같은 혁명군의 지난한 행군 과정이 잘 나타나 있다.

이렇게 학생들과 함께할 자료와 영화를 준비하는 과정에서 그동안 얼마나 라틴아메리카의 역사에 무지했는지를 다시 한번 깨닫게 되었다. 우연한 일탈로 인해 라틴아메리카의 나라와 수도 이름 그리고 위치 정도는 알고 있었지만, 역사나 문화에 대해서는 완전히 무지했었다는 사실이 부끄러워졌다. 삼바, 축구, 마추픽추 유적지 정도로만 알려져 있던 라틴아메리카에 대해 조금 더 깊이 공부하게 되면서, 서구 중심의 편향된 세계관이 자기 자신도 모르게 내재되어 있었다는 사실을 체감하게 된 것이다.

그래서 반성하는 의미로, 독재에 맞서 싸우다가 추방되었던 아르헨티나 가수 메르세데스 소사의 〈Gracias a la Vida(삶에 대한 찬양)〉를 학생들과 함께 들으며 라틴음악의 위대한 힘을 찬양하는 시간을 갖기도 했었다. 아름다운 선율과 거기에 담긴 비극적인 역사를 되새기면서, 엄청나게 풍요롭고 놀라운 역사가 지구 저 반대편에도 엄연히 존재한다는 사실을 깨달았던 순간은 아직도 즐거운 기억으로 남아 있다.

---

4 《라틴아메리카의 역사 (상)》(벤자민 킨 외, 김원중·이성훈 역, 그린비, 426쪽) 참조.

《백년의 고독》을 학생들과 함께 읽었던 것은 여름방학 방과후 수업 때였고, 그 속에서 행복한 순간을 만날 수 있었다. 일단 수업의 기본적인 상황을 설명하면, 학생 수는 20명 정도였고 주어진 시간은 2주였다. 그래서 전체 학생을 두 조로 나눴고, 한 조는 《백년의 고독》을, 나머지 한 조는 《콜레라 시대의 사랑》을 읽게 했다. 물론 책을 준비하기 전까지 서너 시간에 걸쳐 라틴아메리카의 개략적인 역사와 문학적 특징 등에 대해 강의식 수업을 했었고, 앞서 이야기했던 〈리버레이터〉를 함께 감상하기도 했다.[5] 그 후 책이 준비된 뒤에는 읽을 시간을 충분히 준 뒤에 각자 나와서 발표를 하게 했다. 발표는 자신이 맡은 부분에서 가장 인상적인 부분을 한 페이지 이상 읽고 그 이유를 이야기하는 식으로 이루어졌다.

이렇게 수업을 설계하면서 두 가지 고민에 부딪혔다. 일단 학생들이 2주 만에 소설을 다 읽을 수 있을지 잘 모르겠다는 점이었고, 두 번째는 어떤 주제를 어떻게 발표시켜야 할지 감이 오지 않았다는 점이다. 하지만 당시에는 별생각이 없었던 상황이라 정말 무식하게 책을 기계적으로 나누고, 그 부분에서 각자 인상적인 부분을 인용·발표하라고 던져놓았다. 무식하게 기계적으로 책을 나누었다는 것은, 내용이나 흐름 따위는 전혀 고려하지 않은 채 책을 딱 100페이지씩 나눠서 발표를 정했다는 말이다.

---

5   〈아포칼립토〉, 〈미션〉 등의 영화도 고려했었는데, 〈아포칼립토〉는 스페인의 점령이 있기 전에 라틴아메리카 또한 내부적 모순이 심각했다는 식의 물타기가 맘에 걸렸고, 〈미션〉의 경우에는 원주민들을 시혜의 대상으로 보는 듯한 시선이 맘에 걸렸다.

이렇게 막무가내로 수업을 진행했음에도 불구하고, 정말 운이 좋았던 것은 《백년의 고독》이란 소설이 라틴아메리카의 역사적 변화를 순서대로 담아놓고 있었기 때문에 순서대로 발표를 하더라도 그 속에서 역사의 중요한 순간들을 하나씩 하나씩 되새길 수 있는 기회가 생겨날 수 있었다는 점이다. 학생들이 뽑아서 읽은 소설의 장면들에는 라틴아메리카가 겪었던 영욕의 역사들이 아로새겨져 있었다. 물론 발표를 시작하기 전에 먼저 칠판 한가득 부엔디아 가문의 가계도를 써놓는 것은 기본이었다. 그렇게 해두었더니 학생들은 칠판을 가득 채운 가계도 속 인물들을 따라가며 좀 더 수월하게 소설 속 이야기와 자신의 생각을 풀어놓을 수 있었다.

그런데 더 행복했던 것은 낭독이라는 행위의 즐거움이었다. 사실 모든 학생이 책을 다 읽어 오리라는 보장은 없었다. 그래서 발표하는 학생들에게 인상적인 부분을 한 페이지 이상 진지하고 최대한 호소력 있는 방식으로 읽어달라고 주문했다. 혹시나 책을 채 읽지 못한 학생들이 내용을 이해할 수 있는 기회를 주기 위해서였다. 팟캐스트 같은 매체에서 책을 읽어주는 방송을 듣고 좋았던 기억을 학생들에게 이야기해 주며, 그런 식으로 읽어달라고까지 설명했다. 그랬더니 학생들 중에는 책을 읽으면서 자신이 중요하다고 생각한 내용이 너무 많아 한 페이지를 훌쩍 넘겨 상당한 분량을 쭉 읽어주는 상황 또한 벌어지게 되었다. 흥미로운 것은 앞에 나온 학생이 중요하다고 이야기하면서 읽으니 내용을 잘 모르는 학생들도 그 낭독 내용을 주의 깊게 듣기 시작했다는 점이다.

그러다 보니 인상적인 장면들도 만날 수 있었다. 그 가운데 가장 인상적인 순간은 한 학생이 미국인들이 경영하는 바나나 농장의 열악한 노동환경에 항의하는 파업 장면을 골라 읽을 때였다. 호세 아르까디오 세군도가 조직한 시위대는 파업을 진압하러 온 군대와 맞닥뜨리게 되었

다. 설마설마하는 사이에 군대는 비무장 시위대를 향해 기관총을 쏘게
된다.

> 앞줄에 있던 사람들은 기관총탄에 맞아 이미 땅에 엎드려 있었다. 그러
> 나 살아난 사람들은 땅바닥에 엎드리는 대신 작은 광장으로 달아나려
> 했는데, 그때 공포에 휩싸인 군중이 흡사 용이 쳐대는 꼬리질을 피하듯
> 총알을 피해 빽빽한 파도처럼 한쪽으로 몰려가다가 반대편 길에서 용
> 이 쳐대는 꼬리질을 피하듯 빽빽한 파도처럼 이쪽으로 밀려오고 있던
> 군중과 맞부딪쳤는데, 그쪽에서도 역시 기관총들이 쉬지 않고 발사되
> 고 있었다. 군중은 기관총들의 지칠 줄 모르고 계속되는 규칙적인 가위
> 질에 의해 가장자리가 양파 껍질 벗겨지듯 차근차근 동그랗게 잘려나
> 가고 있었기 때문에 진원지를 향해 점점 줄어들고 있는 거대한 소용돌
> 이를 타고 빙빙 돌면서 가운데에 갇히게 되었다.
>
> 《백년의 고독 2》, 151-152쪽)

그렇게 죽어간 사람들은 모두 3000명이 넘었다. 하지만 군부는 죽은
사람들의 시체를 모두 기차로 실어 어딘가로 옮겨 폐기한 뒤 공식적으
로 학살은 없었다는 발표만 앵무새처럼 반복했다. 사람들 또한 학살 따
위는 없었다고 말했다.

> 한 주일이 지난 후에도 계속해서 비가 내렸다. 정부가 사용 가능한 모
> 든 매스컴을 총동원해 전국적으로 수천 번이나 되풀이 유포한 공식 발
> 표는 결국, 사망자가 한 명도 없었고, 만족한 노무자들은 모두 가족을
> 찾아 돌아갔으며 바나나 회사는 비가 그칠 때까지 작업을 중단한다는
> 내용을 믿게 만들었다. (앞의 책, 156쪽)

낭독하던 학생도, 읽는 내용을 진지하게 듣던 학생들도 이 부분에 이르렀을 때 모두가 우리나라 역사의 한 장면을 떠올렸다. 1980년 5월, 빛나는 도시의 한복판에서 이것과 거의 똑같은 사건이 벌어졌음을 알고 있었기 때문이다. 〈택시운전사〉라는 영화도 그 기억에 한몫을 했다. 학생들은 어떻게 그런 일이 가능했던 것인지, 그리고 지구 반대편의 그곳에서 어쩌면 그렇게도 비슷한 일이 발생했는지, 그리고 그 배후에는 과연 어떤 세력들이 존재하고 있는지에 대해 진지하게 이야기할 수 있었다. 자연스럽게 역사에 대한 밀도 있는 성찰을 할 수 있는 기회가 마련되었던 것이다.

이것이 훌륭한 작품의 힘일는지도 모르겠지만, 우연히 만난 이 뜻밖의 장면으로 인해 좋은 작품을 잘 골라 진지하게 읽는다면 여러 가지 매체를 복잡하게 활용하지 않고도 수업을 듣는 학생들의 마음을 충분히 움직일 수 있을 거라는 깨달음을 얻게 되었다. 그뿐만 아니라 이런 낭독을 통해 읽는 학생은 읽는 학생대로, 듣는 학생은 듣는 학생대로 타인을 고려한 활동을 진행할 수 있었으며, 역사를 되돌아보는 진지한 성찰은 교사와 학생의 마음에 오랫동안 여운을 남겨주었다.

6. 우리는 어쩌면 다 연결되어 있다

골방 속에 스스로를 유폐시킨 채 과거의 영광과는 담을 쌓고 살던 아우렐리아노 부엔디아 대령이 골방 밖으로 움직이려고 마음을 먹었던 유일한 순간이 있었다. 그 순간은 혁명군 장교들에게 지급하기로 약속되었던 종신연금이 제대로 지급되지 못하고 있다는 사실을 알게 되었을 때였다.

그 장교들과 함께 매일 되풀이되는 굴욕과, 수없이 제출했던 청원서, 진정서와, 항상 내일 다시 오라는 말과, 이제 거의 다 되었다는 대답과, 귀하의 경우를 신중하게 검토 중이라는 회신과의 슬픈 전쟁을 벌였다. 그것은 종신연금을 급여해야 했지만, 절대로 급여하지 않았던 친애하고 친애하는 정부의 충실한 종들에 대항했던, 아무런 보상도 받지 못하고 실패로 끝난 전쟁이었다. 20년에 걸쳐 진행된 피비린내 나는 전쟁도, 영원히 연기되는 그 썩어빠진 연금 전쟁만큼 많은 폐해를 유발하지는 않았다. (앞의 책, 65쪽)

황당하고 엽기적인 사건들이 페이지를 넘길 때마다 등장하는 이 소설의 특징을 생각해 보면, 사실 이 장면은 별로 눈에 띄는 장면이라고 말할 수는 없다. 그럼에도 불구하고 이 장면을 굳이 인용한 이유는 이 사건이 우리 역사와 연관되어 있을 수도 있기 때문이다. 마르케스는 콜롬비아 출신 작가인데, 콜롬비아는 라틴아메리카에서 유일하게 한국전쟁에 군대를 파병한 국가다. 농토에서 쫓겨나 전쟁보다 심한 폭력에 시달리며 생계를 위협받던 젊은이들이 죽음을 각오하고 선택한 것이 한국전쟁 참전이었다고 한다.[6] 그럼에도 불구하고 그 참전 용사들은 귀국한 이후 형편없는 처우를 받게 된다. 이에 대해 그 당시 열혈기자였던 마르케스는 〈한국에서 현실로〉라는 기사를 작성하게 된다. 전쟁터에서 목숨을 걸고 받았던 훈장마저도 저당 잡혀 살 수밖에 없었던 그들의 비참한 삶을 기사 속에 신랄하게 서술한 것이다. 이러한 내용은 그의 소설《아무도 대령에게 편지하지 않았다》에 구체적으로 서술되는데,《백년의 고독》에 등장하는 인용한 장면도 이와 비슷한 맥락으로 이해할 수 있을

6　〈한국전쟁과 가르시아 마르케스〉(송병선,《가르시아 마르케스》, 69쪽) 참조.

것 같다.

그런데 이 부분을 곰곰이 되새기면서 세계문학을 읽고 이해해야 하는 또 하나의 이유를 찾게 되었다. 이 세계 안에서 함께 살아가는 사람들 사이에는 어떤 식으로든지 연관 관계가 형성될 수 있으며, 그 연결 고리를 구체적으로 이해하기 위해서라도 타 문화권에 대한 관심이 필요하다는 것이 바로 그 이유였다. 한국전쟁에 참전하고 돌아가 전쟁의 참혹함과 함께 정부에 대한 배신감을 느꼈던 콜롬비아 젊은이들은 과연 지금 어떤 삶을 살고 있으며, 그들은 그 사회에 어떤 영향을 미쳤을까?

비록 나비 효과와 같이 막연한 영향 관계일 수도 있겠지만, 그들과 우리 사이에도 이런 식의 역사적 연결 고리가 이어져 있다는 사실에 새삼 놀라게 되었다. 그뿐만 아니라 이와 같은 이해가 베트남 참전이라는 비슷한 역사적 경험을 했던 우리 사회의 모습 또한 더 잘 이해할 수 있는 계기가 될 수 있지 않을까? 생각이 여기까지 미치게 되면, 다른 나라의 작품을 읽고 그 나라의 문학과 사회와 역사와 사람들을 이해하는 일이 얼마나 즐겁고 의미 있는 일인지를 다시 한번 깨닫게 됨과 아울러, 좀 더 열심히 작품을 찾고 소개해야겠다는 어설픈 사명감까지 생기게 되는 것 같다.

이 활동은 별다른 준비가 필요 없습니다. 그냥 책을 읽기만 하면 됩니다. 사실 낭독은 묵독이 독서의 주류로 자리 잡기 전에 중요한 독서 방법이었습니다. 알베르토 망구엘의《독서의 역사》라는 책을 보면, 과거에는 책을 읽을 때 크게 소리 내어 읽는 것이 일반적이었고, 그냥 눈으로만 책을 읽는 것을 굉장히 이상한 일로 받아들였다고 합니다.

독서 활동의 측면에서 낭독은 생각보다 힘이 셉니다. 낭독은 기본적으로 작품의 활자를 눈으로 읽은 뒤 자신의 목소리로 다시 옮기는 활동이라고 할 수 있습니다. 그렇다 보니 눈으로 읽는 활동보다 더 적극적으로 작품과 교감할 수 있게 되는 셈입니다. 그러니 꽤 긴 분량을 낭독한다면 그 책의 내용을 비교적 오래 기억할 수 있을 겁니다.

《백년의 고독》을 읽고 난 뒤에 읽은 부분 중에서 가장 인상적이었던 부분을 골라 낭독해 봅시다. 그리고 더 열정이 생긴다면 낭독한 것을 잘 녹음해 보는 것도 좋습니다. 그렇게 녹음한 것을 모아둔다면 일종의 오디오북 같은 형태가 될 수 있습니다. 친구들과 함께 한다면 낭독과 잘 어울릴 만한 배경음악을 준비하는 것도 생각해 볼 수 있습니다. 그리고 읽은 부분에 대한 간단한 감상을 덧붙여 준다면 오래 기억에 남는 독서 활동이 될 것입니다.

08

서로를 마주 보다

진 리스, 《광막한 사르가소 바다》(1966)

1. 악당들도 할 말이 있다

20-20클럽. 야구 선수 중에서 한 시즌에 20개의 홈런과 20개의 도루를 동시에 기록한 호타준족의 타자만이 이름을 올릴 수 있는 명예로운 클럽의 명칭이다. 내가 맡고 있는 고전 작품 감상 동아리 이름 또한 '20-20클럽'이다. 야구를 좋아하는 개인적인 취향이 반영되어 있기는 하지만, 여기서 20-20은 홈런과 도루 대신 1년에 20권의 책과 20편의 영화를 보자는 야심 찬 목표를 나타내는 말이다. 물론 처음의 계획과는 달리 점점 목표가 하향 조정되고 있으며, 이러다가는 3년 동안에도 20-20을 다 채우지 못하는 게 아닌가 싶을 정도로 위기감을 느끼고 있지만, 매년 동아리 구성원들끼리 책을 읽고, 영화를 감상하고, 머리를 맞대고 토론하는 모습은 처음과 크게 달라지지 않았다.

올해 초에도 1년간 어떤 주제에 맞춰 작품을 골라 읽을 것인지 고민하는 시간이 있었다. 마땅한 주제가 없어서 괴로워하던 중에 재미난 생각 하나가 떠올랐다. 기존의 소설이나 영화 속에서 원래 비중이 없었거나 악당으로 등장하는 인물들을 새롭게 부각한 작품을 찾아보면 어떻겠냐는 거였다. 일종의 패러디 작품을 찾아보는 거였는데, 이런 주제로 이런저런 이야기를 나눠보니 몇 가지 사례가 떠올랐다.

《오즈의 마법사》의 주인공 도로시에게 물벼락을 맞고 녹아버린 초록 빛깔 마녀 엘파바를 주인공으로 삼은 그레고리 머과이어의 소설《위키드》가 일단 학생들의 관심을 끌었다. 이 작품은 이미 뮤지컬로 유명해져서 그런지 아는 학생들이 있었다. 또한 〈춘향전〉을 새로운 관점으로 살펴보았던 김연수의 〈남원고사에 대한 세 개의 이야기와 한 개의 주석〉이라는 단편소설도 주목할 수 있었다. 이 소설에서는 〈춘향전〉의 악당 '변 사또'가 당시 관점으로 재조명되고 있었으며, 춘향을 체포하러 가는 역할에 불과했던 군뢰사령이라는 인물이 화자로서 중요한 역할을 담당하고 있었다. 〈춘향전〉 하면 영화 〈방자전〉도 떠올랐지만, 19금이라 과감하게 제외하고 설명으로 대체했다. 거기에 추가로《로빈슨 크루소》를 재해석한 미셸 투르니에의《방드르디, 태평양의 끝》이라는 소설도 소개했다. 이 작품은 기존의 로빈슨 크루소와는 달리 자연 친화적인(?) 로빈슨 크루소가 등장하며, 근대 문명 사회에 대한 비판을 제시하고 있어 흥미로웠기 때문이다. 소설 자체는 학생들에게 어려울 수도 있지만, 도전정신을 발휘해 보자는 측면에서 목록에 넣어보았다. 이렇게 이러저러한 작품들이 쏟아져 나오던 끝에 학생들의 관심을 확 끌었던 작품이 하나 있었는데, 그 소설이 바로 이 글에서 이야기할 진 리스의《광막한 사르가소 바다》이다. 이 작품은《제인 에어》속 등장인물인 '버사 메이슨'을 주인공으로 새롭게 써 내려간 작품이었는데,《제인 에

---

1   별로 유명하지 않은 작품이지만, 1학년 때 수행평가 자료로 이미 제시했던 작품이라 학생들이 쉽게 찾아낼 수 있었다.

어》를 이미 재미있게 읽었던 학생이 몇몇 있기도 해서 학생들의 호기심이 확실히 컸던 작품이다.

《광막한 사르가소 바다》는 로체스터의 부인인 광인 버사 메이슨이라는 인물을 주인공으로 삼아 그녀의 삶을 재조명한 소설이다. 《제인 에어》속에서 버사 메이슨은 제인 에어의 삶에 강력한 장애물로 등장하지만, 이와 같은 소설 속 큰 비중에 비해 별다른 설명이 없어 쉽게 이해하기 힘든 인물이다. 진 리스는 《광막한 사르가소 바다》를 통해 이 인물이 왜 이런 상황에 처하게 되었으며, 왜 이런 행동을 했는지에 대해 이유를 설명하고자 했다. 그렇다면 일단 버사 메이슨이 《제인 에어》속에서 어떻게 등장하는지부터 살펴볼 필요가 있다.

2. 제인 에어 vs 버사 메이슨

버사 메이슨은 로체스터가 젊은 시절에 아버지의 강요에 못 이겨 결혼한 여인으로 자메이카 출신의 크리올[2] 여인이었다.

> 아버지는 용케 때를 맞추어 배우자를 찾아냈소. 서인도 제도의 농장주이며 상인인 메이슨 씨는 아버지와 전부터 아는 사이였소. 아버지는 그의 재산이 확실하고 막대하다는 것을 알고 있었소. 그래 그는 조사를 해왔소. 그 결과 메이슨 씨에게는 아들과 딸이 하나씩 있으며, 딸에게

---

2 크리올은 원래 식민지에서 출생한 영국인이나 유럽인의 순수 혈통을 의미하는 말이었지만, 간혹 아프리카에서 수입되지 않고 식민지에서 태어난 흑인 노예를 칭하기도 했다. 19세기에 들어와서는 식민지 백인과 원주민, 백인과 흑인 사이에 태어난 혼혈도 크리올이라고 부르기도 해서 혼동을 일으켰다.

는 3만 파운드의 재산을 줄 수 있고 또 주려고 한다는 이야기를 메이슨 씨 자신에게서 직접 들었소, 그것으로 충분했던 거요. 내가 대학을 졸업하자 나는 자메이카로 보내어졌소. 내 대신 아버지가 구혼을 해놓은 신부와 장가들기 위해서 말이요.

(샬럿 브론테, 유종호 역, 《제인 에어 2》, 민음사, 135쪽)

정략결혼이었지만 막상 버사 메이슨을 만난 로체스터는 그녀의 육체적 매력과 집안의 부에 현혹되어 결혼을 결심했으며, 심지어 영국이 아닌 자메이카에서 살아가려고 마음먹는다. 그런데 로체스터는 신혼여행이 끝나자마자 신부의 집안에 대해 놀라운 사실을 알게 된다. 그녀의 어머니는 정신병으로 인해 병원에 갇혀 있는 상태이며, 남동생 또한 백치에 가까운 상태였던 것이다. 즉 그녀의 집안에 정신병 병력이 있다는 사실을 숨긴 채 로체스터의 아버지와 형은 그를 3만 파운드의 구렁텅이로 몰아넣은 것이다.

"버사 메이슨은 광인입니다. 삼대에 걸쳐 백치와 광인이 나오고 있는 광인의 혈통에서 생겨난 여자요. 그 모친은 서인도의 크리올인인데 미친 여자며 술고래였소. 그들은 자기네 집안의 비밀에 대해서 일체 입을 다물고 있었기 때문에 나는 결혼을 한 후에야 그런 사실을 알았던 거요. 버사는 효성스럽게도 그 두 가지 점에서 제 어머니를 판에 박은 듯이 닮았소." (앞의 책, 108-109쪽)

그런데 상황이 묘하게 흘러간다. 자신을 자메이카로 몰아냈던 형과 아버지가 모두 죽음을 맞이하게 되어 로체스터는 집안의 재산을 모두 상속받게 된다. 그런 상황에서 버사 또한 집안의 혈통대로 심각한 알코

올 중독에서 벗어나지 못한 채 광기 어린 행동들을 반복하자 로체스터는 자살까지 결심할 정도로 지독한 고통만을 주는 이 결혼생활을 끝내기로 마음먹는다. 하지만 흔히 생각하듯 결혼생활의 끝이 이혼은 아니었다. 로체스터는 자메이카를 떠나 버사와 함께 영국으로 이주하기로 했다. 그는 버사를 데리고 영국으로 건너와 손필드에 자리 잡은 뒤 그녀를 저택의 삼층 방에 감금하고, 간호원 그레이스 풀을 붙여두어 감시하게 만든 것이다. 그런데 버사 메이슨은 그냥 얌전히 갇혀 있지 않고 여러 가지 문제를 일으킨다. 《제인 에어》에서 버사 메이슨이 존재감을 드러내는 장면이 몇 있는데, 로체스터의 침대에 불을 지르는 다음 장면이 대표적이다.

> 악마의 웃음 같은 웃음소리가 들려왔던 것이다. 나지막하고 숨죽인 듯한 굵직한 웃음소리로, 내 침실 문의 열쇠 구멍에서 나는 듯하였다. (중략) 무엇인가 삐걱하는 소리가 났다. 반쯤 열린 문소리였다. 그것은 로체스터 씨의 침실 문으로, 연기는 거기서 뭉게뭉게 나오는 것이었다. 이제 페어팩스 부인 생각은 나지 않았다. 순식간에 나는 침실로 들어섰다. 불꽃의 혓바닥이 침대 언저리에서 날름거리고 있었고 이미 커튼에는 불이 붙어 있었다. 불꽃과 연기 한복판에 로체스터 씨는 깊은 잠이 든 채 꼼짝도 않고 누워 있는 것이었다. (《제인 에어 1》, 민음사, 270-27쪽)

아이러니하게도 이 사건 이후로 로체스터와 제인 에어의 관계는 더욱더 돈독해진다. 침실에 불이 났다는 사실을 제인 에어가 가장 먼저 알아챘고, 재빨리 조치를 취한 덕분에 로체스터의 생명을 구할 수 있었기 때문이다. 남편을 죽이려다가 남편과 다른 여자가 다가갈 수 있는 계기를 만들게 되었으니 아이러니인 셈이다. 버사 메이슨은 잊어버릴 만하면 이런 사건들을 일으키는데, 손필드를 찾아온 오빠 리처드 메이슨을 물어뜯은 사건도 이에 해당한다. 멀리서 찾아온 오빠를 본 버사는 처음에는 칼로 찌르려고 했고, 그것에 실패하자 이로 물어뜯어 버린다. 그야말로 기괴한 광인의 행동이라 할 수 있다. 자고 있는 제인의 방에 들어가서 옷을 다 찢어발긴 것도 버사 메이슨이었으며, 한밤중에 기괴한 목소리로 울부짖은 것도 버사였다. 만약《제인 에어》를 야만적이고 가학적이며 육적이고 어두운 인간의 본성과 연관된 영문학의 한 장르인 고딕(gothic)소설[3]로 이해할 수 있다면, 그 대부분은 버사 메이슨의 공로라고 말해도 과언이 아니다.

버사 메이슨이 이렇게 폭력과 공포를 유발하는 존재로 머물러 있는 것만은 아니다. 나중에는 제인 에어의 결혼을 막는 가장 큰 장애물로 등장한다. 감정적으로야 남남이 되어버린 지 이미 오래고, 시시때때로 자신에게 광기 어린 폭력을 행사하는 아내에게 정나미가 떨어질 대로 떨어졌지만, 실정법상 혼인 관계는 유지되고 있었기에 제인 에어와 로체스터의 결혼은 이루어질 수가 없었다.

> "이 결혼식은 계속할 수 없습니다. 장애물이 있음을 말씀드립니다."
> 목사는 고개를 들어 발언자를 쳐다보고는 말없이 서 있었다. 서기도 마찬가지였다. 발밑에서 지진이라도 일어난 것처럼 로체스터 씨의 몸이 약간 흔들렸다. (중략)
> "장애란 이전의 결혼이 존재한다는 점에 있습니다. 로체스터 씨에게는 살아 있는 아내가 있습니다."《제인 에어 2》, 민음사, 103-104쪽)

3 　고딕소설의 특징에 대한 내용은〈고딕소설(The Gothic Novel)〉(김순원,《18세기 영국소설 강의》, 신아사, 383쪽)을 참조했다.

이 결혼식 장면은 그 이전까지 정체가 숨겨져 있던 버사 메이슨이 공개적으로 드러나는 순간이자 이전까지 제인이 느끼고 있던 의구심을 모두 해결할 수 있는 계기였으며, 제인의 꿈같은 사랑이 파멸로 치닫게 되었다는 것을 알린 잔인한 선고였다. 달리 말해, 고난과 역경을 이겨내고 성공하는 '달려라 하니' 캐릭터의 원조인 제인 에어에게 버사 메이슨은 가장 큰 시련이 된 것이다. 하지만 소설의 전체적인 완성도로만 따지면 버사의 역할이 꽤 크다고 평가할 수 있다. 만약 로체스터와 제인이 결혼하는 것으로 소설이 끝났다면 과연 《제인 에어》가 오늘날의 명성을 얻을 수 있었을까? 그런 의미에서 버사는 소설이 틀에 박힌 결말로 마무리되는 것을 막아내면서 이야기의 방향을 예상치 못한 곳으로 이끌었기에 소설의 수준을 한 단계 높일 수 있었다.

어쨌거나 소설이 결말로 다가갈 때쯤 버사에 의해 결정적인 파국이 찾아오는데, 버사는 결국 자신이 갇혀 있던 손필드의 저택에 불을 지른다. 자신이 지른 불로 저택은 폐허가 되었고 자신 또한 죽게 된다. 그뿐만 아니라 로체스터도 장님에 불구자 신세가 된다.

> 어쨌든 그날 밤, 미친 여자는 자기 바로 옆방의 벽걸이에 불을 질렀습니다. 그리고 아래층으로 내려가 전에 그 가정교사가 쓰던 방으로 갔습니다. 꼭 앞뒤 사정을 다 알고 있는 것 같았고, 그래 가정교사를 미워하고 있는 것 같았습니다. (중략) 그 무너져 내린 무더기 밑에서 끌어내 놓고 보니, 살아 계시기는 해도 중상을 입고 계셨습니다. 그분은 인젠 폐인이나 마찬가집니다. 장님인 데다 불구자죠. (앞의 책, 381쪽)

그런데 흥미롭게도 이 사건은 제인 에어에게 로체스터에 대한 사랑을 실현할 수 있는 새로운 가능성을 열어준다. 실정법상의 부인도 사라졌으며, 연인 로체스터 또한 누군가의 돌봄을 절실하게 필요로 하는 비참한 상황이 되어버렸기 때문이다. 사건 자체는 비극적이었지만, 소설의 흐름으로 보면 버사의 방화는 제인과 로체스터의 결말을 행복하게 이끄는 매개 역할을 한 것과 다름없다.

버사 메이슨은 소설 속에서 꽤 비중 있는 역할을 담당하고 있다. 그런데 이런 버사의 캐릭터를 살펴보면, 고전적인 의미에서 너무나 평면적이다.《제인 에어》를 아무리 읽어봐도 '버사는 왜 이런 광기 어린 행동들을 할까?'라는 물음에 대한 답을 찾기가 어렵다. '미친 사람이라는데 무슨 할 말이 있는가?'라고 이야기할 수도 있지만, 좀 더 깊이 들어가 '그녀는 왜 미칠 수밖에 없었을까?'라는 질문을 던져보면 '유전(遺傳)'이라는 단어 외에 적절한 답이 떠오르지 않는다. 한 인물이 유전적으로 광인이 될 수밖에 없었다는 말은 "너는 태어날 때부터 미친놈이었어."라는 말과 같다. 그렇게 인물을 구성하면 인물의 입체성은 사라지고 평면적이며 전형적인 광인 하나만 덜렁 남게 된다.《광막한 사르가소 바다》의 작가 진 리스는 이 지점에 불만을 가진 것 같다. 다시 말해서, 허술하기 이를 데 없는《제인 에어》속 버사 메이슨 이야기에 개연성의 옷을 입히기로 마음먹고 이 소설을 쓰기 시작한 것이다. 그래서 진 리스는《광막한 사르가소 바다》를 통해 버사 메이슨에 대한 공감 어린 설명을 시작하려 하는데, 그 시작이 되는 배경은 바로 버사의 고향인 자메이카였다.

3. 앙투아네트 vs 티아

《광막한 사르가소 바다》는 '버사 메이슨은 왜 광기에 사로잡히게 되었을까?'라는 질문에서 시작된 소설일지도 모르겠다. 그 답의 실마리를 찾기 위해 소설은 버사 메이슨이 어린 시절을 보낸 자메이카에서 이야기를 시작한다. 그런데 어린 시절의 버사 메이슨은 원래 버사도 아니었고 메이슨도 아니었다. 원래 이름은 어머니의 이름을 딴 '앙투아네트'였고, 성은 노예주였던 백인 아버지를 따라 '코즈웨이'였다. '메이슨'이라는 성은 어머니가 영국인 메이슨 씨와 결혼하면서 갖게 된 것이다. 코즈웨이가 죽고 난 뒤에 쿨리브리의 저택에서 가난하게 살아가던 그녀의 어머니 아네트는 영국인 부자 메이슨과의 결혼을 통해 경제적 안정감을 찾게 된다. 그러나 노예해방이라는 시대적 격랑이 덮치고 있던 자메이카에서 백인의 편에서 크리올로 살아가는 것은 생각보다 쉬운 일이 아니었다. 결국 마을에서 일어난 노예해방 폭동으로 인해 영국인 지주 집안이었던 쿨리브리의 메이슨 가(家)는 처참하게 몰락하고 만다. 그 과정에서 앙투아네트는 충격적인 경험을 하게 된다.

> 티아에게 가까이 갔을 때 나는 티아가 울퉁불퉁한 돌을 하나 들고 있는 것을 보았다. 그렇지만 티아가 그것을 내게 던지는 것은 보지 못했다. 돌을 맞았다고 생각하지도 않았다. 단지 뭔가 축축한 것이 내 얼굴을 타고 흘러내린다고 생각했다. 나와 눈이 마주치자 티아의 얼굴이 갑자기 일그러지더니 울음을 터뜨렸다. 우리는 마주 서서 바라보고 있었다. 내 얼굴에서는 피가, 그리고 티아의 얼굴에서는 눈물이 흐르는 채로. 티아의 얼굴을 바라보며 나는 내 얼굴을 보는 것 같다고 느꼈다. 마치 거울 속의 나를 내가 보듯이.
>
> (진 리스, 윤정길 역, 《광막한 사르가소 바다》, 펭귄클래식코리아, 63쪽)

어린 시절 격의 없이 친하게 어울려 지내던 흑인 여자아이 티아를 폭도들의 무리 속에서 발견한 앙투아네트는 그녀에게로 다가갔지만, 돌아온 것은 돌팔매였다. 이 부분을 주목할 필요가 있다. '친구였던 티아가 왜 앙투아네트에게 돌을 던진 것일까?' 겉으로만 보면 억압받은 흑인들이 억압하는 백인들을 향해 돌을 던진 행위지만 앙투아네트는 가깝게 지내던 친구에게 돌을 맞은 상황과 그 증오를 쉽게 받아들이기 힘들었다. 축축한 피를 느끼면서 앙투아네트는 티아를 응시하는데, 두 사람의 눈이 마주쳤을 때 앙투아네트는 티아가 눈물을 흘리고 있다는 사실을 알게 된다. 그때 앙투아네트는 그녀의 얼굴에서 자신의 얼굴을 발견했다고 느낀다.

그녀의 얼굴에서 자신의 얼굴을 발견했다는 것은 티아와 앙투아네트 모두 이 장면 속에서 피해자일 수 있다는 의미로 일단 해석할 수 있다. 폭력의 희생자인 앙투아네트도 피해자지만, 흑인 폭동이라는 극단적인 상황에서 자의보다는 타의에 가까운 폭력을 행사한 뒤 죄책감을 느끼고 눈물을 흘리는 티아 또한 피해자라고 볼 수 있기 때문이다. 그런데 이런 해석과 동시에 이 부분에서 좀 더 주목해야 할 것은 앙투아네트의 깨달음이다. 그 깨달음은 앙투아네트와 티아 모두 억압받는 자들이라는 것과 연관되어 있다. 즉 앙투아네트는 표면적으로는 억압하는 자의 위치에 있었기 때문에 돌을 맞았지만, 결국에는 자기 자신 또한 억압받고 있다는 사실을 이 장면에서 명확하게 깨달은 것이다. 티아와 같은 흑인들이야 두말할 것도 없이 오랜 기간 속박과 억압 속에서 살아온 것이 명백하지만, 백인의 편에서 노예를 부려가며 안온하게 살아가던 크리올들 또한 흑인들로부터 질시와 증오를 받고 오히려 백인보다 더한 증오의 대상이 되어버렸음을 이 사건을 통해 깨달았기 때문이다. 다시 말해서, 이 장면은 앙투아네트가 크리올로서의 정체성, 즉 백인이지만 백인일 수도 없으며, 흑인은 더더욱 될 수 없는 중간자의 위치, 소위 '흰 바퀴벌레'임을 좀 더 명확하게 깨달은 장면이라고 볼 수 있다.

나는 낯선 흑인들을 쳐다보지도 않았다. 그들은 우리를 미워했고 흰 바퀴벌레라고 불렀다. 잠자는 개는 건드리지 말라고 했던가. 어느 날 꼬마 검둥이 계집애가 나를 쫓아오며, "가버려라, 이 흰 바퀴벌레야. 사라져라, 사라져라. 네가 좋다는 사람은 하나도 없으니까. 사라져버려."라고 노래 부르듯 종알거렸다. (앞의 책, 47쪽)

인용문에서 볼 수 있듯이 앙투아네트는 어린 시절부터 이런 문제에 직면하고 있었다. 이런 상황을 온몸으로 견뎌왔던 어머니는 이와 같이 적대적인 주변 환경을 더더욱 민감하게 인식하고 있었다. 사실 어머니가 영국인 메이슨과의 결혼을 서두른 것도 주변 흑인들의 증오와 폭력에 대한 방패막이를 만들려고 한 측면이 강하다. 소설의 첫 문장부터 그 문제는 바로 드러난다.

'문젯거리가 생기면 대열을 좁힌다.'라는 말이 있듯이, 위기가 닥치자 백인들은 결속을 강화했다. 그러나 우리는 그 무리에 끼지 못했다. 자메이카 여인들은 어머니를 받아들이지 않았다. 크리스토핀은 어머니의 미모가 너무나 뛰어난 때문이라고 그 이유를 설명했다. (앞의 책, 27쪽)

하지만 노예들의 폭동으로 방패막이조차 제 기능을 다하지 못하게 되었으며, 메이슨 집안의 몰락 후 어머니는 흑인들에게 둘러싸인 채 정신병자 취급을 받으며 격리되었고(흑인 남성들에 의한 성적 학대 또한 암시되어 있다.), 앙투아네트는 코라 이모에 의해 수녀원으로 보내지게 된다. 수녀원으로 간 앙투아네트는 자신의 감정과 욕망을 절제하면서 18개월 동안 기독교적 교리와 문화를 배우게 된다. 말하자면, 흑인과 백인 사이에서 백인의 문화 쪽에 가까워지는 노력을 하게 된 셈이다. 그러고 난 뒤에 앙투아네트는 양아버지 메이슨에 의해 영국에서 건너온 한 신사와 정략결혼을 하게 된다. 물론 그 신사가 누구인지는 잘 알 것이다.

> 우리가 수녀원 대문을 막 빠져나가려고 할 때 메이슨 씨는 아무 일도 아니라는 듯이 말했다.
> "내가 영국 친구 몇 명에게 다음 겨울은 자메이카에서 보내자고 말해놨다. 너도 심심치 않고 좋을 것 같아서."
> "여기로 올까요?" 나는 의심스럽다는 듯이 말했다.
> "한 명은 분명히 와. 그건 확실해." (앞의 책, 94-95쪽)

4. 앙투아네트 vs 로체스터

소설의 2장은 로체스터와 앙투아네트의 신혼 생활로 시작된다. 그런데 2장부터는 화자가 달라진다. 앙투아네트 대신 로체스터가 화자로 등장한다. 두 화자는 공통점을 가지고 있는데, 1장의 화자 앙투아네트가 쿨리브리의 흑인들 사이에서 철저하게 이방인이었다면, 2장의 화자 로체스터는 크리올과 흑인들이 자리 잡은 자메이카에서 철저하게 이방인이었다. 이방인을 화자로 내세우는 것, 이것은 일종의 서술 전략이라고 볼 수 있다. 어쩌면 이방인의 눈으로 세상을 바라보는 것이 그곳을 좀 더 정확하게 이해할 수 있는 길이라고 생각했기 때문일 수도 있다.

> 모든 것이 너무 지나치다. 나는 지친 상태로 그녀의 뒤를 따라가며 생각했다. 세상이 온통 푸르고 온통 보라색이며 온통 초록색 천지이다. 꽃들은 너무 빨갛고 산들은 너무 높으며 언덕은 너무나 가까이 있다.

그리고 여인은 이방인이다. 그녀의 변명하는 말투도 귀찮다. 나는 그녀를 사지 않았다. 그녀가 나를 산 거다. (앞의 책, 105쪽)

태어날 때부터 흐린 날씨와 어두침침한 풍경의 영국에서 살아왔던 로체스터에게 자메이카의 풍경은 지나치게 원색적이고 지나치게 강렬한 것이었다. 자메이카에서 나고 자랐던 사람은 느낄 수 없는 강렬함을 로체스터는 이방인의 눈으로 단박에 느낀 것이다. 이것이 진 리스가 노린 서술 효과가 아닐까 싶다. 또한 이를 통해 로체스터가 느끼고 있는 '마음속에 채울 수 없는 빈 공간들'이라고 표현된 이질감과 두려움이 좀 더 뚜렷하게 부각된다.

베란다로 나가는 문지방에 뱁티스트가 팔에 담요를 걸친 채 서 있었다.
"모든 게 다 편안하고 좋은데."
내가 말했다. 그는 담요를 침대 위에 놓았다.
"밤에는 추위를 느끼실지도 몰라서."
그러나 안전한 느낌은 이미 나를 떠난 것 같았다. 나는 주위를 의심스레 살펴보았다. (앞의 책, 112쪽)

이와 같은 감정으로 시작된 신혼 생활에서 로체스터가 안정감을 찾기란 쉽지 않았을 것 같다. 그는 낯선 공간 속에서 진심 어린 관계를 맺을 수 없었고, 자신이 맡은 역할을 성실하게 연기하며 살고 있을 뿐이었다. 그런데 로체스터의 불안불안한 삶을 파국으로 몰고 가는 사건이 터지게 된다. 그것은 앙투아네트의 배다른 형제라고 신분을 밝힌 대니얼 코즈웨이라는 인물의 투서였다. 그 투서에는 앙투아네트 가문의 비밀이 담겨 있었는데, 그 비밀은 앞서 《제인 에어》에서 로체스터가 밝힌 내용,

즉 앙투아네트의 모계 혈통에 광기가 흐르고 있다는 사실이었다.

> 사람들은 메이슨 씨가 그녀를 너무 사랑해서, 만일 그가 세상을 가졌다
> 면 그걸 접시 위에 받쳐 그녀에게 주었을 거라고 말했지요. 그럼 뭘 합
> 니까? 그녀의 광기가 점점 악화돼서 감금시킬 수밖에 없었는걸요. 남편
> 을 죽이려고 했으니까요. 어디 광기뿐일 줄 아십니까? 그게 바로 선생
> 의 장모요, 선생의 장인입니다. (앞의 책, 125쪽)

그런데 여기서 로체스터가 두려워하고 있는 이 광기의 정체는 무엇
일까? 문자 그대로 정신병적 이상행동을 의미하는 것일까? 그렇지는 않
을 것이다. 작품 속에 이미 드러나 있지만, 앙투아네트의 어머니는 정말
로 미친 것이 아니다. 백인들의 편에 섰던 크리올에 대한 흑인들의 증오
로 인해 고립되고 파멸된 삶을 받아들일 수밖에 없었던 비참한 처지에
놓인 여인일 뿐이었다. 그럼에도 불구하고 주변 사람들에 의해 광기에
사로잡힌 여인으로 매도당하고 있었다.
그렇다면 '로체스터는 왜 이 근거도 없는 '광기'에 대한 이야기를 그
렇게 쉽게 받아들였을까?' 그것은 앞서 언급한 그의 '불안감'과 연관되
어 있다. 영국과는 다른 이 자메이카를 휘감고 있는 이해할 수 없는 분
위기[4]에 그는 두려움을 느끼고 있었다. 그는 유령이나 좀비 같은 것들을
떠올리게 하는 광기 어린 자메이카의 공포스러운 분위기를 참아내기 힘
들었다. 그는 대니얼에게 앙투아네트의 비밀에 대해 듣고 난 뒤에 다음

---

4   오스틴 워렌에 의하면 '분위기(atmosphere)'는 소설의 배경이 불러일으키는 심리적인
현상까지 모두 포함하는 개념으로 볼 수 있다. 여기서 사용된 '분위기'라는 용어는 오스틴
워렌의 개념을 차용한 것이다. 오스틴 워렌의 의견은 《소설기술론》(정한숙, 고려대학교 출
판부, 162-163쪽) 참조.

과 같은 내용의 책을 읽게 되는데, 이는 그의 두려움을 증폭시킨다.

> '좀비들은 바람 속에서 울부짖는다. 그것이 그들의 목소리다. 좀비들은
> 바다를 통해 화를 발산한다. 그것이 바로 그들의 분노이다.'
> 이것이 내가 들은 이야기다. 그러나 나 자신이 관찰한 바로는 많은 흑
> 인들이 오베아를 믿고 있음에도 불구하고 이에 대해 말하기를 거부하
> 는 것이 불문율처럼 되어 있다. 아이티에서는 이를 부두(Voodoo)라고
> 부르며, 서인도제도의 다른 섬에서는 오베아로 통칭된다. 남아메리카
> 에서는 또 다른 이름으로 불린다고 한다. 오베아에 대해 대답을 강요받
> 으면 흑인들은 거짓말로 문제의 본질을 혼란시킨다. (앞의 책, 137쪽)

자기를 빼고 다들 알고 있지만 자기 앞에서는 그 정체를 숨기고 있는
것. 그런데 대니얼의 폭로로 인해 실체가 드러난 바로 그것. 부두 혹은
오베아로 불리는 것. 그런 것에 대한 두려움으로 인해 로체스터는 앙투
아네트 주변으로 다가갈 수도 없었으며, 결혼생활을 지속할 의지 또한
점점 잃어간다. 작품 속에서 이와 같은 분위기를 함축하고 있는 인물이
있는데, 그는 바로 앙투아네트의 유모 크리스토핀이다. 크리스토핀은
영국의 기독교 문화와는 다른 자메이카의 신비롭고 원초적인 토착 신
앙, 즉 '오베아'라는 흑인 주술을 상징하는 인물이다. 크리스토핀이 앙투
아네트의 주변에 머물러 있다는 사실만으로도 그는 공포를 느낀다. 그
런데 앙투아네트는 이와 같은 로체스터의 두려움을 정확하게 읽어내고
다음과 같이 말한다.

> "여기서 나는 완전히 이방인이라고 느껴지는군. 내 느낌에는 이곳이 당
> 신 편이고 내게는 적인 것 같아."

"당신은 잘못 생각하고 계시는 거예요. 이곳은 내 편도 당신 편도 아니에요. 우리하고는 아무 관계도 없는 그저 장소이고, 자연이에요. 그래서 당신이 이곳에서 두려움을 느끼는 것이로군요. 이곳이 당신 편이 아니기 때문에. 나는 자연이 누구 편도 아니라는 것을 어릴 때부터 알고 있었어요. 내가 여기를 사랑하는 이유는 내가 아무것도 사랑할 것이 없었기 때문이에요. 그러나 자연은 당신이 흔히 불러대는 하느님처럼 인간에게 무관심해요." (앞의 책, 165쪽)

관계가 파국으로 치닫고 있음에도 불구하고 앙투아네트는 로체스터와의 관계를 유지하기 위해 노력했다. 그런데 그 방법에 문제가 있었다. 크리스토핀에게 받은 사랑의 묘약⁵으로 로체스터의 마음을 돌리려 했기 때문이다. 묘약을 통해 순간적으로 로체스터의 진심을 확인할 수는 있었지만, 묘약에서 깨어난 로체스터는 자신이 오베아의 희생양이 되었다는 것을 알고 분노에 사로잡힌다. 결과적으로 앙투아네트의 선택은 최악의 선택이었던 것이다. 자신이 혐오하던 주술의 노예가 되어버렸다고 생각한 로체스터는 관계를 지속할 의지를 완전히 잃게 된다. 이후에 로체스터는 앙투아네트의 이름을 '버사'로 바꿔 부르는데, 이는 광기에 사로잡힌 어머니의 이름을 딴 그 이름을 견딜 수가 없었기 때문이다. 마치 노예주가 노예에게 이름을 지어 부르듯이 그녀에게 새로운 이름을 부여한 것이다.

---

5 이 '사랑의 묘약'이 아프리카인과 유럽인과 토착 마술 전통의 만남에서 유래한 새로운 문화적 실재를 창조했다고 보는 견해가 있어서 굉장히 흥미로웠다. "인디언 여성들은 스페인 치료사들에게 성적 유혹에 쓰도록 벌새를 줬다. (중략) 이 대중적 신앙은 교회의 신앙과 함께 신대륙에 널리 퍼졌고 병존했기에, 시간이 지나면서 그 속에서 '인디언적인' 것과 '스페인적인' 것과 '아프리카적인' 것을 구분할 수 없게 되었다." (실비아 페데리치, 황성원·김민철 역, 《캘리번과 마녀》, 갈무리, 181쪽)

"내가 하고 싶었던 말은 다 했어요. 당신을 이해시키려고 노력했지만 변한 것은 하나도 없지요?"

그녀가 웃었다.

"그렇게 웃지 마, 버사."

"내 이름은 버사가 아닌데 왜 나를 버사라고 부르는 거예요?"

"왜 그런지 알아? 버사라는 이름이 내가 특별히 좋아하는 이름이거든. 나는 당신을 버사라고 생각해." (앞의 책, 172쪽)

이후에 그는 아멜리와의 불륜이라는 극단적인 선택을 하게 되었고, 백인들의 경찰 권력을 동원하여 오베아의 원흉인 크리스토핀을 처벌하려 한다. 앙투아네트와의 관계는 돌이킬 수 없는 상황으로 치닫게 된 것이다. 그러던 끝에 그는 영국으로 돌아갈 결심을 한다. 이것이 《제인 에어》가 시작되기 전 로체스터와 버사 메이슨, 아니 앙투아네트 코즈웨이 사이에 벌어진 일이다.

5. 누런 벽지의 방 안에서 – 앙투아네트 with 제인

진 리스의 소설은 여러 가지 면에서 《제인 에어》를 염두에 두고 쓴 것이다. 이는 소설의 내용을 패러디했다는 사실을 반복해서 이야기하는 것이 아니다. 소설의 구조 또한 일종의 상동성을 띠고 있으며, 몇 가지 모티프에서 밀접한 연관성을 가지고 있다. 일단 가장 눈에 띄는 점은 두 소설의 주인공이 겪어온 삶의 경로인데, 이 경로가 구조적으로 유사하다. 제인 에어의 경우, 공간적 배경을 중심으로 따져보면 '리드 부인의 집 → 로우드 학교 → 손필드 저택 → 무어 하우스 → 손필드 저택'의 경로를 따르고 있다. 이를 다시 의미에 따라 정리하면, '핍박받는 장소(리드 부인의 집)'에서 '작은 폭동(리드 부인에 대한 반항)'을 일으켜 '수련의 장소(로우드 학교)'로 옮겨왔고, 그곳에서 수련의 시간을 보낸 뒤에 '사랑의 장소(손필드 저택)'로 이동하게 된다. 《광막한 사르가소 바다》의 앙투아네트는 어떤가? '핍박받는 장소(쿨리브리)'에서 '폭동(흑인 폭동)'으로 인해 쫓겨나고, '수련의 장소(수도원)'로 옮겨진 뒤에 '사랑의 장소(그랑 부아)'로 이동했다. 이렇게 따져보면 제인 에어와 앙투아네트는 로체스터를 만날 때까지의 과정이 구조적으로 거의 비슷하다.

그 뒤의 경로는 조금 다르지만 비슷한 점을 발견할 수 있다. 제인 에어는 사랑의 실패로 무어 하우스로 이동하게 되고, 자신을 선교의 도구로 여기고 있던 세인트 존의 구혼을 거절한 뒤 손필드 저택으로 다시 돌아온다. 앙투아네트는 사랑의 실패로 인해 손필드 저택으로 이동하게 되고, 그 저택에서 감금되어 있다가 감금된 저택을 스스로 파괴하고 죽음을 맞이하게 된다. 손필드 저택이라는 특정 장소가 한 사람에게는 사랑을 실현하는 장소가 되고, 또 한 사람에게는 사랑을 실패한 뒤 유폐된 장소가 된다는 점에서는 차이가 있지만, 자신을 일종의 소유물로 여기려던 남성으로부터 벗어나고자 한다는 점은 공통적이다. 제인 에어가 세인트 존으로부터 벗어나려 한 것이나 앙투아네트가 로체스터의 억압으로부터 벗어나려고 한 점은 어느 정도 맥락을 같이한다.

그런데 이 두 주인공 사이의 진정한 공통점을 하나 발견할 수 있다면, 그것은 바로 '갇힌 방의 체험'이라고 말할 수 있다. 제인 에어는 리드 부인에 의해 '붉은 방'에 갇혀 있었고, 앙투아네트는 로체스터에 의해 손필드 저택의 '삼층 방'에 갇혀 있었다. 가둔 주체도 다르고 싸움의 방식도 다르지만, 자신을 억압하는 사회적 상황이 둘 다 '갇힌 방'이라는 모티프로 나타나는 점은 매우 흥미롭다.

문은 정말 잠겨 있었다! 이렇게 단단한 감옥이 또 있을까. 아까의 자리로 올라가자니 꼭 경대 앞을 지나가지 않으면 안 되었다. 부지중에 홀린 듯이 경대 밑으로 눈길이 갔다. 그 텅 빈 환영의 세계에서는 모든 것이 현실에서보다 차갑고 어두워 보였다. 파리한 얼굴을 하고 팔을 어둠 속에 번뜩이면서 모든 게 괴괴한 속에 또랑또랑 공포의 눈알만을 움직이며 나를 뚫어지게 바라보고 있는 거울 속의 기묘한 모습은 정말 도깨비처럼 보였다. 고비가 뒤덮인 적막한 황야의 골짜기에서 밤길을 가는 길손의 눈앞에 나타난다는, 베시가 들려준 이야기에 나오는 반은 요정이고 반은 마귀인 그런 조그만 도깨비 같은 생각이 들었다.

《제인 에어 1》, 20쪽)

　인상적인 점은 붉은 방에 갇힌 제인 에어는 자기 자신을 기묘한 도깨비처럼 느끼고 있다는 것이다. 즉 인간과는 다른 어떤 기괴하고 공포스러운 존재로 느끼고 있다. 이는 삼층 방에 갇혀 있던 앙투아네트가 보통 사람과는 다른 미친 존재로 인식되고 있는 것과 비슷하다. 그런데 이 '갇힌 방'이 의미하는 것은 무엇일까? 아마도 그것은 그녀들을 속박하는 세상에 대한 비유가 아닐까 싶다.

　밤이 되고, 그레이스가 술 몇 잔을 마신 후 잠이 들면, 그녀에게서 열쇠를 빼내는 것은 어렵지 않은 일이다. 나는 이제 그녀가 어디에 열쇠를 감추는지도 안다. 그러면 나는 문을 열고 그들의 세상으로 걸어 들어간다. 그 세상은 뻣뻣하고 누런 마분지로 만든 세상(cardboard world)이다. 나는 이런 마분지의 세상을 어디선가 본 적이 있다. 그 세상의 모든 것은 갈색이거나 짙은 빨강, 그렇지 않으면 노란색으로 칠해져 있고, 밝은 햇빛은 도무지 찾아볼 수가 없다. 복도를 걸으며 나는 그 마분지들 뒤에 무엇이 있을까 궁금해진다. 사람들은 이곳이 영국이라고 하지만 나는 그들의 말을 믿을 수 없다. 《광막한 사르가소 바다》, 227쪽)

손필드의 삼층 방에 갇혀 있던 앙투아네트의 내면 심리를 묘사한 부분이다. 이 중에서 '누런 마분지로 만든 세상'이라는 표현이 상당히 인상적이다. 자메이카의 강렬한 햇빛 아래에서 원색으로 뚜렷하게 느껴지는 색감과는 완전히 다른, 누런 마분지로 만들어진 이 세상을, 그녀는 자신을 둘러싸고 있는 하나의 허상 혹은 허위의식이라고 생각한다("이곳이 영국이라고 하지만 나는 그들의 말을 믿을 수 없다."). 이 누런 마분지로 둘러싸인 방 안에서 하루빨리 벗어나고 싶었기에 그녀는 손필드에 불을 질러 방 자체를 파괴해 버린 것이다.

그런데 이 누런 마분지로 만든 세상은 앙투아네트뿐만 아니라 제인 에어를 가두고 있던 붉은 방, 즉 빅토리아 시대 인습의 굴레라고 말해도 그리 틀린 말은 아니다. 제인 에어가 겪었던 수많은 시련은 당시 영국 여성들이 겪을 수밖에 없었던 제도적 문제에 의해 생겨난 것이라고도 볼 수 있기 때문이다. 《나사의 회전》에서 말했던 것처럼, 빅토리아 시대에 어느 정도 교육을 받은 가난한 여성들의 선택지는 가정교사가 거의 유일했다. 그런 처지 속에서 멸시받고 고통받으면서 자신의 삶을 지켜나가기 위해 노력했던 제인 에어의 모습은 식민지 자메이카에서 크리올로 살아가면서 사랑을 찾고자 노력했던 앙투아네트와 겹치고 있다.

여기까지 이야기해 놓고 나니 문득 떠오르는 작품이 하나 있다. 미국 소설가 샬럿 퍼킨스 길먼의 단편 〈누런 벽지(Yellow wall paper)〉[6]다. 이 작품은 누런 벽지로 도배된 방 안에 갇혀 점점 미쳐가는 한 여인의 모습

---

6   샬럿 퍼킨스 길먼, 한기욱 역, 〈누런 벽지〉, 《필경사 바틀비》, 창비.

이 섬뜩하게 묘사되어 있는 작품이다. 미쳐가는 여성 화자의 눈을 통해 루쉰의 단편 〈광인일기〉처럼 시간의 흐름에 따라 악화되어 가는 모습을 고딕풍으로 묘사해 놓고 있다. 이 여자를 가둬놓은 사람들은 누구일까? 남편과 친정 오빠가 그 주범인데, 보호자를 자처하는 이 남성들은 히스테릭해지는 주인공의 상태를 보며 끊임없이 '휴식 요법'을 강요한다. 말이 좋아 휴식 요법이지, 책 읽는 것, 글 쓰는 것 등의 사회적 활동들을 모두 금지시킨 채 그녀를 누런 벽지의 방 안에 유폐해 놓은 것에 불과하다. 그래서 주인공은 미쳐가는 것이다.

이런 점에서 〈누런 벽지〉의 주인공 화자와 제인 에어, 앙투아네트는 닮은 것 같다. 특히 제인 에어와 앙투아네트는 주변 상황으로 인해 적대적인 관계가 되었지만, 당시 여성들을 속박하던 질곡 속에서 고통스러워하며 그곳에서 벗어나고자 발버둥 치고 있다는 점에서 비슷한 처지라고도 볼 수 있다. 로체스터로 상징되는 가부장제의 굴레에서 벗어나 자유롭고 주체적인 삶을 갈망하던 두 여성은, 누런 벽지로 둘러싸인 방 안에서 서로를 마주 볼 때 진정한 해방의 가능성을 발견할 수 있을 것 같다. 영국과 자메이카를 가르고 있는 '광막한 사르가소 바다'를 넘어 두 여성이 서로를 마주 보고 터놓고 이야기하는 상상을 해볼 수 있었다는 것만으로도 《광막한 사르가소 바다》는 읽을 가치가 있는 소설이다.

《광막한 사르가소 바다》는 《제인 에어》에서 파생된 이야기라고 말할 수 있습니다. 소설 속 한 인물에 주목하여 그 인물의 숨겨진 이야기를 새롭게 만들어낸 형태입니다. 요즘 마블이나 DC코믹스의 그래픽 노블들을 원작으로 한 영화들을 보면, 주인공이 아니었던 인물들이 외전의 형태로 주인공이 되는 사례도 많습니다. 그래서 이런 설정이 익숙할 것입니다.

이번에 제안해 볼 활동은 이처럼 소설 속에서 주목받지 못한 인물들을 찾고 그들의 이야기를 새롭게 창작해 보는 것입니다. 예를 들어, 《광막한 사르가소 바다》에서도 앙투아네트의 어린 시절 친구 '티아' 같은 인물이 있을 수 있고, 유모 '크리스토핀'과 같은 신비로운 인물도 있습니다. 이런 인물들의 이야기를 창작하다 보면 작품 자체를 좀 더 꼼꼼하게 읽어보기도 해야겠지만, 작품이 놓인 당시 상황을 깊이 이해하기 위해 이것저것 찾아보면서 여러 가지 공부를 할 수 있게 됩니다.

혹은 소설의 사건들을 완전히 새롭게 바꾸는 것도 괜찮습니다. 앞의 글에서도 이야기했지만, 버사와 제인 에어가 혹시나 우연한 기회에 만날 수 있게 되어 두 사람이 진정으로 소통할 수 있게 되는 상황을 만드는 것도 재미있을 것 같습니다. 아니면 이 소설의 시간적 배경을 벗어나서 이른바 '프리퀄', 즉 이 소설의 이전 이야기들을 상상해서 창작해 볼 수도 있습니다. 로체스터의 아버지 세대의 이야기를 해보는 것입니다. 그것도 아니면 그 뒤에 벌어질 사건을 예측해 보는 것도 좋습니다. 로체스터와 제인 에어가 정말 행복하게 살 수 있었을까요? 그건 모를 일입니다. 진짜 기발한 상상력을 더하고 싶으면 《오만과 편견, 그리고 좀비》처럼 아예 소설 속에 좀비같이 생뚱맞은 존재를 넣어보는 것도 좋습니다. 사실 《광막한 사르가소 바다》의 배경인 중남미가 바로 좀비의 고향이기도 하고, 소설 속에 주술사 '크리스토핀'도 등장하니까요.

반드시 이 소설에 대한 활동만 할 필요는 없습니다. 흥미 있게 읽은 다른 소설들이 있다면 한번 이야기를 만들어볼 수 있습니다. 그렇게 하다 보면 그 소설의 세계가 어느 순간 자신의 세계가 되어 있음을 발견하게 될 것입니다. 그러면 그 소설을 정말 제대로 이해한 것이 되는 것이지요.

09

피, 땀, 눈물의 연대기

고바야시 다키지, 《게 가공선》(1929)

1. 사진 한 장으로 바라본 세계

한때 '사진으로 세상읽기'라는 이름의 방과후 수업을 진행한 적이 있다. 기존의 편견에 균열을 냈던 역사적인 사진들을 함께 살펴보고, 작품이 담고 있는 메시지를 통해 세상을 바라보는 시야를 넓혀보자는 취지의 수업이었다. 그런데 그때 본 여러 인상적인 사진들 중에서 유독 오랫동안 기억에 남았던 사진이 한 장 있다. 다섯 살이 될까 말까 한 어린아이가 목화밭에서 힘들게 목화를 따고 있는 사진이었다. 걸음도 제대로 걷지 못할 것 같은 어린아이가 뙤약볕 아래에서, 그것도 맨발로 목화솜 바구니를 질질 끌며 일하고 있는 모습에 학생들 또한 큰 충격을 받았었다. 이 장면을 포착해 낸 사람은 미국의 사회학자이자 사진작가였던 루이스 하인(1874~1940)이었다. 그는 당시 광범위하게 이루어지고 있던 20세기 초반 미국 아동노동의 실태를 고발하고 이를 개혁하고자 하는 노력의 일환으로 이런 사진들을 촬영했다. 그는 아동노동뿐만 아니라 열악하기 이를 데 없었던 노동 현장 전반을 구석구석 찾아다니며 고발했는데, 마천루 꼭대기 공사장 철근 위에 나란히 앉아서 위태롭게 식사를 하고 있는 노동자들을 촬영한 유명한 사진이 그의 작품이다.

루이스 하인의 작품에서 알 수 있듯이, 20세기 초반 노동자들의 현실은 지금보다 더 열악했던 것으로 보인다. 그도 그럴 것이 그때는 부실하기 짝이 없는 규제 장치 아래 고장 난 기관차처럼 더 많은 이익을 향해 달려가던 자본가들의 탐욕이 지배하던 시기였기 때문이다. 영화 〈모던 타임즈〉의 배경이 바로 이 시기였음을 기억한다면 그 당시 상황을 더 잘 이해할 수 있을 것이다. 그런데 영화나 사진만이 노동자들의 삶을 소재로 다룬 것은 아니었다. 19세기 말에서 20세기 초반 세계 각국의 소설들 또한 현실에 뒷짐 지고 있지만은 않았다. 이와 같은 노동 현장의 비참함은 당시 소설가들에게도 중요한 문제로 받아들여졌으며, 작가들은 이런 삶의 비극적인 면면을 핍진하게 드러내고자 했다. 세계문학 수업 시간에 학생들과 함께 다루었던 작품만 언급해 보더라도 그 수가 꽤 되는데, 국가별로 몇 개만 꼽아본다면, 프랑스에서는 에밀 졸라의《제르미날》, 독일에서는 게르하르트 하우프트만의《직조공》, 영국에서는 엘리자베스 개스켈의《남과 북》, 미국에서는 업튼 싱클레어의《정글》과 존 스타인벡의《분노의 포도》등이 여기에 해당하는 작품들이다.

그런데 이 작품들에서 발견할 수 있는 또 한 가지 특징은 열악한 현실에 대한 폭로만이 작품의 전부가 아니라는 점이다. 현실의 비참함에 대한 반작용으로 나타난 노동자들의 영웅적인 투쟁 또한 작품 곳곳에 드러나 있다. 노동자들은 자신이 겪고 있는 비참한 현실에 맞서 단결된 힘을 세계 곳곳에서 과시하기 시작했으며, 이는 문학이 주목한 또 하나의 중요한 현실이었다. 특히 사회주의라는 이념을 무기로 혁명에 성공한 러시아의 소식이 퍼져나가던 1900년대 초반의 세계는 노동자가 주인이 되는 새로운 세상에 대한 희망과 열망으로 뜨겁게 타오르고 있었는데, 이런 분위기는 문학의 흐름에도 커다란 영향을 주었다.

가장 쉽게 이해할 수 있는 예로는 한국 문학에 등장한 '카프'라는 단체를 들 수 있겠다. 1930년대에 임화, 김남천 등의 작가들이 이끌던 카프(KAPF, Korea Artista Proleta Federatio), 즉 '조선프롤레타리아 예술가동맹'이라는 단체는 노동자 중심의 새로운 세상을 지향하던 사회주의 이념을 중심으로 뭉친 문학가들의 동맹이었다. 또한 제국주의의 중심인 일본에도 이 카프와 맥락을 같이하는 단체가 존재했다. 나프(NAPF, Nippona Artista Proleta Federacio), 즉 '전일본프롤레타리아 작가동맹'이 바로 그런 조직이었다. 나프는 일본의 쇼와시대 문학사에서 "오늘날에는 상상도 할 수 없을 정도의 세력, 그리고 시대의 문학으로서 실질적 역량을 보여주었던 문학"으로 평가받을 정도로 큰 영향력을 미치고 있었다.

이런 이야기를 여기까지 길게 끌고 온 것은 이번에 다룰 작품이 바로 앞에서 이야기한 거대한 문학사적 흐름과 밀접한 연관을 갖고 있기 때문이다. 고바야시 다키지의 《게 가공선(蟹工船)》은 1920년대 노동 현장의 비참함과 노동자들의 저항이라는 문제를 다루고 있다. 특히 일본 제국주의 시대에 비참한 노동환경 속에서 죽어가던 게 가공 노동자들의 모습을 구체적으로 묘사하고 있어 당시 일본 사회에 충격을 주기도 했다. 그래서 일본 문학계는 이 작품을 다음과 같이 평가하기도 한다.

"오호츠크해의 해공선에서 학대당하는 노동자와 마루빌딩의 중역(重役)들을 하나의 광경 속에서 조망하고 있다."(히라바야시 하쓰노스케)고 평가되었던 《해공선(蟹工船)》은 저자가 후기에서 말한 대로 "식민지의 자본주의 침입사" 문학으로서 프롤레타리아 문학은 존재했던 것이다. 그런 의미에서 "해공선이라는 제재를 해공선의 세계뿐만 아니라 현대 일본의 자본주의적 전사회 조직과의 관계에서 묘사하고 있는"(가쓰모토

세이이치로) 점이 주목을 받았던 것이다.

(호쇼 마사오 외, 고재석 역,《일본현대문학사》, 문학과지성사, 84쪽)

이렇게만 보면 엄청 거창한 작품처럼 보인다. '자본주의 침입사'니 '전사회 조직'이니, '프롤레타리아 문학'이니 하는 말들만 보면 정말 사회주의적 이념으로 도배된 소설이라고 느껴질 법도 하다. 하지만 이 작품을 읽어보면 왜 노동자들이 그렇게 행동할 수밖에 없었는지 이해할 수 있다. 이념 때문만이 아니라 생존을 위해 투쟁할 수밖에 없었던 정황이 구체적으로 제시되어 있기 때문이다. 그렇다면 20세기 초반 노동자들의 치열한 삶과 투쟁을 제대로 이해하기 위해서라도 고바야시 다키지가 묘사하고 있는 지옥 같은 '게 가공선' 안의 모습을 꼼꼼히 살펴볼 필요가 있을 것 같다.

2. 극한 직업의 끝판왕

이 소설을 이해하기 위해서는 먼저 제목부터 설명을 해야 할 듯싶다. 이 작품의 원제는《해공선(蟹工船)》이다.[1] '해공선'이라는 것은 바다에서 게를 잡아 그냥 가지고 들어오는 것이 아니라, 게를 잡고 난 뒤에 배 안에서 가공을 해 통조림으로 만들어 오는 배를 말한다. 즉 게 잡이와 가공이 동시에 이루어지는 배라는 말이다. 게 잡이만도 힘든데, 그 안에서 가공까지 해야 하니 힘든 노동을 강요하는 작업 현장이라고 볼 수 있다.

---

1   과거에는 '해공선'이라는 제목을 앞에서 '해' 자의 뜻만 밝혀 '게공선'이라는 이름으로 번역했었는데, 최근에 번역된 책에서는 아예 뜻 전체를 다 밝혀《게 가공선》으로 제목을 삼았다. 이 글에서는 최근 번역본을 주로 인용했음을 밝힌다.

또한 일본의 북쪽 지방인 홋카이도에서 출발하여 혹한이 몰아치는 캄차카반도 근해에서 게 잡이가 이루어지다 보니, 강한 풍랑과 극심한 추위로 인해 노동자들은 인간의 한계를 넘어서는 극한의 상황에 처하게 된다. 당연히 노동자들의 불만이 점점 쌓이게 되는데, 특히 격랑 속에서 목숨까지 위협받는 상황이 눈앞에서 벌어지자 인부들은 죽음에 대한 공포에까지 사로잡히게 된다.

> "목숨을 걸어야 하는군!" 그것이, 마음속에서 문득 튀어나온 실감이 자기도 모르게 학생의 가슴을 후려쳤다. "역시 탄광이나 다를 게 없어. 죽을 각오를 하지 않으면 살아남지 못해. 가스도 겁나지만 파도도 무섭네." (고바야시 다키지, 서은혜 역, 《게 가공선》, 창비, 39쪽)

탄광에서 일하다가 폭발 사고를 겪고 공포에 사로잡혀 '게 가공선'을 타게 된 대학생의 말이다. 부실한 탄광에서 폭발로 죽음을 맞이하는 것만큼 살벌한 상황이 거친 파도 한가운데 내던져진 게 가공선에서도 벌어지고 있는 셈이다. 요즘 TV에서 〈극한 직업〉이라는 다큐를 방영하는데, 어부들의 삶이 소재로 다루어질 때가 있다. 그걸 보다 보면 언제 몰아칠지도 모르는 풍랑의 위협 속에서 작업을 지속하는 어부들의 강도 높은 노동에 감탄사가 절로 나온다. 그나마 요즘은 자동화 시설이 잘 되어 있어서 노동 강도가 약해진 편이지만 여전히 인간의 몸을 혹사하는 반복적인 육체노동은 필수다. 그런데 그와 비교하여 거의 인간의 노동력만으로 작업을 진행하던 과거 어부들의 삶이란 짐작 불가능한 수준의 것이 아닐까 싶다. 그뿐만 아니라 요즘 어부들은 먹는 것이라도 제대로 먹고 쉴 때는 확실하게 쉴 수 있도록 보장을 하고 있지만, 당시 게 가공선의 노동자들은 그런 기본적인 욕구조차 제대로 충족할 수 없었으니 그 열악함은 상상을 초월하는 것이었다.

> "밥이다!" 취사 담당이 문 안으로 몸을 반쯤 들이밀고는 두 손을 입에다
> 나팔처럼 대고 소리쳤다. "파도가 거치니까 국물은 없다이."
> "머시라고?"
> "자반이 썩었어!" 얼굴을 찡그렸다.
> 제각기 몸을 일으켰다. 밥을 믹는 데는 모두들 죄수 같은 집념을 가지
> 고 있었다. 걸신들린 듯했다. (앞의 책, 25쪽)

　이처럼 부실한 영양 섭취로 어부들과 가공 공장 인부들은 각기병 등
만성질환에 시달리고 있었다. 매일 밤 과로 때문에 잠도 제대로 이룰 수
없는 지옥 같은 작업 환경 속에서 노동자들은 차츰 시들어갔다. 그런데
더 심각한 것은 이런 노동자들을 물건보다도 못하게 취급하는 회사 측
사람들의 태도였다. 풍랑을 맞아 침몰 위기에 있던 다른 배에서 구조 신
호가 왔을 때, 구조를 시도하려는 선장과 신호를 무시하라는 현장 감독
과의 갈등은 회사 측 사람들의 인식을 명확하게 보여주는 계기가 된다.

> "어이, 도대체 이게 누구 배야. 회사가 빌린 거야. 돈 내고. 이래라저래
> 라 할 수 있는 건 회사 대표인 스다 씨하고 바로 나야. 너 따위, 선장이
> 라고 큰소리쳐 봤자 똥 닦는 휴지만도 못하다구. 알어? - 그딴 일에 걸
> 려봐. 한 주가 그냥 날아가는 거야. 농담하나? 하루라도 늦어져 봐! 게
> 다가 치찌부마루에는 보상을 받고도 넘칠 만큼 보험금이 걸려 있어. 고
> 물선이잖아. 차라리 가라앉으면 득 보는 거라구." (앞의 책, 29쪽)

　사람이 죽건 말건 돈만 벌 수 있다면 상관없다는 냉혹한 현실 논리에

부딪힌 선장은 대립에서 한 발짝 물러섰고, 구조를 요청했던 치찌부마루 호가 침몰하여 400명이 넘는 인원이 수장되는 것을 방치하게 된다. 이 사실을 알게 된 핫꼬오마루 호의 선원들은 충격을 받는다.

> 그때 "이 정도 가지고 벌벌 떨다가는 이 깜찻까지 와서 무슨 일을 하겠나?" - 그렇게 아사까와가 말한 사실이 무전사에게서 흘러나왔다.
> 그 말을 맨 먼저 들은 어부는 무전사가 아사까와라도 되는 듯 호통을 쳤다. "사람의 목숨을 뭐라고 생각하는 거야?"
> "사람 목숨?"
> "그래."
> "하지만 아사까와는 애시당초 너희를 사람이라고 생각하지도 않았어."
>
> (앞의 책, 70쪽)

이런 상황에서 노동자들의 노동 의욕이 생겨날 리 없다. 노동 의욕뿐만 아니라 기본적인 휴식과 건강조차 제대로 챙기지 못한 노동자들에게서 효율적인 생산을 기대하기는 어려웠다. 그런데 사측은 노동자들에게 더 많은 생산량을 할당했으니, 생산성이 떨어지는 것은 당연했다. 이렇게 점점 더 악화되는 게 가공선의 상태를 방관할 수 없었던 사측은 노동자들의 노동 의욕을 끌어올릴 새로운 수단을 동원하기 시작한다.

3. 경쟁과 이데올로기, 지옥으로 가는 길

과연 이런 극한의 상황을 돌파할 사측의 묘수는 무엇일까? 오늘날도 그 대응 방식이 크게 다르지 않기 때문에 짐작할 수 있을 것 같은데, 그

들은 노동자들의 상황을 개선해 주는 방식이 아니라 노동자들 사이의
경쟁을 강화하는 방식으로 상황에 대처한다.

> 무전사가 다른 배들끼리 주고받는 무전을 엿듣고 그 어획량을 일일이
> 감독에게 알렸다. 그것으로 이쪽 배가 아무래도 뒤지고 있는 것 같다는
> 사실을 알게 되었다. 감독이 안달하기 시작했다. 그러자 그것은 즉각
> 몇 배로 증폭되어 이부와 잡부들을 압박해 왔다. - 언제든지, 그리고
> 무엇이든지 막판에 떠안게 되는 것은 '그들'이었다. 감독과 잡부장은
> 일부러 '선원'과 '어부, 잡부' 사이에 작업 경쟁을 부추겼다. (중략) 감독
> 은 이제 이긴 조에게 '상품'을 주기 시작했다. 연기만 뿜고 있던 나무가
> 다시 타오르기 시작했다. (앞의 책, 55-56쪽)

  노동자들의 단결을 막고 파편화시키기 가장 좋은 방법으로 경쟁보다
더 좋은 것이 있을까? 경쟁에서 앞선 쪽에 쥐꼬리만 한 혜택을 부여하
기 시작하자 그 혜택을 향한 이기심이 노동자들을 다시 움직이게 만들
었고, '연기만 뿜고 있던 나무'는 다시 타오를 수 있게 되었다.
  그런데 경쟁만이 노동자들을 움직이게 만든 요소로 작용한 것은 아
니다. 회사의 선전 선동으로 인해 노동자들은 자신의 고된 노동이 돈을
벌기 위한 수단만이 아니라 국가를 위한 의미 있는 봉사라고 여기고 있
었다. 게 가공선이 작업을 하던 캄차카 근해는 지정학적으로 보았을 때
러시아와 국경을 맞대고 있는 곳이었다. 그리고 당시 일본과 러시아는
러일전쟁 이후 민족적으로나 이념적으로 적대적인 관계를 유지하고 있
었다. 그러니 그곳에서 러시아 배들에 맞서 더 많은 어획량을 올리는 것
이 개인적인 이익을 위한 행위가 아니라 국가를 위한 봉사라는 점을 강
조하는 것은 생각보다 강력한 힘을 발휘했다.

"로스께 놈들은 말이야, 물고기가 아무리 눈앞에 떼 지어 있어도 시간이 되면 단 1분도 어김없이 일은 내팽개쳐 버린다. 그러니까 - 그따위 심보니까 러시아라는 나라가 저 모양이 된 거다. 일본 남아라면 결코 흉내 내서는 안 될 일이야!"

무슨 소릴 하는 거야, 사기꾼 새끼! 그리 생각하며 듣지 않는 사람도 있었다. 하지만 대부분은 감독이 그렇게 말하면 일본인은 역시 위대하구나, 하는 기분이 들었다. 그리고 자신들이 매일매일 잔혹한 고통을 당하는 게 뭔가 '영웅적'으로 보인다는 사실이 그나마 모두에게 위안이 되었다. (앞의 책, 75쪽)

게 가공선의 지옥 같은 노동이 국가를 위해 희생하는 영웅의 고난에 비유되고, 이를 통해 노동자들이 위안을 얻는 장면에서는 놀라움을 넘어 소름 돋는 공포감이 느껴지기도 한다. 특히 회사가 노동자들의 여가 시간에 틀어주는 영화는 회사의 의도를 노골적으로 보여준다. 수많은 청년들의 희생으로 닦인 미국의 대륙횡단 철도 건설 이야기나, 가난한 소년이 자신의 정직한 노동으로 커다란 부자가 된다는 내용이 담긴 영화들은 노동자들의 극한 노동이 국가를 위한 커다란 위업의 일부이며, 이런 노력은 개인적인 성공도 성취할 수 있게 한다는 편향된 이데올로기를 대놓고 전달하고 있다. 하지만 다행스럽게도 노동자들 중 일부는 이와 같은 가짜 위안에 계속 사로잡혀 있지는 않았다. 잡부들 대부분은 그 영화를 보며 박수를 보냈지만, 몇몇은 그 영화들이 진실을 은폐하고 있다는 사실을 알고 있었다.

하지만 어부인지 선원인지 누구 하나가 "뻥 치지 마! 그럼 나도 진작 사장 됐겠다." 하고 큰 소리로 말했다.

모두들 큰 소리로 웃고 말았다.

나중에 변사가 "그런 부분은 특별히 강조해서 몇 번이고 거듭 말해주면 좋겠다는 회사의 명령을 받고 왔다."고 말했다. (앞의 책, 84쪽)

심지어 일부 노동자들은 자신들의 어업 활동이 단순한 경제활동을 넘어 정치적·군사적 목적까지 있다는 사실도 인식하고 있었다.

그러니까, 구축함이 게 가공선을 경비하러 출동한다구 하는 것도 천만의 말씀, 그것만이 목적이 아니구, 이 근처 바다, 북사할린, 치시마 부근까지 상세하게 측량을 한다든지 기후 조사를 하는 것이 오히려 큰 목적으로서, 만일의 거시기에 빈틈없이 대비해 두자는 것이지. 이건 비밀이겠지만, 치시마의 제일 끝 섬에다가 몰래 대포를 갖다놓구, 중유를 옮겨놓구 하구 있다는구먼. (앞의 책, 92쪽)

이런 상황에서 노동자들은 회사의 선전에 점점 더 의심을 갖기 시작했고, 호락호락하게 속아주지 않았다. 게 가공선 안의 노동자들은 사탕발림 같은 회사 측의 회유보다 눈앞에 펼쳐진 현실의 가혹함에 더 빨리 눈뜨고 있었기 때문이다. 그런데 거기서 노동자들의 불만에 불을 붙이는 사건이 발생한다.

4. 장례의 의미, 인간으로서의 저항

그리스 비극 가운데 소포클레스가 쓴 《안티고네》라는 작품이 있다. 이 작품은 죽은 오빠의 장례를 금지하는 국가에 맞서 싸우는 안티고네라는 여인의 이야기를 다루고 있다. 그녀의 오빠 폴뤼네이케스는 반역자였기 때문에 국가에 의해 장례가 금지되어 있었다. 하지만 안티고네는 공권력의 금지에도 불구하고 장례 의식을 진행한다. 그녀에게는 국가의 금지보다 혈연에 대한 사랑이 더 중요했기 때문이다. 그 결과 그녀 또한 비극적인 죽음을 맞게 된다. 그런데 장례를 치르는 행위는 단순히 혈연에 대한 사랑이라는 의미를 넘어서 더 중요한 의미가 있다. 그렇기에 《안티고네》에 대한 평에서는 다음과 같이 이야기하고 있다.

> 그리하여 이 도시의 새 통치자가 된 크레온(Kreon)은 에테오클레스는 조국의 수호자로서 전사했으니 후히 장사 지내되, 폴뤼네이케스는 조국을 공격하다가 죽었으니 그 시신을 매장하지 말고 개와 새의 밥이 되게 하라는 엄명을 내린다. 그러나 그의 이러한 명령은 상도(常道)를 벗어난 것으로서, 《아이아스》에서 오뒷세우스가 옹호한 바 있는, 사자(死者)의 묻힐 권리와 최소한의 명예를 보호해 주려는 신(神)의 명령의 배치되는 일종의 횡포이다. (천병희, 《그리스 비극의 이해》, 문예출판사, 94쪽)

통치자의 명령은 상도(常道), 즉 장례가 인간에 대한 최소한의 예의라는 그리스 사회의 일상적이며 일반적인 윤리 감각에서도 벗어난 것임과 동시에, 신(神)의 명령, 즉 절대적이고 근본적인 인간에 대한 예의에서도 벗어난 것이었다. 고대 그리스인들은 영혼은 육체와 함께 있으며, 함께 태어난 영혼과 육체는 죽은 뒤에도 함께 무덤에 묻히는 것으로 믿었다. 그들이 장례를 치르는 것은 망자에 대한 애도의 표현 가운데 하나였지만, 이보다는 망자들이 하데스에서 영원한 휴식과 행복을 누리게 하기 위한 것이었다. 그렇기에 안티고네는 자신의 행위가 정당하다고 믿었으며, 국가의 위협을 무릅쓰고 장례를 진행한 것이었다.

그런데《게 가공선》에서도 이 '장례'가 이야기 전개에 중요한 계기로 작용한다. 작업 과정에서 한 어부가 죽음을 맞이했다. 야마다라는 어부가 게를 끌어올리는 윈치라는 기계에 끼어 큰 부상을 당해 결국 죽게 된 것이다. 작업 중에 죽은 어부를 위해 노동자들은 최소한의 예의를 갖춘 장례를 치르려고 했다. 그러나 작업에 방해가 된다는 이유로 감독은 이를 탐탁지 않게 여겼으며, 어부들의 장례식 참가를 공식적으로 허락하지도 않았다. 그리고 결정적으로 이 어부의 시신을 마대 자루에 넣어 바다에 던져버리라는 잔혹한 명령을 내린다.

> "정말 불쌍하구먼 – 이래서야 정말 죽구 싶지 않았겠지."
> 좀처럼 구부려지지 않는 팔을 모아 마대 안에 집어넣으며 눈물을 떨어뜨렸다.
> "안돼, 안돼. 눈물을 흘리면……"
> "어떻게든 하꼬다떼까지 데리고 갈 수 없을까? …… 봐, 이 얼굴. 깜찻까의 차디찬 물에는 들어가기 싫다구 허잖여. – 바다에 내던져지다니, 한심하구먼……"
> "똑같은 바다라지만 깜찻까여. 겨울이 되면 – 9월만 지나면 배 한 척두 없이 얼어붙는 바다라니께, 북쪽의 막장 끄트머리의!"
> "엉엉." – 울고 있었다. "게다가 이렇게 자루에 넣으라잖아, 겨우 예닐곱 명이 말여. 삼사백 명이나 있건만!" (고바야시 다키지, 앞의 책, 99쪽)

죽은 자에 대한 모멸스러운 처우는 살아 있는 자들의 분노를 일깨웠다. 안티고네의 희생을 통해 독재자의 냉정하고 비인간적인 조치가 표면화되었듯이, 회사에 의해 사실상 금지되었던 장례를 치르고 난 뒤 노동자들은 자신의 처지를 절절하게 깨달을 수 있었다. 그들은 야마다가 사고로 죽음을 맞이한 것이 아니라 회사에 의해 살해당했다고 생각하기 시작했다. 그래서 자기들도 살해당하지 않기 위해 조직적인 저항을 꾀하기 시작한 것이다. 그 결과 처음에 산발적으로 일어났던 '태업'이 전체적으로 확대되면서 작업량이 급격히 줄어들었고, 회사 측은 예상치 못한 저항에 당황하기 시작했다. 태업에 소극적이던 나이 든 어부들도 태업의 효과를 눈앞에서 확인하게 되면서 더 적극적으로 참여했다. 1980년대 공장에 위장 취업했던 대학생들이 그러했듯이, '게 가공선' 안에서 일하고 있던 학생 출신 노동자들은 어부와 잡부, 선원들의 단결을 조직적으로 이끌어내는 촉매제 역할을 수행해 나갔다.

이에 맞선 회사 측은 강경한 태도를 고수했다. 감독은 총알을 장전한 권총을 차고 노동자들을 감시하고 다녔으며, 시위하듯이 총을 간헐적으로 하늘에 난사했다. 그리고 태업에 가담한 자들을 강력하게 처벌하겠다는 벽보를 곳곳에 붙이기도 했다. 노골적인 무력시위에 공포감을 느낀 노동자들은 한때 움츠러드는 태도를 보이기도 한다. 하지만 그들은 더 이상 이렇게 살 수 없다는 생각에 동의했고, 결국에는 본격적인 태업에 돌입하게 된다. 그래서 그들은 '요구사항'과 '서약서'를 들고 선장실로 찾아간다. 그러나 회사는 이를 제대로 받아들이지 않는다.

> 밖에서는 삼백 명이 모여 서서 고함을 질러대며 쿵쿵 발을 구르고 있었다. 감독은 "시끄러운 놈들이야!" 하고 나지막이 말했다. 하지만 그것에 개의치 않는 기색이었다. 대표들이 흥분하여 하는 말을 대충 듣고 '요구사항'과 삼백 명의 '서약서'를 건성으로 훑어보더니 "후회 안 하는 거지?" 하고 맥이 빠질 만큼 느긋하게 말했다. (앞의 책, 124쪽)

감독은 노동자들의 행동을 인정하려 하지 않았다. '요구사항'이나 '서약서' 따위는 안중에도 없었던 것이다. 이런 태도에 분노한 노동자들은 물리력을 동원해 감독을 제압해 버린다. 배를 지배하게 된 노동자들은 자신들의 목적이 생각보다 쉽게 이루어질 수 있을 거라는 희망을 갖기 시작했다. 압제자를 너무나 쉽게 제압할 수 있는 자신들의 힘에 스스로 놀랐던 것이다. 그런데 핫꼬오마루 근처로 구축함, 즉 일본군의 배가 다가오면서 상황이 바뀌게 된다. 순진한 어부들은 제국의 배가 자신들의 정당한 투쟁을 지지해 줄 것으로 기대했지만 일본 제국의 구축함은 민중을 위해 싸우는 러시아 전함 포템킨이 아니었다.

> 다짜고짜 '얼간이들', '불충한 놈', '로스께 흉내나 내는 매국노' 등으로 매도당하며 대표 아홉 명이 총검에 떠밀려 구축함으로 호송되어 버렸다. 모두들 어안이 벙벙하여 멍하니 넋을 잃고 있던 짧은 순간에 벌어진 일이었다. (앞의 책, 127쪽)

'제국의 군함'이 '국민들 편'이라고 믿었던 순진한 생각은 한순간에 비극적인 결말을 초래했다. 국가를 위해 그렇게나 열심히 희생했는데, 비인간적인 처우를 조금만 개선해 달라는 요구를 간단히 묵살해 버리는 국가의 민낯을 직시하면서, 노동자들은 '우리 말고는 내 편이 없다'는 사실을 진정으로 깨닫게 된다. 노동자들이 믿고 있던 국가 이데올로기의 허위성이 여지없이 드러나는 순간이었다.

5. 황당해서 더 슬펐던 결말

이렇게 국가권력에 의한 강력한 탄압에 초토화된 '게 가공선'은 어떤 결말을 맞이할까? 주동자들을 모두 잃었다는 불리한 상황에도 불구하고 노동자들은 다시 힘을 모으기 시작한다. 실패를 딛고 이제는 제대로 된 태업 혹은 파업을 완수할 것을 어부들과 인부들이 모여 결의하는 장면으로 소설은 끝이 난다.

"문제없어. 게다가 신기하게도 어느 누구도 쫄지 않잖아. 다들 '젠장! 건들기만 해라!' 하고 있어."
"솔직히 말하자면, 그런 앞날의 승산 따위는 아무래도 좋아. – 사느냐, 죽느냐 하는 거니까."
"그래, 한 번 더!"

그리하여, 그들은, 떨치고 일어났다. – 다시 한번! (앞의 책, 129쪽)

그들의 결의가 어떤 결과를 이끌어내었는지 이 장면에서 구체적으로 언급되어 있지는 않지만, '다시 한번!'이라는 말에서 볼 수 있듯이, 그들은 앞으로 쉽게 좌절하거나 굴복하지 않으리란 걸 짐작할 수 있다. 이와 같은 강력한 결의에 경외감을 느끼면서도, 거대한 사회적 모순과 맞서 싸울 앞으로의 삶이 고통스럽고 험난하리라는 것을 예측할 수 있기에 가슴 한편이 저릿해지는 슬픔 또한 느낄 수 있었다. 더군다나 이런 사람들의 치열한 투쟁으로 인해 우리가 더 나은 세상에 대한 희망을 가질 수 있었다는 점을 생각해 보면 숙연한 마음마저 생겨났다. 에밀 졸라의 《제르미날》이 그러했고, 황석영의 《객지》가 그러했듯이.

그런데 소설의 비장한 결말에 먹먹해진 가슴을 안고 한 페이지를 더 넘기면 당황스럽게도 이 소설이 아직 끝나지 않았다는 사실을 알게 된다. '부기'를 통해 그들의 태업이 성공적으로 진행되었으며, 사측은 예상치 못한 노동자들의 반격에 손쓸 틈도 없이 당했고, 더 놀라운 것은 핫꼬오마루 말고도 그 외의 다른 '게 가공선'들에서 비슷한 상황이 펼쳐졌다는 내용이 기록되어 있었다. 요컨대, 노동자들의 비장한 투쟁이 의미 있는 성과를 이끌어냈다는 행복한 결말로 소설이 마무리된 셈이다.

이처럼 '모두들 행복하게 살았답니다.'로 끝나는 해피엔딩에도 불구하고, 개인적으로 이 '부기'에 약간의 아쉬움을 느꼈다. 뭐랄까 사족이 하나 더 붙은 느낌이랄까. 물론 투쟁의 결말이 좋은 방향으로 흘러갔다는 것은 정치적으로도 올바른 일이고 감정적으로 행복해지는 일이지만, 이 소설의 메시지가 투쟁의 승리를 함께 나누는 것이 아니라 그 당시의 엄혹한 시대 상황에 대한, 그리고 그 시대를 온몸으로 견디면서 밀고 나가는 노동자들의 피·땀·눈물 어린 삶의 행적을 성실하게 증언하는 것에 더 가깝다고 생각했기에, 마지막에 덧붙은 승리의 기록은 작위적이라는 느낌을 지우기 어려웠다.

그러나 작품이 창작된 시기가 1920~30년대였다는 사실을 고려해 보면 이런 결말이 당연할 수 있겠다는 생각도 들었다. 그 당시 바다 건너 러시아 땅에서는 혁명 이후 새로운 세상을 만들어가는 대담한 실험들이 성공적으로 진행되고 있다는 소식이 끊임없이 들려오고 있었기 때문이다. 특히 핫꼬오마루에서 떨어져 나간 카와사키 선의 선원들이 조난되었다가 러시아인들에게 구조된 뒤, 그들에게서 간접적으로 전해 들은 사회주의 러시아는 '게 가공선' 속 아수라장에 비교해 보았을 때 그야말로 천국과도 같은 모습을 하고 있었다.

"일하는 사람, 이거. (이번에는 거꾸로, 가슴을 펴고 뽐내 보인다.) 일 안 하는 사람, 이거. (늙은 거지 같은 모습) 이거 좋아. - 알아? 러시아 나라, 이 나라. 다 일하는 사람뿐. 일하는 사람뿐, 이거. (뽐낸다.) 러시아, 일 안 하는 사람 없어. 삔들거리는 사람 없어. 남의 목 조르는 사람 없어. - 알아? 러시아 하나도 안 무서운 나라야. 다들, 다들 거짓말만 하고 돌아다녀."

그들은 막연히, 이게 그 '무서운' '적화(赤化)'라는 것이 아닌가 생각했다. 하지만 한편으로는, 그게 '적화'라면 너무 당연한 것 아닌가 하는 생각이 들었다. (앞의 책, 48-49쪽)

착취하는 사람들은 하나도 없고 '일하는 사람', 즉 노동자들이 주인이 되는 세상. 이것이 작품이 그려내고 있는 그 당시 러시아의 모습이었다. 물론 이와 같은 묘사에 대해 사회주의 이념에 기반한 조직적인 운동의 차원에서 선전·선동용으로 창작된 것이 아니냐는 반문을 할 수도 있다. 현실 사회주의가 어떤 길을 걸었는지, 그리고 어떤 모습으로 남아 있는지를 알고 있는 오늘날의 우리는 그런 의구심을 충분히 가질 수도 있다. 하지만 1920년대 말 고바야시 다키지도 그런 의심을 가지고 있었을까? 완전히 그렇지는 않았을 것이다. 그는 아마도 가까운 미래에 일본 땅에서도 그런 멋진 세상이 만들어지리라는 희망을 진정으로 가지고 있었기에, 지금 보기에는 다소 작위적인 결말을 대담하게 덧붙인 것이 아닐까 싶기도 하다.

그런데 그들보다 늦게 태어나 역사의 추이를 이미 알고 있는 우리 입장에서 보면 이런 희망 가득한 결말이 오히려 더 큰 슬픔을 주기도 한다. 1929년 《게 가공선》을 세상에 선보였던 작가 고바야시 다키지는 불과 4년 뒤 특별고등경찰에게 체포되어 체포 당일 고문 끝에 사망했기 때문이다. 이처럼 작가의 비극적인 최후와 대비되는 희망 가득한 '부기'는 아이러니하게도 이 작품을 더 큰 비극으로 느껴지게 만든다. 그뿐만 아니라 노동자들이 좀 더 행복한 세상 속에서 살기를 바랐던 작가의 희망과는 달리, 그 이후 일본 제국주의는 일본인들뿐만 아니라 수많은 식민지인들의 피·땀·눈물을 연료 삼아 군국주의의 길로 달려갔으며, 태평양전쟁 끝 무렵 핵 폭격이라는 인류 최초의 비극을 경험하고 나서야 그 광기 어린 질주가 멈추었다는 사실을 이미 알고 있기에 그 슬픔은 배가된다.

소설을 덮고 난 뒤 '저승에서 일본의 군국화를 바라보았을 고바야시 다키지의 기분은 어떠했을까?'라는 생각을 하는 것만으로도 우리의 마음은 더욱더 무거워진다.

6. 여전히 '게 가공선'에 타고 있다?

이 소설은 1929년 작품이다. 그런데 이 작품이 일본에서 다시 한번 주목받은 적이 있다. 2008년 경이었는데, 일본에서 2008년 한 해에만 이 작품이 50만 부 넘게 팔리는 기현상이 나타난 것이다. 도대체 일본인들은 왜 다시 《게 가공선》을 손에 들었던 것일까? 작품의 해설로 붙어 있는 일본 사회운동가 아마미야 카린의 글을 인용해 본다.

"그거 '게 가공선'이네."
2008년 5월 2일, 기후현에서 있었던 독립계 노조의 노동절 행사, '자유롭게 멋대로 메이데이'에서 그런 말을 들었다. "그거 《게 가공선》에나 나올 얘기 같은데?" 하는 의미다. 모인 것은 프리터, 정규직 사원, 대학생, PC방 점원 등 이십대를 중심으로 열댓 명. '그래도 메이데이니까.'라면서 자기소개를 겸해 각자의 일터 이야기를 한다. 그러던 중 앞서 말한 추임새가 끼어든 것이다. (앞의 책, 135-136쪽)

일본의 젊은 세대를 중심으로 열악한 노동환경에 대한 문제의식이 쏟아져 나오면서 역사 속으로 사장되다시피 했던《게 가공선》이 다시금 역사의 무대 전면에 나서게 된 것이었다. 완전 고용의 신화를 써 내려가던 일본의 제조업은 기나긴 불황 속에서 프리터[2]와 프레카리아트[3]라는 말들로 상징되는 비정규직을 양산해 내었으며, 이들은 이전 세대와는 다른 고용 불안의 시대를 살아갈 수밖에 없게 된다. 물론 일본의 프리터들이 기본적으로 일하기를 싫어하며 상대적으로 높은 최저임금을 악용하여 최소한의 노동으로 살아가는 무기력한 인간들이라는 편견을 가지고 있을 수도 있다. 하지만 실제《게 가공선》이 주목받던 2008년경 일본 프리터들은 저임금으로 마구 부리다가 쉽게 버림받는 비참한 고용 환경 속에서 하루하루를 불안하게 살아가는 사람들이었다. 그렇기 때문에 당시 그들은 캄차카의 차가운 바다 위에서 고통받던 1920년대 어부들의 삶에 비교적 수월하게 감정 이입할 수 있었던 것이다. 그런데 10여 년 전 일본의 상황은 오늘날 우리나라의 젊은 세대들이 직면한 상황과도 겹치는 것 같다. 비정규직 문제가 노골화된 오늘날 한국의 현실은 2008년 일본의 젊은 세대들과 함께 인간 이하의 처우를 받았던 1920년대 게 가공선 노동자들의 삶과도 공명할 수 있는 측면이 있기 때문이다.

이처럼《게 가공선》은 1920년대의 현실에 머물러 있는 것이 아니라 시대를 넘어 오늘날까지도 작품의 울림이 고스란히 전해지고 있다. 그 이유를 꼽아보면, 자본주의가 어떻게 작동하는지를 명확하게 포착해 낸 작가의 통찰력 때문이 아닐까 싶다. 오늘날에도 자본주의는 그 위력을

---

2 '자유(free)'와 '아르바이터(arbiter)'를 조합해서 만든 합성어. 정규직이 아닌 아르바이트나 파트타임으로만 생활을 유지하는 사람들을 의미한다.

3 '불안정한(precarious)'과 '프롤레타리아트(proletariat)'를 조합해서 만든 합성어. 프리터, 파견 업무 등의 불안정 노동을 강요당하고 있는 노동자들을 의미한다.

잃지 않았을 뿐만 아니라 더 강력하게 힘을 발휘하고 있는 것 같다. 다음과 같은 장면을 보면 좀 더 잘 이해할 수 있을 것이다.

게 가공선은 '공장선'이지 '항해선'이 아니다. 그래서 항해법은 적용되지 않았다. 이십 년 동안이나 줄곧 매어놓기만 해서 침몰시키는 것 외에는 달리 방법이 없이 비틀거리는 '매독 환자' 같은 배가, 부끄러운 줄도 모르고 겉만 번드르르하게 짙은 화장을 하고 하꼬다떼로 돌아왔다. (중략) 그런데도 전혀 상관없었다. 왜냐하면 일본 제국을 위해 모두가 다 떨쳐 일어나야 할 '때'였으므로, - 더구나 게 가공선은 완전히 '공장'이었다. 하지만 공장법의 적용도 받지 않는다. 그러니 이토록 편하게, 제멋대로 할 수 있는 것도 없었다. (앞의 책, 31-32쪽)

좀 더 많은 돈을 벌기 위한 인간의 욕망은 현행법의 규제 따위에 크게 구애받지 않는다. 어떻게든 단 한 푼이라도 비용을 절감하기 위해 법망을 기가 막히게 피해 가는 그들의 솜씨는 예나 지금이나 크게 달라지지 않았다. 해운업체의 부실 운영(물론 그 외에도 가슴을 치게 만드는 수많은 원인이 있었지만)으로 인해 일어난 세월호 참사를 떠올려 보는 것만으로도 이는 쉽사리 이해할 수 있는 일이다. 자본의 비인간적인 욕망과 그것을 규제하려는 제도 사이의 치열한 다툼은 매일매일 뉴스 지면을 장식하고 있다. 《게 가공선》은 이처럼 명민하고 냉철하게 자본주의적 이기심에 지배된 현실을 포착해 내고 있었던 것이다. 그뿐만 아니라 다음과 같은 부분도 섬뜩함을 주기는 마찬가지다.

내지에서는 노동자가 '시건방져서' 억지가 통하지 않게 되고 시장도 거의 다 개척되어서 막막해지자 자본가들은 '홋까이도오, 사할린으로!'

하며 갈퀴손을 뻗쳤다. 거기서 그들은 조선이나 타이완 같은 식민지에서와 똑같이 그야말로 지독하게 '혹사'할 수 있었다. (중략) 특히 조선 사람들은 감독이나 십장, 심지어 같은 동료 인부(일본인)에게도 '짓밟히는' 대우를 받았다. (앞의 책, 62-63쪽)

인간 이하의 대접을 받으면서 노동하지 않으려는 내지인, 즉 일본인들을 대신하여 식민지인들에게 노동을 전가하는 모습은 오늘날 이주 노동자들에게 저임금·고강도 노동을 전가하는 한국의 현실과 별다른 차이가 없어 보인다. 물론 오늘날 이주 노동자들과 당시 식민지인들을 단순 비교하기는 어렵겠지만, 좀 더 싸고 편리하게 부려먹을 수 있는 노동력을 찾기 위해 기민하게 움직이는 자본가들의 발걸음은 여전히 재고 날렵하다.

이처럼 《게 가공선》은 노동 현장에서 벌어지는 여러 가지 문제를 폭넓게 포착하고 있는 문제작임이 틀림없다. 하지만 보수적인 관점에서 교육을 바라보는 이들은 이런 문제를 학생들과 다루기를 꺼리는 것으로 보인다. 교사를 노동자로 보기를 거부하는 입장에서 볼 수 있듯이, 노동을 천시하는 뿌리 깊은 편견에 맞서 노동의 문제를 본격적으로 이야기할 때 《게 가공선》은 상당한 파괴력을 가진 작품이라고 볼 수 있을 것 같다. 물론 작위적인 전개나 사회주의 이념에 대한 옹호 등은 작품의 매력을 일정 부분 줄어들게 할 수도 있겠지만, 1900년대 초반 전 세계 노동자들이 흘렸던 피·땀·눈물의 흔적을 이해하고 오늘날까지 그들의 삶이 영향을 주고 있다는 사실을 이해하기 위해서 《게 가공선》을 집어 드는 것은 탁월한 선택이라고 할 수 있을 것이다.

'네이버'나 '다음' 같은 포털 사이트에 가끔 '요즘 고등학생들은 무슨 생각을 하며 살까?'와 같은 제목의 카드뉴스나 포스트가 떠서 들어가 보면, 관련 내용이 쭉 나오다가 마지막에는 그것이 어떤 책의 내용이며 그 책을 사서 읽어보라는 일종의 광고였던 적이 있을 것입니다. 이런 광고들은 일종의 '카드뉴스' 형태로 제작됩니다. 간단한 카드 형식으로 책의 내용을 요약·정리하고 있어서 비교적 쉽게 접근할 수 있습니다.

《게 가공선》을 이와 같은 카드뉴스로 한번 만들어봅시다. 카드뉴스에는 아래와 같은 내용이 담기면 좋을 것 같습니다.

① 1920년대 일본 노동자들의 열악한 상황을 고발하는 내용을 사진 자료와 함께 간단하게 제시한다.

② 2008년에 다시 일본에서 이 소설이 히트하게 되었던 시대적·사회적 배경을 간략하게 알려준다.

③ 오늘날 이 소설이 우리에게 주는 의미를 정리하여 짧은 문구나 문장으로 보여준다.

요즘 시대에도 힘들게 일하는 사람들이 노동환경의 열악함으로 인해 안타까운 죽음을 맞이하는 사건들이 종종 일어나 사람들의 마음을 아프게 하고 있습니다. 이런 점에서 이 소설을 카드뉴스로 만들어 다른 사람들에게 소개하는 것도 의미 있는 활동이라고 볼 수 있겠습니다.

　요즘에는 활용할 수 있는 다양한 형태의 카드뉴스 자료들이 제
시되어 있으니, 디자인 같은 기술적인 부분은 너무 염려하지 말고,
내용을 어떻게 구성하면 사람들에게 좀 더 인상적으로 접근할 수
있을지 고민한 후에 내용을 잘 만들면 좋은 활동이 될 수 있을 것
입니다.

10

시련의 시대를 건너가기

아서 밀러, 《시련》(1953)

1. 영화로 먼저 만났던 《시련》

　교사가 되고 2년 차쯤 되었을 때 수업이 너무 지겹다는 느낌을 받았다. 당시 고등학교 2학년 문학 수업을 맡아서 일 년 내내 향가, 고려가요, 시조, 가사 같은 것들을 강의식으로 혼자 떠드는 게 힘이 들었다. 2년 차 신참이 다른 선생님들과 보조를 맞춰야 하는 정규 수업을 바꾸자고 말하기도 부담스러웠다. 그래서 혼자서 할 수 있는 방과후 수업을 바꿔보기로 했다. 영화를 보고 그 내용을 토론하는 식의 수업을 기획해 보았는데, 그때만 하더라도 영화를 보고 수업을 한다는 것에 대해 곱지 않은 시선이 있었다. 그러던 차에 한 선배 선생님과 팀티칭으로 영화 수업을 시작하게 되었다. 우여곡절 끝에 시작했던 수업이 지금까지 이어오고 있다. 그동안 수업에서 다룬 영화만도 50편에 달하게 되었고, 행복했던 수업의 나날들을 기록으로 남겨 《국어시간에 영화읽기》라는 한 권의 책으로 묶어내기도 했다.

　참 좋은 영화가 많았다. 이미 좋은 영화라고 널리 알려진 영화들이 역시나 명불허전이었던 경우도 있었고, 별다른 고민 없이 골랐다가 학생들과 이야기 나누는 과정에서 진가를 발견하게 된 영화도 있었으며, 영화 자체는 좋지만 과연 학생들 수준에 잘 맞을까 하고 걱정했다가 오히려 좋은 반응을 얻은 영화도 있었다. 반대로 널리 알려진 이름만 믿고 골랐다가 실패한 영화도 있었고, 개인적 취향으로 골랐다가 취향만 의심받게 된 영화도 있었다.

이렇게 수업에서 다뤘던 영화들 중에는 학생들의 감정적 반응이 특히나 강렬하게 돌아오는 영화들이 있었다. 예를 들면, 〈밀리언 달러 베이비〉가 이에 속한다. 주인공이 처한 비극적 상황으로 인해 마지막 장면쯤 되면 학생들은 침통한 마음을 감추지 못했다. 그리고 영화를 보는 내내 밀려드는 공포로 긴장감을 늦출 수 없는 〈에일리언〉도 손에 꼽을 만한 영화 중 하나다. 그리고 〈어 퓨 굿 맨(A Few Good Man)〉도 이에 속한다. 그 이유가 좀 재밌는데, 지금은 50대인 톰 크루즈가 20대의 완벽한 외모로 해군 장교 복장을 깔끔하게 차려입고 강렬한 카리스마를 뿜어내다 보니 여학생들의 팬심을 강력하게 자극했던 것이다.

그 중에서도 특히 기억에 남는 영화가 하나 있는데, 니콜라스 하이트너 감독의 1996년 작 〈크루서블(Crucible)〉이라는 영화였다. 이 영화는 학생들에게 억울함, 분노 등의 감정을 유독 강렬하게 느끼게 만들었던 영화다. 특히 고구마 100개를 삼킨 듯한 답답함을 끝까지 풀어주지 않는 작품이어서, 영화를 보고 난 학생들 중에는 영화가 자꾸 생각나서 잠이 오지 않았다거나 억울해서 눈물이 났다고 하는 학생도 있었다. 아마도 모순적인 현실에 의해 억울하게 희생당한 사람들의 이야기가 워낙 절절하게 드러나 있다 보니 그런 반응들이 돌아왔던 것 같다.

그런데 수업 때 활용하려고 자료를 찾다 보니 이 영화의 원작이 있다는 사실을 알게 되었다. 이 영화의 원작은 아서 밀러의 희곡 《시련(The

Crucible)》이었다. 문득 원작도 영화만큼 강렬한 서사적 긴장감이 있는지 궁금해졌다. 한국 영화 〈신과 함께〉를 보면 원작이 그렇지 않음에도 연출이라는 재해석 과정을 통해 강한 긴장감을 만들어내기 때문이다. 생각보다 길지 않았던 아서 밀러의 희곡은 영화를 통해 내용을 훤히 알고 있음에도 불구하고 읽는 동안 마음을 놓을 수 없을 정도로 팽팽한 긴장감 속에서 서사가 진행되는 작품이었다. 그러니 영화의 강렬함은 원작 희곡에서 그대로 옮아온 것이라고 말해도 과언이 아니었다. 원작을 충실하게 재연한 연극이 보고 싶을 정도였으니 말이다.

2. 세일럼, 역사의 오점으로 기억된 장소

아서 밀러의 《시련》은 실제 사건을 배경으로 하고 있다. 그 사건은 미국 초기 이주 시대에 악명 높은 사건들 중 하나인 '세일럼 마녀재판'이다. 실제 사건을 다룬 작품 중에는 역사적 사건을 배경으로 하되 가공의 인물을 등장시키거나 허구적 장면들을 삽입하여 극적인 효과를 높이는 경우도 있지만, 《시련》은 실제 역사 속 인물들을 거의 그대로 작품 속에 등장시키고 있으며, 몇 가지 설정을 변경한 것을 제외하고는 실제 사건의 맥락에 가깝게 서술되어 있다. 작품이 시작되기 전 작품의 길잡이처럼 서술된 '작가 노트'에서 아서 밀러는 다음과 같이 이야기한다.

이 연극은 역사학자들이 사용하는 의미로서의 역사가 아니다. 연극의 목적을 위해서 때로는 많은 인물을 한 인물 속에 융합시키는 것이 필요하다. '마녀 고발'에 관련된 여자아이들의 수는 줄였으며 애비게일의 나이는 늘렸다. 비슷한 권한을 가진 판사들이 여러 명 있었으나 그들 모두를 해손과 댄포스를 통해서 상징적으로 나타냈다. 그러나 나는 독자들이 여기서 인류 역사상 가장 괴이하고 또 가장 무서운 사건들 중 하나가 갖는 본질적 특성을 찾아내리라고 믿는다. 각각의 등장인물들에게 부여된 운명은 그 역사적 모델의 운명과 일치한다. 이 연극에 등장하는 인물들 가운데 역사적인 역할과 유사한 (그리고 어떤 경우에는 아주 똑같은) 역할을 하지 않은 인물은 없다.

(아서 밀러, 최영 옮김,《시련》, 민음사, 9쪽)

물론 연극은 역사와 다르기 때문에 작품은 사건을 재판 기록처럼 서술하지는 않는다. 그럼에도 불구하고 작가는 실제 사건의 경과를 그대로 쫓아가면서 역사적 맥락을 크게 해치지 않기 위해 노력하고 있음이 인용문에 드러난다. 그만큼 실제 사건의 전개 과정이 극적이었으며, 그 사건이 지닌 역사적 의미가 컸기 때문이 아닐까 싶다. '역사상 가장 괴이하고 또 가장 무서운 사건 중 하나'라고 표현했을 정도니 말이다. 그렇다면 도대체 '세일럼 마녀재판' 사건은 어떤 사건이었기에 이런 반응이 나온 것일까? 한 역사서는 이 재판을 다음과 같이 기록하고 있다.

미국의 마술 재판 중에서 가장 기억에 남고, 기록도 잘 보존되어 있는 것은 1692년의 세일럼 재판이다. 책이나 재판의 판례들은 뉴잉글랜드 주민들에게 마술의 실재를 믿기 위한 근거를 제공해 주고 있었으며, 사회적·정치적 긴장이 높아져 있던 매사추세츠주, 특히 세일럼시에서는 시민들 사이에 마녀를 고발하고, 그 내용을 믿고 싶어 하는 분위기가 무르익고 있었다. 광란을 일으킨 직접적인 원인은 세일럼 마을에서 아이들이 벌인 오컬트 놀이였다.

(제프리 버튼 러셀, 김은주 옮김,《마녀의 문화사》, 르네상스, 181쪽)

'세일럼 마녀재판'을 간단하게 설명하면, 세일럼의 어린아이들이 아무도 보지 않을 것이라고 믿었던 숲속 깊은 곳에서 금지된 오컬트[1] 의식을 치르다가 한 목사에게 발각되었고, 그 뒤 이 아이들이 자신들의 행위를 변명하는 과정에서 다른 사람들에게 마녀라는 누명을 뒤집어씌우면서 벌어진 비극이라고 말할 수 있다. 엄격한 청교도 교리를 순종하던 초기 개척 시대의 미국인들에게 이와 같은 이단적 행위는 쉽게 용납할 수 없는 것이었기에 사건은 일파만파로 퍼져나가게 된다. 이 의식을 주도했던 바베이도스 흑인 노예 '티투바'를 시작으로 세일럼의 주민들 중 19명이나 처형되고 난 뒤에야 이 사건은 종료된다. 마녀 고발을 시작했던 소녀들이 결국 자기들의 주장을 취소하고 이야기를 꾸며냈음을 실토했기 때문에 그나마 거기서 멈추게 된 것이다. 그 이후로 '세일럼'이라는 이름은 '맹목적인 신앙이 빚어낸 비극적 참사'를 상징하는 이름으로 미국 역사에 또렷이 새겨지게 된다. 그런데 초기 개척 시대의 엄격한 청교도적 분위기에서 이와 같은 마녀재판은 세일럼에서만 일어난 것이 아니었다.

마녀 고발은 1690년대 초 다른 뉴잉글랜드 지역으로 확산되었다. 마녀로 고발된 사람들의 면면을 조사해 보면, 대부분이 중년 여성으로 자녀가 적거나 아예 없는 과부였다. 더욱이 그들은 대개 사회적 신분이 낮은 데다 가정에 문제가 있으며, 다른 죄로 자주 고발당했고 이웃이 형편없다고 여기던 사람이었다. 또한 유산 상속을 받거나 열심히 일해서 상당한 재산을 모은 여성의 경우, 그것이 청교도 사회가 요구하는 성

---

1   오컬트(occult): 과학적으로 해명할 수 없는 신비적·초자연적 현상. 또는 그런 현상을 일으키는 기술. 이 작품에서는 여자아이들이 개구리, 렌즈콩 등을 넣고 금단의 미약을 끓이면서 옷을 벗고 주변을 돌며 춤을 추고 소원을 비는 행동을 한 것으로 묘사되고 있다.

(性) 규범에 도전한 결과가 되어 피해를 당한 사람도 있었다.

(앨런 브링클리, 손세호 외 역, 《있는 그대로의 미국사 1》, 휴머니스트, 160쪽)

인용한 부분을 살펴보면, 초기 이주 시대 뉴잉글랜드 지역에서 마녀 재판이 광범위하게 나타났음을 알 수 있다. 이는 초기 이주 공동체가 공통적으로 지니고 있는 이념적 경직성을 보여주는 사례라고 볼 수 있다. 그런데 마녀로 고발당한 사람들이 사회적 신분이 낮거나 가정에 문제가 있으며 이웃과 갈등이 있었던 사람들이었다는 언급은 곱씹어 볼 가치가 있는 것 같다. 마녀로 몰렸던 여성들의 경우 표면적으로는 종교적 이단 행위가 처벌의 이유로 제기되었지만, 실질적으로는 종교와는 거리가 먼 성적(性的)·경제적 이유가 그 원인이었기 때문이다.

마녀사냥을 연구한 기록들은 재판을 둘러싼 이와 같은 사건 전개 양상을 공통적으로 지적하고 있다. 세일럼 마녀재판이 있기 전 유럽에서 벌어졌던 대규모 마녀사냥들에서도 비슷한 상황이 연출되고 있었다. 그 중에서도 가장 인상적인 사건은 1614년에서 1628년까지 밤베르크의 시장으로 재직했던 유니우스라는 정치인과 관련된 사건이다. 그는 정치적 반대파로 추정되는 인물의 밀고로 인해 마녀(?)로 몰리게 되었고, 모진 고문 끝에 결국 형장의 이슬로 사라졌다. 그런데 그가 죽기 전 처참한 자신의 상황을 알리기 위해 딸에게 편지를 썼고, 나중에 딸에게 전해진 편지가 널리 알려졌기에 이 사건이 유독 주목받게 되었다.

그 이후로도 고문은 계속되었다. 나는 고통이 너무나 심해서 하늘이 내려앉고 땅이 꺼지는 것 같았다. 이들은 나를 이렇게 여덟 차례나 고문했는데, 그때마다 나는 엄청난 고통을 감수해야만 했다. 또한 모든 고문은 나를 발가벗긴 후 진행되었다. 그때 내가 받은 모욕감을 어떻게 표현해야 할지 모르겠구나. (중략) 하지만 나는 끝까지 당당하게 말했다. 신이시여! 아무 죄 없는 한 인간을 이렇게 다루는 저들을 용서해 주십시오! 신이시여! 저들의 목적은 나의 영혼과 육신이 아니라 나의 재산에 있습니다! 그 기도를 들은 브라운 재판관은 오히려 나를 사기꾼이라고 매도하더구나. (양태자,《중세의 잔혹사 마녀사냥》, 이랑, 161-162쪽)

딸에게 보내는 편지에서 유니우스는 자신을 고발한 반대파의 목적이 종교적 이단 처벌에 있는 것이 아니라 권력과 재산을 탈취하기 위해서임을 밝히고 있다. 아서 밀러가《시련》에서 '세일럼 마녀재판' 사건을 다루는 방식도 이와 유사하다. 어쩌면 별로 심각하지 않을 수도 있는, 아이들의 말도 안 되는 마녀 고발이 어떻게 해서 이토록 심각하게 마을 공동체를 뒤흔들어 놓았는지, 그 이면에 자리 잡고 있는 또 다른 갈등의 양상들을 포착해 내려 한 것이다.

그런데 흥미롭게도 이 사건은 아서 밀러 말고도 또 한 명의 미국 작가에게 큰 영향을 미치게 된다. 그 작가는 바로《주홍 글자》로 유명한 너새니얼 호손이다. 세일럼에서 태어난 너새니얼 호손은 실제 세일럼 재판의 판사를 맡았던 사람 중 한 명이 자신의 조상이었다는 사실을 알게 된 후 큰 충격을 받는다.《시련》이라는 작품 속에서 '해손'이라는 이름으로 등장하는 판사가 바로 호손의 조상인 듯한데, 그는 마녀가 실재한다는 아이들의 증언을 그대로 받아들이면서 무고에 가까운 고발들을 근거로 많은 사람에게 교수형을 선고했던 인물이다. 이와 같은 조상의 과오에 부끄러움을 느꼈던 그는, 이후에 가문으로부터 물려받은 원래 성을 바꿔버린다. 원래 호손이 물려받은 성은 'Hathorne'이었는데, 그는 거기에 'w'를 더해 'Hawthorne'으로 성을 바꾸었다. 그만큼 그에게는 충격적인 사건이었기에, 단편소설〈젊은 굿맨 브라운(Young Goodman

Brown)〉에서 청교도 윤리에 근거한 맹목적인 광신주의가 낳은 증오와 그 폭력성을 절실하게 그려낼 수 있었던 것 같다. 특히 그 유명한《주홍글자》를 생각해 보면 호손의 문제의식을 구체적으로 느낄 수 있는데, 마을 공동체의 편견과 오해가 한 여인을 어떤 비극의 나락으로 떨어뜨렸는지 다른 어느 작품보다도 뚜렷하게 묘사하고 있기 때문이다.

3. 마녀재판의 실체, 뒤엉킨 실타래를 풀다

(1) 패리스 목사 vs 프록터

아서 밀러의《시련》속 마녀재판은 단순히 종교적 의미의 재판으로만 볼 수 없다. 이 재판은 한 개인의 종교적 신념을 판단하는 재판이 아니라 마을 주민들 사이의 다각적인 갈등, 즉 경제적 이익 추구나 감정적 대립 같은 이유로 생겨난 갈등이 상당 부분 영향을 미친 재판이기 때문이다. 그렇기에 재판의 의미를 제대로 이해하기 위해서는 인물들 사이에서 뒤엉켜 버린 이 복잡한 갈등을 한 가닥씩 풀어낼 필요가 있다.

뒤엉킨 매듭을 풀기 위해서는 첫 한 가닥을 잘 골라야 한다. 그렇다면 무엇이 이 고르디아스의 매듭을 풀 첫 가닥일까? 아마도 그것은 바로 패리스 목사가 아닐까 싶다. 패리스 목사는 아이들의 비밀스러운 의식을 처음으로 발견하여 문제를 일으킨 장본인이다. 특정한 장소와 시간을 제외하고는 함부로 춤을 추기만 해도 채찍을 맞는 엄격한 분위기의 청교도 사회에서, 더군다나 마을 전체의 종교적 지도자라는 지위에 있는 목사에게 이단적 행위가 발각되었으니 아이들은 엄청난 공포에 사로잡힐 수밖에 없었다. 그래서 아이들 가운데 몇몇은 두려움으로 인해 악령에 사로잡힌 듯 침대에만 누워 꼼짝을 못 하거나 식음을 전폐하는 등

심리적 이상행동을 하게 된다. 물론 처벌에 대한 공포 때문에 신체적 마비가 온 것일 수도 있지만, 전반적인 정황을 살펴보면 아무래도 죄에 대한 처벌이 두려워 일종의 꾀병을 부린 것으로 보이기도 한다.

이런 상황에서 패리스 목사는 아이들이 꾀병인지 아닌지를 명확하게 밝혀내고 이단적 행위를 단호하게 처벌하는 임무를 수행해야 했다. 그런데 이상하게도 그는 처벌을 주저한다. 왜냐하면 그렇게 누워 있는 아이들 중 하나가 자신의 딸 베티였기 때문이다. 그뿐만 아니라 가장 격렬하게 의식을 주도했던 애비게일은 그의 조카였다. 이렇다 보니 패리스는 이 사건으로 인해 딸과 조카를 잘 관리하지 못했다는 비난을 받을 수도 있었고, 나아가 목사의 권위에 치명적인 타격을 입을 수도 있었다.

> **패리스** (당황하여 애비게일 쪽을 돌아본다.) 저 사람들에게 내가 뭐라고 하지? 내 딸과 조카딸이 숲속에서 이교도처럼 춤추는 것을 내 눈으로 봤다고?
>
> **애비게일** 아저씨, 우린 춤만 추었어요. 사람들한테 제가 고백했다고 하세요. 제가 매를 맞아야 한다면 매를 맞을게요. 그렇지만 다들 마법이라고 얘기하잖아요. 베티는 마법에 걸린 게 아니에요. (중략)
>
> **패리스** 보렴, 네게 벌을 주는 건 때가 되면 하게 될 거다. 하지만 네가 숲속에서 혼령들과 거래를 했다면 난 지금 그걸 알아야만 해. 분명히 내 적들이, 그들이 이 일로 날 파멸시킬 테니까.
>
> (아서 밀러, 앞의 책, 20-21쪽)

패리스는 '내 적들'이라는 표현을 사용했다. 이것은 자신과 갈등을 겪고 있는 사람들이 존재한다는 것을 뜻한다. 패리스는 세일럼에 부임한 지 얼마 되지 않은 상태였고, 그의 설교 방식이나 태도 때문에 마을 목사로서 광범위한 지지를 받고 있지도 못한 상황이었다. 특히 패리스는 종교적 신념보다는 경제적 이익을 더 중요하게 여기는 인물로 묘사되어 있는데, 그의 지나친 배금주의를 비판하는 세력들은 그에게 반감을 가지고 예배에 참석하지 않기도 했다. 그 대표적인 인물이 프록터였다.

> **패리스** 코리 씨, 연봉 60파운드에 나 같은 사람을 구하려면 힘들 겁니다! 난 이런 가난에는 익숙지 않아요. 난 하느님께 봉사하기 위해서 바베이도스에서 번창하던 사업을 그만둔 사람입니다. 왜 내가 여기서 박해를 받아야 하는지 모르겠어요. 제안 하나만 해도 논란이 아우성처럼 일어나고 말이죠. 난 가끔씩 어딘가 악마가 있어서 이렇게 된 게 아닌가 생각해 봅니다. 그게 아니라면 당신네들을 이해할 수 없어요.
> **프록터** 패리스 씨, 당신은 이 집의 집문서를 요구한 최초의 목사요.
> **패리스** 이보시오. 목사는 살 집을 가질 권리도 없단 말입니까?
> **프록터** 살 집이라면, 물론 있고말고요. 그러나 소유권을 요구하는 것은 마치 당신이 예배당을 소유하는 것과 같소. 내가 지난번 참석했던 예배 때 당신이 하도 오랫동안 증서니 저당권에 대해 말을 해서 난 예배당이 경매장이 아닌가 생각했소. (앞의 책, 49-50쪽)

이렇듯 돈만 밝히는 목회자의 이미지가 강했던 패리스의 입지는 불안하기 짝이 없었으며, 이럴 때 터진 아이들의 일탈 행동은 그를 더욱 난처하게 만들 수밖에 없었다. 그렇기에 그는 이러지도 저러지도 못한 채 마녀재판의 전문가인 헤일 목사에게 도움을 요청할 수밖에 없게 된 것이다. 그런데 이와 같은 패리스와 프록터의 갈등 상황은 나중에 마녀재판에 부정적인 방향으로 영향을 미치게 된다.

헤일 열일곱 달 동안에 스물여섯 번이었습니다. 그건 아주 드문 출석이라고 할 수 있지요. 왜 그렇게 빠졌는지 말해주시겠습니까?

프록터 목사님, 제가 교회에 가든 집에 있든 그 사람한테 이유를 설명해야만 하는 줄은 전혀 몰랐습니다. 제 아내가 이번 겨울 내내 아팠습니다.

헤일 그렇다고 들었습니다. 그렇지만 당신 혼자서는 나올 수 없었습니까?

프록터 갈 수 있을 때는 분명히 나갔지요. 갈 수 없을 때는 집에서 기도를 드렸습니다.

헤일 프록터 씨, 당신 집은 교회가 아닙니다. 당신이 믿는 교리가 그걸 말하고 있잖소. (앞의 책, 100-101쪽)

마녀재판을 진행하기 위해 전문가로 초빙된 헤일 목사는 프록터의 교회 출석 기록을 보며 그의 신앙에 대한 믿음을 의심하게 된다. 그런데 헤일과 프록터 사이의 대화를 토대로 흘러가는 상황을 되짚어 보면 마녀재판이 작동되는 전형적인 방식을 좀 더 뚜렷하게 이해할 수 있다. 패리스 목사의 태도와 생각에 대한 불만이 생겨났고, 그리 위협적이지 않은 상태로 상존하고 있던 패리스와 반대파들의 갈등이 마녀재판이라는 계기를 만나면서 새로운 구도로 바뀌어가기 때문이다. 성직자에 걸맞지 않은 태도로 위기에 몰려 있던 패리스는 이 사건을 통해 그야말로 위기를 기회로 바꿀 수 있게 된다. 자신을 반대하던 반대파들의 신앙심을 의심하면서 그들을 재판의 피의자로 몰아가 자신의 권위와 입지를 다시 세울 기회를 얻을 수 있기 때문이다. 즉 그리 심각하지 않은 상태로 존재하던 갈등들이 마녀재판이라는 계기를 만나면서 이를 이용하는 세력들에 의해 좀 더 극단적인 형태로 바뀌는 것을 확인할 수 있다. 그리고 이와 같은 전개 양상은 다른 여러 갈등에서도 유사한 방식으로 변주되어 나타난다.

(2) 퍼트넘 부인 vs 레베카, 엘리자베스 vs 애비게일

처음 사건이 진행될 때 패리스 목사는 이 사건이 마법과 연관되어 있는 것이라고 생각하지 않았다. 주위에서 마법 탓에 아이들이 마비되어 있다고 떠들어대더라도, 그는 자신의 아이들이 개입되어 있는 상황이 난처할 뿐 그것이 마녀의 소행이라고 믿지는 않았다. 그런데 퍼트넘 부부가 개입하면서 사건은 묘한 방향으로 흘러가기 시작한다. 퍼트넘 부부는 뒤엉킨 매듭을 풀어낼 두 번째 가닥이라고 할 수 있다. 그들은 이 사건의 배후에 마녀가 개입되어 있으며 이 때문에 자신들의 아이들이 희생되었다고 확신하고 있었다.

> **패리스** 토머스, 토머스, 부탁인데 마법이라고 속단하지 마시오. 난 당신이, 누구도 아닌 당신이 내게 그처럼 끔찍한 혐의를 씌우지 않으리라는 걸 알고 있어요. 마법이라고 속단할 수는 없소. 내 집 안에서 그런 타락이 일어났다면 마을 사람들은 날 세일럼에서 몰아낼 것이오. (중략)
>
> **퍼트넘** (이 순간 오직 경멸의 대상일 뿐인 패리스를 몰락시키는 데 집중하고 있다.) 패리스 목사, 나는 이곳에서 논쟁이 있을 때마다 당신 편을 들어 왔고, 앞으로도 그럴 것이오. 그러나 만약 이 문제에서 망설인다면, 난 당신 편을 들 수가 없소. 아이들에게 손길을 뻗치는 해롭고 복수심에 찬 악령들이 있단 말이오. (앞의 책, 25-28쪽)

토머스 퍼트넘의 강력한 주장에 패리스는 혼란마저 느끼게 된다. 퍼트넘 부부는 남들이 밝히기 전에 패리스 스스로 이 마법을 밝혀내라고 그를 몰아붙인다. 그런데 여기서 한 가지 의문이 생긴다. 그 어떤 물증이 없음에도 불구하고 도대체 왜 퍼트넘 부부는 이 사건이 마법과 관련된 것이라고 확신하고 있었을까? 이와 같은 확신을 이해하기 위해서는 퍼트넘 부부가 가지고 있던 피해의식을 먼저 살펴볼 필요가 있다. 퍼트넘 부부는 이미 일곱 명의 아이를 세례도 주기 전에 저세상으로 떠나보냈다. 이와 같은 엄청난 시련은 그들이 쉽게 받아들일 수 없는 심각한 고통이었다. 그 결과 그들은 누군가가 자신들을 저주하고 있기 때문에 이런 비극이 초래된 것이라고 믿는 피해의식에 사로잡히게 된다. 이단 의식에 참가한 후 아직도 정신을 못 차리고 있는 그들의 하나 남은 딸 루스에 대해서도 마찬가지 생각을 한다. 즉 누군가의 저주로 인해 이런 일이 일어났다고 철석같이 믿고 있는 것이다. 특히 자신들과는 정반대로 자식만 열이고 손자까지 스물여섯을 길러낸 레베카 너스에 대해서는 질투를 넘어서 증오의 감정을 가지고 있다.

퍼트넘 부인 (겁에 질려서, 아주 낮은 목소리로) 난 알고 있어요. 목사님. 내 딸을 보냈지요……. 티투바에게서 누가 우리 아기들을 살해했는지 알아 오라고요.
레베카 (깜짝 놀라며) 앤 부인! 죽은 아기를 불러내겠다며 딸아이를 보냈단 말인가요?
퍼트넘 부인 하느님이 날 벌주실 일이지. 당신은 아니에요, 당신은 아니야, 레베카! 당신이 날 더 이상 심판하도록 내버려두지는 않겠어! (헤일에게) 일곱 아이들이 단 하루도 살지 못하고 죽는 것이 자연스러운 일인가요? (앞의 책, 62쪽)

인용문의 정황을 보면, 사실 이교도 의식을 조장한 것은 퍼트넘 부인임을 알 수 있다. 자신은 가지 않았지만 딸 루스를 그 의식에 보내 죽은 아이들의 혼령을 불러내도록 했으니, 퍼트넘 부인은 기독교인임에도 불구하고 이교도적 마법의 힘을 믿고 있는 것이다. 그렇다 보니 이상한 행동을 보이고 있는 아이들의 혼령이 마녀의 힘에 좌우되고 있다고 주장하는 그녀의 심리 상태를 어느 정도 이해할 수 있다. 그러나 문제는 자신의 생각에 사로잡혀 더 큰 비극을 초래하고 있다는 점이다. 결국 피해의식에서 유래한 확신에 사로잡혀 그녀는 선량한 이웃 레베카에게 "놀랍고도 초자연적인 방법으로 자신의 아이들을 살해"했다는 혐의를 씌우게 된다. 질투와 증오가 재판에 개입되어 억울한 사람을 죄인으로 몰고 간 것이다. 레베카 너스와 같이 이단적인 마법의 힘을 믿지 않고 자신들이 믿고 있는 신의 힘 안에서 세상을 이해하는 사람들이 퍼트넘 부인과 같이 신의 힘을 의심하는 자들의 고발로 인해 희생당하는 지독한 아이러니가 신의 이름을 걸고 벌어지고 있는 셈이다.

어쨌거나 질투와 증오라는 개인적 감정이 사건에 영향을 미친 것은 퍼트넘 부인의 사례만은 아니다. 어떻게 보면 이 사건 전반에 걸쳐 가장 큰 영향을 미친 인물인 중 하나인 애비게일에게도 이러한 감정은 큰 영향을 미친다. 그녀는 패리스 목사와 대립 관계에 있던 존 프록터를 사랑하고 있었는데, 문제는 그가 유부남이었다는 것이다. 물론 손바닥도 마주쳐야 소리가 난다는 속담에서 알 수 있듯이, 그녀와 프록터 사이에 아무 일도 없었던 것은 아니다. 애비게일이 프록터의 집에서 하녀로 일할 때, 프록터는 애비게일과 부적절한 관계를 맺었다. 하지만 이 사실이 밝혀지고 난 뒤 프록터는 자신의 부적절한 행위를 반성하고 애비게일을 집에서 내쫓는다. 그럼에도 불구하고 이 사건은 프록터의 부인인 엘리자베스와 애비게일, 그리고 프록터 자신에게도 큰 상흔을 남길 수밖에 없었다. 그런데 지극히도 개인적인 이 불륜 사건이 마녀재판을 거치면서 이상한 방향으로 흘러간다. 애비게일이 재판정에서 엘리자베스를 마녀로 지목한 것이다.

엘리자베스 그것이 애비게일의 아주 간절한 소망이에요, 존. 전 알고 있어요. 수많은 이름이 있을 텐데 왜 제 이름을 불렀을까요? 저 같은 사람의 이름을 지목하는 건 분명히 위험한 일이에요……. 저는 시궁창에서 자는 굿 노파도 아니고 주정꾼, 바보인 오즈번도 아닌걸요. 엄청난 이득이 없는 한 그 애가 감히 저 같은 농부의 아내 이름을 지목할 리 없어요. 제 자리를 차지할 생각을 하는 거예요, 존. (앞의 책, 95-96쪽)

엘리자베스는 애비게일의 고발이 자신을 겨냥하고 있으며 그 목적이 무엇인지를 너무나 잘 알고 있었다. 하지만 애비게일은 당시 재판정의 분위기를 뒤바꿔 놓을 수 있을 정도로 큰 목소리를 내던 인물이었다. 그렇다 보니 엘리자베스는 위기를 느끼게 된다. 그런데 이런 상황에서 마녀 사건의 진실을 판별하기 위해 마을에 파견되어 있던 헤일 목사가 그들의 집을 찾아온다. 그들을 찾아온 이유는 주변 사람들, 특히 패리스 목사 같은 이들로부터 의심받던 프록터 부부의 신앙심을 확인하기 위해서였다. 공교롭게도 (물론 작가의 짓궂은 설정이겠지만) 헤일 목사는 프록터에게 십계명을 외워보라는 요구를 하는데, 십계명 중 하나는 아내 앞에서 그가 쉽게 말하기 힘든 계명이었다.

프록터 도둑질하지 말라. 네 이웃의 물건을 탐내지 말 것이며 우상을 만들어 섬기지 말라. 하느님의 이름을 헛되이 하지 말 것이며, 내 앞에 다른 신을 섬기지 말라. (약간 머뭇거리며) 안식일을 기억하고 거룩히 지킬지어다. (침묵 후) 네 부모를 공경하라. 거짓 증거를 하지 말라. 너 자신을 위해 우상을 만들어 섬기지 말라.

헤일 그것은 두 번 말했습니다, 프록터 씨.

프록터 (당황해서) 네. (기억해 내려고 안간힘을 쓴다.)

엘리자베스 (미묘하게) 간음이요, 존. (앞의 책, 103쪽)

신앙심을 확인한다는 이유로 아내 앞에서 자신의 치부가 여지없이 드러나는 상황이 벌어진다. 물론 이 정황을 알 리 없는 헤일 목사는 뭔가 심상치 않은 두 사람의 모습을 보며 의심을 쉽게 거둘 수 없게 된다. 이처럼 《시련》에서 아서 밀러는 개인적 고통으로 인한 피해의식이나 사적인 애정 관계에서 벌어진 갈등들이 재판을 계기로 극단적인 배제와 폭력적인 고발로 왜곡되는 양상을 반복적으로 조명하고 있다.

(3) 퍼트넘 가문 vs 프랜시스 혹은 자일스 코리

그런데 과연 질투와 증오 같은 개인적 감정만으로 사건의 파급력이 이처럼 광범위하게 전개될 수 있었을까? 그 이면에는 또 다른 원인이 있지 않을까? 앞서 유니우스 시장의 사례에서도 얼핏 살펴볼 수 있었지만, 이를 규명하기 위해서 1676년 독일 헤센주에서 일어난 비슷한 유형의 사건을 살펴볼 필요가 있다. 헤센주 이드슈타인에서는 그 도시를 다스리던 영주가 자신에게 일어난 불행을 마녀의 탓으로 돌리면서 엄청난 비극이 발생한다.

영주 역시 지난 30년간 자신에게 일어난 불행한 일이 모두 마녀 때문이라고 주장한 것이다. 그는 첫 부인이 죽은 후 안나라는 여인을 두 번째 부인으로 맞아들였으나 그녀 역시 영주보다 일찍 세상을 떠났다. 부인뿐만이 아니었다. 첫 부인과의 사이에 9명의 자녀가 있었지만 3명만

이 살아남았고, 두 번째 부인 사이에서도 16명의 자녀를 보았지만 역시 3명만이 살아남았다. 안타까운 일이기는 하지만, 당시는 생활환경이 좋지 않아서 아이들의 죽음이 빈번하던 시절이었다. 하지만 영주는 자신의 아이들이 마녀의 저주로 죽었다고 주장했다. 심지어 자기 성의 가축이 빈번히 죽어 나간 것 역시 마녀의 짓이라고 했다.

(양태자, 앞의 책, 153-154쪽)

아이들의 비극적인 죽음이 마녀사냥의 시발점이 되었다는 점에서 퍼트넘 부부의 사례와 비슷하다. 그러나 불행한 처지에 대한 분노와 자신에게 주어진 권력이 결합하면서 사건의 규모는 걷잡을 수 없이 커진다. 그런데 영주가 이런 대규모의 마녀사냥을 시작한 데는 또 다른 이유가 있었다. '30년 전쟁'이 막 끝난 후 열악해진 시의 재정 상태를 해결하기 위한 수단으로 마녀재판을 선택한 것이다. 영주는 마녀재판에 회부된 죄인들에게 엄청난 금액의 재판비를 청구했으며, 관련자 모두에게 행동 하나하나까지 관련 비용을 징수한 것이다. 즉 부자들의 돈을 갈취하는 합법적인 수단으로 마녀재판이 악용된 것이다.

지금까지 살펴본 이드슈타인의 사례는 세일럼 사건을 이해하는 또 하나의 실마리를 제공한다. 퍼트넘 또한 경제적인 문제로부터 자유롭지 못했기 때문이다. 이 사건에 경제적인 문제가 결부되어 있다는 사실은 작품 속에 서술되어 있는 연출자의 연출 의도에 의해 구체적으로 설명되어 있다.

레베카를 향한, 그리고 추정하건대 프랜시스를 향한 조직적인 반대 운동을 설명할 수 있는 또 다른 실마리는 프랜시스가 이웃들과 벌인 토지 싸움이다. 그 중 한 사람은 퍼트넘 집안 사람이었다. 사소한 말다툼은 삼림 지대에서 일어난, 양쪽 파벌 사람들 간의 싸움으로 비화되었으며, 그 싸움은 이틀간이나 계속됐다고 한다. 레베카 본인에 관해서 말하자면, 그녀의 인격에 대한 일반적인 평판이 매우 높았기 때문에 어떻게 감히 그녀를 마녀로 몰아칠 수 있었는지를 설명하기 위해서는 그 시대 토지와 경계선을 면밀히 살펴야 한다. (아서 밀러, 앞의 책, 44쪽)

이른바 '토지와 경계선'이 문제였던 것이다. 레베카의 남편, 프랜시스와 퍼트넘 가(家) 사람들은 토지 문제로 오랜 갈등 관계에 놓여 있었는데, 이것이 레베카의 재판에 영향을 미치게 된 것이다. 만약 레베카와 그의 가족들을 마녀로 몰아 제거할 수 있다면 오랫동안 끌어왔던 프랜시스 가와 퍼트넘 가의 대립은 퍼트넘 가의 승리로 끝날 수 있었다. 그런데 퍼트넘은 프랜시스와만 문제가 있는 것이 아니었다. 여기서 또 한 명의 희생자인 자일스 코리의 증언을 살펴보자.

댄포스 당신의 고소에 대해서 어떤 증거를 제출하겠소?
자일스 제 증거는 거기 있습니다! (서류를 가리키면서) 제이콥스가 마법 혐의로 교수형을 당하면 그의 재산을 몰수당합니다. 그것이 법입니다! 그런데 그렇게 넓은 토지를 현금으로 살 수 있는 사람은 퍼트넘뿐입니다. 이자는 이웃의 땅을 차지하려고 이웃들을 죽이고 있습니다!

(앞의 책, 144쪽)

마을 사람들이 마법 혐의로 고발당해 죽임을 당하면 그 이익은 대부분 퍼트넘의 수중으로 들어간다는 사실을 자일스는 지적하고 있다. 그리고 그의 증언에 의하면 퍼트넘의 행동은 악질적이다. 퍼트넘은 막대한 토지를 소유하고 있는 조지 제이콥스가 자기 딸에게 마법을 걸었다고 의심하고 있는데, 그 의심을 뒷받침하기 위해 자기 딸에게 조작된 사실을 증언하라고 부추겼다. 그뿐만 아니라 그렇게 혐의를 씌운 날 퍼트넘이 딸에게 '딸이 자기에게 훌륭한 토지 선물을 주었다'고 말했다는 사실이 증언에 의해 밝혀진다.

하지만 고지식한 부지사 댄포스는 출처를 믿을 수 없다는 이유로 자일스의 증언을 무시한다. 물론 출처가 정확한 증언만을 채택하는 것이 정당한 절차이기는 하지만, 공포에 사로잡힌 아이들의 앞뒤 맞지 않는 광적인 고발들은 신뢰하면서도 정황 증거가 비교적 확실한 자일스 코리의 증언은 대놓고 무시한다는 점이 역설적이다. 댄포스 부지사는 마을을 둘러싼 상황을 종합적으로 살펴보고 합리적인 판결을 내리기보다는 이 마을에 '그리스도를 전복하려는 선동적인 음모가 있다'는 자신의 선입견에 근거하여 불합리한 판결을 내리는 것으로 볼 여지가 생긴다. 이처럼 판결을 맡은 자의 불합리한 태도로 인해 사건은 최악의 상황으로 치닫게 된다.

4. 또 다른 세일럼들

- 매카시 광풍과 카타리나 블룸, 그리고 SNS

비극적인 방향으로 치닫는 광기 어린 세일럼의 재판 양상을 따라가다 보면 문득 한 가지 의문이 떠오르게 된다. 17세기 후반 미국 이주 초기에 벌어졌던 이 비극을 아서 밀러는 왜 1950년대에 다시 조명한 것일까? 거기에는 중요한 이유가 하나 있다. 그런데 그 이유를 이해하기 위해서는 1999년 미국 오스카상 시상식장을 잠깐 들러야 할 것 같다. 이 시상식 단상에는 엘리야 카잔이라는 할리우드 영화감독이 서 있다. 영화 〈에덴의 동쪽〉, 〈욕망이라는 이름의 전차〉 같은 걸작을 연출한 유명한 감독이다. 그는 1999년 할리우드 영화 발전에 기여한 업적을 인정받아 공로상을 수상하는데, 이 시상식장에서 기묘한 사건이 벌어지게 된다. 상을 받은 사람에게 기립박수를 치기는커녕 아예 자리에서 일어나지도 않거나 심지어 야유를 보내는 관객들이 있었던 것이다. 그 중에는 〈더 록〉, 〈설국열차〉 등의 영화로 잘 알려진 애드 해리스나 닉 놀테 같은 유명 배우도 포함되어 있었다. 그들은 왜 남의 잔치에 초를 치는 행동을 한 것일까? 그것은 엘리야 카잔의 과거 행적 때문이었다. 엘리야 카잔은 그로부터 47년 전인 1952년 미국 청문회에서 영화계에 종사하고 있는 인물들 중에 공산주의자가 있다며 자신의 동료들을 고발한 전력이 있었기 때문이다. 그로 인해 그 유명한 찰리 채플린을 포함한 수많은 영화계 인사들이 공산주의자로 비난받게 되었으며 신변의 위협마저 느끼게 되었다. 그 사건을 잊지 않은 영화계 후배들은 시상식장에서 그에 걸맞은 대접을 해준 것이다.

1999년에 벌어진 이 해프닝은 '매카시즘'이라는 단어로 요약되는 1950년대 미국 사회에서 벌어진 또 다른 형태의 마녀사냥과 깊은 연관성을 가지고 있다. 미국 사회에 공산주의자들이 암약하고 있다는 정체불명의 의혹을 던진 매카시라는 한 상원의원으로 인해 정치권뿐만 아니라 문화계를 포함한 미국 사회 전체가 혼란에 빠져들었으며, 많은 이들이 이 때문에 심각한 고통을 겪게 되었다. 그 강력한 정치적 격랑의 한가운데에 아서 밀러 또한 서 있을 수밖에 없었는데, 그래서 그는 《시련》이라는 작품을 통해 당시 시대를 관통하고 있었던 광기의 근원이 무엇인지 정확히 이해하기를, 더 이상의 의혹과 오해를 만들지 말기를, 그리고 배제와 처벌의 악순환을 제발 멈추기를 바란 것이었다.

그러나 현실에서는 이런 악순환이 쉽게 멈출 수 없었던 것 같다. 1950

년대 미국에서도 이미 그러했지만, 특히 언론의 영향력이 막대해진 오늘날, 특정 인물에 대한 마녀사냥식 여론몰이는 너무나 빈번하게 일어나고 있으며, 어쩌면 일상처럼 되어버린 듯하다. 요즘 인터넷 댓글 창에 올라오는 선동적인 글들을 읽다 보면 현대판 세일럼이라는 생각이 든다. 자신과 생각이 다르다는 이유로, 아니 그것도 아니라 그냥 기분이 나쁘다는 이유로 마녀사냥처럼 한 인물의 인생을 순식간에 망쳐버리는 여론몰이는 진실을 밝히는 일과는 전혀 무관한 것으로 보인다.

여기까지 이야기를 끌어오다 보니 《시련》과 비교할 만한 작품이 하나 떠오른다. 1970년대에 발표된 독일 소설 《카타리나 블룸의 잃어버린 명예》이다. 이 작품의 작가 하인리히 뵐은 경찰의 요시찰 범죄자를 도피시켜 주었다는 이유로 보수 언론에 의해 인생이 망가져 버린 '카타리나 블룸'이라는 인물의 삶을 묘사하고 있다. 1970년대 독일에서는 좌익 극단주의자들의 테러로 인해 좌익 진영에 대한 여론이 좋지 않았다. 그럴 무렵 범죄자였던 남자 친구를 경찰의 감시망을 피해 도망갈 수 있게 해준 카타리나 블룸을 황색 저널리즘들은 '빨갱이'로 몰아가기 시작했고, 보도가 진행될수록 언론은 사건과 관계없는 그녀의 사생활까지 낱낱이 파헤쳐 일상적인 생활조차 불가능하게 만들어버렸다. 그래서 그녀는 기자들을 살해하는 극단적인 선택을 하게 되는데, 이 과정에서 벌어진 또 다른 형태의 마녀사냥을 하인리히 뵐은 적나라하게 고발하고 있다.

그렇다면 이와 같은 악순환은 왜 반복되는 것일까? 그것은 아마도 다수의 반대에 맞서 진실을 주장하는 일이 쉽지 않은 일이기 때문일 것이다. 신념에 따라 행동했다 하더라도 그 뒤에 따르는 엄청난 비난과 위협에 당당하게 맞서는 것은 결코 쉬운 일이 아니다. 아서 밀러도 그 점을 잘 알고 있었던 듯하다. 《시련》 속 메리 워렌의 사례를 보면 그러한 사실을 알 수 있다. 애비게일은 엘리자베스에 대한 마녀 혐의를 입증하기 위해 프록터의 집에서 일하고 있던 메리 워렌을 시켜 인형에 바늘을 꽂아 집에 갖다 놓게 한다. 이른바 저주 의식을 진행하고 있다는 혐의를 걸어 엘리자베스를 제거하려 한 것이었다. 프록터는 이 사실을 알고서 메리 워렌에게 진실을 말하라고 강요한다. 이 모든 사건이 아이들의 철없는 장난에서 비롯된 어처구니없는 사건임을 고백하라고 말이다. 메리 워렌은 더 이상의 희생을 막고자 법정에서 모든 사실을 털어놓게 된다. 그런데 사실을 고백했다고 사건이 거기서 종료되지 않았다. 아이들은 메리 워렌이 오히려 거짓말을 하고 있다고 몰아붙이기 시작한다. 처음에 사실을 고백하던 메리 워렌은 광기 어린 아이들의 공격에 점점 공포를 느끼게 된다.

> (메리 워렌, 극도로 당황한다. 그리고 애비게일과 다른 여자애들의 완전한 확신에 압도당해 흐느껴 울기 시작한다. 힘없이 손을 반쯤 올린 채다. 그러자 다른 여자애들도 메리 워렌과 똑같이 흐느껴 울기 시작한다.)
>
> **댄포스** 좀 전에 너는 괴롭힘을 당했어. 이제는 네가 남들을 괴롭히는 거 같구나. 어디서 이런 힘을 얻었지?
> **메리 워렌** (애비게일을 응시하며) 저에겐…… 힘이 없어요.
> **여자애들** 저에겐 힘이 없어요.
> **프록터** 아이들이 부지사님을 속이고 있습니다. 부지사님!
>
> (앞의 책, 123쪽)

진실을 밝혔다는 이유로 주변의 많은 사람이 자신을 공격한다면 그 상황을 견디는 것이 쉬운 일일까? 보통의 용기로는 견디기 힘들 것이다. 결국 메리 워렌은 자신의 증언을 철회하고 프록터를 악마라고 칭하며 자기 또한 희생자였다고 주장한다. 그 결과 댄포스는 사실을 외면한 채 프록터를 감옥에 가두게 되는데, 이 사건을 처음부터 조사하던 헤일 목사조차 이 판결의 과정에 대해 크게 실망하게 되고, 절차를 무시한 불합리한 판결이라고 고발하겠다는 의사까지 밝히게 된다.

> **댄포스** 보안관! 이자와 코리를 함께 감옥에 넣도록!
> **헤일** (방을 가로질러 문으로 가면서) 나는 이 소송 절차를 고발합니다!
> **프록터** 당신들은 하느님을 끌어내리고 창녀를 받들고 있소!
> **헤일** 나는 이 소송 절차를 고발합니다. 나는 이 법정을 떠나겠소. (헤일 목사 등을 지고 밖을 향한 문을 꽝 닫는다.) (앞의 책, 177-178쪽)

이처럼 사건의 진실로 가는 길에는 사람들의 오해와 오해로부터 생겨난 증오, 비난, 위협 등이 장애물로 가로막고 있다. 그러니 진실이 진실로 받아들여질 때까지 그 모든 것을 견디며 버티는 일은 너무나 어려운 일일 것이다. 그러나 이런 상황에서도 진실을 지키는 사람이 있음을 《시련》은 담담히 증언한다.

5. 시련의 시대를 건너가는 《시련》의 방식

"모두가 YES라고 할 때 NO라고 할 수 있는 언론"이라는 어느 언론사의 광고 카피를 본 적이 있다. 그 언론사가 진짜 그랬는지는 잘 모르겠지만, 그 카피가 주는 울림 자체는 상당해서 오랫동안 머릿속에 남아 있었다. 그렇게 모두가 "YES"라고 할 때 "NO"라고 하는 것이 정말로 쉽지 않은 일이라는 것이 메리 워렌의 사례에서 잘 드러나 있음에도, 《시련》

에는 끝까지 자신의 존엄성을 지키며 진실을 주장하는 사람들이 존재한다. 특히 존 프로터, 자일스 코리, 레베카 너스의 장엄한 최후를 지켜보고 있으면, 인간은 그래도 아직까지는 신뢰할 수 있는 존재가 아닐까 하는 생각이 든다. 그중에서도 자일스 코리의 죽음은 의미심장한 울림을 전해준다.

> **엘리자베스** (조용히, 담담하게) 교수형을 당하지는 않았어요. 그 사람은 고소장에 대해서 시인도 부인도 하지 않았어요. 왜냐하면 만약 부인한다면 그 사람을 틀림없이 교수형에 처할 것이고, 그리고 그의 재산은 경매됐을 테니까요. 그래서 그 사람은 말없이 버텼어요. 그리고 법 앞에 기독교인으로서 죽었어요. 그래서 자식들이 그의 농장을 상속받게 됐어요. 그게 법이에요. 왜냐하면 고소장에 대해서 시인도 부인도 하지 않으면 그는 마법으로 처형될 수 없기 때문이에요.
> **프록터** 그럼 어떻게 죽었소?
> **엘리자베스** (조용히) 그들이 그를 눌러버렸어요, 존.
> **프록터** 눌러버렸다니?
> **엘리자베스** 그가 시인하거나 부인할 때까지 그 사람들이 커다란 돌들을 그의 가슴 위에 올려놓았어요. (노인을 생각하며 부드러운 미소를 띠고) 그 노인이 한 말은 두 단어뿐이었대요. "더 무겁게."라고요. 그러고선 죽었어요.
> **프록터** "더 무겁게."라. (앞의 책, 199쪽)

허먼 멜빌의 소설 〈필경사 바틀비〉에서 주인공 바틀비는 자신의 삶을 위협하는 모든 명령에 대해 "안 하는 편을 택하겠습니다(I would prefer not to)."라고 대답한다. 모든 인위적이고 불합리한 위협에 대처하는 그의 방식은 "안 하는 편을 택하겠습니다."라고 말하고 견디는 것이다. '안 하겠다(I will not).'라는 말에서 읽어낼 수 있는 적극적 의지도 없이. 하지만 굳이 안 하는 편을 '선택'한 그의 행동은 어쩌면 엄청난 용기가 필요한 일일 수도 있을 것 같다. 그런데 자일스 코리가 자신을 마녀로 몰아가는 불합리한 폭력에 맞서 "더 무겁게."라고 말한 것 또한 바틀비의 대응 방식과 크게 다르지 않다.

1950년대 광기 어린 시대의 한가운데에서 현실의 아서 밀러 또한 비슷한 선택을 한다. 그는 《시련》의 마지막 장면에서 다른 사람의 이름을 불지 않고 자신의 이름을 서명하기를 거부한 존 프록터처럼, 미국 하원 '비미(非美)활동위원회'에 출두하여 다른 사람의 이름을 밝히기를 거부했다. 그리고 《카타리나 블룸》의 작가 하인리히 뵐도 마찬가지였다. 오히려 보수 언론의 이름을 적시하여 실명 비판하기를 멈추지 않았고, 작가 자신을 빨갱이로 몰아가는 적대적인 비난에도 당당하게 맞서 싸웠다. 이렇게 보면 그들 또한 세상의 오해와 비난에 맞서 '더 무겁게'를 외친 사람들이라고 볼 수 있을 것 같다. 서로가 서로를 마녀로 몰아가고, 한 인간의 삶을 망치는 데 한 시간도 걸리지 않는 이 살벌한 SNS 세일럼 속 시련의 시대를 건너가는 힘은 바로 '더 무겁게'를 외치며 진실의 무게를 견뎌나가는 사람들의 존재에서 찾을 수 있지 않을까? 이렇게 《시련》은 이 엄혹한 시련의 시대를 건너가는 삶의 방식 하나를 우리 가슴 위에 '무겁게' 얹어놓고 있는 것 같다.

유튜브 콘텐츠 제작하기

　요즘 청소년들에게 가장 핫한 매체는 아마도 유튜브일 것입니다. 초등학생들의 희망 직업 순위에서 유튜버가 5위 안에 들었을 정도로 유튜브는 학생들에게 상당한 영향력을 미치고 있습니다. 정보를 검색할 때도 네이버나 구글보다 유튜브를 더 많이 사용한다고 합니다.

　유튜브의 바다에서 한동안 떠돌다 보면 영화나 소설 등을 감상하고 난 뒤에 자신의 생각을 영상으로 제작하는 유튜버들이 많이 있음을 알게 됩니다. 영상을 제작할 때 기술적인 측면에서 편차도 크고 작품을 해석하는 수준도 천차만별이지만, 이런 영상들을 몇 개 살펴보면서 자신의 생각과 비교해 보면 작품의 의미를 새롭게 깨닫는 계기가 되는 것도 부인할 수 없는 사실입니다.

　이런 측면을 생각해 볼 때,《시련》을 읽고 난 뒤나 영화 〈크루서블〉을 보고 난 뒤에 자신의 감상을 유튜브 영상으로 제작해 보는 것은 어떨까요? 조금 부담스럽기는 하지만 다음과 같은 방법들을 제안해 봅니다.

① 영화를 적절하게 편집하여 하이라이트 영상을 제작하면서 작품의 내용을 요약·정리한다. 그러면서 중간중간 자신의 생각을 자막이나 멘트로 넣어본다.

② 얼굴이 나오는 것이 두렵지 않다면 친구와 함께 희곡이나 영화를 본 감상을 이야기하는 과정을 영상으로 제작한다. 물론 이전

에 구체적인 대본이 마련되어야 한다. 대본을 간단하게 쓰고 이를 바탕으로 수다를 떠는 느낌으로 촬영할 수도 있다.

③ 더 자신 있는 사람들은 본격적인 유튜버들처럼 혼자서 작품에 대한 해설 및 감상 영상을 제작해 본다.

④ 개인적으로 추천하고 싶은 것은 친구들과 자료 준비, 촬영, 편집, 영상 출연 등의 일들을 나눠 맡아서 공동으로 제작하는 것이다.

조금은 부담스러울 수도 있지만 영상을 문자처럼 자유롭게 소화할 수 있는 요즘 학생들이라면 생각보다 쉽게 할 수 있을 것 같습니다. 수업 시간에 학생들과 함께 이런 과제를 수행해 봤는데, 상당히 고퀄의 영상을 제작해서 깜짝 놀란 경험이 있습니다.

11

달리기의 진정한 의미

응구기 와 티옹오, 《한 톨의 밀알》(1967)

1. 호텔 르완다 – 아프리카로 우리를 이끌게 된 이름

필자는 세계문학 수업을 진행하기 전부터 영화를 보고 학생들과 함께 이야기하는 수업을 기획하고 운영해 왔다. 이 수업에서 다루었던 영화들 중에는 강렬한 인상을 남겼던 작품들이 꽤 많았다. 그 가운데 대표작을 하나 꼽자면 〈호텔 르완다〉를 들 수 있다. 이 영화는 1990년대 아프리카 르완다에서 일어난 '인종 간 대량학살(제노사이드)'의 틈바구니에서 죽음을 무릅쓰고 다른 사람들을 도왔던 호텔 지배인 '폴 루세사바기나'라는 실존 인물의 이야기를 다루고 있는데, 긴장감 넘치는 사건 전개와 충격적인 학살 장면들로 인해 오랫동안 잊기 어려운 작품이었다. 특히 외모상으로는 쉽게 구별하기도 힘든 '후투'와 '투치'라는 두 종족이 벨기에의 식민 지배 이후 심각한 정치적 갈등을 겪으면서, 결국 인종 간 대량학살이라는 비극으로 치닫는 정치적·역사적 과정을 설명하는 것이 생각보다 쉽지 않았다. 또한 단순히 남의 나라 이야기로 치부하기에는 일제강점기 이후 식민 지배에서 벗어나는 과정에서 정치적 갈등을 겪었던 한국의 정치사와 비슷한 지점이 많아서 맘이 무거워지기도 했다.

어쨌거나 이 〈호텔 르완다〉를 통해 르완다의 어두운 역사를 조금은 이해하게 되었을 때쯤, 르완다의 비극을 다룬 작품 중에 또 다른 영화를 《불편해도 괜찮아》라는 책을 통해 알게 되었다. 이 책에서는 '〈호텔 르완다〉는 대립의 원인을 깊이 들여다보지 않고 투치족이 피해자이며 후투족이 가해자라는 선악 이분법으로 정치 갈등을 묘사했고, 주인공의 영웅적 면모만을 너무 강조하는 점이 탐탁지 않으며, 그 대신 라울 펙 감독의 〈4월 언젠가(Sometimes in April)〉라는 영화가 괜찮다'고 했다. 영화를 찾아보니, 대량학살의 과정에서 트라우마를 겪은 사람들의 심리를 치밀하게 묘사하여 상황의 비극성을 더 깊이 이해할 수 있는 작품이었다. 그래서 이 작품도 수업 시간에 함께 다루게 되었다. 이렇게 영화를 계기로 르완다 관련 수업을 반복하다 보니, 이름도 잘 몰랐던 지구 반대편 나라에 대해 점점 관심의 깊이가 더해졌다.

그 이후 한동안 르완다를 잊고 지내다가 이번에는 소설로 다시 만나게 되었다. 우웸 아크판의 〈My Parents' Bedroom〉이라는 단편소설이었는데 너무나 충격적인 결말이었다. 간략하게 말하자면, 이 소설은 후투족에 의한 투치족 학살이 한창이던 시기에 아빠는 후투족이고 엄마는 투치족이었던 가정에서 자란 남매가 대량학살 시기에 자기들만 집에 남겨진 뒤 겪은 경험들을 생생하게 다루고 있다. 소설이 이렇게 큰 감정적 충격을 줄 수 있다는 것을 오랜만에 체험하게 해준 작품이었다.

아무튼 르완다에 대한 영화들로부터 시작해서 단편소설까지 찾아 읽으면서, 문득 르완다가 위치한 아프리카라는 거대한 대륙에 대해서도

---

1 우웸 아크판(Uwem Akpan)의 《Say You're One of Them》이라는 작품집에 실려 있다. 아직 우리나라에서 번역본이 출간되지는 않았다.

관심이 생겼다. 지금까지 유럽, 아시아, 남미, 북미 등을 다 살펴봤지만, 아프리카 문학에 대해서는 한 번도 수업 시간에 다뤄본 적이 없다는 점 또한 이상하게 느껴졌다. 그래서 또 '까짓것 뭐 한번 해보자.'라는 심정으로 시작했다가, '아프리카 문학에 대한 무지'라는 냉정한 현실과 맞닥뜨리게 되었다. 다른 언어권 문학 수업을 준비할 때보다 훨씬 어려웠다. 정치, 역사, 문학 등 여러 가지 영역에 대한 기초 지식이 적었기 때문이다. 예를 들어, 고등학교 1학년 국어 교과서에 네이딘 고디머의 단편 〈로디지아발 기차〉가 실려 있기는 하지만, '로디지아'가 어디에 붙어 있는 나라인지도 제대로 모르는 처지였으니 말이다. 유명한 작가도 모르겠고, 작품도 아는 게 거의 없었다. 부끄러움을 무릅쓰고 고백하자면, 앞으로 다룰 작가인 '응구기 와 티옹오(Ngũgĩ wa Thiong'o)'는 처음 들었을 때 한 사람 이름이 아니라 두 사람 이름이라고 생각했다.

그래도 마음을 다잡고 자료를 찾아서 아프리카 소설들로 수업을 해보기로 했다. 솔직히 이번이 아니면 언제 하겠냐는 생각이 컸다. 아프리카 문학을 소개한 개설서들을 훑어보기 시작했는데, 역시나 엄청나게 많은 작품의 홍수에 지쳐버렸다. 수많은 작가들의 수많은 소설들이 문학사의 구석구석에 자리 잡고 있었다. 그래서 그나마 손꼽히는 작품들을 중심으로(솔직히 말해서 노벨문학상에 이름이 오르내리는 작가들을 중심으로) 이것저것 읽어보았는데, 거기서 탁 걸려든 작품이 하나 있었다. 그 작품이 바로 '응구기 와 티옹오'의 《한 톨의 밀알》이다.

2. 키히카 - 저항과 죽음의 이름

많은 작품을 살펴본 것은 아니지만, 그중에서 이 소설이 유독 눈에 들어왔던 이유는 작품의 '시간적 배경' 때문이다. 이 소설은 케냐가 영국의 식민지에서 벗어나 독립한 시기, 정확히 말하자면 케냐 독립일인 1963년 12월 12일 나흘 전부터 당일까지를 배경으로 하고 있다. 그런데 해방이라는 엄청난 격변을 맞이하는 시기에, 이 소설에 등장하는 인물들은 마치 이태준의 〈해방 전후〉나 채만식의 〈논 이야기〉에서 만났던 인물들처럼 천차만별한 입장을 드러내고 있다. 즉 해방을 단순히 기뻐만 할 수 없는 여러 인물의 복잡한 심경을 작품의 씨줄과 날줄로 삼아 복잡하고 아름다운 무늬의 소설을 만들어낸 것이다.

이런 이유로 《한 톨의 밀알》이 우리의 수업으로 초대되었는데, 이 작품을 학생들과 함께 읽어보니 큰 문제 한 가지가 금방 발견되었다. 이 작품은 인물 관계가 상당히 복잡한데, 너무 많은 인물이 등장할 뿐 아니라 인물들의 이름 또한 비슷비슷해서 읽다 보면 누가 누군지를 파악하기가 쉽지 않았다. 왐부쿠, 왐부이, 와루이, 완지쿠…… 익숙하지 않아서인지 별로 길지도 않은 케냐 사람들의 이름이 쉽게 와닿지 않고 자꾸 머릿속에서 뒤엉켰다. 그래서 소설 속 인물들(주요 인물, 저항 세력, 케냐인, 영국인)과 그 인물들의 관계(가족 관계, 대립 관계, 부적절한 관계)를 나름의 방식으로 정리하면서 읽어나갔다.

이 헷갈리는 이름의 인물들이 미묘하고도 다층적인 관계를 이루고 있기 때문에 책을 읽을 때는 정신을 바짝 차리지 않으면 안 된다. 수많은 인물이 등장하는 이 작품의 특징을 한 연구서는 다음과 같이 평가하기도 한다.

이 소설은 화자나 개별적 인물이 서술 구조를 독점하는 독백적이고 단성적인 형태가 아니라 등장인물들이 자기들의 논리로 소설 공간에 각축을 벌이며 의미를 생성시키는 대화적이고 다성적(多聲的)인 형태를 취하고 있다. 작가는 이렇게 다성적인 목소리를 소설 공간에 배치함으로써 독자가 케냐의 독립 투쟁에 얽힌 역사를 더 포괄적으로 조망할 수 있게 만든다.

(왕은철,《타자의 정치학과 문학》, 전북대학교출판문화원, 335쪽)

　　미하일 바흐친이라는 이론가의 '다성성(polyphony)'이라는 개념을 적용하여 분석한 내용이다. 어떤 주도적인 목소리가 작품을 끌고 가는 것이 아니라 다양한 인물들이 동등한 위치에서 자신의 목소리를 표현하고 그 목소리들이 얽히면서 작품의 의미를 구성해 간다는 말이다. 이런 특징을 가지고 있는 작품이기 때문에 각각의 등장인물들을 살펴보고 그 입장을 차근차근 검토하다 보면 작품의 이모저모를 구체적으로 이해할 수 있을 것이다.

　　이야기를 이끌어가는 주요 인물들은 '뭄비(女)', '무고(男)', '기코뇨(男)', '카란자(男)'이다. 그런데 이 네 명의 이야기를 풀어나가기 전에 먼저 꼭 다루어야 할 인물이 있다. 그는 바로 '키히카'이다. 주요 인물 네 사람이 겪는 갈등의 시작점에 키히카가 존재하기 때문에 먼저 언급해야 하기도 하지만, 사실 키히카는 이 작품의 정치적 배경이 되는 케냐 반영(反英) 운동의 중심인물로 묘사되어 있다. 따라서 작품이 발 딛고 있는 역사적 배경을 이해하기 위해서라도 키히카라는 인물을 짚고 넘어갈 필요가 있다.

　　가족관계로 따지면 키히카는 뭄비의 오빠다. 그리고 정치적으로 따지면 그는 케냐가 영국의 식민 지배에 허덕일 때 식민 통치에 용감하게 맞서 싸웠던 저항의 아이콘이었다. '무니우 선생'이나 '잭슨 목사'로 대표되는 복음주의 식민지 교육을 거부하고, 그는 억압받고 있는 케냐의 민중을 위해 영국과 맞서 싸우는 길을 선택했다. 우리 민족이 3·1운동으로 대표되는 끊임없는 저항으로 일제에 맞섰던 것처럼 케냐인들도 독립을 위해 강력하게 싸웠는데, 이러한 저항의 한가운데에 키히카라는 인물이 있었던 것이다.

키히카가 가담했던 강력한 저항 투쟁 가운데 대표적인 것이 '마우마우 궐기'였다. 약 100만 명에 가까운 케냐의 기쿠유족 사람들은 여러 달에 걸쳐 영국 식민 통치 세력에 맞선 비밀 궐기를 준비했고, 1952년부터 1956년에 걸친 기간 동안 반식민 저항 투쟁을 지속했다. 이 궐기가 너무나 인상적이었기 때문에, 그 결과 1950년대 유럽에서는 '마우마우'가 '테러'를 뜻하는 말이 되었다고도 한다.[2] 이와 같은 엄청난 저항에 맞서 영국은 궐기에 참여했던 기쿠유족 사람들에 대한 가혹한 처벌과 함께 가담자들을 노동수용소에 수감시키는 정책으로 대응했다. 그 결과 1만 1000명의 기쿠유족 사람들이 죽임을 당했으며, 8만 명가량의 케냐인들이 노동수용소에 수감되었다. 수감된 케냐인들은 극한의 고통 속에서 하루하루를 보내게 된다.

> 수용소에 갇힌 처음 몇 달 동안은 기다린다는 것이 참을 만했다. 수감자들은 밤낮으로 저항의 노래를 부르며 백인에게 경멸의 웃음을 보냈다. 수감자들은 누구나 할 것 없이 '특수계'라는 아주 비밀스러운 명칭이 붙은 부서의 정부 요원들로부터 가혹한 심문을 받았으며, 어떤 수감자들은 구타를 당했다.
>
> (응구기 와 티옹오, 왕은철 역, 《한 톨의 밀알》, 은행나무, 166쪽)

영국 경찰은 노동수용소에 수감된 사람들 말고 남아 있던 사람들에

---

2 루츠 판 다이크, 안인희 역, 《처음 읽는 아프리카의 역사》, 웅진지식하우스, 182쪽.

게도 탄압을 멈추지 않았다. 독립군에게 협력했다는 이유로 만주인들에게 잔악한 보복을 가했던 일본군들이 그러했듯이, 영국인들은 거주지를 불태우고 케냐인들을 다른 집단 거주지로 강제 이동을 해버렸다.

> 당국은 보복을 하기 시작했다. 룽에이와 같은 흑인 상업지역이 '평화와 안전상의 이유로' 폐쇄될 예정이었다. 사람들은 수도 적고 덜 흩어진 마을들로 이주해야만 할 판이었다. (중략)
> 당시 경찰서장이었던 토머스 롭슨은 마을마다 집회를 열어 사람들에게 두 달 내에 옛날 집을 허물고 새 집을 지으라고 명령했다.
>
> (앞의 책, 217쪽)

특히 영국인 경찰서장 '토머스 롭슨'은 케냐인들을 인간 이하로 취급하면서 무차별적인 테러를 서슴지 않았다. 자신의 마음에 들지 않는다며 케냐인들을 마구잡이로 살해하는 '걸어 다니는 식인종'이었다.

> 그는 지프를 몰며 한두 명의 군인을 뒤에 태우고, 무릎에 경기관총을 놓고, 카키색 바지 주머니에는 국방색 재킷 밑으로 보일락 말락 권총을 차고, 예기치 않은 때와 장소에 느닷없이 출현해 방심하고 있던 희생자들을 잡아갔다. 그는 그들을 '마우마우'라고 불렀다. 그는 그들을 지프에 태우고 숲 가로 데리고 가 무덤을 파라고 명령했다. 그리고 무릎을 꿇으라고 했다. 때로 그는 살려달라고 천지신명께 기도를 드리는 사람들에게 경기관총을 난사했다. 권총으로 사살할 때가 더 많았다.
>
> (앞의 책, 286쪽)

이와 같은 탄압에 분노하던 키히카는 롭슨을 살해함으로써 케냐인들의 분노를 표출하려 했다. 키히카는 윤봉길과 이봉창이 그러했듯이 치밀하게 계획을 세워 접근한 뒤 그를 불시에 저격하여 죽여버린다. 그러나 불행하게도 롭슨을 살해한 뒤 얼마 지나지 않아 그는 영국 경찰에게 붙잡혀 사형을 당한다. 이로써 그는 민중을 위해 스스로를 희생하는 일종의 '예수'와 같은 희생자가 되었으며, 탄압받던 케냐인들에게 저항의 상징으로 자리 잡은 것이다.

그런데 키히카가 붙잡히는 과정에서 석연치 않은 점이 있었다. 홍길동처럼 신출귀몰하게 영국 경찰의 감시망을 잘 피해 다니던 키히카가 어쩌다가 갑자기 잡히게 되었는지 의심스러웠기 때문이다. 그러다가 나중에 내부인의 밀고로 인해 체포되었다는 사실이 밝혀지게 되었다. 마치 영화 〈암살〉의 이정재처럼 케냐 독립운동 내부에도 배신자가 있었던 것이다. R장군이나 코이나 같은 저항운동 세력들은, 확실치는 않지만 이 배신자의 정체를 나름대로 추측하고 있었다. 그리고 그들이 추측한 범인은 앞서 언급한 주요 인물 중 하나인 '카란자'였다. 카란자는 원래 키히카나 기코뇨 등과 함께 어울리던 친구였지만, 궐기 이후 식민 당국의 편에 서서 자치대장이 되어 저항운동에 가담하는 케냐인들을 탄압하는 데 앞장서게 된다. 그래서 저항 세력들 사이에서 그가 키히카의 신변을 영국 경찰에 넘겼다는 추측이 나오게 된 것이다.

키히카의 친구이기도 했던 그가 이런 처지로 전락하게 된 가장 중요한 요인은 '사랑의 실패'로 인한 심경의 변화라고 볼 수 있다. 카란자는 키히카의 동생인 뭄비를 사랑하고 있었다. 그래서 고백까지 했었지만 뭄비는 그를 거절하고 경쟁자였던 기코뇨와 결혼하게 된다. 그 이후에 카란자는 그들과 다른 길을 가기로 마음먹은 것이다. 그러면 이 상황을 이해하기 위해 뭄비를 둘러싼 삼각관계, 즉 기코뇨와 카란자와의 관계를 중심으로 조금 더 섬세하게 살펴볼 필요가 있겠다.

3. 카란자, 기코뇨 – 갈등과 논란의 이름

궐기 이전에 기코뇨와 카란자는 둘 다 뭄비를 사랑했다. 두 사람은 사뭇 다른 성격을 가지고 있었고 사랑하는 방식도 서로 달랐다. 목수 출신이었던 기코뇨는 재치도 없고 말주변도 없어서 자신의 감정을 표현하는 것에 서툴렀지만, 카란자는 화려한 기타 솜씨를 바탕으로 자신의 매력을 충분히 발산할 수 있는 사람이었다. 기타 연주에서부터 두 사람의 성격 차이는 뚜렷하게 드러난다.

> 카란자는 기코뇨와 다르게 연주를 했다. 기코뇨는 거칠고 격렬하게 연주했다. 때로는 악기가 그를 지배하는 것 같았다. 그래서 그의 연주에는 거칠고 조야한 힘이 있었다. 그러나 카란자는 달랐다. 그는 연장을 다루는 목수처럼 악기를 통제했다. 그래서 그의 연주는 더 확실하고 세련미가 있었다. (앞의 책, 153쪽)

카란자는 가끔 뭄비의 집에 가서 기타 연주를 해주면서 자신의 감정을 표현하기도 했다. 그러니 카란자는 뭄비가 당연히 자신을 선택할 것이라고 생각했다. 하지만 뭄비는 기코뇨의 과묵함과 진지함, 그리고 은근한 마음 씀씀이를 좋아하게 된다.

> 그녀가 조용히 웃었다. 그녀의 볼이 환했다. 그녀의 목소리가 즐겁게 그의 살 속으로 파고들었다.
> "나무를 갖고 일하는 목수라는 직업은 멋진 직업임이 틀림없어요. 당신은 쪼개진 나무를 갖고도 무엇인가를 만들잖아요."
> "너도 스웨터를 짜잖아."

"그건 같은 게 아니죠. 언젠가 당신이 작업장에서 일하는 걸 지켜봤어요. 그런데 당신이 연장들과 얘기를 하고 있는 것 같은 느낌이 들었어요." (앞의 책, 146쪽)

어느 순간 기코뇨의 진지한 매력에 빠져든 뭄비는 카란자의 청혼을 거절하고 기코뇨를 선택한다. 순식간에 삼각관계의 패배자로 전락한 카란자는 이런 상황을 받아들이기가 힘들었고 격렬한 증오심마저 느낀다. 그런데 이런 상황에서 '마우마우 궐기'가 일어나게 되고, 이 사건은 두 사람의 삶의 방향을 극적으로 변화시키는 계기로 작용한다. 키히카의 영향을 받은 기코뇨는 저항운동 세력을 따라 숲으로 들어갔지만, 남아 있던 카란자는 정반대의 길을 선택했기 때문이다.

그런데 여기서 뭔가 전형적인 느낌이 들지 않는가? 사랑에 실패한 한 남자가 정치적 격랑의 와중에 자신을 거부한 여자에 대한 복수심에 불타 그들의 반대편에 서서 배신자의 길을 걷는다는 스토리. 어쩌면 일제강점기를 배경으로 하는 우리네 영화나 드라마 등에서 많이 본 듯한 스토리가 아닌가 싶다. 지리적·문화적으로 우리와 너무나 동떨어져 있는 케냐라는 나라에서 비슷한 전형을 발견하다 보니, '사람 사는 건 다 비슷한가?'라는 생각마저 든다.

여기서부터 우리가 충분히 상상할 수 있을 법한 방향으로 이야기가 흘러간다. 저항운동에 참여한 남편을 둔 뭄비가 식민 당국의 탄압으로 고통받고 있을 때, 자치대장이라는 감투를 쓰고 있던 카란자는 심적·물적으로 그녀를 돕는다. 뭄비는 도움을 받고 싶지 않았지만, 살기 위해서 어쩔 수 없이 그의 도움을 받아들일 수밖에 없었다. 게다가 기코뇨는 식민 당국에 체포되어 6년이라는 긴 시간 동안 생사 여부도 알려지지 않은 채 노동수용소에 갇혀 있었으니, 뭄비의 입장에서는 카란자의 보호를 거절하는 것이 쉽지 않은 일이었다.

> 그런데 그날 밤, 다시 카란자가 찾아왔어요 어두워서 그의 모습을 분명
> 하게 볼 수 없었어요. 그러나 저는 죽을힘을 다해 입술을 움직였어요.
> '유다' 그 말이 제 입에서 튀어나왔어요. 그가 입을 열자, 그의 목소리는
> 제가 서 있는 곳에서 수 킬로 떨어진 곳에서 들리는 소리 같았어요.
> '여기 옥수수 가루와 빵이 있어. 받아. 그러지 않으면 죽을 거야. 나는
> 키히카를 배반하지 않았어. 안 그랬어. 백인을 위해 총을 차고 다니는
> 것은 때가 되면 당신도 이해하게 될 거야. 사람들은 누구나 세상에서
> 혼자라는 사실과 살아남기 위해서 혼자 싸울 수밖에 없다는 사실을 이
> 해하게 될 거라고.' (앞의 책, 225쪽)

그런데 여기서 흥미로운 것은 이 소설이 카란자를 단순히 악인으로
만 묘사하고 있지 않다는 점이다. 물론 카란자처럼 식민 당국의 앞잡이
가 되는 것까지 적극적으로 옹호할 필요는 없지만, 이 작품은 생존을 위
해 식민 당국에 협조할 수밖에 없었던 인물들의 목소리까지도 대변해
주고 있다. 바꾸어 말하면, 카란자와 같은 인물들이 작품 속에서 자신의
목소리를 낼 수 있는 기회를 마련해 준 것이다. 그러면 여기서 카란자의
목소리를 좀 더 들어보자.

> 당신은 이해 못 해. 당신은 우리 모두가 숲이나 수용소에서 죽고, 백인
> 들만 이 땅에서 살아가기를 바라는 거야? 백인은 강해. 결코 그걸 잊지
> 마. 나는 그 힘을 맛봤기 때문에 알아. 조모 케냐타가 로드와르에서 풀
> 려날 것이라는 착각은 하지 마. 영국은 일본과 말레이반도에서 그랬던
> 것처럼 숲에 폭탄을 퍼부을 거야. 그리고 수용소에 있는 사람들은 결

코 다시 돌아오지 않을 거야. 뭄비, 그들은 돌아오지 않아. 용감한 사람들이 전쟁터에서 죽을 때 비겁한 사람은 살아서 어머니를 모시는 거야. 재난을 피하는 것은 비겁한 게 아냐. (앞의 책, 229쪽)

카란자의 이야기를 듣고 있다 보면 이는 우리의 아픈 역사와도 맥을 같이하는 이야기임을 쉽게 깨달을 수 있다. 대한민국이 독립국가로서 민족적 전통을 유지하며 국제사회에서 뚜렷한 발자취를 남기고 있는 현재의 입장에서 친일파들에 대한 비판은 정치적·도덕적으로 정당하고 필요한 일이다. 하지만 조금만 달리 생각해 보면 독립이 이루어질지 아닐지를 짐작조차 할 수 없는 당시를 살았던 사람들에게, 왜 독립운동에 적극적으로 참여하지 않았냐고 비판하는 것은 어쩌면 뒤에 태어난 자들의 성급한 비난일 수 있겠다는 생각도 든다. 이런 성찰의 지점을 작가 응구기 와 티옹오는 카란자의 이야기를 통해 짚어내고 있는 것이다. 그런데 작가는 심지어 케냐를 식민 지배한 영국인들의 사고방식까지도 섬세하게 표현하여 독자들을 놀라게 만든다.

나는 순식간에 대영제국의 발전이 바로 위대한 도덕적 관념의 발전이라는 것을 깨닫게 되었다. 그것은 모든 사람이 평등하게 창조되었다는 것을 전제로 하며, 피부가 다르고 신조가 다른 모든 사람을 통합하는 단 하나의 위대한 국가 영국을 건설하는 것을 의미하고, 또 분명히 그렇게 나아가야 한다. 어둠 속에서 위대한 빛이 내게 빛났다.

(앞의 책, 89쪽)

인용한 부분은 사살당한 롭슨의 후임으로 케냐에 부임한 경찰서장 톰슨이 쓴 글의 일부다. 이 글을 살펴보면 영국의 식민주의자들은 단순히 식민지 수탈을 통해 영국을 발전시킬 목적으로 케냐를 지배한 것이 아니다. 식민 지배는 영국의 우월한 경제적·문화적 발전 과정을 직접 전달할 수 있는 훌륭한 수단이며, 식민지 케냐를 문명화시킬 중요한 수단이라고 생각하고 있다. 물론 이런 주장은 수탈당하는 피지배 민족에게는 받아들이기 힘든 것이지만, 제국주의 지배를 옹호하는 일부 지식인들에게 현재까지 영향을 미칠 정도의 설득력을 가지고 있다. 이처럼 작가는 '선과 악'이라는 단순 이분법에서 벗어나, 식민 지배로 고통받는 케냐인들의 목소리와 함께 반대편의 목소리까지도 모두 담아내어 작품 속에서 함께 울리기를 바랐던 것이다. 덕분에 이 작품을 다루는 수업 시간은 식민 지배를 둘러싼 정치적·역사적·윤리적 문제들을 놓고 다양한 이야깃거리들을 펼쳐놓을 수 있는 즐거운 시간이 될 수 있었다.

어쨌거나 이런 상황에서 뭄비는 자신의 남편인 기코뇨가 돌아올 것이라는 희망을 거의 버린 채로 살아간다. 비상사태가 언제 끝날지 몰랐고, 남편은 무덤에서나 만날 수 있을 거라고 느끼고 있었다. 그럴 때 카란자는 기코뇨가 수용소에서 풀려나 돌아올 것이라는 소식을 전한다. 뭄비는 수용소에서 마을로 돌아오는 사람들의 명단 속에서 기코뇨의 이름을 발견한다. 그런데 그때 뭄비는 멍한 상태에서 다음과 같이 행동한다.

> 그 밖에 당신에게 무슨 할 말이 있겠어요? 저는 그저 고마울 뿐이었지요. 웃음이 나오더군요. 카란자가 제 얼굴에 차가운 입술을 대는 것까지도 좋았어요. 저는 낯선 세상에 있는 것 같았어요. 제가 미친 것 같았어요. 당신에게 더 얘기할 필요가 있을까요? 저는 카란자가 제게 사랑을 하는 것도 내버려뒀어요. (앞의 책, 232쪽)

몇 년에 걸쳐 카란자의 호의와 구애를 거절하고 기코뇨만을 기다리며 살아가던 뭄비는 막상 기코뇨가 돌아온다는 이야기를 들었을 때 멍한 상태에서 카란자에게 몸을 허락하고 만다. 그 결과 뭄비는 카란자의 아이를 임신하게 된다.[3] 이 사건은 수용소에서 돌아온 기코뇨에게 충격을 주게 된다. 기코뇨는 6년 동안 일곱 군데의 수용소를 전전하면서, 뭄비를 만날 수만 있다면 어떤 수난도 견뎌낼 수 있다는 마음으로 그 시간들을 지탱해 왔는데, 카란자의 아이와 뭄비가 머물고 있는 고향의 집은 그에게 수용소보다 더한 정신적 고통을 주었다.

> 어머니가 껴안자 기코뇨는 몸이 굳어졌다. 누가 말해주지 않아도 뭄비의 등에 업힌 아이가 다른 남자의 소생이라는 것을 알았다. 뭄비는 그가 없는 사이에 다른 남자들과 잠자리를 같이한 것이었다. 기다림의 세월, 경건한 희망, 보도 위의 발걸음 소리, 이런 모든 것들이 한꺼번에 몰려들면서 그를 조롱하기 시작했다. (앞의 책, 181쪽)

그 이후로 카란자는 뭄비에 대한 마음을 차갑게 닫아버리고 무엇에 홀린 듯이 돈에만 집착한다. 그에게 이제 과거에 꿈꾸었던 삶은 산산조각이 났으며 삶의 방향조차 제대로 탐색할 수 없는 혼란 속에서 '돈'만이 자신을 움직일 수 있는 동력이 되어버렸다. 저항운동을 통해 새로운 케냐를 만들어보겠다는 절실한 희망 같은 것은 흐릿한 기억일 뿐이었다. 그리고 카란자는 비상사태 국면에서 자치대장 역할을 성실하게 수행하면서 영국 식민 당국의 인정을 받아 식민통치 기구의 관리로 평탄

---

3 이 장면에 대해서도 의견이 분분했다. 뭄비가 허락한 것이 아니라 멍한 상태에서 카란자가 강압적인 행위를 한 것이라거나, '내버려뒀다'는 표현에 주목해서 기코뇨가 돌아올 때까지 그들을 살아 있게 해준 카란자에 대한 고마움이 표현된 것이라는 등의 의견이 나왔지만 다 만족스럽지는 않았다.

한 삶을 누린다. 이런 상황에서 그들에게 1963년 케냐의 독립이 갑자기 찾아오게 된 것이다.[4] 해방이라는 정치적 격변 속에서 기코뇨와 카란자는 어떤 삶을 맞이하게 될까?

그럼 이제 12월 12일의 독립 기념식으로 들어가 보자.

4. 무고 – 배신과 고백의 이름

본격적으로 이들의 이야기를 이어가기 전에, 이 소설을 읽고 상당히 재밌었던 점 하나를 소개하고자 한다. 이 소설은 케냐의 독립이 선포되는 시기를 시간적 배경으로 하고 있다고 했다. 앞서 이야기한 키히카, 기코뇨, 카란자, 뭄비의 이야기는 해방을 맞이하기까지 그들이 겪었던 과거를 회상한 내용이다. 크게 말해서 소설 속 현재 사건은 '우후루', 즉 케냐 독립 기념일을 준비하는 과정과 연관되어 있다고 해도 무방하다. 이 과정에서 행사 준비단 측은 더 많은 사람들의 참여를 이끌어내기 위해 '체육 행사'를 집어넣기로 한다. 대중적인 체육 행사라고 하면 보통 인기 스포츠인 축구나 야구를 떠올리기 마련이다. 하지만 이 소설은 공간적으로 아프리카 케냐, 시간적으로는 1963년을 배경으로 하고 있다. 그렇다면 그들은 체육 행사로 무엇을 즐겼을까? 케냐 사람들이 여전히 두각을 나타내고 있는 스포츠, 바로 '장거리 달리기'였다.

---

4   케냐의 독립 과정은 여기서 언급하기에 어려움이 있다. 간략하게 설명하자면 '마우마우 궐기'와 같은 무장투쟁을 지속하면서 의회 민주주의를 통해 제도적 변화를 지속하던 케냐 민중들은 1963년 총선에서의 압승을 통해 독립 영웅 조모 케냐타를 대표로 하는 독립 정부 수립을 선포하면서 해방을 만끽하게 된다.

그런데 아침 행사가 끝나갈 무렵 무거운 분위기를 떨쳐내는 듯한 일이 있었다. 들판을 열두 바퀴 도는 5킬로 장거리경주가 있다고 발표된 것이었다. 남녀노소 모두 참가할 수 있다고 했다. 원래 장거리경주는 프로그램에 없었다. 바로 이렇게 즉흥적으로 끼워 넣은 것이 흥미를 끌면서 사람들이 달아올랐다. (앞의 책, 312쪽)

이 행사에 기코뇨와 카란자도 참석하게 된다. 자신을 돌뵈주던 백인들이 모두 떠나게 된 뒤 배신자로 몰려 청산의 대상이 된 카란자, 삶의 희망을 잃은 채 뭄비에 대한 증오를 삭이지 못하고 사랑하는 여인과 별거하게 된 기코뇨. 이 둘은 나란히 12월 12일 독립기념일 장거리 달리기 레이스에 참여하게 되는데, 그들은 5킬로를 달리는 내내 주마등처럼 스쳐 가는 고통스러운 기억들을 떠올렸고, 자신의 삶을 무너지게 만든 서로에 대한 증오심에 가득 차 달리기의 승리가 곧 인생의 승리인 것처럼 전력을 다해 상대를 제압하려 들었다. 결과는 어떻게 되었을까?

이제 경주는 기코뇨와 카란자의 싸움이었다. 이 싸움 뒤에 숨겨진 동기와 감정이 있다는 것을 아는 사람은 아무도 없었다. 다만 관중은 특이한 긴장감을 느낄 뿐이었다. 마지막 바퀴에서 두 사람은 나란히 달렸다. (중략)
바로 이때 예기치 않은 일이 벌어졌다. 언덕 아래로 내려오던 기코뇨가 빽빽한 덤불에 발이 걸리면서 꼬꾸라졌다. 그 바람에 카란자도 넘어졌다. 들판이 갑자기 조용해졌다. R장군과 그 뒤를 따르던 사람들이 넘어진 두 사람을 앞질러 골인해 버렸다. (앞의 책, 326쪽)

두 사람이 골인 지점에 다다르지도 못하고 꼬꾸라진 것은 상징적인 의미를 담고 있다. 이 행사 자체의 성격이 독립을 기념하는 것임과도 관련이 있다. 작가는 과거의 기억들에 발목이 잡혀 새로운 시대로 나아가지 못하고 있는 이 두 인물이 독립과 해방이라는 골인 지점에 어울리지 않는 인물이라는 메시지를 이렇게 표현한 것이다. 그런데 이 경주를 지켜본 사람들 또한 "어떤 사람들은 카란자 편을 들었고, 어떤 사람들은 기코뇨 편을 들었다."라고 표현하고 있다는 점이 흥미롭다. 즉 이 장면은 혼란스러운 케냐의 해방 공간에서 저항을 선택한 사람들과 생존을 도모했던 사람들의 입장이 여전히 충돌하고 있음을 증명한다.

이제 이 모든 혼란을 매듭지을 또 한 명의 중요한 인물을 만날 때가 된 것 같다. 그 이름은 바로 '무고'이다. 무고는 케냐의 독립 투쟁 과정에서 많은 사람에게 존경받는 인물이었다. 특히 그는 수용소에서 임신한 여인 대신에 매를 맞고 피투성이가 된 채로도 굴복하지 않았던 모습이 노래로 전파될 만큼 독립 투쟁의 상징적 인물로 받아들여지고 있었다. 그에 대한 노래는 다음과 같다.

그는 참호에 뛰어들었네.
그가 군인에게 한 말이 창처럼 내 가슴을 찔렀네.
여자를 때리지 마라, 그가 말했네.
임신한 여자를 때리지 마라, 그가 군인에게 말했네.

참호 속에서 모든 일이 뚝 멈췄네.
땅도 조용해졌네.
그들이 그를 데려갔을 때
핏빛처럼 붉은 눈물이 내 얼굴 아래로 하염없이 흘렀네.

(앞의 책, 275쪽)

그래서 R장군과 코이나 등 우후루 행사를 주최하는 쪽에서 무고를 초청하여 연설을 듣고자 했다. 독립 영웅의 연설을 듣고 그 자리에서 배신자인 카란자를 처단함으로써 독립의 진정한 의미를 드러내고자 했기 때문이다. 그런데 이런 존경과 신뢰를 받으면서도 무고 자신은 무언가 계속해서 마음이 불편한 모습이었다. 연설 초청도 거부하며 자신을 그냥 내버려두라고만 했다. 그가 지극히 겸손한 인물이었기 때문일까?

물론 그는 진중하고 겸손한 인물이기는 했지만, 그것만이 연설을 거부한 이유는 아니었다. 이 작품의 마지막에 그 진짜 이유가 드러나는데, 카란자가 아니라 무고가 바로 키히카를 고발한 배신자였기 때문이다. 키히카가 롭슨을 사살하고 도망치던 날 밤, 키히카는 무고의 집에 숨어든다. 무고의 집에서 무사히 경찰의 눈을 피한 이후 키히카는 무고의 진중한 성품을 신뢰하면서 그가 자신과 함께 저항운동에 참여할 것임을 믿고 다음에 만날 비밀 약속을 잡는다. 그런데 혼란에 빠져 있던 무고는 두려움에 떨다가 키히카를 비밀리에 고발해 버린 것이다.[5]

> 그는 침을 꿀꺽 삼켰다. 갑자기 밀려드는 공포심이 그를 사로잡았다. 그는 목소리가 나오지 않을까 두려웠다.
> "알고 있어요……."
> 그는 조심스럽게 말을 시작했다.
> "오늘 밤 키히카를 잡을 수 있는 곳을 알고 있어요." (앞의 책, 305쪽)

---

5 이 배신자 모티프는 사실 조지프 콘래드의 소설 《서구인의 눈으로(Under Western Eyes)》의 내용에서 크게 영향을 받은 것이라고 한다. 반정부 인사에 대한 비밀스러운 고발, 그로 인한 주인공의 죄책감이라는 구조가 거의 흡사하다.

이런 맥락을 고려해 보면 그가 수용소에서 보여주었던 영웅적인 희생도 배신에 대한 죄책감의 표현이라고 볼 수 있다. 그러니 사람들이 자신을 칭송하는 목소리가 커지면 커질수록 그는 자신의 배신에 대해 날카로운 죄책감을 느끼게 된다. 그는 '어둠 속에서', '모퉁이에서', '거리에서', '잠잘 때나 깨어 있을 때나 쉴 수도 없'이 자신을 지켜보는 눈을 의식하면서, 죄책감으로 인한 고통 속에서 헤어나오지 못한다. 특히 무고를 신뢰할 만한 사람이라고 믿은 기코뇨와 뭄비가 자신들이 해방 이전에 겪었던 신산스러웠던 삶을 털어놓으며 새 출발을 기념하는 의미에서 무고가 독립기념일에 사람들 앞에 나서줄 것을 설득할 때, 그는 거의 이성을 잃을 정도로 고통스러워한다. 결국 그는 키히카의 동생인 뭄비에게 자신의 죄를 고백하고 만다.

"나는 내 인생을 살고 싶었습니다. 그 밖의 다른 일에는 끼어들고 싶지 않았어요. 그런데 그 사람이 바로 여기, 오늘 같은 밤에 내 인생 속으로 들어와 나를 물속으로 끌고 들어간 거요. 그래서 난 그를 죽였습니다."
"누구 얘기를 하는 거죠? 무슨 얘기를 하는 거예요?"
"하하하!"
그가 부자연스럽게 웃으며 말했다.
"누가 당신 형제를 죽였죠?"
"키히카 오빠 말인가요?"
"그래요."
"백인이지요?"
"그렇지 않아요! 내가 그를 목 졸라 죽였어요⋯⋯. 내가 그를 목 졸라 죽였단 말입니다⋯⋯." (앞의 책, 284-285쪽)

이렇게 뭄비를 만나 고통스러운 고백을 한 후에 무고는 더 큰 결심을 하게 된다. 주최 측이 요구한 대로 독립기념일에 사람들 앞에 나서기로 한 것이다. 하지만 그는 사람들이 기대했던 것과는 완전히 다른 내용을 밝히기 위해 사람들 앞에 나섰다. 영웅의 귀환이 아닌 배신자의 실체를 폭로하기 위해 그는 사람들 앞에 섰다.

무고의 고백은 사람들의 환상을 송두리째 깨뜨려버렸다. 무고가 '총알도 건드리지 못하는', '수용소에서 사람들을 탈출시킨', '키히카와 나란히 싸운' 대단한 존재가 아니라, 한낱 공포에 사로잡혀 진정한 영웅을 고발한 배신자라는 것을 알게 된 것이다. 이 문제적 장면에 대해 당연히 질문이 쏟아질 수밖에 없었다. '도대체 왜 무고는 고백을 하게 된 것일까?' 그리고 '과연 나라면 그렇게 할 것인가?' 이런 질문들에 대해 다양한 답들이 나왔다. '죄책감을 더 이상 견디지 못했기 때문이다.' 아니면 '자기 대신 죽을 수도 있는 카란자를 구원하기 위해서다.' 등등.

그런데 이런 이야기들을 학생들과 나누면서 무고의 고백이 독립 기념식장에서 이루어졌다는 점이 상당히 중요하다는 사실을 깨달았다. 즉 해방을 맞이하여 혼란에 빠져 있던 사람들에게 무고의 고백은 타인에 대한 증오나 갈등이 아닌 스스로에 대한 용기 있는 성찰이 새로운 출발점에 진정으로 필요한 것임을 보여주었기 때문이다.

> 무고와 기투아가 가고 난 후 잠시 동안 사람들은 고개를 숙인 채 앉아 있었다. 그러고 나서 마치 무고의 고백과 함께 기념식이 끝난 것처럼 일어서서 얘기를 하며 서로 다른 방향으로 흩어지기 시작했다.
>
> (앞의 책, 340쪽)

기념식의 진행 순서에 따르면 무고의 연설이 끝난 후에 하늘을 향해 제물을 태워서 바치는 '번제(燔祭)'가 계획되어 있었다. 그러나 사람들은 그 번제를 보지도 않고 다 뿔뿔이 흩어져 버렸다. 진짜 번제는 이미 끝났기 때문이다. 지난 식민 시절의 고통과 아픔, 그리고 죄과를 온전히 상징하는 무고의 고백과 처벌이 진정한 번제라고 말할 수 있다. 한 시대를 끝내기 위해 우리에게 채만식의 《민족의 죄인》이 필요했듯이, 케냐인들에게는 《한 톨의 밀알》의 무고가 필요했던 것이다.

5. 뭄비 – 끈질긴 생명력과 희망의 이름

무고의 고백 이후에 사람들은 한동안 충격에서 헤어나지 못했다. 하지만 그들에게는 새롭게 시작해야 할 미래가 있었다. 가장 먼저 움직인 것은 뭄비였다.

> 그들은 생각에 잠겼다. 제일 먼저 생각에서 벗어난 사람은 뭄비였다.
> 그녀가 말했다.
> "가야겠어요. 이젠 집에 불이 피워져 있겠지요. 어쩌면 우리는 그 기념
> 식 행사나…… 아니면…… 무고에 관해 너무 걱정을 하면 안 되는지 몰
> 라요. 우리는 살아야 하니까요."
> "그래, 마을도 다시 세워야 하고."
> 와루이가 동의했다.
> "그리고 내일은 장날이지. 땅도 파고 가꿔서 다음 철을 준비하고……."
> (앞의 책, 369쪽)

식상한 결말일지도 모르겠지만, 인간이 살아가는 한 과거의 삶을 바

탕으로 새로운 삶을 준비해야 한다는 것은 당연한 일이다. 뭄비는 아이를 돌보고 생활을 꾸리기 위해 몸을 일으킨다. 또 경주에서 넘어져 팔이 부러진 기코뇨도 돌보러 가야 했다. 그녀야말로 삶의 온갖 고난 속에서도 꿋꿋이 삶을 유지해 나가는 끈질긴 생명력의 소유자였다. 기코뇨 또한 자신의 모든 것을 걸었던 무고의 용기 있는 고백을 되새기며 새로운 삶을 시작하려 한다. 돈만 따라다녔던 맹목적인 삶을 지양하고 궐기 이전에 자신이 사랑했던 목수 일을 다시 해보겠다는 마음을 다지면서 삶을 새롭게 시작하고자 한다. 특히 아름다운 의자를 직접 만들어 뭄비에게 주고 싶다는 신혼 때의 생각을 다시 떠올렸다.

> 기코뇨는 주제를 구체적으로 짜기 시작했다. 그는 인물들의 모습을 바꿨다. 얼굴에 깊은 주름이 있고, 어깨와 머리를 수그리고 의자의 무게를 받치고 있는 야윈 남자를 조각할 참이었다. 그 남자의 오른손은 역시 얼굴에 깊은 주름이 있는 여자의 손을 잡기 위해 뻗쳐진 상태일 것이었다. 세 번째 형상은 사내아이의 모습이 될 것이었다. 사내아이의 어깨나 머리 부근에서 남자와 여자의 손이 만나게 될 것이었다.
>
> (앞의 책, 376쪽)

그는 자신의 아이는 아니지만 뭄비가 키우고 있는 아이를 받아들이기로 한다. 그리고 이 또한 아픈 과거의 일부임을 인정하고 새로운 출발을 함께하기로 결심한다. 엄청난 고통 속에서도 삶을 받아들였던 뭄비의 처지를 이해하고 함께 미래를 설계할 마음을 먹은 것이다. 기코뇨가 설계하는 의자는 이런 자신의 심정을 그대로 드러내고 있다.

우리는 이 대목에 이르러서야 소설의 제목을 제대로 이해할 수 있게 된다. '한 톨의 밀알'은 그들이 설계할 미래에 대한 하나의 상징물임을 깨달을 수 있기 때문이다. '한 톨의 밀알'이 땅에 떨어져 싹을 틔워야 많은 열매를 맺듯이, 고통스러운 역사 속에 희생된 사람들이 있었기에 생명과 사랑으로 충만한 미래의 삶이 가능하다는 것을 제목은 암시하고 있다. 그래서 소설은 다음과 같이 새로운 생명을 잉태하고 있는 뭄비를 상상하는 것으로 아름답게 마무리된다.

> "여자의 모습을 바꿔야겠어. 임신을 해서 배가 불룩해진 여인을 새겨야겠어." (앞의 책, 376쪽)

인물 관계도 그리기

상당히 많은 인물이 등장하고 이 인물들의 관계가 얽히고설키는 작품을 읽을 때, 때때로 인물들의 관계도를 만드는 것이 좋은 방법이 되기도 합니다. 솔직히 읽은 내용을 인물에 맞게 촘촘히 기억할 만한 정도로 우리의 기억은 신뢰할 만한 것이 아니기 때문입니다.

앞서 본 작품들 중에서는 《백년의 고독》이 그런 작품이었습니다. 그리고 대부분의 장편소설들은 등장인물이 많기 때문에 차근차근 인물들의 특성과 관계의 특징을 분류하여 관계도를 만들어 보면, 작품을 제대로 이해하는 데 큰 도움이 될 수 있습니다. 그런 관계도를 만들어 놓고 보면 미처 발견하지 못했던 소설의 의미들이 생겨나기도 합니다. 예를 들어, 염상섭의 《삼대》 같은 길고 어려운 소설을 읽을 때는 인물 관계도를 그려보는 것이 거의 필수라고 할 수 있습니다. 그리고 《삼대》 속의 인물들을 관계도로 엮어가다 보면 '세대, 이념적 지향, 돈에 대한 관념' 등의 기준을 통해 인물들이 분류될 수 있다는 사실도 알게 됩니다.

영화나 드라마를 볼 때도 마찬가지입니다. 〈해리포터〉, 〈반지의 제왕〉, 〈어벤져스〉, 〈스타워즈〉와 같이 하나의 세계를 형성하고 있는 작품은 두말할 것도 없겠지만, 한 편의 영화 속에서도 이런 관계도가 중요한 의미를 발견하게 해주는 경우가 있습니다. 예를 들면, 폴 해기스 감독의 영화 〈크래쉬〉는 미국 LA에서 살아가는 다양한 인종들이 어떤 갈등을 겪고 있으며, 이 갈등이 어떤 식으로 촉발되고, 또 어떤 식으로 해결될 수 있는지를 살펴보는 작품입니다. 여기에 중구난방으로 등장하는 인물들의 관계를 엮어 가다 보면 이들이 어떤 식으로 연결되어 있는지를 깨닫게 됩니다. 그때 이 작품이 말하는 바가 무엇인지 어렴풋이 이해하게 되는 것이지요. 이처럼 관계도는 의외의 즐거움을 선사하기도 합니다.

《한 톨의 밀알》에도 많은 인물이 등장합니다. 이들의 인물 관계도를 주요 인물들을 중심으로 한번 그려봅시다. 어떤 인물들이 등장하는지(주요 인물, 저항 세력, 케냐인, 영국인 등), 그들이 어떤 관계(가족관계, 대립 관계, 부적절한 관계 등)인지가 잘 드러날 수 있는 방식이면 더 좋을 것입니다.

12

적대를 넘어
새로운 세상을 꿈꾸다

어슐러 K. 르 귄, 《빼앗긴 자들》(1974)

1. SF소설?

　메리 셸리의 소설 《프랑켄슈타인》을 읽은 적이 있다. 그런데 이 소설을 읽고 나면 괴물 '프랑켄슈타인'에 대해 그동안 알고 있던 사실이 틀렸다는 것을 금세 깨닫게 된다. 일단 프랑켄슈타인은 괴물의 이름이 아니라 괴물을 만들어낸 과학자의 이름이다. 물론 그런 괴물을 세상에 내어놓았을 때 생겨날 후폭풍은 생각하지도 않고 자신의 욕망에 따라 괴물을 만들어낸 과학자 프랑켄슈타인 또한 괴물이라고 한다면 할 말은 없지만, 머리에 나사가 박힌 채 어눌한 말투로 사람들을 공포에 사로잡히게 만드는 그 존재가 '프랑켄슈타인'이 아니라는 사실 정도는 상식적으로 알아두면 좋을 것 같다.

　이 엉뚱한 소설은 당시 영문학에서 유행하던 '고딕(Gothic)소설'이라는 장르의 풍습에 영향을 받아 기괴하고 우울하며 음습한 분위기로 가득 차 있다. 하지만 놀랍게도 이 소설은 그 이후 여러 소설에 새로운 길을 열어주는 이정표 역할을 하게 된다. 《프랑켄슈타인》은 문학사적으로 SF소설(Science Fiction, 과학소설)이라는 장르의 원조로 평가받고 있기 때문이다. SF소설의 일반적인 경향인 "허구화의 과정에서 과학적 지식이 개입하며, 인류 문명에 대한 비전을 결합시키는"[1] 특징을 《프랑켄슈타인》은 잘 보여주고 있다. 괴물을 창조해 낸 그 능력이 바로 '과학적 지식'이었으며, 그 결과물이 어떤 영향을 미칠지 치밀하게 묘사하고 있기에 이 소설을 SF소설의 시초로 보는 견해는 상당한 설득력을 얻고 있다. SF소설에 대한 한 연구서는 이 소실의 특징이 SF소설의 근본석인 특성과 일치한다고까지 평가하며 다음과 같이 설명하고 있다.

> 결론적으로 《프랑켄슈타인》은 합리화의 역설적 의미에 관한 소설이고 그 역설의 중심에는 소설의 존재론적 근거이자 비판의 대상인 과학이 있다. 그렇기 때문에 SF는 괴물과 마찬가지로 태생부터 존재론적 딜레마를 안고 있었다. 그러나 그 딜레마가 SF의 상상력을 풍부하게 만들어 SF가 진화하는 계기가 되었다. 또한 《프랑켄슈타인》은 논리적인 과학적 일관성을 지닌 내러티브 덕분에 공상에 빠지지 않으면서도 문학적 환상을 훌륭하게 창조해 냈다.
>
> (임종기, 《SF 부족들의 새로운 문학 혁명, SF의 탄생과 비상》, 책세상, 20쪽)

'과학'이라는 강력한 무기를 바탕으로 한 'SF소설'이라는 괴물 같은 장르가 탄생한 이후로 《프랑켄슈타인》의 후예들은 종횡무진 자신의 영역을 넓혀왔다. 과학기술이 무소불위의 힘을 발휘하여 이 세상을 지배한 것만큼은 아니었지만, SF소설들 또한 다양한 소재와 놀라운 상상력으로 자신의 영향력을 확장해 오고 있다. 특히 컴퓨터그래픽 기술이 발

---

1 한국문화예술위원회 엮음, 《100년의 문학용어사전》, 아시아, 60쪽.

달한 오늘날, 영화에 미친 영향력만큼은 여타의 장르와 비교해도 손색이 없다. SF소설이나 SF만화(정확히는 '그래픽 노블')를 원작으로 한 영화들이 엄청난 예산을 쏟아가며 할리우드를 비롯한 여러 나라에서 제작되고 있는 상황이니 말이다.

이처럼 영화계에서 SF소설들의 영향력이 커지고 있는 것은 현실에서 볼 수 없는 멋진 볼거리들을 제공하는 놀라운 상상력의 세계를 SF소설들이 이미 창조해 놓았기 때문일 것이다. 영화 〈블레이드 러너〉의 원작 《안드로이드는 전기양을 꿈꾸는가(Do Androids Dream of Electric sheep?)》나 영화 〈마이너리티 리포트(Minority Report)〉의 동명 원작을 쓴 필립 K. 딕 같은 작가들은 현실의 과학기술이 계속 변화·발전하게 된다면 미래에 어떤 세상이 열리게 될지를 비교적 섬세하고 구체적으로 묘사해 놓고 있기 때문에 압도적인 스펙터클과 기발한 상상력을 원하는 영화 관계자들의 주목을 끌 수 있었다.

이처럼 새로운 세상을 상상해 낼 수 있는 힘이 SF소설의 기본적인 요소지만, SF소설은 이와는 다른 방향의 가능성 또한 갖고 있다는 사실도 주목해 보아야 한다. 우화적 요소로 가득 찬 SF소설의 세계는 오늘날 우리가 발 딛고 있는 현실을 다시금 살펴볼 수 있는 '반성의 계기' 또한 충분히 제공하고 있다. 너무나 유명한 조지 오웰의 《1984》나 올더스 헉슬리의 《멋진 신세계》는 '빅 브라더'와 같은 유명한 용어와 함께 감시와 처벌로 지옥이 되어버린 세상을 꼼꼼하게 증언하고 있다. 이런 측면에서 보면 SF소설은 '과학기술'이라는 축을 중심으로 강력한 원운동을 하고 있다고도 볼 수 있다. '새로운 세상을 향한 상상력'이라는 원심력과, '현실에 대한 반성적 계기'라는 구심력이 절묘한 균형을 이루면서 의미를 심화·확장하고 있기 때문이다.

어슐러 르 귄의 《빼앗긴 자들》 또한 두 가지 힘, 즉 새로운 세상을 향한 상상의 날개와 현실을 돌아보는 진지한 태도가 절묘하게 어우러진 작품으로 볼 수 있다. 이 작품은 창의적 상상력에 기초하여 아인슈타인의 시공간 개념을 넘어선 새로운 시공간 개념을 바탕으로 다양한 세계들의 만남을 섬세하게 묘사하고 있다.

그런데 유독 최근 들어 이 작품에 눈길이 가게 된 것은 이 작품이 보여주는 세계가 오늘날 한반도의 모습을 적절하게 비추고 있다는 생각이 들었기 때문이다. 이 작품은 오랜 시간 갈라져 살고 있던, 그것도 이념의 차이로 인해 갈라져 있던 두 세계의 접촉에 대해 이야기하고 있는 소설이다. 이념과 갈등으로 점철된 두 세계가 만나는 과정을 다루고 있는 소설이라면, 분단 시대에 한반도에 살고 있는 사람들의 입장에서 어떤 식의 결말로 끝나게 될지 궁금하지 않을 수 없을 것이다.

2. 아나레스, 그 오래된 미래

이 소설에 대해 이해하기 위해서는 기본적인 설정부터 먼저 살펴봐야 할 것 같다. SF소설은 실제 현실의 구속력에서 비교적 멀리 벗어나 작가의 상상력이 최대한으로 발휘될 수 있는 장르이다 보니 배경 자체도 현실과는 완전히 다른 시공간으로 설정되는 경우가 많다. 이 소설도 예외는 아닌데, 작가는 상상력을 바탕으로 '아나레스(Anarres)'와 '우라스(Urras)'라는 두 개의 행성을 창조해 냈다.[2] 이 두 행성은 서로를 마주 보

---

2 정확히 말하면 이 두 개의 행성은 어슐러 르 귄이 창조한 세계의 일부에 불과하다. '헤인(Hain) 시리즈'라 불리는 광대한 세계를 창조한 르 귄은 그 엄청난 시공간 중의 일부를 포착하여 서술하는 방식으로 자신의 작품 세계를 구축하고 있다. 《빼앗긴 자들》에 나오는 행성인 '아나레스'와 '우라스'도 그 세계에 포함된 행성이다.

고 있는 지구와 달같이 가까이 붙어 있지만, 그 속에서 살고 있는 사람들은 전혀 다른 정치적 이념을 가지고 살아가고 있었다.

> 세계 정부 의회가 오도니안 정착자들에게 내어 준 우주선 열두 대가 20년 넘게 두 세계 사이를 왕복하며 메마른 심연을 건너 새로운 삶을 택한 몇 백만 영혼을 데려왔다. 그러고 나서 우주항은 이민을 폐쇄하고 무역 협정에 의거하여 화물선에만 길을 열어두었다. 그 무렵 아나레스 타운에는 1만 명이 있었고 도시 이름은 애비네이로 바뀌었다. 새로운 사회의 새로운 언어로 '마음'이라는 의미였다.
>
> (어슐러 K. 르 귄, 이수현 옮김, 《빼앗긴 자들》, 황금가지, 113쪽)

인용문에 나타난 '오도니안(Odonian)'은 우라스 안에서 기존 질서를 부정하고 새로운 사상을 제시했던 선각자 '오도(Odo)'의 뜻을 따르는 사람들을 말한다. 그들은 기존 우라스인들과의 이념 차이로 엄청난 갈등을 겪었으며, 그 결과 기존의 우라스인들은 '오도'의 사상을 따르는 사람들만을 따로 분리해 척박한 환경의 아나레스로 이주시켜 버렸다. 모든 것이 풍요로운 우라스에 비해 아나레스는 행성 자체도 작을 뿐만 아니라 자연으로부터 얻어낼 수 있는 자원이 상당히 부족했는데, '척박'이라는 말로 다 설명할 수 없을 정도의 심각한 상황이었다.

> 대지에서, 식물은 가시투성이에 엉성한 모양으로 충분히 잘 자랐지만 공기호흡을 시도한 동물들은 대개 행성 대기가 먼지와 메마름의 천년기에 들어서면서 계획을 포기했다. 박테리아는 살아남았는데 대다수가 석식(石食)형이었고, 그 외에는 몇백 종의 벌레와 갑각류가 동물계의 전부였다. (앞의 책, 212쪽)

아나레스인들은 모래바람과 암석으로 가득 찬 불모의 땅에서 최소한의 자원만으로 살아가고 있었다. 물론 그 행성에는 물도 있고 바다도 있었지만 대부분의 땅은 불모지로 이루어져 있었기에, 그들에게 절약은 선택이 아니라 필수였다. 이렇게 열악한 상황을 감수하고서라도 오도니안들은 자신들의 사상을 실현할 수 있는 새로운 세상으로의 이주를 선택했는데, 그야말로 배고픈 소크라테스가 되기를 바란 사람들이라고 볼 수 있겠다. 그렇다면 이제 이와 같은 고통을 감수하고라도 그들이 만들고자 했던 세상이 어떤 곳인지 궁금해지지 않을 수 없다.

아나레스인들이 철저하게 부정했던 우라스는 여성에 대한 극단적인 차별 정도를 제외한다면,[3] 오늘날 자본주의 사회와 거의 흡사한 구성 원리를 가지고 있다. 그래서 몇 가지 특징들(놀랍게도 여자들이 다 대머리다.)을 제외하면 쉽게 이해할 수 있다. 그러나 아나레스는 완전히 달랐다. 이 새로운 사회는 쉽게 받아들이기 힘든 생경한 사회 구성 원리가 관철되고 있었다.

> "아나레스에서는 모두가 다 혁명적이에요, 오이에……. 행정과 관리 네트워크는 '생산과 배급 조정부(Production and Distribution Coordination)'의 약자를 따서 PDC라고 하지요. 모든 조직과 조합, 생산 활동을 행하는 개인들이 협력해 있는 시스템이오. 그들은 사람들을 다스리지 않아요. 생산을 관리할 뿐이지. 그들에게는 나를 지지할 권위도 반대로 막을 권리도 없어요. 그저 우리에게 우리 전체의 공적인 견해를 말해줄 수 있을 뿐……." (앞의 책, 94쪽)

3　정말 씁쓸한 것은 이 부분도 어떻게 보면 오늘날의 현실과 비슷하다는 생각이 든다는 점이다.

아나레스는 놀랍게도 국가라는 개념이 존재하지 않는 사회다. 아나레스는 여러 공동체의 자발적인 결합으로 이루어진 사회로서, PDC조차도 효율적 관리를 위해 존재하는 의견 조율 기구 정도의 역할만을 맡을 뿐이다. 따라서 국가라는 강력한 권위의 지배가 개인을 억압하지 않는 사회가 바로 아나레스이다. 그러니 국가의 지배를 위해 필수적인 요소인 '감옥, 군대, 경찰, 법률' 등의 개념 또한 이 사회에는 찾아볼 수 없다. 그뿐만 아니라 화폐 및 소유의 개념도 존재하지 않았다. 상품의 소비 및 부의 축적 같은 것은 존재하지 않으며, 공동체가 부여하는 자신의 직무를 성실하게 수행하는 한 공동체가 제공하는 의식주를 자유롭게 이용할 수 있었다. 특히 그들은 '소유'라는 개념을 강력하게 거부했는데, 그들 사이에서 가장 심한 욕이 '소유주의자'일 정도였다.

인간관계의 측면에서도 특이한 점이 있었다. 아나레스는 기본적으로 가족이라는 개념이 존재하지 않는 사회였다. 모든 아이들은 태어나면서부터 부모의 품을 벗어나 공동 육아 시설로 옮겨지고, 공동체에 의해서 양육 및 교육이 이루어진다. 물론 부모가 원한다면 아이들과 지속적인 관계를 유지할 수도 있지만, 그곳에서는 그리 흔한 일이 아니었다. 이 소설의 주인공 쉐벡의 생물학적 아버지인 팰럿과 어머니인 룰락 또한 쉐벡과 지속적인 관계를 유지하지 않았다. 특히 어머니 룰락이 더 그러했는데, 룰락은 쉐벡이 병으로 고통받고 있을 때 잠깐 돌봄을 맡아준 것 말고는 거의 특별한 관계를 형성하지 않았다. 심지어 소설 마지막에는 쉐벡의 가장 강력한 정치적 반대자로 등장하게 된다.

이들이 가족이라는 개념에 익숙하지 않은 것은 아마도 그들의 자유로운 남녀 관계에서 유래한 것일 수도 있다. 그들은 남녀 사이의 고정된 결속을 부정하고 자유로운 성적 관계를 인정해 주고 있었다. 일시적인 반려 관계 정도는 인정되지만, 결혼과 같이 고정적이고 폐쇄적인 관계는 인정하지 않았던 것이다. 따지고 보면 아나레스는 인간관계에서도 사적 소유를 인정하지 않은 셈이다. 그러다 보니 '프라이버시'라는 개념 자체가 낯선 사회였다.

> 그 다음에 사적인 방이라는 또 다른 도덕적 가시가 있다. 어릴 적 개인 실에서 혼자 자는 것은 숙소에 있는 다른 아이들을 참을 수 없을 정도로 괴롭혔다는 뜻이었다. 자기중심석이었다는 뜻이다. 고독이란 망신과 동등하게 여겨졌다. (중략)
> 성적(性的) 프라이버시는 가능했고 또 사회적으로 기대되었으며, 그 이상의 프라이버시는 기능적이지 않았다. 그것은 과다함이요 배설물이었다. 아나레스 경제는 개인 집과 아파트 건물의 보수, 난방, 조명을 원조하지 않았다. 본질적으로 비사회적인 사람은 사회에서 도망쳐 자신을 돌보아야 했다. 그렇게 하는 것은 완벽히 자유였다.
>
> (앞의 책, 129-130쪽)

이와 같은 새로운 세상을 창조해 낸 상상력에 경의를 표하는 것이 맞겠지만, 아나레스 세계를 들여다보면 볼수록 완전히 새로운 세계만은 아니라는 생각이 든다. 이러한 상상력의 근간에는 역사적 경험들이 자리 잡고 있다. 아나레스에서 구현되고 있는 새로운 세상의 근본 원리는 사실 '아나키즘(anarchism)'이라는 정치적·역사적 이념에 크게 빚지고 있으며, 작품 속에서도 이 연관 관계가 직접적으로 드러나고 있다. 아나레스인들은 자기 자신들을 대놓고 '아나키스트'[4]라고 표현하고 있을 뿐만

---

4 쉐벡이 우라스인들에게 말한 표현 중에 자기 자신을 '아나키스트'라고 표현한 부분이 나온다. "당신들의 아나키스트를 손에 넣었어요. 이제는 그를 데리고 어쩔 작정인가요?"

아니라 자신들과 반대되는 이념을 가진 사람들을 '아키스트(archist)'라고 부르고 있다. 그런데 이 '아키스트'라는 단어 또한 '아나키스트(anarchist)'라는 단어에서 부정의 의미를 가진 접두사 'an-'을 뺀 것에서 나온 단어로 볼 수 있다.

'아나키즘'이란 이념은 흔히 '무정부주의'로 번역되며, 사전적인 정의로만 따져본다면 '일체의 정치권력이나 공공적 강제의 필요성을 부정하고 개인의 자유를 최상의 가치로 내세우려는 사상'이라 할 수 있다. 특히 바쿠닌이나 크로포트킨과 같은 이론가들의 영향을 받아 형성된 것으로 볼 수 있는데, 다음 인용한 부분을 보면 작품 속에서도 크로포트킨의 영향을 직감할 수 있는 구절을 확인할 수 있다.

> 몇천 명이 시급한 농장일에 자원하거나 발령받아 나간 탓에 시 인구는 눈에 띄게 줄었다. 그러나 상호 신뢰가 우울함이나 불안을 다독였다.
> "우리는 서로를 도울 것이다."
> 그들은 진심으로 그렇게 말했다. 그리고 표면 바로 아래로 엄청나게 약동하는 생명력이 달리고 있었다. (앞의 책, 282-283쪽)

심각한 식량난에 처한 아나레스인들이 위기를 극복하기 위해 서로를 다독이면서 되뇌었던 '우리는 서로를 도울 것이다.'라는 문장은 아나키즘의 이론적 배경을 마련한 크로포트킨(1842-1921)의 '상호부조론'을 곧장 떠올리게 만든다. 크로포트킨은 20세기 초반에, '모든 생물이 생존을 위해 자기중심적으로 행동하며 개체 간의 치열한 생존 경쟁 속에서 적자만이 생존할 수 있다'는 기존의 상호투쟁적 생물학 이론들을 재검토하면서 '상호부조(相互扶助, mutual aid)'가 진화의 가장 중요한 원리라고 주장했다.

다윈이나 월리스가 언급했던 민첩성, 보호색, 영악함 그리고 배고픔이나 추위를 견디는 능력 등이 개체나 종들을 어떤 주어진 환경 하에서 최적으로 만든다는 점을 전적으로 인정하더라도 사회성은 어떠한 환경 하에서도 생존경쟁에 발휘되는 가장 강력한 이점이라고 주장하는 바이다. 자진해서 혹은 마지못해 사회성을 포기한 종들은 결국 멸종하고 만다. (F. A. 크로포트킨, 김영범 옮김, 《만물은 서로 돕는다》, 르네상스, 87쪽)

이와 같은 문제의식에서 시작하여 크로포트킨은 인간 사회를 구성하는 기본적인 원리가 경쟁과 배제로 이루어져서는 안 되며, 상호부조의 정신에 입각하는 것이 인간의 본성에 좀 더 가까워지는 길이라고 주장했다. 근대사회의 노동조합, 협동조합, 길드, 친목 단체, 공제회, 교육 단체, 종교적 자선단체 등에서 나타나는 상호부조의 정신을 예로 들면서 좀 더 나은 사회로 나아가는 길에 대한 비전을 제시하고자 했다. 오도의 사상을 따라 아나레스로 떠난 사람들처럼, 크로포트킨이나 바쿠닌과 같은 선각자의 사상을 따라 새로운 세상을 만들어보고자 한 사람들이 바로 '아나키스트'들이었다. 존 레논의 노래 〈Imagine〉에서처럼 '어떤 국가도 종교도 소유도 탐욕도 굶주림도 없는' 사회를 꿈꾸는 사람들이 인간의 역사 속에서도 상당수 존재했던 것이다.

물론 여기서 '아나키즘'이 무엇인지 본격적으로 다룰 생각도 없고, 다룰 능력도 없다. 앞서 사전적 정의를 통해 '아나키즘'을 얄팍하게 표현해 보긴 했지만, 아나키즘도 여러 가지 색깔을 가지고 있다. 어떻게 보면 하나의 흐름으로 엮는 것 자체가 무리일 정도로 복잡한 차이들을 보여주고 있으니, 아나키즘의 이론적 핵심을 제대로 이해하기란 쉽지는 않을 것이다. 그렇지만 심각한 경쟁과 차별 속에서 집착에 가까운 소유욕에 매달리는 이 사회에서, 아나레스라는 상상의 공간을 통해 새로운 세상을 만들어보려는 노력에 대해 살펴볼 기회를 가지는 것은 충분히 의미 있는 일이라고 생각한다.

> 인간은 어떤 조직이나 전체의 평준화 또는 획일화에 의해 질식되거나 소외되어서는 안 된다. 그러나 오늘의 세계는 자연을 파괴하는 인간소외, 개인을 깔아뭉개는 인간소외, 산업사회의 임금노동에 의한 인간소외 등의 특징을 갖는다. 이러한 전체주의적인 획일주의에 의한 전반적인 인간소외는 자연, 정치, 경제, 사회, 문화, 교육, 가정 등의 갖가지 제도를 통해 개인에게 강요된다. 인간은 그런 모든 강요로부터 자유로워야 하고, 스스로 자치를 해야 자신이 사는 터인 자연에 합치된다.[5]
>
> (박홍규,《자유, 자치, 자연, 아니키즘 이야기》, 이학사, 47쪽)

이렇듯《빼앗긴 자들》은 과거의 정치적 이념을 실제로 구현했을 때 어떤 상황이 벌어질 것인지를 문학적 상상력을 통해 표현하고 있는 작품이다. 이런 측면에서 어슐러 르 귄의 세계에 빠져드는 것은 '오래된 미래'를 다시금 만나는 일이라고 말할 수 있다. 그런데 이런 세계가 홀로 존재하지 않고, 그것도 빤히 보이는 눈앞에 완전히 다른 질서를 따르는 세상이 대립적으로 존재하고 있다는 설정 때문에 작품의 흥미는 배가된다. 특히 오랜 적대의 경계선에 '쉐벡'이라는 인물을 떨구어놓으면서 작가는 두 문명의 충돌을 진지하게 묘사하고 있다. 그렇기에 쉐벡의 뒤를 쫓으면서 그가 경험하는 두 세계가 어떤 양상으로 펼쳐지는지 꼼꼼히 살펴볼 필요가 있다.

5　박홍규는 아나키즘에 대한 여러 가지 오해들을 하나씩 풀어가면서, 아나키즘의 역사적·이론적 배경과 다양한 양상들을 구체적이고 비교적 평이한 언어로 풀어내고 있다.

이 작품은 분량만큼 등장하는 인물의 수도 많다. 또한 그 인물들이 생경한 이름을 달고 시도 때도 없이 나타나기 때문에 《백년의 고독》에서 그러했듯이 이를 전체적으로 정리할 필요가 있다.

인물 관계도를 전체적으로 살펴보면 쉐벡을 가운데에 두고 아나레스와 우라스의 사람들이 분포하고 있다. 이렇게 구성될 수밖에 없는 이유는 바로 그가 아나레스에서 우라스로 다시 경계를 넘어온 최초의, 그리고 유일한 아나레스인이었기 때문이다. 쉐벡은 200여 년 동안 공식적으로 서로 접촉하지 않았던 두 문명 사이의 경계선을 넘어 두 문명의 차이를 '직접적으로' 체감한 유일한 인물이다. 그러다 보니 인물 관계도에서 양쪽 세계는 쉐벡을 통해서만 연결된다.

그렇다면 여기서 자연스럽게 '그는 왜 아나레스에서 우라스로 넘어간 것일까?'라는 의문점이 생겨날 수밖에 없다. 두 문명은 서로를 부정하고 적대감을 키워가면서 200여 년의 시간을 단절된 채 보내왔기에 그 경계선을 넘어가는 일에는 상당한 위험이 따른다. 마치 70년이 넘는 기간 동안 적대적인 관계 속에서 두 국가가 단절된 채로 살아온 한반도가 그러하듯이 말이다. 자신이 태어나고 자란 곳으로 다시 돌아갈 수도 없을지 모르는 위험을 무릅쓰고 왜 쉐벡은 그런 결심을 한 것일까?

그 이유는 크게 두 가지로 정리해 볼 수 있다. 일단 아나레스 내부에 존재하는 모순들에 대한 문제의식이 너무나 커졌기 때문이고, 두 번째는 경계선 너머에서 새로운 가능성을 찾을 수 있을 것이라는 희망을 가졌기 때문이다.

먼저 아나레스가 지니고 있는 문제점들이 극단적으로 드러나는 사례는 바로 쉐벡의 어릴 적 친구 티린의 경우다. 티린은 자유로운 영혼의 소유자로서 예술적 감성이 충만한 인물이다. 그는 우라스의 자본주의 문명을 비판하고 풍자할 목적으로 상당히 흥미로우면서도 예술적 완성도가 높은 연극을 아나레스에서 연출하고 공연했다. 그런데 아나레스를 지배하는 PDC는 사회적 목적에 맞지 않는 행위를 했다는 이유로 그를 정신병원으로 보내버린다. 자발적 개인의 모임을 적절하게 조율하기 위해 만들어진 조정 기구가 국가 혹은 정부와 같이 억압적 기구로 작동하기 시작한 명백한 증거였다. 쉐벡의 반려자 타크베르는 점점 억압적으로 변해가는 아나레스 사회에 대해 이렇게 말한다.

> "이거야 우리가 발령을 거부했다고 말하기를 부끄러워한다는 것. 사회 의식이 개인의 정신과 팽팽히 균형을 맞추는 대신 지배하고 있다는 것. 우린 협력하고 있는 게 아니야…… 복종하고 있지. 우린 쫓겨나는 것, 게으르고 역기능적이며 자기중심적이라고 불리는 것을 두려워해. 우린 스스로의 선택의 자유를 존중하는 것 이상으로 우리 이웃들의 견해를 두려워해. (중략)
> 티르(티런의 애칭)는 그런 적이 없었어. 나는 열 살 때부터 녀석을 알았지. 한 번도 그런 적이 없었어, 한 번도 벽을 쌓은 적이 없었어. 타고난 반항가였지. 타고난 오도니안이었어……." (르 귄, 앞의 책, 374-375쪽)

아나키스트인 개개인의 선택과 의지를 존중하는 사회였던 아나레스는 200년의 시간이 지나는 동안 문제점이 누적되어 오면서 임계점을 넘어가는 갖가지 모순들이 드러나게 된다. 소유주의자들에 대한 적대감만을 강조하면서 개인에 대한 가치를 점점 부정하게 되었고, 결국에는 사회적 의무만이 가득한 사회로 전락하게 된 것이다. 과학자였던 쉐벡 또한 시간과 공간에 대한 새로운 이론을 연구하고 발전시키는 과정에서 아나레스의 억압적 분위기를 직접적으로 체감하게 되었고, 그에 대한 불만이 점점 더 늘어나게 되었다. 특히 자신보다 높은 지위에 있던 '사불'이라는 인물의 이중적인 태도는 아나레스 사회에 대한 불만을 증폭시키는 계기가 된다.

> "다시 말해 그는 네게 휘두를 권력을 가지고 있는 거야. 그 힘을 어디서 얻지? 권위를 부여받은 건 아니지. 그런 건 없으니까. 지적으로 탁월해서도 아니야. 그자에겐 지적 탁월함이 없으니. 사불은 평균적인 인간 정신에 내재한 비겁함에서 힘을 얻는 거야. 공공의 견해 말이야! 그게 그가 일부를 이루면서 어떻게 사용할지 아는 권력 구조야. 개인의 정신을 억압함으로써 오도니안 사회를 지배하는 공인된 적도 없고 용인될 수도 없는 정부." (앞의 책, 190쪽)

쉐벡은 이와 같은 분위기를 더 이상 견딜 수 없었으며, 이상과 현실이 일치하지 않는 위선적인 아나레스 사회에 실망을 느끼게 되었다. 그런데 그때 우연히 우라스에서 구원의 손길이 뻗어왔다. 우라스와 비공식적인 연결 통로를 가지고 있던 사불을 통해 쉐벡의 새로운 이론이 우라스로 전해지게 되었으며, 쉐벡 이론의 탁월함을 인정한 우라스의 과학자들이 쉐벡을 우라스로 초청하게 된 것이다. 결국 쉐벡은 고민 끝에 새로운 세계에서 자신의 이론이 인정받을 수 있기를 바라며 배신자라는 오명을 감수하고서라도 경계선을 넘게 된 것이다.

그렇다면 우라스로 초청되어 간 쉐벡은 그곳에서 뜻한 바를 이룰 수 있었을까? 유감스럽게도 그렇지 않았다. 우라스에서도 쉐벡은 곧 실망을 느낄 수밖에 없었다. 우라스는 인간을 경제적 가치로 평가하며 철저히 계급적으로 차별하고 있었으며, 여성을 모든 권력을 쥐고 뒤흔드는 남성의 뒤편에 서 있는 장식품으로만 취급하고 있었고, 여러 개의 국가로 갈라진 채[6] 국가주의에 사로잡혀 광기 어린 전쟁을 반복하고 있었기 때문이다.

아나레스의 자유롭고 평등한 분위기에 익숙한 쉐벡에게 우라스는 이해할 수도 없고 용납할 수도 없는 사회였다. 그뿐만 아니라 자신을 초청한 것 또한 새로운 시공간 이론을 발전시켜 인류의 진보에 기여하겠다는 표면적인 이유와는 달리, 혁신적인 이론을 독점하여 '에이 이오'의 권력을 강화하겠다는 음험한 계략의 일환에서 이루어진 일이었다.

> 그는 여기에서 혼자였다. 자신을 유배시킨 사회에서 왔으므로. 자신의 세계에서도 늘 혼자였다. 스스로 사회로부터 자신을 유배시켰으므로. 정착자들은 한 발자국을 떼었고 그는 두 발자국을 옮겼다. 그는 형이상학적인 위험을 받아들였기에 혼자 힘으로 섰다. 그리고 그는 자신이 속하지도 않는 두 세계를 한데 묶을 수 있다고 생각할 만큼 멍청했던 것이다. (앞의 책, 108쪽)

결국 어느 곳에서도 속할 수 없는 방외인(方外人)으로서 쉐벡은 혼란 속에서 고통을 느끼게 된다. 다행히도 한반도에 살고 있는 우리는 어느 곳으로도 갈 수 없는 막막한 처지의 쉐벡을 다른 어떤 문화권의 구성원들보다 더 잘 이해할 수 있다. 왜냐하면 우리 문학사에도 쉐벡처럼 이념의 갈등 속에서 이상적 가치를 구현하기 위해 노력한 인물들, 즉《광

---

6 아나레스와 달리 우라스는 '에이 이오', '츄', '벤빌리'라는 세 개의 국가로 갈라져 분쟁을 지속하고 있었다. '에이 이오'는 제1세계, 즉 서방의 선진 자본주의 국가를, '츄'는 제2세계인 공산주의 국가를, '벤빌리'는 제3세계 국가를 의미하고 있는 것으로 보인다.

장》의 이명준과 같은 인물들이 이미 존재하고 있기 때문이다.[7] 이와 같은 막막한 상황을 벗어나기 위해서 쉐벡은 자신을 감시하고 있는 '에이 이오'의 과학자들에게서 벗어나 탈출을 감행한다. 그리고 '에이 이오'에 저항하는 한 무리의 운동가들을 만나게 되는데, 그들은 역설적이게도 자신이 거부하고 떠나온 아나레스의 이상을 추종하는 사람들이었다.

> 여기 우리들에게, 이 150년간 당신네 사회가 무엇을 의미했는지 아시오? 여기 사람들은 서로에게 행운을 빌 때 '아나레스에서 다시 태어나길!'이라고 말한다는 거 아시오? 그게 존재한다는 것을 아는 것, 정부도 없고, 경찰도 없고, 경제적인 착취도 없는 사회가 있다는 것, 그리고 그게 그냥 환상이나 이상주의자들의 꿈에 지나지 않는다고 말할 수 없다는 사실이 어떤 것인지! (앞의 책, 335-336쪽)

쉐벡은 이들의 저항운동에 함께하기로 결심한다. 아나레스의 화석화된 질서와 우라스의 비인간적인 이념을 모두 벗어날 수 있는 새로운 세상을 향한 희망을 품고 시위 대열에 합류한다. 마치 '인터내셔널가'를 연상시키는 '폭동의 찬가'를 함께 부르면서 말이다. 시위 속에서 그는 자신이 거쳐 온 두 세계에 대한 경험을 토대로 한 자신의 주장을 감동적인 연설로 전파하려 했다. 하지만 예상했던 대로 지배 질서를 위협하는 불온한 사상을 경계했던 '에이 이오' 정부의 유혈 진압으로 인해 그는 좌절하게 되며 오히려 목숨의 위협까지 받게 된다.

---

7 물론 독일인들 또한 이런 상황을 누구보다 잘 이해할 것이라고 생각한다. 최근에 접하게 된 동독 출신 작가 크리스타 볼프의 《나누어진 하늘》같은 작품은 이 《빼앗긴 자들》과 놀랄 만큼 유사한 이야기를 들려주고 있다.

이렇게 절망의 끝에 선 쉐벡이 갈 수 있는 곳은 어디일까? 작가는 쉐벡에게 제3의 공간을 제시한다. 최인훈 작가가 《광장》에서 이명준에게 중립국으로 갈 타고르 호를 마련해 준 것처럼, 르 귄은 쉐벡에게 정치적 망명을 할 수 있도록 다른 행성(테라 행성)의 대사관이라는 피난처를 마련해 주었다. 그런데 놀랍게도 테라 행성은 지금으로부터 수백 년 후 '지구'의 다른 이름이었다. 여기서 소설은 새로운 방향으로 전개된다. 그저 상상 속 행성이라고 생각했던 '아나레스'와 '우라스'의 이야기가 '테라'의 등장으로 인해 현재 우리가 살고 있는 지구의 이야기와 겹치게 되기 때문이다. 특히 테라의 대사인 '켕'이 쉐벡에게 하는 이야기는 상당히 의미심장하다.

> "이해가 안 가요……. 이해가 안 되네요. 당신은 마치 우리의 과거에서
> 온 사람 같아요. 옛날의 이상주의자, 자유를 내다보던 사람들. 그리고
> 그런데도 난 당신의 미래의 일을 이야기하는 것 같고…… 이해가 가질
> 않습니다. 하지만 당신 말대로 당신은 지금 여기에 있어요!"
>
> (앞의 책, 397쪽)

앞서 아나레스 세계가 바로 '오래된 미래'인 것 같다고 했는데, 여기에 드러난 켕의 말로 인해서 그 말은 일종의 비유가 아니라 '소설 속 사실'이 된다. 켕이 쉐벡에게 '우리의 과거에서 온 사람 같다'고 한 것은 과거의 '테라', 즉 '지구'에서 자본주의, 사회주의, 아나키즘 등 다양한 이념이 역사적으로 실험된 것을 암시한다. 즉 켕이 보기에 쉐벡은 그 옛날의 테라가 경험했던 철 지난 이념을 붙들고 있는 인물처럼 보인 것이다. 그래서 쉐벡을 '옛날의 이상주의자'라고 표현했다. 과거의 테라가 그러했다면 소설 속 현재의 '테라'는 어떤 상황일까? 다시 말해서 작가가

상상한 수백 년 후 '지구'의 미래는 과연 어떤 상황일까?

"나의 세계, 나의 지구는 폐허입니다. 인간이라는 종이 망가뜨린 행성
이죠. 우리는 아무것도 남지 않을 때까지 번식하고 게걸스럽게 먹어치
우고 싸워댔고 죽었어요. 식욕도 폭력도 통제하지 않았죠. 적응하지 않
았어요. 우리 자신을 파괴한 겁니다. 하지만 그 전에 세상을 먼저 파괴
했죠. 나의 지구에는 숲이 남아 있지 않아요. 공기는 회색이고, 하늘도
회색, 언제나 뜨겁죠. 살 수는 있습니다. 아직까지도 살 수는 있지만, 이
행성 같지는 않죠. 이곳이 살아 있는 세계요 화음이라면 우리 행성은
불협화음입니다. 당신네 오도니안은 사막을 선택했고, 우리 테라인은
사막을 만들었어요." (앞의 책, 394-395쪽)

이처럼 어슐러 르 귄은 지구의 미래를 암울하게 묘사하고 있다. 우라
스를 지배하는 자본주의 이념이 지구를 장악하고 있는 한 미래는 그리
행복하지 않을 것이라는 디스토피아적 전망이 노골적으로 드러나고 있
다. 테라인들, 즉 지구인들은 앞으로 '자신을 파괴'하고, '사막을 만들어'
지구상에 아무것도 남지 않게 만들어버릴 것 같다는 우려가 작품 속에
고스란히 표현되어 있다.

여기까지만 보면 르 귄을 '비관주의자'라고 부를 수도 있을 것이다.
그런데 르 귄은 여기서 멈추지 않았다. 왜냐하면 소설의 마지막 부분에
서 쉐벡을 다시 아나레스로 되돌려 보내는 결말을 선택했기 때문이다.
이것은 위험을 무릅쓰고 경계를 넘으면서 두 개의 세상을 경험한 쉐벡
을 통해 점점 굳어져 가고 있는 아나레스 세계에 균열을 내고 '아나레스
위에 아나레스를' 만들어보겠다는, 즉 이상을 다시금 현실로 만들어보
겠다는 의지를 표현한 것이다. 이미 테라는 끝이 났지만 아직도 가능성

이 있는 '아나레스'와 '우라스'의 변화를 이끌어내기 위해서 '과거에서 온 옛날의 이상주의자'에게 우리의 미래를 걸고 있는 것이다.

여기서 또 한 가지 주목해 보아야 할 점은 헤인인 '케토'라는 인물이 쉐벡과 함께 아나레스에 정착하기로 한 것이다. 케토가 속해 있는 헤인 문명은 '천 번의 천 년' 동안 지속된 아주 오래된 문명이었다. 오랜 기간 동안 수많은 이념적 실험과 실패를 경험해 왔던 헤인 문명인과 함께 또 다른 실험에 나선다는 것이 상당히 의미심장한데, 이와 같은 설정은 아무리 여러 번 장구한 역사 속에서 실패를 거듭했을지라도 도전과 실험을 멈추지 않을 것이라는 강력한 의지를 함축하고 있기 때문이다.

이런 점에서 르 귄은 비관주의자라기보다는 낙관주의자에 가깝다는 생각을 하게 된다. 아니 낙관주의자까지는 아닐지라도 산 정상으로 엄청난 무게의 돌을 밀고 올라가는 시지프스처럼 강력한 의지로 충만한 작가라고 볼 수 있을 것 같다. 그렇기에 르 귄은 《빼앗긴 자들》을 통해 작품 속 우라스처럼 풍요로운 자원을 누리며 욕망으로 가득 찬 현재 지구인들에게 경고를 던지면서, 아직도 우리에게는 가능성이 남아 있다는 희망의 메시지를 전해주고 있는 것이다.

4. 새로운 만남과 질서에 적응하기

원래 이 작품을 책장에서 뽑아 든 이유는 최근 남북한의 정세와 밀접한 관련이 있었다. 남과 북이 극적인 속도로 가까워지고 있는 최근의 상황을 보면서 '만약 남과 북이 오랜 시간 유지된 적대의 장벽을 깨고 하나가 되는 놀라운 상황이 '도둑같이' 찾아오면 어떤 일이 벌어질까?' 라는 궁금증이 생겼기 때문이다. '옥류관 냉면도 맛있게 찾아 먹고, 여름방학은 시원한 개마고원에서 보내고, 수학여행은 금강산으로 가고, DMZ 평화공원에서 생태 탐험도 하고……' 이런 상상들을 떠올리면 기분이 좋아졌지만, '거의 70년이 넘는 기간 동안 다른 이념 속에서 살아온 두 집단이 과연 그렇게 행복하게만 만날 수 있을까?' 하는 걱정과 근심 또한 슬금슬금 스며들기 시작했다. '과연 우리는 경계선 저편의 사람들을 얼마나 잘 이해하고 있을까?'라는 질문에 뚜렷한 답이 떠오르지 않을 때, 북한을 분석한 한 연구서에서 읽었던 다음의 구절이 떠올랐다.

최근 우리가 브뤼셀에서 만난 탈북 난민의 말처럼 "이념보다 자기 입부터 챙기는 것"이 범죄라는 이야기다. 많은 탈북 난민들은 북한에서 정치라는 최고의 미덕을 존중하는 것이 시민의식의 핵심적 요소이며 그렇지 못하면 배반이나 반역행위에 해당될 수 있다는 것을 알고 있다.

이와 관련된 최근의 또 다른 한 사례는 2009년 2월 21일에 나온 이명박 대통령의 발언이다. "하루 세끼 밥 먹는 것을 걱정하는 사회주의라면 그런 사회주의는 안 하는 게 좋지 않겠느냐." 이런 즉흥적인 발언은 최근 북한에서 나온 것 중 가장 격렬한 다음과 같은 반발을 유발했다. "우리는 가장 무자비하고 단호한 결단으로 역적 패당과 끝까지 결판을 보고야 말 것이다." (권헌익·정병호,《극장국가 북한》창비, 23쪽)

요즘 종편 채널을 보면 탈북 난민들을 불러놓고 북한에 대해 피상적인 사실들을 나열하면서 흥미 위주로 접근하는 예능 프로그램들이 방송되고 있다. 이런 프로그램들을 보고 있으면 북한 사회에 대한 남한 사람들의 과시적 태도가 은근히 드러나 불편할 때가 많다. 북한 사회의 이모저모를 신기한 일인 양 떠들어대는 방송을 보면서, 경제적 부를 바탕으로 한 남한 사회의 자만심을 읽어내는 것이 그리 틀린 해석은 아닐 것이다. '하루 세끼 밥 먹는 것' 운운한 발언은 이와 같은 우월감을 압축적으로 보여주는 좋은 예가 아닐까.

하지만 이런 오만한 태도를 가진 남쪽 사람들과는 달리, 저 경계선 너머의 사람들은 밥 한 끼 제대로 먹지 못하더라도 '정치'라는 말로 압축되는 자신의 신념과 의지를 더욱 중요하게 생각하는 사람들이라는 사실 또한 앞의 인용문은 뚜렷하게 설명하고 있다. 경제 제재와 여러 가지 상황이 겹쳐 사회 전체가 커다란 고통을 겪었던 이른바 '고난의 행군' 시기에, 체제에 대한 분노와 불만을 쌓은 것만이 아니라 그 시대를 견뎌낸 체제와 이념에 대한 자긍심을 가지게 되었을 수도 있다는 말이다.

《빼앗긴 자들》의 아나레스에도 북한이 겪었던 '고난의 행군'과 비슷한 시기가 찾아온다. 열악한 자연환경 속에서 최악의 기상 상황으로 인해 먹을 것조차 구할 수 없어 어린아이들이 굶어 죽어가는 비참한 시기를 어슐러 르 귄은 그려내고 있다. 그런데 작품 속에서 그 시기를 겪었던 아나레스인들은 비참한 상황을 절망적으로 받아들이지 않았다.

> 배급은 엄격했다. 노동력 동원은 피할 수 없었다. 식량을 충분히 키워내고 고르게 나누려는 분투는 결사적이면서도 절망적인 것이 되었다. 그러나 사람들은 조금도 절망하지 않았다. 오도가 쓰기를 '소유의 죄의식과 경제적 경쟁의 짐에서 벗어난 아이는, 필요한 일을 하려는 의지와 그 일을 하면서 즐거움을 느낄 능력이 자라날 것이다. 마음을 어둡게 하는 것은 쓸모없는 일이다.' (르 귄, 앞의 책, 282쪽)

아나레스인들은 가난할지언정 자존심을 버리지는 않았다. 우라스로 건너간 쉐벡은 물질적 욕망에 가득 찬 우라스인들의 모습을 비판적인 태도로 관찰한다. 그들은 어쩌면 인간의 무한 욕망이 주된 동력으로 굴

러가는 자본주의의 사회 구성 원리를 정말 이상한 것으로 볼 가능성이
크다. 그렇기에 우라스에 도착한 쉐벡이 느낀 혼란은 북한 사람들이 남
한 사회에 대해 느끼게 될 혼란을 그대로 보여주는 것 같다.

> 그는 초등학교 경제 교과서를 읽으려 해보았다. 참을 수 없이 지루했
> 다. 누군가가 길고 멍청한 꿈에 대해 한없이 이야기하는 소리를 듣고
> 있는 것 같았다. 자본주의 원리라는 것이 원시 종교만큼이나 무의미하
> 고, 야만적이며, 복잡하고, 불필요하게 여겨져 은행이 어떻게 기능하는
> 지 기타 등등을 억지로도 이해할 수 없었다. 인신 공양에는 최소한 비
> 틀리고 끔찍한 아름다움이라도 있을 수 있다. 화폐 교환이라는 의식에
> 서는 탐욕이나 게으름, 질투심이 모든 사람의 행동을 움직여 끔찍함마
> 저도 진부한 것이 될 정도였다. 쉐벡은 이 사소하고도 괴기한 의식에
> 경멸을 담은 무덤덤한 시선을 던졌다. 사실은 두려웠지만 두렵다는 것
> 을 받아들이지도 않았고 받아들일 수도 없었다. (앞의 책, 151쪽)

이 소설을 학생들과 함께 이야기하면서 던졌던 중요한 질문 중에 하
나는 '20년 후, 아니 빠르면 10년 안으로 통일이 되었을 때 만나게 될
'북쪽의 쉐벡들'을 과연 우리는 제대로 이해할 수 있을까?'였다. '여러분
은 통일을 바라나요, 바라지 않나요?'와 같은 어설프고도 자극적인 설
문 조사가 아니라, '어쩌면 생각보다 빠른 시기에 만나게 될, 경계선을
사이에 두고 오랜 기간 동안 갈라져 살아왔던 두 행성(국가)의 부족들은
과연 어떤 상황에 처하게 될까?', '언어를 비롯하여 사고방식, 문화적 양
식 등 여러 가지 면에서 충돌하게 될 두 집단의 갈등을 어떻게 해결해야
할까?'와 같은 현실적인 고민을 우리는 이제 시작해야 할 것이다. 통일
이라는 시대적 격변을 눈앞에 두고 이런저런 걱정과 두려움이 엄습하는

이때,《빼앗긴 자들》은 이런 고민에 대한 답변을 나름대로 내놓고 있는 것 같다. 어슐러 르 귄은 '미국 도서상'을 수상한 자리에서 시대를 뚫고 갈 수 있는 문학의 힘에 대해 다음과 같이 이야기하기도 했다.

> 앞으로 힘든 시기가 올 것이며, 우리에겐 필요해질 것입니다. 현재의 삶의 방식에 대안을 제시할 수 있는 작가들, 두려움 가득한 이 사회와 그것이 이루어놓은 강박적인 기제들을 꿰뚫고 다른 방식으로 존재하는 법을 탐구하며, 나아가 희망의 현실적 기초를 상상해 내는 작가들의 목소리가 말입니다. 자유를 기억하는 작가들이 필요해질 것입니다.

여기서 말하고 있는 '작가들의 목소리'가 바로 시대를 관통하는 '문학의 힘'이 아닐까 한다. 분단 이후의 세상을 상상해 볼 수 있게 만들어주었던 《빼앗긴 자들》이 그러했듯이 말이다. 이 글을 쓰면서 참고했던 여러 책들 중에서 SF영화를 소재로 인간에게 주어진 중요한 철학적 문제들을 진지하게 검토한 한 흥미로운 책이 있었다. 그 책에 상당히 인상적인 구절이 있어서 그 글을 인용하는 것으로 이 글을 마무리하고자 한다. 이 글은 새로운 세상에 대처하는 문학, 특히 SF소설은 여전히 힘이 세다는 것을 잘 보여주고 있었다.

> 대부분의 훌륭한 SF소설들은 외계인, 로봇, 사이보그, 괴물 등 본질적으로 우리에게 낯설거나 타자인 어떤 대상과의 우연한 만남을 중심으로 진행된다. 이러한 타자성을 대면하는 것은 마치 우리 얼굴 바로 앞에 거울을 들이대는 것과 비슷하다. 이를 통해 우리는 자신을 분명히 들여다 보고 이해할 수 있게 된다. 이것이 바로 SF철학의 지성적인 기반이다.
> (마크 롤랜즈, 신상규·석기용 역,《우주의 끝에서 철학하기》, 책세상, 8쪽)

SF영화 보기

　SF소설들을 기반으로 한 좋은 SF영화들이 많이 있어서, 이번에는 SF를 주제로 원작과 영화를 비교하는 활동을 해보고자 합니다. 《빼앗긴 자들》을 영화화한 것은 없지만, 다른 좋은 소설들을 바탕으로 놀라운 영상들과 함께 훌륭한 이야기를 만들어낸 작품들이 여럿 있으니, SF소설과 영화를 함께 보는 즐거운 경험을 해보시기를 바랍니다.

　① 드니 빌뇌브, 〈컨택트(Arrival)〉
　'문과생을 위한 SF영화'라는 말이 있을 정도로 외계인과의 언어적 소통을 다루고 있는 흥미로운 영화다. 막판에 설정을 충분히 이해하기는 어렵지만, 주인공의 놀라운 선택에 큰 감동을 받게 되는 작품이다. 이 영화는 테드 창의 《당신 인생의 이야기》라는 소설을 바탕으로 한 것이다.

　② 리들리 스콧, 〈블레이드 러너〉
　SF영화의 걸작이라고 손꼽히는 영화다. 조금은 길고, 약간은 우울한 배경으로 인해 쉽게 마음을 열지 못할 수도 있지만, 막상 이 영화를 따라가다 보면 계속 펼쳐지는 인간과 로봇의 이야기가 진지한 고민을 하게 만든다. 원작은 《안드로이드는 전기양을 꿈꾸는가 (Do Androids Dream of Electric sheep?)》이다. 영화와 소설의 설정이 좀 다른데, 둘을 비교하면서 차이를 찾아보면 좋겠다.

③ 프랜시스 로렌, 〈나는 전설이다〉

인류의 전부가 좀비가 되어버린 지구에서 유일하게 혼자 남은 인간의 치열한 삶을 다루고 있는 작품이다. 좀비가 되어버린 사람(?)들을 치료하기 위한 약을 제조하기 위해 노력하지만 일은 생각대로 흘러가지 않는다. 특히 이 영화는 마지막의 반전으로 유명하다. 이 작품은 리처드 매드슨의 동명 소설이 원작이다.

부록

세계문학으로 수업하기

세계문학, 특히 장편소설을 가지고 수업을 한다고 했을 때 자연스럽게 떠오르는 두 가지 질문이 있다. 첫 번째는 '학생들이 그런 어려운 작품을 과연 제대로 읽어낼 수 있을까?'라는 것이다. 여기에 대해서는 경험이 차츰 쌓이다 보니, 이제 '작품을 잘 고르기만 하면 재미있게 읽을 수 있다.'라고 조심스럽게 답을 할 수 있게 되었다. 소설이 배경으로 삼고 있는 시간과 공간이 너무나 다르고 그 문화적 배경 또한 상당히 다르지만, 세계문학 작품들 중에는 오늘날 대한민국 중·고등학생 정도면 읽을 수 있는 것들이 꽤 있다는 것을 몇 번이고 깨닫게 되었다. 그리고 원론적으로 따져서 문학 시간에 가르치는 한국 고전문학과 비교해 보아도, 학생들 입장에서 느끼는 거리감은 그리 큰 차이가 없을 것 같다. 신라 시대 서라벌을 거닐던 화랑들의 향가와 19세기 상트페테르부르크를 배회하며 환영을 보던 도스토옙스키의 소설을 비교해 볼 때, 오늘날의 삶과 더 가까이에 있는 것은 어쩌면 후자가 아닐까 싶기도 하다.

그런데 여기에 잇달아 떠오르는 두 번째 질문이 있다. '세계문학 작품을 가지고 어떻게 수업하면 좀 더 흥미롭게 수업을 할 수 있을까?' 하는 것이다. 이것은 사실 좀 대답하기가 쉽지 않다. 어떤 학생을 어떤 상황에서 만나는지가 모두 다를 것이기에 일반화된 수업 모형 같은 것을 제시하기가 어렵기 때문이다. 그래서 세계문학 수업을 제안하는 것이 정말 현실성 있는 것인지 의심이 생겨나고, 그 결과 스스로 움츠러드는 경우도 가끔 있었다.

그러던 차에 오랫동안 독서 교육을 성공적으로 진행하던 한 선생님과 이야기를 나눌 기회가 있었다. 자연스럽게 수업 이야기가 나오게 되어 방과후 수업으로 진행하고 있던 세계문학 수업 사례를 개괄적으로 설명하게 되었다. 그때 그 선생님께서 이 수업 사례가 나름대로 의미 있는 사례라며 수업 방식을 좀 구체적으로 정리해서 소개하면 좋겠다고 말씀해 주셨다. 특히 2015 교육과정에 들어가 있는 '한 학기 한 권 읽기' 수업의 경우, 세계문학 수업 사례를 적용하면 재미있게 수업할 수도 있겠다고 펌프질까지 해주셨다. 세계문학 수업은 주로 장편소설을 중심으로 기획했던 수업이라 말을 듣다 보니 그럴 수도 있겠다 싶었다. 그래서 이번에는 수업에서 다루었던 작품들이 아니라 수업 방식 자체에 대한 이야기를 해볼까 한다.

2. 세계문학 수업하기 – 장편소설

지금까지 세계문학 수업은 주로 방과후에 진행해 왔다. 필자가 근무하는 학교는 일 년에 방과후 수업을 5차에 걸쳐 진행한다. 1학기, 여름방학, 2학기, 겨울방학, 봄방학 이렇게 다섯 번 운영하며, 봄방학을 제외하면 적게는 10차시, 많게는 18차시 정도 운영한다. 아무래도 학기 중 방과후 수업이 좀 길게 운영되는 편이라 처음에 장편소설을 염두에 둔 세계문학 수업을 기획했을 때 초점은 '학기 중' 방과후에 있었다. 일주일에 한 번씩 수업을 하면서 한 학기에 걸쳐 수업이 진행되니, 아무리 길고 어려운 소설이라고 해도 석 달 내지 넉 달 동안 소화가 가능하리라고 생각했기 때문이다.

그런데 계획을 세우다 보니 시작도 하기 전에 한 가지 큰 문제에 부딪히게 되었다. 강제 방과후 수업이 아니라 학생들이 자발적으로 방과후 수업을 신청하게 되어 있는 상황에서, 이런 얼토당토않은 주제의 수업이 애초에 개설 가능하겠냐는 의심이 생겼기 때문이다. 어떻게 할까 고민하다가 생활기록부 '세부 특기사항'에 기록이 가능하며, 또한 '독서 활동 상황'에 읽은 책의 제목을 기록할 수 있다는 현실적인 측면을 강조하면서 수업 시간에 홍보를 열심히 했더니 방과후 수업이 덜커덕 개설되었다. 어문계열로 진학하려는 고등학교 문과 학생들의 경우 학생부 종합 전형을 염두에 둔다면 이와 같은 심화 활동이 의미 있는 결과로 나타날 수 있다는 사실을 간접적으로 경험했기 때문에 생각보다 이야기가 잘 먹혔던 것 같기도 했다. 이런 우여곡절 끝에 방과후 수업이 꾸려지게 되었는데, 16차시로 구성된 수업은 전체적으로 다음과 같은 흐름으로 진행되었다.[1]

- 1차시: 모둠 편성 및 작품 선정(모둠별 역할 정하기)
- 2차시: 교사 강의 – 당시 시대상 및 문학적 특징에 대한 개괄적인 소개
- 3차시: 교사 강의 및 관련 자료 감상
- 4~11차시: 작품 읽기
- 12차시: 발표 준비하기
- 13~16차시: 작품에 대한 발표

첫 시간에 하는 것은 '작품 선정 및 모둠 편성'이다. 약 20명의 학생이 모여서 수업이 구성되는 경우라면 4명씩 다섯 개 정도의 모둠으로 구

---

1   거의 방과후 수업을 기획한 경험 중심으로 서술되어 있는데, 이 경험을 살펴보면 학기 중 방과후 수업의 경우 일주일에 많으면 3시간, 적으면 1시간 정도로 구성이 되어 있어서, 약 16차시 정도의 과정으로 진행이 된다는 사실을 알게 된다. 이렇게 되면 정규 수업 시간에 '한 학기 한 권 읽기'로 수업을 진행하는 것과 거의 유사하다. 또한 이런 식의 수업 진행은 필자가 근무하는 학교의 교육과정상 편성되지는 않아서 실제로 해보지는 못했지만, '고전' 과목 수업에도 적용할 수 있을 것으로 보인다.

성한다. 그렇게 모둠 편성이 끝나면 본격적으로 '작품 선정'으로 넘어간다. 방과후 수업 계획서에 다룰 작품들을 개략적으로 소개해 두지만, 막상 학생들은 그 작품들에 대해서 잘 모른다. 그래서 그 책들을 직접 가져와서 보여주고 만져보게 한 다음 대략적인 내용을 소개한다. 그래도 선택하기 어려워하면 각각의 작품을 읽을 때 겪게 될 어려움이나 재미나는 요소를 적절하게 섞어 알려준다. 그런 뒤에 모둠 구성원들의 논의 끝에 앞으로 읽을 작품을 고르는데, 학생들은 이 과정을 거의 복불복으로 느끼는 것 같았다.

그래서 가끔은 대놓고 복불복으로 선택하게 한 경우도 있었다. 제목만 듣고 잔뜩 긴장했다가 생각보다 소설이 재미있을 때 소설 읽기에 탄력을 받는 경우가 종종 있었기 때문이다. 예를 들어, 스탕달의《적과흑》같은 작품이 그랬는데, 제목만 보면 상당히 부담스럽지만 막상 읽어보면 막장도 이런 막장 소설이 없는 셈이라 아침 드라마 보듯이 작품을 잘 읽었던 것 같다.

또한 소설의 분량이 좀 차이가 날 때 분량 많은 소설을 기피할까 봐 소설 제목과 내용만 설명한 뒤에 고르라고 한 적도 있다. 이렇게 했을 때 가장 인상적인 장면이 러시아 소설 수업 때 벌어졌었다. 책 목록 중에 1000페이지가 넘는《안나 카레니나》가 있었기 때문이다. 제목이 유명하다 보니 멋모르고 그 소설을 골랐다가 책이 총 세 권이라는 사실에 경악했던 모둠 학생들의 표정이 아직도 기억난다. 물론 결과적으로는 그 작품을 잘 읽고 재미있는 발표를 하긴 했지만, 세 권짜리《안나 카레니나》를 처음 보았을 때 학생들이 보여주었던 당황스러운 표정은 쉽게 잊히지 않았다.

그다음에는 작품을 발표할 때 맡아야 할 역할을 나누는데, '작가 소개', '등장인물 정리', '시대적 배경', '문학적 가치'라는 네 가지 분야로 나누어 각각 조사를 맡긴다. 이런 역할 구분은 독서 활동 후에 어떤 식으로 내용을 정리해서 발표할 것인지 혼란스러운 학생들에게 기본적으로 해야 할 일을 알려주는 방향타 구실을 한다. 그래서 학생들에게는 다음과 같이 공지한다.

모둠별 발표의 기본 형태

1. 작가 소개
① 같은 작가를 맡은 경우 먼저 발표하는 조에서 작가 소개를 맡음.
② 자료는 인터넷에서만 검색하지 말 것. 영어가 되는 사람은 영어판 위키를 참고할 것
③ 단, 논문 및 책을 참고하는 것을 최고로 쳐줌.

2. 등장인물 정리: 등장인물이 많기 때문에 인물 정리에 많은 노력을 기울일 것
① 등장인물 간의 갈등 관계
② 등장인물들의 경제적·정치적 계급
③ 교육 정도, 취향 및 성향
④ 개인적 성격 (성격이 드러나는 특별한 사건을 반드시 덧붙일 것)

3. 시대적 배경
① 시대적 배경을 드러내는 사건 및 배경 묘사 등을 찾아볼 것
② 당시 상황에 대한 구체적인 자료를 첨부할 것 (추가 자료를 제시하면 더욱 높은 평가를 받을 수 있음)

4. 문학적 가치

① 이 작품을 통해 작가가 성취한 문학적 가치에 대해 찾아볼 것

② 긍정적이거나 비판적으로 평가한 경우를 찾고 그에 대해 반드시 언급할 것(연구서 등을 참조하여 비평가들의 평가를 첨부해서 발표할 것)

그다음 시간은 '교사의 강의'로 넘어간다. 그런데 이 강의가 사실은 좀 어려운 부분이다. 그 수업에서 다루게 될 언어권 문학에 대한 개괄적인 소개를 해야 하는 셈인데, 필자의 경우 세계문학을 본격적으로 공부해 본 적이 없기 때문에 상당히 부담스러울 수밖에 없었다. 아마도 국어 교사들의 경우 대학교에서 세계문학을 깊이 있게 다루지 않기 때문에 필자와 비슷한 처지에 있는 사람들이 많을 것 같다. 그렇기에 다만 한 시간이라도 관련 강의를 해야 한다고 하면 고민이 많을 것이다. 사실 이런 강의를 굳이 하지 않아도 될 것 같기는 하다. 학생들이 직접 작품을 고르고, 그 시대적 배경 같은 정보를 찾아보는 활동을 하기 때문이다.

그런데 필자의 개인적인 성향인지도 모르겠지만, 반대로 전공자가 아니기 때문에 오히려 부담 없이 이야기할 수 있는 게 아닐까 하는 생각도 들었다. 학생들과 함께 공부한다는 느낌으로 강의를 준비하면 나름대로 얻을 수 있는 것들이 많을 것 같았다.

이렇게 초심자의 기분으로 강의를 준비할 때 주로 참고했던 자료들은 당시 시대상을 다루고 있는 역사책들과 그 시대를 다룬 문학사 책들이었다. 그런데 일반인들도 쉽게 접근할 수 있는 수준의 역사 및 세계문학 관련 개론서가 생각보다 많지 않았다. 특히 영문학을 제외한 다른 언어권 국가들의 역사책이나 문학사 관련 책은 생각보다 적었다. 그중에서 웅진지식하우스에서 나온 '문학의 광장' 시리즈가 있었는데, 이 시리즈가 세계문학을 상당히 쉽고 폭넓게 이해할 수 있도록 광범위하게 저

술되어 있어서 참고 자료로 잘 써먹을 수 있었다. 그런데 이 책 또한 한국 저자가 아닌 일본 저자가 쓴 책을 번역한 책이었고, 그나마도 어느 순간 절판되어 버리고 말았다.

그리고 학생들과 함께 당시 시대를 이해하는 자료로 영화들을 많이 찾아보려고 노력했다. 원작을 그대로 영화로 만든 작품들이나 당시 중요한 인물의 일대기를 다룬 영화들을 잘 활용하면 학생들이 느끼는 문화적 간극을 넘어서는 데 상당한 도움을 줄 수 있다. 많은 작품들이 영화화되어 있어 참고할 작품이 많았는데, 그중에서 가장 기억에 남았던 것은 〈크루서블〉이라는 영화였다. 미국의 초기 이주 시기 마녀사냥 사건을 다루었던 아서 밀러의 원작 희곡을 영화로 만든 작품이었는데, 당시 시대상을 이해하는 차원을 넘어 학생들에게 여러 가지 생각할 거리를 주는 영화이기도 했기 때문이다.

그렇게 초기 준비 기간이 끝나고 나면 거의 대부분은 책을 읽는 시간으로 할애했다. 그런데 솔직히 말하면 책 읽는 중간중간 독서 과정을 점검하는 활동들을 체계적으로 기획해 두지는 않았다.[2] 모둠 구성원들 사이에서 읽기 능력이나 성실성에서 차이를 보일 경우를 대비해서, 어차피 발표를 준비해야 하니 중간중간 모둠별로 서로서로 체크할 시간을 주는 것으로 대체했다. 그리고 이와 같은 상황을 보완하기 위해 발표 직전에 한두 시간가량 '모둠별 발표 준비 시간'을 부여해 주었다. 그러면 모둠별로 모여서 최종적으로 각자 읽은 상황을 확인하고, 이를 바탕으로 발표 준비를 진행해 나갔다. 주로 학생들은 프레젠테이션으로 발표

---

2 이 부분에 대해서는 별로 고민이 없었는데, '한 학기 한 권 읽기'를 고민하시는 선생님들의 사례를 살펴보니 이를 보완할 수 있는 여러 가지 방법이 있다는 사실을 깨닫고 반성하게 되었다.

를 준비하는 경우가 많았는데, 그런 경우에는 컴퓨터실을 활용해서 발표를 준비할 수 있도록 교실을 배정해 주기도 했다.

이제 발표 시간으로 넘어간다. 학생들은 기본적으로 앞서 제시했던 네 가지 역할을 중심으로 발표를 진행하는데, 한 사람당 발표 시간을 8~10분 정도로 하고 마지막에 교사의 덧붙이는 말까지 포함하여 한 시간에 한 작품을 발표하는 식으로 시간 배분을 했다. 또한 모둠별 발표를 진행할 때 나머지 듣는 학생들에게는 학습지를 미리 나누어주고 발표 내용을 정리할 수 있도록 유도했다. 이 학습지 또한 앞에서 발표하는 네 가지 범주로 구성되어 있으므로 듣는 학생들이 정보를 효과적으로 정리할 수 있다. 그때 활용했던 학습지는 다음과 같은 형식이었다.

발표 작품 제목	
발표 작가	
작가적 사실들 및 시대 상황	
줄거리 정리	
작품 분석	

발표에 대한 평가 및 그 이유	☆☆☆☆☆
작품에 대한 교사의 코멘트	

  그런데 사실 이 네 가지 분야에 대한 조사 발표는 작품을 개괄적으로 이해하기 위한 지식적인 측면의 과제 정도라고 볼 수 있다. 작품을 자기 스스로 깊이 있게 이해하고 즐기기 위한 과제라고 보기는 어렵다. 그래서 모둠별로 각각의 책을 읽고 자신이 읽은 책을 다른 모둠에게 솔직하게 소개하는 것이 핵심이라고 강조했다. 만약 읽은 소설이 재미없다면 재미없다고 말하고 그 이유를 느낀 대로 설명하면 된다고 이야기했고, 발표도 자유로운 형식으로 해도 된다고도 했다. 하지만 아쉽게도 학생들은 주어진 발표의 틀에서 크게 더 나아가지는 못했다.

  그 이후에 이를 보완할 방법을 고민해 보았다. 첫 번째는 발표를 하면서 어떤 내용을 전달하는 경우, 소설 속에서 그와 관련된 장면을 반드시 인용하도록 했다. 예를 들어, 마크 트웨인의 소설 《허클베리 핀의 모험》을 발표할 때, '이 작품은 인종차별을 다루고 있는 작품이다.'라고 발표를 했다면 반드시 이와 관련된 소설 속 장면을 한 단락 정도 인용하도록 한 것이다. 그뿐만 아니라 작가에 대한 소개를 하는 경우, 작가의 행적이나 특성이 드러난 부분을 작품 속에서 최대한 찾아보라고도 이야기해 주었다. 작품에 근거한 읽기는 사실 문학 비평의 기본이라고 할 수 있지만, 자습서의 지식을 그대로 찾아 베끼기에 익숙한 학생들은 생각보다 이런 인용을 힘들어했다. 그래도 작품을 샅샅이 읽기 위해서는 꼭 필요한 작업이라고 판단해서 꽤 힘주어 계속 이야기했다.

두 번째는 자신이 인상적이라고 느낀 장면을 찾아 길이는 상관없으니 쭉 읽고 그 이유를 발표하도록 했다. 가장 인상적인 부분을 길게 낭독하고, 그 장면을 꼽은 이유를 자기 소신껏 설명하라고 했다. 별것 아닌 것 같지만 이런 방식도 반응이 꽤 괜찮았다. 특히《백년의 고독》수업할 때 반응이 좋았는데, 한 학생이《백년의 고독》에 서술되어 있는 독재 권력에 의한 잔혹한 학살 장면을 두 페이지 이상 읽고 자신의 생각을 담담하게 이야기했던 그 감동적인 수업 상황은 앞선 글에서 이미 쓴 적이 있다.

3. 세계문학 수업하기 – 단편소설

앞서 필자의 학교에서 운영되는 방과후 수업이 '학기 중'과 '방학 중'으로 나뉘어 있다고 했다. 이 두 방과후 수업은 운영 일정의 측면에서 중요한 차이점이 있다. 학기 중 방과후 수업은 일주일에 한 시간씩 간격을 두고 수업이 진행되지만, 방학 중 방과후 수업은 약 2주에서 3주에 걸쳐 매일매일 집중적으로 편성된다. 이 차이 때문에 방학 중에 장편소설 수업을 기획할 때 난감함을 느끼게 되었다. 방학 중 방과후의 경우 책을 읽을 수 있는 기간이 너무 짧았기 때문이다. 고민 끝에 방학 중 방과후는 단편소설들로 수업을 구성해 보았다.

단편소설들로 수업을 구성하는 경우에는, 단편집에 적게는 6~7편에서 많으면 10여 편이 실려 있으므로 4명씩 조를 짜지 않고 2~3명씩 조를 구성한 다음에 서로 작품을 꼼꼼하게 읽고 발표 준비를 자세하게 하라고 이야기해 주었다. 같은 방식으로 수업이 진행되지만 읽는 데 시간이 적게 걸리기 때문에, 읽는 데 부담이 없는 대신 발표가 좀 더 부담되는 방식이다. 두 사람이 앞서 제시한 네 가지 항목과 인상적인 부분까지 찾아서 발표를 해야 하니 부담이 클 수밖에 없다. 그래서 준비하는 시간을 좀 더 늘려주었지만, 수업 부담이 오히려 장편보다 더 크다는 투덜거림도 나왔다.

그런데 이렇게 단편소설로 수업하는 경우는 어떤 종류의 텍스트를 선정하는가에 따라 크게 두 가지로 나눠볼 수 있다. 첫 번째는 한 작가의 단편집을 읽는 경우다. 세계문학에서 가장 잘 알려진 단편 작가들의 주요 단편집을 골라 집중적으로 읽었다. 여기에 해당하는 작가는 '제임스 조이스'와 '루쉰'이었다. 특히 제임스 조이스의 《더블린 사람들》의 경우 처음에 읽었을 때는 "이게 뭐야?"라는 말밖에 나오지 않지만, 그 작품에 담긴 의미들을 꼼꼼하게 되씹어 보면 풍부한 맛을 느낄 수 있는 작품들이 많이 있었다. 식민지 아일랜드의 상황이나 제임스 조이스의 표현 기법 등을 잘 참고해서 읽어보면 '소설 읽기가 이런 것이로구나.'라고 느낄 정도의 깊이 있는 경험을 할 수 있기 때문이다. 그뿐만 아니라 루쉰의 단편집 《외침(吶喊)》을 읽을 때도 격변기 속 당시 중국 사회의 문제점들과 그런 중국의 변화를 고민하는 작가의 고뇌를 충분히 느낄 수 있었다. 특히 이 단편집의 서문이 상당히 유명한데, 이 서문은 학생들과 꼭 한번 꼼꼼하게 곱씹으며 같이 읽어보면 울림이 클 것 같다.[3]

두 번째는 한 언어권의 주요 단편들을 묶어둔 책을 읽는 경우다. 다른 나라의 문학작품을 소개하고 싶기는 하지만 장편소설은 이름만 들어도

---

3   루쉰의 단편집은 주로 《아Q정전》이라는 이름으로 많이 나와 있다. 단편들 중에 〈아Q정전〉이 가장 유명해서 그렇게 제목이 붙어 있는 경우가 많은데, 원래 이 〈아Q정전〉이 들어 있는 단편집 이름은 《외침(吶喊)》이다.

체할 것 같은 부담감이 느껴질 때, 권할 만한 단편소설집이 꽤 많이 나와 있는 것으로 알고 있다. 장편소설의 경우는 번역도 힘들고 해서 본격적으로 번역된 작품이 그리 많지는 않지만, 단편소설의 경우는 연구자가 마음먹고 자신만의 선집을 골라 출판하는 경우가 왕왕 있기 때문이다. 이런 책들 중에서 개인적으로 잘 써먹었던 시리즈가 '창비 세계문학 단편선'이었다. 언어권별로 약간 편차가 있기는 하지만 전문 연구자들의 역량을 동원하여 각 나라별 주요 단편소설들을 엄선하여 그 나라 문학의 전반적인 분위기를 이해하기도 좋았고, 길이도 적당해서 학생들이 읽기에도 괜찮았던 것 같다. 특히 미국 문학을 다룬 《필경사 바틀비》에는 상당히 재미있는 작품들이 많아서 그 당시 방과후 수업을 즐겁게 할 수 있었다.

이런 식으로 단편을 묶어둔 책들의 경우에는 언어권별 분류 말고도 장르나 내용 측면에서 공통적인 작품들을 묶어서 소개한 경우도 많다. 예를 들어, 크리스마스를 다룬 세계 각국의 단편들을 묶은 단편집이나 공포소설을 묶은 단편집 등이 이에 속한다. 이런 경우에는 주제별로 접근하는 수업 방식을 채택할 수 있을 것 같은데, 필자의 경우에는 SF소설집(《SF소설 명예의 전당 1 - 전설의 밤》)을 하나 선택해서 같이 읽어본 경우가 있었고, 단편은 아니지만 러시아, 독일, 프랑스의 불륜 소설들[4]을 골라 작품을 비교해 본 경우가 있었다. 이런 경우에 논의할 주제가 명확하다 보니 학생들과 이야기할 거리가 꽤나 풍부해졌던 것 같다. 많이 해보지는 않았지만 권할 만한 접근 방식이라고 생각한다. 이렇게 단편소설로 수업을 하다 보니 나름의 학습지도안을 만들어보기도 했다. 혹시나

---

4 러시아는 톨스토이의 《안나 카레니나》, 독일은 테오도어 폰타네의 《에피 브리스트》, 프랑스는 귀스타브 플로베르의 《마담 보바리》를 골랐었다.

참고가 될 수 있을까 해서, 실제로 적용했던 수업의 지도안을 글의 말미에 간단하게 첨부해 두었다. 이 수업은 중국 소설가 샤오홍의 감동적인 단편소설 〈손〉으로 수업했던 사례다. 소설을 읽고 학습지를 바탕으로 토론한 후 조별로 오디오 파일을 만드는 방식으로 독후 활동을 진행했는데, 실제 평가까지 이어지지는 않았지만 수업과 관련된 활동이 비교적 잘 되었던 사례여서 조심스럽게 첨부해 본다.

4. 왜 세계문학인가?

지금까지 수업과 관련된 개인적인 체험을 주저리주저리 늘어놓았지만, 아마도 이 글을 읽고 계신 분들의 마음속에 떠오르는 가장 큰 의문이 하나 있을 것 같다. 그것은 바로 '왜 굳이 다른 나라의 문학작품을 읽어야 하는가?'일 것이다. 물론 앞에서 '고전문학보다 오히려 쉬울 것이다.' 혹은 '입시에 나름대로 도움이 된다.' 등의 이야기를 하긴 했지만, 이는 근본적인 답이 되기는 어렵다. 그러면 다시 본질로 돌아가서 왜 이런 작품들을 읽어야 할지에 대해 이야기를 좀 해봐야 할 것 같다.

세계문학을 주제로 약 4년에 걸쳐 10여 차례 방과후 수업을 개설하고 진행하면서 깨달았던 사실 한 가지는 한국 사람들은 생각보다 다른 나라의 문학에 별 관심이 없다는 것이었다. (한국 사람만 그렇지는 않을 것이다.) 그나마 과거에는 수많은 문학소년, 문학소녀들이 세계 명작소설들, 예를 들어 헤르만 헤세의 《데미안》, 앙드레 지드의 《좁은 문》 같은 작품을 교양 차원에서라도 읽는 분위기가 있었지만, 요즘은 독서 자체도 잘하지 않는 데다가 그나마도 다른 나라 문학작품 자체를 수업 시간에 거의 다루지 않다 보니 외국 작품을 읽는 것 자체가 보기 드문 현상이 되고 말았다. 물론 알랭 드 보통이라든지 무라카미 하루키라든지 책이 나왔다 하면 거의 수만 부씩 팔리는 외국 작가들이 있기는 하지만, 그런 작가들의 작품을 읽는 것으로 그 나라의 문학을 이해했다고 말하기에는 부족함이 있다는 사실 또한 다들 잘 알고 있다.

그러다 보니 한국 사회에서 외국 문학을 번역하고 이를 소개하는 일이 상당히 위축되어 있다는 점도 실감하게 되었다. 다른 나라의 문학사를 훑어보다가 궁금한 작품이 있어 찾아보려고 하면 번역이 안 되어 있는 경우가 많았으며, 번역이 되었다 하더라도 때 이른 절판은 거의 숙명과 같은 일이었다.

물론 독서 자체가 쇠퇴하고 있는 디지털 시대에 케케묵은 서양 고전을 다시 읽어야 한다는 당위성을 기억의 창고 속에서 굳이 꺼내 들려고 하는 것은 아니다. 인문학을 좀 한다 하는 사람은 《일리아스》, 《오뒷세이아》부터 시작하는 서양 고전들을 줄줄 읽어줘야 한다는 그런 부담스러운 이야기를 꺼내려는 것이 아니라는 말이다. 그리고 영문학을 중심으로 한 서양 고전들이라는 위명 또한 문화 제국주의적 지배가 함축된 허명일 수 있다는 점 또한 잘 알고 있다.

그럼에도 불구하고 여기서 다시 '세계문학을 읽자!'라고 제안하는 이유는 '타자에 대한 관심'이라는 측면에서 설명할 수 있다. 방과후 수업을 통해 19세기에서 20세기에 걸친 여러 국가의 소설들을 조금이나마 살펴보면서 산업화, 전쟁, 식민지, 사회적 격변, 문화적 단절, 차별, 빈곤 등 조금씩 다른 얼굴들을 하고 있지만 근본적으로 맞닿아 있는 다양한 양상의 고민들을 만나볼 수 있었다. 그리고 이에 맞서 삶을 용감하게 개척했던 다양한 인물들 또한 만날 수 있었다. 다시 말해서, 그들의 문학 속에서 그들이 지금 이렇게 살고 있는 이유를 어느 정도 발견할 수 있었던 것이다. 문학이라는 것이 기본적으로 '타자에 대한 이해'를 바탕에

깔고 있다고 한다면, 이와 같은 경험들은 문학 읽기의 근본에 가까운 것이라고 생각한다. 그래서 이런 경험들을 학생들과 함께 나누는 것이 의미 있는 활동이라고 느꼈고, 여전히 버겁지만 계속해서 영역을 넓혀가며 다른 나라의 소설들을 읽어왔던 것 같다.

이런 과정은 하나의 여행으로 비유할 수 있다. 어설픈 가이드를 자청하며 학생들과 함께 책이라는 소중한 지도를 들고 지구 반대편 나라들로 떠나는 여행 말이다. 직접 여행을 가서 먹거리도 찾아 먹고, 아름다운 경치도 즐기는 오감 만족 여행을 떠날 수 있다면 가장 좋겠지만, 그게 어렵다면 이렇게라도 그 나라를 찾아가 그들의 삶 속에 깊이 들어가 보는 것도 좋은 여행이 될 수 있을 것 같다.

그런데 어쩌면 이렇게 책으로 떠난 여행이 거기서 만난 타자들을 더 잘 이해하는 여행이 될 수도 있겠다는 생각이 들었다. 조금 냉소적으로 이야기해서, 우리가 여행이라는 이름으로 찾아간 다른 나라들에서 발견하는 것은 자본주의라는 유령이 휩쓸고 지나간 자리에 남은 천편일률적인 관광지들과 쇼핑몰, 그리고 모두 엇비슷한 모습의 호텔, 리조트들뿐일 수도 있기 때문이다. 백날 그런 곳을 지나다녀 봤자 남는 것은 인스타그램의 화려한 사진들뿐이지 않을까. 여행이라는 것이 타지에서 타인을 만나는 과정에서 나를 돌아보는 활동이라면, 책으로 떠나는 여행 또한 타자 속에 깊이 들어가 나를 다시 한번 발견하는 의미 있는 활동이 될 수 있을 것이다. 그래서 힘들지만 이렇게 올해도 세계문학 수업을 기획하고 있는 것이다. 그렇기에 새 학기에는 비행기 대신 책을 타고 떠나는 세계 여행의 행렬에 더 많은 분들이 함께해 주셨으면 하는 소박한 바람 또한 가져본다.

학교급	고등학교	교과/과목	문학	영역/단원	문학의 수용과 생산

교육과정 성취기준	[12문학02-02] 작품을 작가, 사회·문화적 배경, 상호 텍스트성 등 다양한 맥락에서 이해하고 감상한다. [12문학02-05] 작품을 읽고 다양한 시각에서 재구성하거나 주체적인 관점에서 창작한다. [12문학02-06] 다양한 매체로 구현된 작품의 창의적 표현 방법과 심미적 가치를 문학적 관점에서 수용하고 소통한다.

평가 기준	상 □	작가, 사회·문화적 배경, 상호 텍스트성 등 다양한 맥락을 종합적으로 활용하여 작품을 깊이 있게 이해하고 감상할 수 있으며, 작품을 읽고 다양한 시각으로 내용, 형식, 맥락, 매체 등을 바꾸어 창의적으로 재구성하거나 자신의 주체적 관점이 효과적으로 드러나게 창작할 수 있고, 또한 다양한 매체로 구현된 작품의 창의적 표현 방법과 심미적 가치를 문학적 관점에서 비평적으로 수용하고 타인과 능동적으로 소통할 수 있다.
	중 ■	작가, 사회·문화적 배경, 상호 텍스트성 등 다양한 맥락을 활용하여 작품을 이해하고 감상할 수 있으며, 작품을 읽고 다양한 시각으로 내용, 형식, 맥락, 매체 등을 바꾸어 재구성하거나 자신의 주체적인 관점을 반영하여 창작할 수 있고, 또한 다양한 매체로 구현된 작품의 창의적 표현 방법과 심미적 가치를 문학적 관점에서 수용하고 타인과 소통할 수 있다.
	하 □	작가, 사회·문화적 배경, 상호 텍스트성 등 작품을 둘러싼 맥락 중 일부를 작품의 이해와 감상에 활용할 수 있으며, 작품을 읽고 내용, 형식, 맥락, 매체 등을 바꾸어 재구성하여 표현할 수 있고, 또한 매체에 따라 표현 방법과 미적 특성이 다름을 알고 이를 다양한 매체로 구현된 작품의 수용에 활용할 수 있다.

---

[5] 이 사례는 2019년 '국어과 수업전문가 되기' 연수에서 작성한 자료를 바탕으로 한 것이다. 이런 식으로 수업지도안을 짜보면 어떨까 싶어서 참고로 넣어두었다.

문항 유형 수행평가	지필 평가	□ 선다형 □ 진위형 □ 연결형 □ 조합형 □ 단답형 □ 서술형 □ 기타 ( )
	수행 평가	□ 관찰 □ 면담 ■ 포트폴리오 □ 보고서 ■ 글쓰기 □ 자기평가 □ 기타 (녹음파일 제작 및 온라인 백과사전 수정)
문항의 구성		**수행평가 1** 전체 선정 작품의 토론 내용 정리 및 조별 선정 작품의 독서 일 지 작성 **수행평가 2** 독서 일지를 토대로 작품에 대한 토론 진행하고, 오디오 방송 대본 작성하기 **수행평가 3** 방송 대본 낭독 및 녹음하기 **수행평가 4** 학습한 내용을 바탕으로 하여 온라인 백과사전의 관련 항목 수 정하기
수업 계획		이 평가는 '전공어권 문학 깊이 읽기'를 위한 수행평가로, 6차시에 걸쳐 진 행한다. 전공어권 문학작품 중에 단편소설 작품을 하나 골라 독서를 진행한 뒤, 읽은 내용에 대해 개인별로 독서 일지를 작성하고, 이를 바탕으로 팟캐 스트(혹은 오디오클립) 방송 대본을 작성한다. 작가의 특성, 작품의 줄거리, 인상적인 구절 등을 세 가지 열쇳말로 풀어보는 대본을 작성하고, 이를 어 떻게 녹음할지 준비한다. 작성한 대본을 낭독할 학생을 골라 낭독시켜보고, 이를 녹음하여 실제 음성자료로 활용한다. 이렇게 학습한 내용을 근거로 온 라인 백과사전(위키피디아 등)에 등재된 관련 항목을 수정한다. 각 전공어권 선정 작품은 단편소설 모음집을 골랐으며 다음과 같다. 중국어과 1. 루쉰, 《외침/방황 (루쉰 전집 2)》, 그린비 2. 류나어우 외, 《시간에 무감각한 두 남자》, 씨네스트 3. 루쉰 외, 《중국 현대 단편소설선 1, 2》, 어문학사 영어과 1. 제임스 조이스, 《더블린 사람들》, 문학동네 2. 허먼 멜빌 외, 《필경사 바틀비》, 창비세계문학 단편선 3. 도리스 레싱 외, 《가든파티》, 창비세계문학 단편선 독일어과 1. 루이제 린저 외, 《금발의 에크베르트》, 씨네스트 2. 아르투어 슈니츨러 외, 《어느 사랑의 실험》, 창비세계문학 단편선 3. 마렉 플라스코 외, 《신사 숙녀 여러분, 가스실로》, 창비세계문학 단편선

프랑스어과
1. 드니 디드로 외, 《이것은 소설이 아니다》, 창비세계문학 단편선
2. 마르셀 에메, 《벽으로 드나드는 남자》, 문학동네

일본어과
1. 가와바타 야스나리 외, 《이상한 소리》, 창비세계문학 단편선
2. 아쿠타카와 유노스케, 《라쇼몬》, 민음사
3. 나쓰메 소세키 외, 《일본 근대단편소설 걸작선》, 시간의 물레

러시아어과
1. 니콜라이 고골, 《뻬쩨르부르그 이야기》, 민음사
2. 니콜라이 고골 외, 《무도회가 끝난 뒤》, 창비세계문학 단편선
3. 니콜라이 고골 외, 《아름답고 광포한 이 세상에서》, 씨네스트

조별 토론지 작성

조별로 토론한 내용을 정리하여 다음과 같은 학습지에 개별 작성한다.

샤오홍의 〈손(手)〉을 이해하기 위한 질문들

1. 왕야밍의 손 색깔이 달랐던 이유는 무엇일까?

조별 토론 내용 정리	교사의 추가 정리 내용

2. 왕야밍에 대한 주변 사람들의 반응은 어떠했을까? 각각을 구분해서 생각해 보자.

조별 토론 내용 정리	교사의 추가 정리 내용

3. 왕야밍은 정말로 똑똑하지 못한 것일까? 그렇지 않다면 그 이유는 무엇일까?

조별 토론 내용 정리	교사의 추가 정리 내용

4. 나만의 문장 혹은 장면 하나를 찾아 쓰고, 그 이유를 설명해 보자.

문장 및 장면:

그 이유 :

(기본) 독서일지 작성

읽은 내용을 다음의 양식에 기록하여 포트폴리오로 제출한다.

1. 도서명 :		3. 출판사 :
2. 지은이 :	역자 :	4. 만족도 : A　B　C　D　E

인상적인 문장 1	Page (　　　)
인상적이었던 이유를 구체적으로 서술하기	
인상적인 문장 2	Page (　　　)
인상적이었던 이유를 구체적으로 서술하기	
책을 읽고 난 뒤 달라진 자신의 생각 쓰기	• 줄거리를 나열하여 서술하는 것은 감점 대상 • 자신의 달라진 생각을 책의 내용과 연관시켜 서술할 것

(심화) 독서일지 작성

선정한 소설과 관련된 다른 작품을 읽은 경우는 다음의 양식에 기록하여 포트폴리오로 제출한다.

1. 심화 도서명 :	3. 출판사 :
2. 지은이 : 역자 :	4. 만족도 : A B C D E

이 책을 고를 때 배경이 된 책과 그 이유 (비교, 대조)	도서명: 이유:
인상적인 문장	Page ( )
인상적이었던 이유를 구체적으로 서술하기	
책을 읽고 난 뒤 발전된 자신의 생각 쓰기	• 처음 읽었던 책과 심화 도서의 내용을 연관시켜 서술할 것 • 자신이 독서를 통해 발전된 생각을 반드시 서술할 것

팟캐스트 (혹은 오디오클립) 대본[6] 작성

다음 조건에 맞춰 대본을 작성한다.

> ① 작가 및 작품의 창작 배경에 대해 소개한다.
> ② 인상적인 구절을 두 부분 이상 인용한다.
> ③ 세 가지 열쇠말로 풀어서 내용을 작성한다.

[대본 작성 예시]

　안녕하세요. 저희는 ○○○조입니다. 이번 시간에는 중국의 단편소설 샤오훙의 〈손〉이라는 작품에 대해 이야기하려고 합니다. 중국의 '현대소설'이라고 하면 인상적으로 떠오르는 작품이 그리 많지 않은데요. 루쉰의 소설 〈아큐정전〉이나 하정우 배우가 영화로 연출하여 유명해진 위화의 〈허삼관매혈기〉, 그리고 노벨문학상을 받은 모옌의 〈훙까오량 가족〉 정도가 그나마 대중들에게 알려진 작품이라고 할 수 있습니다. 당연한 이야기겠지만 이런 작품들 외에도 중국 현대소설들은 많이 있습니다. 다만 널리 알려지지 않았을 뿐이죠. 특히 20세기 초에 창작된 중국 현대소설들의 경우 근대화 과정에서 경험했던 식민 지배, 항일 전쟁, 계급 갈등, 세대 간의 대립 등의 주제를 깊이 있게 다루고 있다는 점에서, 비슷한 시기에 발표되었던 우리나라의 소설들과도 일맥상통하는 면이 있습니다. 그래서 이번 시간에는 그 당시 작품 중에서 1936년에 발표된 단편소설 샤오훙의 〈손〉을 소개하고자 합니다.

　자, 그러면 먼저 소설을 여는 세 개의 열쇠말이 필요하겠죠. 그래서 저희는 열쇠말로 '탕웨이', '왕따', '밥'을 골라보았습니다. 그러면 이제부터

6　네이버 오디오클립 '세 가지 열쇠말로 여는 문학 이야기' 참조

이 열쇠말들을 하나씩 설명해 볼까요?

이 소설을 설명하는 첫 번째 열쇠말이 '탕웨이'인 이유는 이 소설의 작가 샤오훙의 일대기를 다룬 영화에 탕웨이가 주인공으로 출연했기 때문입니다. 이 영화의 제목은 '황금시대'입니다. 이 영화에는 1911년에 태어나 1942년에 사망한 작가 샤오훙의 짧고도 강렬했던 삶이 잘 표현되어 있습니다. 여기서 탕웨이는 샤오훙의 고통, 열정, 사랑, 분노 등을 탁월하게 연기했습니다. 물론 이 작품이 영화적으로 아주 훌륭하다고 볼 수는 없지만, 소설만큼 파란만장했던 그녀의 삶을 세밀하게 묘사하고 있는 영화라고 말할 수 있습니다.

그러면 이야기가 나온 김에 작가 샤오훙에 대해 좀 더 소개해 보겠습니다. 샤오훙의 원래 이름은 장나이잉으로, 중국의 동북 지역 헤이룽장성, 즉 흑룡강성에서 태어났는데, 집안에서 반대하던 사랑을 쟁취하기 위해 그녀는 비교적 젊은 나이에 집을 뛰쳐나오게 됩니다. 그런데 집을 나온 뒤 극심한 가난에 시달리게 되고, 그 사랑 또한 제대로 이루지 못하는 불행한 상황에 처하게 되죠. 그렇게 극빈한 삶을 지속하던 중 작가 샤오쥔을 운명적으로 만나 결혼까지 이릅니다. 두 사람은 결혼 후 중국 문학사에서 '동북작가군'이라고 불리던 그 지역 작가들과 어울리면서 작품을 창작하고 서로 비평해 주기도 하는 등 행복한 나날들을 보내죠. 나중에는 샤오쥔과 함께 상하이로 이동하여 중국의 대문호 루쉰에게 창작에 관련된 지도를 받기도 합니다. 그런데 이들 사이에도 갈등이 생기게 되는데요. 아내가 자기보다 문학적으로 높은 평가를 받는 것에 대해 남편 샤오쥔이 불만을 표현한 것이 가장 큰 이유라고들 합니다. 이렇게 불화가 점점 심해지면서 그들은 결국 이별을 하게 되죠. 이후에 샤오훙은 '동북작가군'에서 함께 어울렸던 작가 돤무훙량과 다시 결혼하기도 했지만, 궁핍한 환경, 관계의 갈등, 전쟁의 혼란 속에서 계속 어려움을 겪다가

1942년 홍콩에서 지병으로 사망하게 됩니다. 안타깝게도 30세가 조금 넘은 나이에 사망한 것이죠. 이런 짧은 생애에도 불구하고 그녀는 생각보다는 많은 작품을 남겼는데요. 그중에서 가장 널리 알려진 작품은 〈생사의 장〉, 〈후란강 이야기〉입니다. 이 두 작품은 한국에 번역되기도 했으니, 작가의 진면목을 이해하고 싶으시다면 한번 찾아보셔도 좋을 듯합니다.

이제까지 샤오훙이라는 작가에 대해 이야기를 했습니다. 그렇다면 이제는 〈손〉이라는 작품 이야기를 해봐야 할 듯합니다. 그래서 두 번째 열쇠말인 '왕따'에 대해 이야기해 보겠습니다. '왕따'라는 열쇠말을 이해하기 위해서는 먼저 소설의 사건이 벌어지는 배경을 살펴봐야 합니다. '왕따'라는 말에서 대충 짐작할 수 있듯이 이 소설은 학교를 배경으로 하고 있습니다. 그런데 좀 더 정확히 말하면 이 학교는 전통적인 학문 대신 서양으로부터 전해진 근대적 지식들을 배우는 '신식 기숙학교'입니다. 이런 신식 학교에 염색업을 해서 겨우겨우 먹고사는 가난한 집 딸인 '왕야밍'이 입학을 하면서 소설은 시작됩니다. 그녀는 항상 집의 일을 돕다 보니 손이 거무스름하게 물들어 있었죠. 이런 모습을 보고 다른 학생들은 왕야밍을 '괴물'이라고 놀리면서 가까이하지 않으려고 합니다. 그리고 요즘 말로 선행학습 또한 전혀 이뤄지지 않은 가난한 집 아이다 보니 영어, 수학, 세계지리 등 완전히 새로운 학문을 배우는 학교 수업에서 왕야밍은 점점 학업 부진아가 되어갑니다. 한 장면을 인용해 읽어보겠습니다.

"전에 영어 안 배웠니?"
영어교사가 안경을 고쳐 쓰며 말했다.
"그게 영어 아닌가요? 배우긴 배웠어요. 곰보 선생님이 가르쳤어요……. 연필을 '펜슬'이라고 하고, 펜을 '펜'이라고 한다는 것은 배웠지만 '헤이얼'을 뭐라고 하는지는 배우지 않았어요."

"here는 '여기'라는 뜻이란다. 읽어봐. here, here!"

"시얼, 시얼"

그녀는 또 '시얼'이라고 읽었다. 그녀가 괴상하게 읽는 바람에 강의실은 또다시 웃음바다가 되고 말았다. 하지만 왕야밍은 태연하게 자리에 앉은 다음 푸르스름한 손으로 책장을 넘기며 낮은 목소리로 읽기 시작했다.

이런 왕야밍이 왕따가 되어가는 것은 어찌 보면 당연한 수순같이 보입니다. 가난하고, 이상한 손 색깔을 가졌고, 공부도 못하고, 심지어 몸에 서캐와 같은 벌레가 있는 왕야밍을 대부분의 아이들은 무시하고 비웃었으며 기숙사에서 침대를 같이 쓰려고 하지도 않습니다. 심지어 학교 선생들도 노골적으로 왕야밍을 차별합니다. 일본에서 유학한 기숙사 사감은 왕야밍에 대해 "사람이 더러우면 손도 더러운 법"이라며 그녀를 모욕하고, 교장 선생은 다른 외국인들이 볼까 봐 아침 체조 시간에 입성이 추레한 왕야밍을 아예 제외시키기도 합니다.

그런데 이런 핍박 속에서도 왕야밍은 꿋꿋하게 학업을 이어갑니다. 다른 아이들이 거부해 복도에서 잠을 자고, 이상한 손 색깔을 숨기기 위해 장갑을 끼고 생활하고, 선생님이 노골적으로 비웃는 상황에서도 집에서 자기를 위해 고생하는 가족들을 생각하며 정말 '열심히' 공부합니다. 1인칭 관찰자인 '나'는 왕야밍을 가까이에서 지켜보면서 그녀의 삶을 점점 더 이해하게 되는데요. 특히 '나'가 권해준 업튼 싱클레어의 《정글》이라는 책(이 책은 미국 노동계급의 비참한 현실을 아주 세밀하게 묘사한 작품이다.)을 누구보다 절절하게 이해하는 모습에서 주인공은 왕야밍의 삶이 오히려 자신보다 고귀하다고 생각합니다.

자, 이제는 세 번째 열쇠말로 넘어가 볼까 하는데요. 세 번째 열쇠말은

'발'입니다. 소설의 제목이 '손'인데 열쇠말은 왜 '발'일까요? 여기에 대해 차근차근 설명해 보겠습니다. 왕야밍은 열악한 환경 속에서 누구보다도 열심히 공부를 했지만 결국 낙제라는 결과를 맞이합니다. 그런데 문제는 시험조차 쳐보지도 못한 채 낙제라는 평가를 받았다는 데 있습니다. 교장 선생이 왕야밍은 시험을 칠 필요도 없이 낙제라고 이야기했기 때문이죠. 낙제된 왕야밍은 학교를 떠날 수밖에 없게 되고, 이삿짐을 옮기러 왕야밍의 아버지가 찾아옵니다. 왕야밍이 아버지와 만나 이야기하는 장면이 상당히 인상적인데요. 한번 인용해서 읽어보겠습니다.

왕야밍의 짐을 계단 입구로 끌어냈다. 왕야밍은 손가방을 들고 세숫대야와 자질구레한 물건을 안아 들었다. 그녀는 커다란 장갑을 부친에게 건네주었다.
"저는 필요 없으니 아빠가 끼세요!"
부친의 장화가 움직이면서 바닥의 진흙을 눌러놓았다.
아침 시간인지라 구경 나온 학우들은 거의 없었다. 왕야밍은 가벼운 웃음소리를 들으며 장갑을 꼈다.
"장화를 신어라! 공부를 다 마치지 않아도 되지만 두 발을 얼릴 순 없지."
부친은 두 장화를 연결한 가죽끈을 풀었다.

장갑은 보통 손을 따뜻하게 해주는 역할을 합니다. 하지만 왕야밍에게 장갑은 염색약에 물든 까만 손을 가리는 역할을 할 뿐이었습니다. 학교를 떠나는 처지에서 장갑은 이제 필요가 없어집니다. 그래서 왕야밍은 아버지에게 장갑을 권했죠. 그런데 아버지는 갑자기 "장화를 신어라!"라고 말합니다. 약간 의외라고 생각되시겠지만, 저에게는 이 장면이 가장 가슴 뭉클한 장면이었습니다. 왜냐하면 '공부를 다 마치지 않아도 된다'는 아버지의 말은 노동을 상징하는 신성한 '손'을 부끄럽다며 '가리라'하는 학교를 더 다닐 필요가 없다는 '서글픈 분노'가 담긴 말로 해석할 수 있습니다. 그리고 '두 발을 얼릴 순 없지.'라는 말은 힘든 환경에도 불구하고 우리는 계속 앞으로 나아가야 한다는 '강력한 의지'로 해석할 수 있죠. 그래서 저는 이 장면을 작품 전체에서 가장 중요한 장면 중 하나라고 생각했습니다. 그리고 마차도 없이 짐을 메고 눈밭을 헤치며 떠나는 부녀의 뒷모습을 바라보며, 화자인 '나' 또한 깊은 인상을 받습니다. 작품의 마지막 부분에 그 내용이 잘 드러나 있습니다.

> 목책 문을 나선 그들은 먼 곳으로 향했다. 아침 햇살이 자욱한 방향으로 걸어갔다. 눈밭은 마치 깨진 유리 같았다. 멀면 멀수록 반짝이는 빛은 더욱 강렬해졌다. 줄곧 먼 곳의 눈밭을 보노라니 내 눈이 콕콕 쑤셔서 아팠다.

깨진 유리가 깔린 것같이 험한 길을 걷는 왕야밍 부녀의 모습 위로 강렬한 아침 햇살이 비치는 마지막 장면에서, 작가 샤오훙은 더 이상 더러운 '손'에 연연해하지 말고 두 '발'에 힘을 주어 환한 미래를 향해 힘차게 걸어가자는 메시지를 전하고 있는 것 같습니다. 그래서 세 번째 열쇠말로 '손'만큼 중요한 의미를 가진 '발'을 골라본 것입니다.

지금까지 세 가지 열쇠말을 중심으로 '샤오훙의 소설 〈손〉을 살펴보았습니다. 중국 소설이라 생소할 수도 있겠지만, 생각보다 쉽게 읽히기도 하고 의미심장한 장면들도 많아서 꼭 한번 읽어보시면 좋을 만한 소설이라고 생각합니다. 네, 지금까지 ○○○조였습니다. 감사합니다.

팟캐스트 낭독하기 및 녹음하기 (심화 및 추가 활동)

'평가문항 3'은 채점을 하지 않으며 자원한 모둠을 중심으로 진행한다. 두 개 모둠 정도가 앞에 나와서 읽으며 교사는 학생들이 낭독할 동안 이를 녹음한다. 음향 효과나 배경음악을 활용해도 좋으며, 녹음이 진행되고 있다는 사실을 주지시켜 듣는 학생들의 집중도를 높인다. 녹음한 파일은 발표 모둠의 농의를 거쳐 학생들과 공유할 수 있도록 한다. 이런 활동 사항들은 교과 세부 특기사항에 기록할 수 있도록 한다.

온라인 백과사전 수정하기

'평가문항 4' 역시 채점을 하지 않으며, 기말고사가 끝난 이후에 학생들과 함께 컴퓨터실로 이동하거나 교실의 와이파이를 활용하여 조별로 학습한 내용을 바탕으로 관련 항목이 등재된 온라인 백과사전(위키피디아 등)을 찾아 추가하거나 수정할 만한 내용들을 골라 고치도록 한다. 이때 저작권 및 연구 윤리에 위반되지 않도록 주의하면서 수정할 수 있도록 지도한다. 수정한 사항들을 관찰·기록하여 교과 세부 특기사항에 기록한다.

평가 요소	배점 (수준)	채점 기준
독서일지 작성하기	상	인상적인 구절을 적절하게 찾아, 그 이유를 타당하게 설명하였으며, 독서 후 자신의 생각이 바뀐 경험(새로운 지식 습득, 대상에 대한 인식 변화, 감정적 변화 경험 등)을 충실하고, 다각적으로 반영함.
	중	인상적인 구절을 찾고 이유를 설명하였으며, 독서 후 자신의 생각이 바뀐 경험(새로운 지식 습득, 대상에 대한 인식 변화, 감정적 변화 경험 등)을 충실하게 서술함.
	하	인상적인 구절을 찾고 이유를 적절하게 설명하지 못했으며, 독서 후 자신의 생각이 바뀐 경험(새로운 지식 습득, 대상에 대한 인식 변화, 감정적 변화 경험 등)을 적절하게 서술하지 않음.
팟캐스트 대본 작성 1 (모둠평가)	상	필요한 요소들 (작가 및 창작 배경, 인용문 두 부분 이상, 세 가지 열쇠말)이 적절하게 들어가 있으며, 전체적인 글의 흐름이 논리적이고, 유기적으로 구성됨.
	중	필요한 요소들 (작가 및 창작 배경, 인용문 두 부분 이상, 세 가지 열쇠말)이 들어가 있으며, 전체적으로 보았을 때 유기적으로 연결됨.
	하	필요한 요소들 (작가 및 창작 배경, 인용문 두 부분 이상, 세 가지 열쇠말) 중에 하나 이상이 빠져 있으며, 전체적으로 보았을 때 유기적으로 연결되어 있지 않음.
팟캐스트 대본 작성 2 (개인평가)	상	필요한 요소들 (작가 및 창작 배경, 인용문 두 부분 이상, 세 가지 열쇠말) 중 하나를 맡아 관련 과제를 논리적이고, 체계적으로 서술함.
	중	필요한 요소들 (작가 및 창작 배경, 인용문 두 부분 이상, 세 가지 열쇠말) 중 하나를 맡아 관련 주제를 서술함.
	하	필요한 요소들 (작가 및 창작 배경, 인용문 두 부분 이상, 세 가지 열쇠말) 중 맡은 부분을 적절하게 서술하지 못함.

한 학기 한 권, 세계문학 읽기

1판 1쇄 발행일 2020년 7월 20일

지은이 김지운

발행인 김학원
발행처 (주)휴머니스트 출판그룹
출판등록 제313-2007-000007호(2007년 1월 5일)
주소 (03991) 서울시 마포구 동교로23길 76(연남동)
전화 02-335-4422 **팩스** 02-334-3427
저자·독자 서비스 humanist@humanistbooks.com
홈페이지 www.humanistbooks.com
유튜브 youtube.com/user/humanistma **포스트** post.naver.com/hmcv
페이스북 facebook.com/hmcv2001 **인스타그램** @humanist_insta

편집주간 황서현 **편집** 문성환 **디자인** 박인규
용지 화인페이퍼 **인쇄** 청아디앤피 **제본** 정민문화사

ⓒ 김지운, 2020

ISBN 979-11-6080-458-4 43800

이 도서의 국립중앙도서관 출판예정도서목록(CIP)은 서지정보유통지원시스템 홈페이지(http://seoji.go.kr)와
국가자료공동목록시스템(http://www.nl.go.kr/kolisnet)에서 이용하실 수 있습니다.(CIP제어번호: CIP2020027898)